Dieter Adam Herz, Schmerz und Gänsehaut

zum Buch:

DIETER ADAM schrieb in den 80er Jahren des vergangenen Jahrhunderts zahlreiche Kurzgeschichten für die Yellow Press wie TINA, WOCHENEND, ROMANWOCHE, AUF EINEN BLICK und wie sie alle hießen.
Nachdem sie jahrelang in Vergessenheit geraten waren, hat er sie nunmehr aus der Schublade geholt, bearbeitet und auf den neusten Stand der deutschen Rechtschreibung gebracht. Herausgekommen ist dabei dieses interessante Buch mit 36 ernsten und heiteren Liebesromanen, spaßigen Anekdoten und spannenden Kurzkrimis sowie zwei wahren Geschichten aus seinem Leben.
Und dies alles - o Wunder - auf "Hochdeutsch!"

Dieter Adam

Herz, Schmerz und Gänsehaut

36 Kurzgeschichten aus den 80er Jahren

Alle Rechte vorbehalten beim Autor

Die Illustration wurde durch das zu Windows 7 gehörende Grafik-Programm vorgenommen

© 2015 by **Dieter Adam**
www.musikadam.de bzw. www.audm.de

Herstellung und Verlag: BoD - Books on Demand, Norderstedt

ISBN-Nr.: 978-3-741 2-2390-7

**Dieses Buch möchte ich meiner leider viel zu früh
verstorbenen Frau GERLINDE widmen, die auch in
schweren Zeiten immer zu mir gehalten hat, unsere
Kinder zu tollen, brauchbaren Menschen erzog
und bis zum bitteren Ende immer für mich da war.
Ich werde sie immer lieben und nie vergessen.**

INHALT

01 **Vorwort** 9
02 **Sie prophezeite ihm Glück** *10*
    heitere Liebesgeschichte
03 **Der Mann aus den Wolken** *18*
    heitere Liebesgeschichte
04 **Die graue Maus** *27*
    nachdenkliche Weihnachtsgeschichte
05 **Der Banküberfall** *34*
    heiterer Kurzkrimi
06 **Ein Weihnachtstraum** *37*
    besinnliche Weihnachtsgeschichte
07 **Ein unverhofftes Wiedersehen** *44*
    Liebesgeschichte
08 **Hilfe, ich liebe meinen Chef** *51*
    erotische Liebesgeschichte
09 **Tödliche Klänge unter der roten Laterne** *59*
    Kurzkrimi
10 **Mein Name ist Hase** *65*
    heitere Kurzgeschichte
11 **Joes kleine Schwester** *69*
    eine ungewöhnliche Liebesgeschichte
12 **Eine bestrickende Frau** *77*
    Schmunzelgeschichte
13 **Der schüchterne Musiker** *81*
    Liebesgeschichte
14 **Der fernsehfreie Abend** *88*
    Schmunzelgeschichte
15 **Die Nacht aller Nächte** *92*
    erotische Liebesgeschichte
16 **Komm, spiel mit mir** *99*
    Schmunzelgeschichte

17 **Das schönste Lied schreibt die Liebe** *103*
    besinnlicher Liebesroman
18 **Der bescheidene Untermieter** *113*
    Schmunzelgeschichte
19 **Doppelgänger gesucht** *115*
    Kurzkrimi
20 **Hannibal ist an allem Schuld** *122*
    heitere Liebesgeschichte
21 **Mord per Telefon** *133*
    Kurzkrimi
22 **Die neue Krawatte** *138*
    Schmunzelgeschichte
23 **Spiel nicht mit dem Feuer** *142*
    Liebesgeschichte
24 **Der Untergang des römischen Reiches** *162*
    Schmunzelgeschichte
25 **Die Stimme aus dem Jenseits** *166*
    Kurzkrimi
26 **Das ewige Lied der Liebe** *171*
    Liebesroman
27 **Vorsicht - frisch gestrichen** *187*
    Schmunzelgeschichte
28 **Auf Wiedersehen in der Hölle** *190*
    Kurzkrimi
29 **Warum hast du meine Liebe verraten?** *195*
    tragischer Schicksalsroman
30 **Die ideale Frau** *207*
    Schmunzelgeschichte
31 **Frau Susanne weiß immer einen Rat** *210*
    eine ungewöhnliche Liebesgeschichte
32 **In vino veritas** *220*
    Schmunzelgeschichte
33 **Gebranntes Kind scheut das Feuer** *224*
    heiterer Liebesroman

34 Zwei und zwei gibt zwei *234*
Schmunzelgeschichte
35 Zwischen gestern und morgen *246*
besinnliche Liebesgeschichte
36 Er redete mit Engelszungen... *254*
Schmunzelgeschichte
37 Liebe geht sonderbare Wege *257*
Liebesgeschichte

ANHANG

*(Die folgenden beiden Geschichten sind keine Kurzgeschichten im eigentlichen Sinn, sondern zwei Kapitel aus meinem Buch SO WAR'S - ODER SO ÄHNLICH, Erinnerungen an ein bewegtes Musikerleben, das in **dieser** Form wohl nie veröffentlicht wird, weil es zu viele private und auch intime Ding enthält, die keinen außerhalb der Familie etwas angehen. Diese beide Geschichten sind jedoch entscheidende und auch dramatische Momente meines Lebens, die der Öffentlichkeit meiner Meinung nach durchaus zugänglich gemacht werden können)*

38 Ein Abschied für die Ewigkeit *267*
39 Finale *277*

Vorwort

Als ich in den 80er Jahren des vergangenen Jahrhunderts Freiberufler wurde, fing ich an, um von der Musik und Schriftstellerei leben zu können, Kurzgeschichten für die Yellow Press zu schreiben. Und ich hatte Glück! Viele der kleinen Liebesromane und Kurzkrimis wurden für gutes Geld angenommen und gedruckt. Etliche allerdings auch nicht.

Irgendwann hatte ich keine Lust mehr, solche Geschichten zu schreiben und hörte damit auf. Es gab genügend anderes zu tun. Die veröffentlichten und unveröffentlichen *Werke* landeten gebündelt in der Schublade und gerieten in Vergessenheit.

Jetzt, nachdem ich wegen meiner schweren Kehlkopfoperation mangels Stimme keine Musik mehr machen kann, habe ich viel Zeit und mache mich daran, meine Wohnung vor meinem Abgang in die andere Welt auf Vordermann zu bringen. Dabei fielen mir auch wieder meine Kurzgeschichten in die Hände und ich dachte:

Eigentlich ist es schade um sie. So schlecht sind die Dinger doch gar nicht. Warum fasst du sie nicht alle in einem Buch zusammen und veröffentlicht sie?

Genau das habe ich getan. Es war eine mühselige Arbeit, denn die meisten dieser Geschichten waren damals noch mit der Schreibmaschine geschrieben und mussten mühselige Zeile für Zeile in den Computer getippt werden.

Zu beachten ist, dass es damals noch keine Handys und in den Kneipen kein Rauchverbot gab, dass die DJs noch Schallplatten auflegten, mit DMark bezahlt wurde und Schriftsteller mit einer Schreibmaschine arbeiteten. Selbst die Vornamen der damaligen jüngeren Generation waren andere. Ich habe bei Bedarf auf diese Feinheiten vor oder in den jeweiligen Texten hingewiesen.

Und nun viel Spaß beim Lesen.

DIETER ADAM

SIE PROPHEZEITE IHM GLÜCK
heitere Liebesgeschichte
erstmals erschienen in ROMANWOCHE

"Die ganze Wahrsagerei ist Humbug", behauptete Axel Wolf, ein gut aussehender, schlanker Mann Ende Zwanzig, der mit seinen Freunden am Tresen der Tennisbar hockte und seit gut einer Stunde mit ihnen über dieses umstrittene Thema diskutierte. Von Beruf war er Computerfachmann, also ein Mensch, der mit beiden Beinen auf dem Boden der Realität stand und für derlei Mätzchen nichts übrighatte. Nach einem tiefen Schluck aus seinem Pilsglas fuhr er fort:

"Kein Mensch kann in die Zukunft sehen. Die das von sich behaupten, sind Scharlatane, denen man schleunigst das Handwerk legen sollte. Mir ist unbegreiflich, dass ihr an diesen Blödsinn glaubt. Ihr seid schließlich auch nicht von gestern."

"Das sind wir weiß Gott nicht", erwiderte Britta Wegner, die Verlobte von Charly Ebenhöh, dem besten Freund Axels. "Trotzdem hat mich diese Madame Futura überzeugt. Sie wusste nicht nur Dinge aus meiner Vergangenheit, die außer mir keiner kennen konnte, sondern sagte mir unter anderem voraus, dass ich innerhalb eines halben Jahres einen goldenen Ring an meiner linken Hand tragen würde." Sie hielt Axel das Beweisstück unter die Nase. "Bitte sehr, was ist das?"

"Jetzt hör' aber auf", grinste Axel überlegen. "Wenn du das für eine Bestätigung von Madame Futuras Glaubwürdigkeit hältst, kann ich nur den Kopf schütteln." Er tat es. "Charly und du gehen seit über drei Jahren zusammen. Irgendwann stand die Verlobung ohnehin ins Haus."

"Und was ist mit meinem Unfall?", gab Charly zu bedenken. "Den hat sie schließlich auch vorausgesagt."

"Sie hat dich Auto fahren gesehen", spöttelte Axel. "Dann war diese Prophezeiung kein besonderes Kunststück. Sogar ich hätte dir weissagen können, dass es irgendwann einmal kracht bei dir.

Deswegen nenne ich mich aber noch lange nicht Hellseher."

"Mir hat Madame Futura eine kleine Erbschaft prophezeit", erzählte Claudia Wissel, die mit ihrem Mann Günther ebenfalls zum Freundeskreis an der Tennisbartheke gehörte. "Was geschah? Ein Vierteljahr später starb meine Großtante Kunikunde und hinterließ mir ein Sparbuch. Es waren zwar nur ein-hundertzweiunddreißig Mark und achtundsiebzig Pfennig drauf, aber immerhin - Madame Futura hatte sich nicht geirrt."

"Das ist noch gar nichts gegen das, was mir widerfahren ist", trumpfte ihr Mann Günther auf. "Claudia kann es bestätigen. Madame Futura kündigte mir eine bevorstehende Erkrankung an, die nur durch eine Operation behoben werden konnte. Kaum hatte ich ihr Haus verlassen, setzten bei mir starke Blinddarmreizungen ein. Zwei Stunden später lag ich in der Klinik."

"Zufälle, nichts als Zufälle", tat Axel die Beweisführung seiner Freunde mit einer geringschätzigen Handbewegung ab. "Diese sogenannten Hellseher halten ihre Aussagen so allgemein, dass immer etwas zutreffen wird. Ich falle jedenfalls nicht auf diesen Quatsch herein."

"Vielleicht hast du ja auch bloß Angst", vermutete Britta.

"Wovor soll ich denn Angst haben?"

"Davor, dass Madame Futura dir etwas weissagt, was dir nicht behagt", entgegnete Britta.

"Da kann ich doch nur lachen!" tönte Axel.

"Dann geh zu ihr", forderte Charly seinen Freund auf. "Wir alle waren dort. Sogar ich, der ich anfangs ebenso skeptisch war wie du. Ich habe mich überzeugen lassen, dass es tatsächlich Menschen gibt, die in die Zukunft blicken können. Dir würde sie es genauso beweisen. Wetten?"

Nun war das Wetten eine der drei großen Leidenschaften Axels. Die zweite war das Tennisspielen, das er meisterhaft beherrschte, und die dritte ein gut gekühltes Pils. Für Frauen hatte er zwar auch eine gewisse Schwäche, aber eine Leidenschaft war noch nicht daraus geworden. Vermutlich lag es daran, dass ihm die

Richtige noch nicht über den Weg gelaufen war.

"Um was willst du denn wetten?", ging Axel denn auch sofort auf das Spielchen seines Freundes ein. "Und wie stellst du dir das Ganze vor?"

"Ganz einfach", erwiderte Charly. "Du begibst dich zu Madame Futura und lässt dir etwas über deine nähere Zukunft erzählen. Sollte das Ereignis, das sie dir prophezeit, nicht innerhalb eines Jahres eintreten, verpflichte ich mich, die nächste Fete unseres Tennisclubs zu finanzieren. Im umgekehrten Fall bist du an der Reihe."

"Kein Problem", lachte Axel. "Diese Wette habe ich so gut wie gewonnen. Mach' inzwischen schon mal den Kies locker, Charly!"

"Abwarten", sagte dieser. "Natürlich verlange ich absolute Ehrlichkeit von dir."

"Das hättest du nicht betonen müssen", entgegnete Axel. "Und nun gebt mir mal die Adresse dieser seltsamen Madame."

*

Madame Futura lebte in einem alten Haus am Rande der Stadt, das von einem wild wuchernden Garten umgeben war. Die Beschäftigung mit der Zukunft schien der Wahrsagerin keine Zeit zum Unkraut jäten zu lassen.

Axel parkte seinen Wagen am Straßenrand, stieg aus und ging zu einem verrosteten Schmiedeeisentor, das sich unter seinem Druck quietschend öffnete. Im Haus begann ein Hund zu bellen. Mit ein paar Schritten war der junge Mann an der Tür und schaute sich nach einer Klingel um. Als er keine fand, klopfte er.

"Guten Tag, Herr Wolf", begrüßte ihn die malerisch gekleidete ältere Frau, die wenig später die Tür öffnete. Sie trug einen mit geheimnisvollen Ornamenten bestickten Kaftan und einen Turban aus dem gleichen Stoff, unter dem ihr eisgraues Haar hervorlugte. Auf ihrer rechten Schulter hockte eine Eule, die Axel müde anblinzelte. Zu ihren Füßen zeigte ein kleiner schwarzer Hund undefinierbarer Rasse seine Zähne.

"Treten Sie ein", sagte die Frau. "Ich habe Sie schon erwartet. Vor Luzifer brauchen Sie keine Angst zu haben. Er tut Ihnen nichts."

"Woher wussten Sie, dass ich zu Ihnen komme?", wunderte sich Axel. "Haben meine Freunde mich angemeldet?"

Madame Futura, deren Gesicht zerknittertem Pergament glich, lächelte freundlich. "Keiner hat Sie angemeldet", beteuerte sie. "Ich sah es in meiner magischen Kristallkugel, bevor Sie selbst wussten, dass Sie kommen werden. Und nun folgen Sie mir bitte. Meine Zeit ist bemessen."

Axel verkniff sich eine spöttische Antwort und ließ sich von ihr in einen düster beleuchteten Salon führen, der mit allerlei altertümlichen Möbeln eingerichtet war. In der Mitte des Raumes befand sich ein runder Tisch, auf dem die von goldenen Händen gehaltene Kristallkugel stand.

"Nehmen Sie bitte Platz", forderte Madame Futura ihn auf und deutete auf einen Stuhl vor dem Tisch. Sie selbst setzte sich ihm gegenüber und stützte den Kopf in die Hände. "Luzifer - welch sinniger Name", dachte Axel belustigt - ließ sich zu ihren Füßen nieder. Die Eule blieb auf ihrer rechten Schulter hocken.

"Gut machen Sie das", lächelte Axel. "Man fühlt sich ins Mittelalter zurückversetzt. Verdient man eigentlich viel mit diesem Hokuspokus?"

"Ich weiß, Sie sind voller Skepsis, Herr Wolf", murmelte Madame Futura, die sich in Trance zu versetzen schien. "Aber ich will versuchen, auch Sie von meinen Fähigkeiten zu überzeugen, die mir von einem Höheren verliehen wurden. Und nun schweigen Sie bitte, damit ich mich konzentrieren kann."

Axel tat ihr den Willen und beobachtete amüsiert, was nun geschah.

Madame Futura starrte, mit den Fingerkuppen leicht ihre Schläfen massierend, auf die magische Kristallkugel, die von innen heraus plötzlich zu glühen und dann immer heller zu strahlen begann.

Netter Trick, dachte Axel. Wahrscheinlich betätigt sie unter dem Tisch mit dem Fuß einen Lichtschalter. Sehr beeindruckend, aber immer noch nicht überzeugend für mich. Die Wette gewinne ich spielend.

"Sie heißen Axel Wolf", sagte Madame Futura mit hohler Stimme, "und wurden am..." - sie nannte Datum und Ort seiner Geburt - "... geboren. Ihre Eltern hießen Andreas und Maria."

"Das wird ihr Charly geflüstert haben", dachte Axel. "Und angemeldet hat er mich entgegen ihrer Behauptung auch bei ihr. Diesem alten Gauner traue ich alles zu."

"Sie hatten eine angenehme Kindheit", fuhr Madame Futura fort, "und wurden von ihren Eltern, deren einziger Sohn Sie waren, umhegt und verwöhnt, auch wenn Sie die vierte Klasse der Grundschule wiederholen mussten."

Madame Futura kam nun noch auf weitere Einzelheiten aus seiner Vergangenheit zu sprechen, die aber alle auch Charly, mit dem er Tür an Tür aufgewachsen war, bekannt sein mussten. Dann endlich beschäftigte sie sich mit seiner Zukunft.

"Sie haben einen sehr guten Beruf", sagte die Hellseherin, "der Sie auch künftig, wenn Sie ihm treu bleiben, vortrefflich ernähren wird. Und dann sehe ich eine junge Frau, die Sie in Kürze kennen lernen werden. Sie ist mittelgroß, sehr hübsch und hat hellblonde, lockige Haare. Zum Zeitpunkt Ihres Zusammentreffens wird sie ein rotes Kleid tragen. Sie wird... sie wird... hmmm... sie wird etwas verlieren, das Sie aufheben und ihr nachtragen werden. Ein.. ein... ja, ihr Portemonnaie wird sie fallen lassen und es nicht bemerken. Diese Frau wird Ihre große Liebe werden. Ich sehe Hochzeitsglocken..."

"Danke, das genügt", unterbrach Axel die Wahrsagerin lachend. "Ersparen Sie sich und mir weitere Worte. Ich kann diesen Unsinn nicht länger ertragen. Sagen Sie mir, was ich Ihnen schuldig bin, und dann verschwinde ich."

"Bitte sehr, wie Sie wünschen", grollte Madame Futura und blickte von ihrer Kugel auf, deren Licht daraufhin sofort erlosch.

"Ich hätte Ihnen auch noch einiges über Ihre fernere Zukunft erzählen können, aber wenn Sie nicht wollen..." Sie hob die Hände. "Sie müssen es wissen."
"Das weiß ich auch", grinste Axel. "Was muss ich zahlen?"
"Nichts", erwiderte Madame Futura frostig. "Leuten, die mir nicht glauben, nehme ich nichts ab."
"Um so besser", freute sich Axel und erhob sich. "Dann darf ich Ihnen für Ihre Zukunft, die Sie ja vermutlich schon kennen, alles Gute wünschen."
Als Madame Futura keine Antwort gab und sich beleidigt abwandte, zuckte Axel die Schultern und ging.

*

Drei Tage später. Axel hatte im Supermarkt einige Einkäufe getätigt und trat mit seinem Wagen an die Kasse, um die Waren zu bezahlen. Vor ihm wartete ein mittelgroßes Mädchen mit hellblonden, lockigen Haaren. Als sie sich nach ihm umblickte, sah er, dass sie sehr hübsch war. Das rote Kleid stand ihr vortrefflich zu Gesicht.
"Das gibt es doch nicht", dachte Axel, dem das Mädchen ausnehmend gut gefiel, verwirrt. Genau sein Typ war sie. So und nicht anders hatte er sich immer die Frau fürs Leben vorgestellt. Wenn sie jetzt noch ihr Portemonnaie verlöre...!
Da war es auch schon passiert! Das hübsche, blonde Mädchen in dem roten Kleid hatte seine Rechnung beglichen, die Waren in einen Einkaufskorb gelegt und die Geldbörse obendrauf. Dann war sie gegangen. An der Tür stieß sie mit einem Mann zusammen, strauchelte ein wenig, wobei das Portemonnaie vom Korb herunterrutschte und auf den Boden fiel. Sie schien es nicht zu bemerken und eilte weiter.
Axel hatte die Szene mit angehaltenem Atem verfolgt. Er hatte inzwischen ebenfalls bezahlt und seine Sachen in einer Tasche verstaut. Da kein anderer Anstalten machte, das Portemonnaie des Mädchens aufzuheben, tat er es und schaute sich nach ihr um. Sie

war wie vom Erdboden verschluckt.

Auch draußen war sie nirgends zu finden. So öffnete er die Geldbörse und schaute nach, ob sich hier vielleicht ein Hinweis auf die Adresse des Mädchens finden ließ. Neben einem beträchtlichen Geldbetrag stieß er auf ihren Personalausweis.

"Behält die alte Hexe am Ende doch recht?", überlegte er, während er mit seinem Auto zu der bewussten Adresse fuhr, die er dem Ausweis entnommen hatte. "Das wäre unglaublich - und meine Wette hätte ich außerdem verloren."

Monika Albers - so hieß das Mädchen - war hocherfreut, als er ihr die verlorene Geldbörse brachte. Als sie ihn aus ihren himmelblauen, langbewimperten Augen dankbar anlächelte, begann ein Feuer in ihm zu brennen, wie er es noch nie gekannt hatte. Sollte das die Liebe sein, von der er schon so oft die merkwürdigsten Dinge gelesen, die er selbst aber noch nie erlebt hatte?

"Wie kann ich das nur wiedergutmachen?", fragte sie. "Ich hatte gerade mein Gehalt bei der Bank abgeholt. Mein gesamter Monatslohn wäre futsch gewesen, wenn Sie nicht..."

"Vielleicht könnten wir mal zusammen essen gehen", schlug er vor. "Wenn Sie heute Abend Zeit hätten...?"

Monika hatte Zeit, und es wurde ein wunderschöner, unvergesslicher Abend. Wie im Flug vergingen die Stunden, und als sie sich endlich weit nach Mitternacht trennten, waren beide der Auffassung, dass dies nicht unbedingt ihr letzter gemeinsamer Abend sein musste. Ein zärtlicher Kuss vor Monikas Haustür besiegelte das Versprechen, sich recht bald wiederzusehen. Am besten schon morgen.

*

"Ich habe meine Wette verloren", gestand Axel seinen Freunden vom Tennisklub ein halbes Jahr später bei seinem Polterabend ein. "Nie und nimmer hätte ich es für möglich gehalten, dass diese Madame Futura tatsächlich in die Zukunft blicken kann - und doch durfte ich es am eigenen Leib erleben. Es gibt eben Kräfte zwischen Himmel und Erde..." Axel unterbrach sich und sah seine Freunde, die glucksend zu lachen begonnen hatten, stirnrunzelnd an. "Warum gickelt ihr so blöd?"

"Mein lieber Axel", sagte Charly, während er sich die Lachtränen aus den Augenwinkeln wischte. "Nachdem ja nun alles so gekommen ist, wie wir es geplant hatten, können wir dir auch ein Geständnis ablegen. Eine Madame Futura hat es nie gegeben."

"Jetzt spinnt mal nicht", schnitt Axel ihm die Rede ab. "Ich war schließlich selbst bei ihr."

"Du warst bei einer alten Schauspielerin, die wir - deine Freunde - für einen guten Zweck engagiert hatten", klärte Charly seinen Freund auf.

"Ja, aber woher wusste diese Frau dann...?"

"Das war alles getürkt", fiel ihm Monika ins Wort und schmiegte sich an ihn. "Ich liebte dich schon so lange, aber du hast mich nie beachtet."

"Und da wir uns das nicht länger ansehen wollten - Monika ist nämlich eine alte Schulfreundin von mir und hat mir ihr liebeskrankes Herzchen unlängst ausgeschüttet -, fassten wir den Plan, dich mit der Nase förmlich auf sie zu stoßen", sagte Britta.

"Das hättet ihr aber einfacher haben können", meinte Axel kopfschüttelnd. "Ihr hättet sie mir bloß vorzustellen brauchen."

"Wer weiß, ob es dann zwischen euch gefunkt hätte", lächelte Günther. "So aber, nachdem eine Wahrsagerin euer Glück prophezeit hatte, musste es einfach klappen."

"Und es hat ja auch geklappt - oder?", fragte Monika und schaute ihren Bräutigam um Verzeihung heischend an. "Bist du sehr böse darüber?"

Als Antwort schloss Axel sein geliebtes Mädchen in die Arme und küsste es. Und die dabeistanden, prophezeiten den beiden ein langes, glückliches Leben. Dafür mussten sie nicht einmal Wahrsager sein.

DER MANN AUS DEN WOLKEN
heitere Liebesgeschichte
erstmals erschienen in NEUE REVUE

Sie war bildhübsch, fünfundzwanzig Jahre jung und hatte gerade mit ihrem ständigen Begleiter Andy Glöckner mehr oder weniger friedlich Schluss gemacht. Ein Casanova war er, hatte sie per Zufall herausgefunden; ein Typ, dem es offensichtlich nicht genügte, mit *einer* Frau glücklich zu sein.

Dabei hatte sie ihm alles gegeben, was ein Mädchen einem Mann zu geben vermag. Tausend zärtliche Stunden - vielleicht waren es auch ein paar weniger? - hatte sie ihm geschenkt. Kein Tabu hatten sie gekannt. Alle Spielarten der Liebe hatten sie genüsslich ausgekostet. Von einer rosaroten Wolke zur anderen waren sie jedes Mal dabei geschwebt. Wenn es eine Steigerung des Siebenten Himmels überhaupt geben sollte, dann waren sie mindestens im Hundertsten gewesen.

Und dann hatte sie ihn mit ihrer besten Freundin erwischt. Ausgerechnet mit *DER*, die mit Abstand nicht so hübsch wie sie war, wie sie befand. Ein Nichts war sie gegen sie; dünn wie eine Bohnenstange, ohne jegliche weibliche Rundung, mit denen sie überreichlich gesegnet war, und ein Gesicht, das dem einer Kuh nicht unähnlich war. Vielleicht wäre eine Kuh sogar beleidigt gewesen, hätte man sie mit Tanja verglichen.

Trotzdem hatte sie diese getreue Freundin und ihren eigenen Herzallerliebsten dabei ertappt, wie sie sich mehr als ein Küsschen schenkten. Sogar sehr viel mehr. Manche Frauen bekommen Babys davon, wenn sie nicht aufpassen oder die Pille nehmen.

Babsie - so hieß das Mädchen - hatte wütend und enttäuscht zugleich die Tür zugeschlagen, nachdem sie per Zufall Zeugin dieser Art von Liebesbeweis zwischen den beiden geworden war, war zu ihrem Wagen gerannt und nach Hause gefahren. Dort hatte sie zunächst einmal ein bisschen geweint, wie man dies nach einem solchen Verrat für gewöhnlich zu tun pflegt, hatte auch eine kostbare Blumenvase an der Wand zerschmettert und ein Bild Andys hinterhergeschmissen.

Nachdem sie sich dann aber darüber klar geworden war, dass sie durch Flennen nichts mehr an den Tatsachen ändern konnte und auch die Blumenvase im Grunde keine Schuld an dieser Misere trug, hatte sie sowohl mit ihrer besten Freundin als auch mit Andy gebrochen; per SMS, weil sie nicht einmal mehr per Telefon mit ihnen sprechen wollte.

Beide hatten seitdem nichts mehr von sich hören lassen, was sie nun doch wieder ein wenig fuchste; denn zumindest von ihrem früheren Liebhaber hätte sie erwartet, dass er versuchen würde....! Schwamm drüber. Was vorbei war, war vorbei.

Das Mädchen studierte ein bisschen Germanistik und auch ein bisschen Theaterwissenschaften, wenn ihm danach zumute war, war aber hauptsächlich die Tochter eines steinreichen Wurstwarenfabrikanten, dem nebenbei auch noch etliche Wohnblocks und Hochhäuser gehörten.

Auf einem dieser großen Kästen hatte er seiner einzigen Tochter, als diese den Wunsch äußerte, das elterliche Heim zu verlassen und sich selbständig zu machen, ein Penthaus mit Swimmingpool gebaut und seinen finanziellen Möglichkeiten entsprechend eingerichtet.

Dort, knapp unter den Wolken, lebte sie nun, las viel und drehte, wenn das Wetter danach war, im Swimmingpool ihre Runden. An diesem Sommersonntag war das Wetter danach. Seit den frühesten Morgenstunden lachte die Sonne von einem strahlendblauen Himmel, an den sich auch den folgenden Tag über kaum mal ein Wölkchen verirrte. Es war so heiß, dass Babsie auf jegliche Bekleidung verzichtete - wer sollte sie hier oben im vierzehnten Stockwerk schon sehen? -, es sich pudelnackt in einem Liegestuhl bequem machte und zufrieden vor sich hin döste. Hin und wieder nippte sie an einem erfrischenden Glas Kalte Ente, die sie sich zusammengebraut hatte, kühlte sich im Swimmingpool ab, um danach wieder mit ihrer kaum als sonderlich anstrengend zu bezeichnenden Tätigkeit fortzufahren, die ja eigentlich gar keine war.

Irgendwann schlief sie dann ein, und zwar so fest, dass sie nicht mitbekam, wie sich von oben ungebetener Besuch näherte.

Ein Ballonfahrer war es, dem offensichtlich ein Missgeschick mit seinem aufblasbaren Luftfahrzeug passiert war. Jedenfalls verlor es unaufhaltsam an Höhe, steuerte genau auf das Hochhaus zu und landete schließlich mit einem lauten Platsch mitten im Swimmingpool.

Von diesem Geräusch erwachte Babsie, schlug die Augen auf und sah sich unvermittelt einem fröhlich grinsenden jungen Mann gegenüber, der sich schnell unter der erschlaffenden bunten Hülle seines Ballons herausgewühlt hatte, sich mit beiden Armen auf dem Beckenrand abstützte und sie ungeniert musterte.

"Hallo", sagte er und winkte ihr mit einer lässigen Handbewegung zu. "Tut mir leid, Sie beim Sonnenbaden stören zu müssen, aber Otto war nicht mehr in der Luft zu halten. Er hätte sich kaum einen besseren Landeplatz aussuchen können."

Babsie wurde sich bei seinen Worten urplötzlich ihrer völligen Blöße bewusst. Mit einem erschreckten Piepser sprang sie auf, griff nach einem Badetuch, das sie auf den Fliesen ihrer Terrasse zum Trocknen ausgebreitet hatte, und hüllte sich darin ein.

"Sie... Sie Flegel!", keuchte sie und erdolchte den Fremden mit wütend blitzenden Augen. "Eine Frechheit ist das; eine bodenlose Unverschämtheit."

Der junge Mann war unterdessen aus dem Swimmingpool geklettert, hatte sich wie ein nasser Hund geschüttelt und sagte nun:

"Erzählen Sie das Otto. Ich bin unschuldig wie ein neugeborenes Kind. Ehrlich. Ich wollte wirklich nicht den Spanner spielen."

"Otto?", versetzte Babsie mit gefurchter Stirn. "Haben Sie denn noch einen dabei? Liegt der am Ende noch im Wasser? Und Sie stehen seligenruhig herum und glotzen mich schamlos an, statt

Ihrem Freund zu helfen."

"Dem ist momentan nicht zu helfen", lächelte der Fremde. "Otto ist nämlich der Name meines Ballons. Aber *Sie* könnten *mir* helfen, indem Sie mir einen Bademantel oder etwas Ähnliches pumpen, damit ich aus meinen nassen Klamotten komme. Ich hole mir sonst noch den Schnupfen. Die nassen Sachen legen wir dann zum Trocknen in die Sonne.

"Ach?", sagte Babsie unfreundlich, obwohl ihr der junge Mann gar nicht mal so übel gefiel. Ende Zwanzig, Anfang Dreißig mochte er sein, war groß, schlank, blondhaarig, und sein sonnengebräuntes Gesicht mit den lustigen wasserblauen Augen war durchaus passabel. "Sie beabsichtigen anscheinend, sich häuslich bei mir niederzulassen?"

"Sie werden mir doch nicht die Tür weisen wollen?", fragte der junge Mann mit komischem Entsetzen. "Wissen Sie nicht, dass es Christenpflicht ist, einem Schiffbrüchigen beizustehen?"

"Wo steht das geschrieben?"

"Das weiß ich auch nicht so genau", entgegnete der Mann vergnügt. "Vermutlich in der Bibel. Ich denke jedenfalls, dass dem so ist. Solche Dinge stehen für gewöhnlich immer in der Bibel."

"Sie sollten das Denken besser den Pferden überlassen", meinte Babsie.

"Ich weiß", grinste der Mann. "Wegen der dickeren Köpfe. Wie ist es jetzt? Kriege ich einen Bademantel oder kriege ich keinen?"

"Kommen Sie", forderte sie ihn, nachdem sie ihn für ein paar Sekunden nachdenklich angeschaut hatte, auf. "Dann will ich mal nicht so sein, auch wenn ich mir nicht sicher bin, ob das, was Sie behaupten, tatsächlich in der Bibel steht."

"Ein gutes Werk ist es auf jeden Fall", meinte er. "Und als Pfadfinder habe ich gelernt, dass jeder Mensch pro Tag mindestens eine gute Tat vollbringen sollte."

"Ich bin nie Pfadfinder gewesen", stellte sie klar.

"Um so anerkennenswerter ist es, wenn Sie mir trotzdem helfen", lächelte er. "Ich werde Sie in meinen Memoiren lobend erwähnen."

Er gefiel ihr von Minute zu Minute besser. Ein humorvoller Mensch schien er zu sein. Seine Späße deuteten darauf hin. Vielleicht war es gar nicht so uninteressant, wenn er ihr noch ein wenig Gesellschaft leistete. Der Tag war viel zu schön, um ihn einsam und allein zu verbringen. Vielleicht war es sogar ein Wink des Schicksals, dass er ausgerechnet in ihrem Swimmingpool Schiffbruch erlitten hatte?

Meine Güte, wie sich das anhörte: "Im Swimmingpool Schiffbruch erlitten!"

Sie konnte, während sie ihn in ihr schnuckeliges Haus führte, ein belustigtes Lächeln nicht unterdrücken.

"Wie hübsch Sie sind, wenn Sie lächeln", sagte er. "Noch hübscher, meine ich damit. Es steht Ihnen auf jeden Fall besser als die finstere Miene, mit der Sie mich empfangen haben."

"Na also", erwiderte sie. "Werden Sie mal auf diese Weise überrascht. Sie würden dann bestimmt auch nicht sonderlich geistreich aus der Wäsche gucken."

"Die ja nicht vorhanden war", sagte er anzüglich, worüber sie bis zu den Haarspitzen errötete.

"Eben", brummte sie, ärgerlich über sich selbst, sich diese Schwäche mit dem Erröten zu leisten. "Als wohlerzogener Mensch hätten Sie sofort die Augen schließen und mich warnen müssen."

"Dafür war der Anblick viel zu reizvoll", sagte er.

Sie hatten inzwischen das Badezimmer erreicht, wo noch ein Morgenmantel Andys herumhing, den sie ihm nun, weil er etwa die gleiche Größe wie ihr Verflossener hatte, überreichte. Während er sich auszog und in Andys Morgenmantel einwickelte, begab sie sich in ihr Schlafzimmer und schlüpfte in einen Bikini. In der Diele begegneten sie sich wieder.

Im gleichen Moment hörte man den Fahrstuhl kommen, in dem man direkt bis zu ihrem Penthaus hinauffahren konnte. Den Schlüssel für die letzte Strecke vom obersten Stockwerk des

Hochhauses bis zu ihrer Wohnung besaß allerdings nur sie.

"Und Andy hat noch einen", schoss es ihr in den Kopf.

"Los, küssen Sie mich!", forderte sie ihren ungebetenen Besucher, dessen Namen sie bis jetzt nicht einmal kannte, unvermittelt auf. "Machen Sie schon! Schnell, schnell!"

Der junge Mann verstand momentan zwar noch nicht, was sie damit bezweckte, ließ sich aber nicht zweimal bitten. Er nahm sie in seine Arme und küsste sie, wie sie schon lange nicht mehr geküsst worden war.

Und sie küsste ihn wieder.

Im gleichen Moment öffnete sich die Fahrstuhltür. Andy trat heraus und blieb wie vom Blitz getroffen stehen.

"Babsie!", rief er wütend. "So ist das also! Ich komme her, um mich mit dir auszusprechen und zu versöhnen, und du...."

Er sah ein, dass es wenig Sinn hatte, mit seinen Anschuldigungen fortzufahren, denn selbst Babsie war mittlerweile so sehr in ihre zärtliche Beschäftigung vertieft, dass sie völlig vergaß, weshalb sie sich überhaupt darauf eingelassen hatte, und es nur noch genoss.

Mit drei schnellen Schritten war Andy bei dem sich küssenden Pärchen, fasste Babsie unsanft an den Schultern und riss sie zurück.

"He, was soll das?", fuhr sie ihn unwirsch an.

"Das frage ich mich auch", sagte der junge Mann und schloss schnell den Morgenmantel, der sich beim Küssen vorne geöffnet hatte. "Hätten Sie nicht wenigstens anklopfen können?"

Andy unterließ es, ihm darauf eine Antwort zu geben, wiederholte statt dessen seine Ansprache, weshalb er gekommen war, und fügte abschließend noch ein paar unschöne Worte hinzu, die Babsie mächtig auf die Palme brachten.

"Ach, versöhnen wolltest du dich also mit mir?", rief sie höhnisch. "Woher wusstest du denn, ob ich mich überhaupt mit dir versöhnen will?"

"Ich hoffte es", entgegnete er etwas ruhiger. "Weil unser ganzer Streit nämlich auf einem gewaltigen Missverständnis beruhte."

"Auf einem Missverständnis?", lachte sie grimmig. "Was ich gesehen habe, war eindeutig. Eindeutiger geht es gar nicht mehr."

"Was soll ich dir jetzt noch mit Erklärungen kommen, da du dich offensichtlich schon anderweitig getröstet hast", sagte Andy mit umwölkter Stirn.

"Ja, sollte ich vielleicht die trauernde Witwe spielen?", zischte Babsie. "Das habe ich nun wirklich nicht nötig."

"Nein, das hat sie nun wirklich nicht nötig", bestätigte der Fremde.

"Halten Sie sich da gefälligst heraus", knurrte ihn Andy unfreundlich an, und zu Babsie gewandt fragte er: "Wer ist das überhaupt? Von hier ist er jedenfalls nicht. Ich habe ihn nämlich noch niemals gesehen."

"Mein Name ist Peter", stellte sich der junge Mann, dem Babsies Verlegenheit bezüglich der Unkenntnis über seine Person nicht entging, vor. "Peter Grammich."

"Glauben Sie, das interessiert mich die Bohne?", versetzte Andy.

"Sie fragten aber eben danach", stellte Peter überaus freundlich klar.

"Das war nur so dahergeschwätzt", brummte Andy, und zu Babsie sagte er: "Musstest du ihm ausgerechnet *meinen* Morgenmantel geben? Schläft er eventuell auch in meinem Pyjama?"

"Ich benutze sogar Ihr Rasierwasser", schwindelte Peter. "Es ist übrigens eine aufdringlich riechende Marke, passt aber irgendwie zu Ihnen."

"Werden Sie bloß nicht frech", drohte Andy. "Sonst fehlt Ihnen gleich ein Satz Ohren."

"Wem hier gleich ein Satz Ohren fehlen wird, wird sich noch herausstellen", fauchte Babsie ärgerlich. "Du dringst ungebeten in meine Wohnung ein und willst jetzt auch noch den starken Mann spielen? Wo sind wir denn? Sei bitte so gut und lebe wohl, sonst rufe ich die Polizei; denn was du hier tust, ist Hausfriedensbruch."

"Du musst mich nicht hinauswerfen", erwiderte Andy säuerlich, "denn ich wollte eh gerade gehen. Gestattest du mir wenigstens, meine paar verbliebenen Sachen - darunter diesen Morgenmantel - mitzunehmen?"

"Natürlich gestatte ich dir das", fauchte Babsie. "Wenn du den Kram nicht abgeholt hättest, hätte ich ihn in die Mülltonne gesteckt. Ich möchte nämlich nichts mehr um mich haben, was mich eventuell an dich erinnern könnte."

"Vergessen Sie vor allen Dingen das Rasierwasser nicht", sagte Peter. "Es riecht wirklich scheußlich."

"Armleuchter", knirschte Andy. "Los, ziehen Sie endlich meinen Morgenmantel aus."

"Aber ich habe nichts an darunter", widersprach Peter.

"Das ist mir völlig gleichgültig", knirschte Andy. "Ziehen Sie ihn aus - und zwar sofort."

"Darf ich mir wenigstens ein Handtuch umhängen?"

"Welche Umstände", höhnte Andy. "Als ob Babsie Sie noch nie nackt gesehen hätte; wo ich Sie doch offensichtlich gerade beim schönsten aller Spielchen gestört habe."

"Beim allerschönsten", sagte Peter, begab sich ins Badezimmer und tauschte den Morgenmantel gegen ein Handtuch aus, das er sich wie ein Hulamädchen um die Hüften wickelte.

"Süß", kicherte Babsie, als er damit aus dem Bad kam. "Man fühlt sich fast nach Hawaii versetzt. Fehlen bloß noch die Blumenkränze und die entsprechende Musik."

"Aloha hé...", begann Peter leise zu singen und sich dabei in den Hüften zu wiegen, "...mein Herz tut weh, weil ich dich, Babsie, nicht mehr nackig seh...hee...hee...heeee....!"

Babsie errötete bis zu den Haarwurzeln und drohte ihm gespielt streng mit dem Finger.

Unterdessen hatte Andy seine Sachen zusammengesucht. Er ließ sich von Babsie eine Plastiktüte geben und verstaute alles darin. Den Morgenmantel hängte er sich über den Arm.

"Das war`s", sagte er. "Ich gehe jetzt. Und es hätte mit uns wieder alles so schön sein können."

"Wenn der Hund nicht hätte....", entgegnete Babsie frostig. "Zieh endlich Leine, du Westentaschencasanova. Tanja brauchst du übrigens nicht von mir zu grüßen, falls du sie siehst. Und lass den Schlüssel für den Aufzug da. Ich möchte keine zweite unangenehme Überraschung mit dir erleben."

Andy knallte den Schlüssel auf die Flurgarderobe, murmelte sich etwas Unverständliches in den Bart und trat über den Aufzug den Rückzug an.

"So, den wäre ich los", atmete Babsie auf. "Vielen Dank, dass Sie so nett mitgespielt haben."

"Es war mir nicht nur eine Ehre, Ihnen helfen zu können", grinste Peter, "es war mir sogar ein Vergnügen. Hat eventuell *noch* ein früherer Verehrer von Ihnen einen Aufzugschlüssel?"

"Nein, warum?"

"Nun", lächelte Peter, "vielleicht bekäme ich dann wieder die einmalige Gelegenheit, Sie küssen zu dürfen."

"Muss dazu denn unbedingt einer mit dem Aufzug kommen?", fragte Babsie leise und trat einen Schritt auf ihn zu.

"Nein", schmunzelte Peter, betrachtete ihre Worte als Einladung und setzte das mit ihr fort, bei dem Andy sie gestört hatte.----

"Wenn Otto repariert ist", sagte Peter später, als sie im Bett eine Zigarette rauchten, "lade ich dich ein, mit mir in den Himmel zu schweben."

"Dort war ich doch gerade", erwiderte sie glücklich. "Im siebenten Himmel nämlich."

DIE GRAUE MAUS
nachdenkliche Weihnachtsgeschichte
erstmals in einer hessischen Version in meinem Buch
HESSISCHES ADVENTSKALLENNER BUCH
Mundartverlag Naumann, Hanau
erschienen

"Ich hätte gerne eine neue Mami", sagte der siebenjährige Andreas zu seinem Vater, als dieser ihn fragte, was er sich denn zu Weihnachten wünsche. "Alle Kinder in meiner Klasse haben eine, bloß ich nicht, weil meine ja vor ein paar Jahren gestorben ist. Deshalb hätte ich gern eine neue."

"Tja, mein Sohn", seufzte Hans Tönnissen, der geplagte Vater und kratzte sich verlegen am Kopf. "Mamis gibts nun mal nicht zu kaufen wie all die anderen Weihnachtsgeschenke. Man kann in keinen Laden gehen und den Verkäufer bitten: 'Zeigen Sie mir mal, was Sie so an Mamis auf Lager haben. Mein Herr Sohn wünscht sich nämlich eine.' Das geht nun mal leider nicht."

"Das weiß ich auch", erwiderte das Kind. "Damit *ich* eine Mami kriege, müsstest *du* dich in eine Frau verlieben und sie heiraten. Warum tust du es nicht?"

"Weil mir die Richtige einfach noch nicht über den Weg gelaufen ist", sagte Hans.

"Eine Mami wie Mami, nicht?", fragte der Bub leise.

"Genau", bestätigte der Vater. "Ich habe deine Mami sehr lieb gehabt. Deshalb wollte ich eigentlich auch nie mehr heiraten."

"Aber ein Mann in deinem Alter braucht eine Frau", meinte der Bub altklug, "und ich eine Mutter. Das sagt Frau Huber fast jeden Tag."

Frau Huber war eine ältere, lebenserfahrene Nachbarin, die Vater und Sohn nach dem frühen Tod Karin Tönnissens den Haushalt führte und sich auch um den Jungen kümmerte, wenn Hans seiner Arbeit als Bankkaufmann nachgehen musste. Der Fünfunddreißigjährige musste sich ihre Meinung bezüglich seines Privatlebens öfters anhören, und sie stimmte mit der seinen nicht immer hundertprozentig überein.

"Die Frau Huber soll mich kreuzweise....." Hans verkniff sich, was er eigentlich hatte sagen wollen und fügte statt dessen brummig hinzu: "Ich kann mir schließlich keine Frau aus den Rippen schneiden. Deshalb solltest du dir besser ein paar andere Weihnachtsgeschenke überlegen, mit denen ich dir eine Freude bereiten könnte."

"Ich will aber nichts außer eine neuen Mama", sagte der Bub störrisch. "Wenn ich Heiligabend keine kriege, bin ich böse mit dir und werde nie mehr etwas mit dir reden. Und alle anderen Geschenke kannst du dir an den Hut stecken. Nicht einmal anschauen werde ich sie mir. Und wenn es ein neuer Gameboy wäre."

Mit dieser Drohung konnte Andreas seinen Vater zwar nicht sonderlich beeindrucken, da es an Heiligabend vermutlich doch ganz anders kommen würde, aber seine Gedanken machte er sich dennoch darüber.

"Na schön", überlegte er, "dann werde ich ihm an Heiligabend eben eine Mami präsentieren; und zwar eine, von der er sich wünscht, dass sie möglichst schnell wieder verschwindet."

In den nächsten Tagen schaute er sich in seinem Bekanntenkreis um, wer als vermeintliche Mami in Frage kommen könnte. Viel Auswahl hatte er nicht, denn die meisten Frauen waren in festen Händen oder anderweitig familiär gebunden, so dass sie an Heiligabend sicher nicht abkömmlich waren. Es blieb bei seinem vorsichtigen Nachforschen letztlich nur ein alleinstehendes Fräulein aus der Kreditabteilung seiner Bank übrig, das von allen Kollegen wegen seiner unscheinbaren Art sich zu kleiden und zurechtzumachen nur *die graue Maus* genannt wurde.

Angela Lohwein mochte Ende Zwanzig, Anfang Dreißig sein, wirkte vom Aussehen her wie das berühmte Fräulein Rottenmaier aus dem Kinderbuch *Heidi* und hatte - wie alle vermuteten - bestimmt noch nie eines Mannes Herz betören können.

An diese *graue Maus* pirschte sich Hans also nun heran, schüttelte sich innerlich, als er sich diese Frau zwecks zärtlicher Umarmung in seinem Bett vorstellte, und benötigte fast einen ganzen Tag, bis er endlich den Mut aufbrachte, sie auf seinen gewagten Wunsch anzusprechen.

"Haben Sie an Heiligabend schon etwas vor?", frage er sie schließlich.

"Warum?", erwiderte sie.

"Weil... weil ich Sie gerne einladen möchte", brachte er stotternd heraus und bereute im gleichen Moment seinen Entschluss schon wieder, diese Einladung überhaupt ausgesprochen zu haben.

"Sie wollen mich wohl veräppeln?", sagte Angela unwillig. "Finden Sie es nicht unter Ihrer Würde, sich solche zweifelhaften Scherze auf Kosten anderer Leute zu erlauben? Ich hatte Sie eigentlich anders eingeschätzt, Herr Tönnissen. Ganz anders."

"Es war kein Scherz, Fräulein Lohwein", versicherte Hans und erklärte ihr, worum es ihm bei der ganzen Sache ging.

"Ich soll Ihren Sohn also davon abschrecken, sich weiterhin eine neue Mutter zu wünschen?", resümierte Angela bitter. "Finden Sie nicht selbst, dass es fast schon eine Frechheit ist, was Sie mir da zumuten wollen?"

"Ja", räumte Hans überaus verlegen ein. "Eine Zumutung ist es schon. Aber ich wusste mir nun mal keinen anderen Rat mehr, als Sie darum zu bitten. Sie sind die einzige, von der ich weiß, dass es niemanden gibt, um den Sie sich an Heiligabend kümmern müssen."

"...und von der Sie sicher sind, dass Ihr Sohn sie nicht als neue Mami akzeptieren würde", spann Angela den Faden traurig weiter. "Wer möchte schon eine graue Maus zur Mutter haben, nicht wahr?"

"Aber das hat doch damit gar nichts zu tun", log Hans.

"O doch", sagte Angela. "Es hat sehr viel damit zu tun. Trotzdem werde ich kommen. Und es ist sogar ein wenig Egoismus dabei: Wenigstens einmal in meinem Leben möchte ich die Illusion haben, zu einer Familie zu gehören."

Hans bedankte sich wortreich, versprach ihr, alles zu tun, damit sie ihren Entschluss nicht bereuen müsste, und sah dem Heiligabend mit den gemischtesten Gefühlen und dem schlechtesten Gewissen der Welt entgegen.

"Und diese Frau will wirklich meine neue Mami werden?", fragte Andreas immer wieder, nachdem sein Vater ihm mitgeteilt hatte, dass am Heiligabend mit weiblichem Besuch zu rechnen wäre.

"Möglich wäre es", schwindelte Hans. "Natürlich musst du sie erst genau unter die Lupe nehmen. Wenn sie dir nicht gefällt..."

"Sie wird mir schon gefallen", meinte Andreas zuversichtlich. "Dir gefällt sie schließlich auch."

Eben nicht, dachte Hans bedrückt. Was für ein fieser Kerl ich bin! Aber ich tu es doch nur Karins wegen. Nach ihr soll es keine andere Frau mehr für mich geben, habe ich mir geschworen. Darf ich deshalb aber mit den Gefühlen einer anderen spielen? Ob ich die Sache nicht doch besser abblase?

Aber er blies sie nicht ab, weil Andreas sich so sehr darauf freute, die Frau kennen zu lernen, die vielleicht - und dieses Vielleicht betonte Hans immer wieder - seine neue Mami werden würde.

Als es am Heiligabend zu dunkeln begann und Andreas vor lauter Aufregung kaum noch zu halten war, kam sie, die graue Maus. Hans musste zweimal hinschauen, nachdem er ihr auf ihr Klingeln hin die Tür geöffnet hatte, bis er erkannte, dass sie es tatsächlich war.

Eine bildhübsche junge Frau mit langen, kastanienbraunen Haaren und einem überaus modischen Kleid stand vor ihm, hielt ein größeres und ein kleineres Paket in ihren Händen und lächelte ihn zaghaft an. Da gab es den altmodischen Knoten nicht mehr, den sie sonst als Frisur bevorzugte, auch die hässliche Brille war verschwunden, und wenn man genauer hinsah, konnte man sogar das dezente Make-up erkennen, das sie aufgelegt hatte.

"Meine... meine Güte, Fräulein Lohwein", stammelte Hans erschüttert und konnte den Blick nicht mehr von ihr wenden. "Es... es ist unglaublich! Ich... ich finde keine Worte!"

"Es würde mir schon genügen, wenn Sie mich in Ihre Wohnung bäten", sagte Angela. "Hier draußen ist es nämlich ziemlich kalt."

"O, Entschuldigung", versetzte Hans. "Treten Sie bitte ein."

Und jetzt kam auch der kleine Andreas endlich zu seinem Recht. Mit großen Augen und ein wenig skeptisch zunächst schaute er die fremde Frau an, aber als sie sich sogleich zu ihm niederbeugte und ein paar nette Worte für ihn fand, sah man seiner strahlenden Miene an, wie sehr er mit der *Wahl* seines Vaters einverstanden war.

Es wurde ein sehr schöner Heiligabend. Andreas akzeptierte natürlich, dass er neben der Vielleichtmami auch noch ein paar andere Dinge geschenkt bekam. Jubelnd packte er sie aus, und von da an war der Papi vergessen. Angela setzte sich nämlich kurz entschlossen zu ihm auf den Fußboden, spielte mit einer wahren Engelsgeduld mit ihm und eroberte sein kleines Herz im Sturm.

Hans beobachtete die beiden nachdenklich, wunderte sich immer mehr über die graue Maus, deren Wangen sich gerötet hatten und die sich freuen konnte, als wäre sie selbst noch ein Kind, und ertappte sich immer öfter bei dem Wunsch, dieser Tag möge nie vergehen.

Später brachten er und Angela den Kleinen gemeinsam ins Bett - darauf hatte Andreas unbedingt bestanden -, und als der Junge die Hände faltete und zum Lieben Gott betete, Er möge es einrichten, dass Angela seine neue Mami werden würde, wusste Hans nicht, wohin er vor lauter Verlegenheit blicken sollte.

"Damit wäre meine Aufgabe dann ja erfüllt", sagte die junge Frau, nachdem sie das Kinderzimmer verlassen hatten. "Tut mir leid, dass der Abend wohl nicht ganz nach Ihren Vorstellungen verlaufen ist, aber ich konnte es mir einfach nicht antun, die böse Hexe zu spielen. Dazu mag ich Kinder viel zu gern."

Sie begann zu weinen, riss ihren Mantel vom Garderobenhaken und schlüpfte hastig hinein. Als sie zur Tür eilen wollte, hielt Hans sie zurück.

"Was haben Sie vor?", fragte er bestürzt.

"Ich will nach Hause", schluchzte Angela, "um mich wieder in die graue Maus zu verwandeln, damit ich nicht noch mehr Unheil anrichte."

"Aber Sie haben doch kein Unheil angerichtet", widersprach Hans.

"O doch", sagte Angela. "Ich habe vermutlich Hoffnungen in Ihrem Sohn erweckt, die sich nie erfüllen werden."

"Und warum nicht?"

"Weil... weil....!" Angela wandte den Kopf zur Seite und flüsterte: "Weil ich nie mehr etwas mit einem Mann zu tun haben möchte."

"Deshalb also Ihre Maskerade als graue Maus?"

"Ja, deshalb", wisperte Angela. "Ich wollte mir nach der größten Enttäuschung meines Lebens nicht noch einmal die Finger verbrennen. Darf ich jetzt gehen?"

"Bitte nicht!", sagte Hans leise. "Es war so schön mit Ihnen; der schönste Tag seit dem Tod meiner Frau. Lassen Sie uns noch ein Fläschchen Wein miteinander trinken und plaudern. Vielleicht tut es uns beiden gut, uns einmal aussprechen zu können."

Angela ließ sich überreden und blieb. Der Wein lockerte ihre Zungen, und so erfuhr Hans, dass ihre ganz große Liebe ein Heiratsschwindler gewesen war, der ihr alles abgeknöpft hatte, was sie besaß und dann auf Nimmerwiedersehen verschwand; und er erzählte ihr, warum er niemals wieder hatte heiraten wollen.

"Ich wollte einer Toten die Treue halten", sagte er abschließend, "und musste heute Abend erkennen, wie unsinnig das war. Ein Kind ohne Mutterliebe aufziehen zu wollen, ist fast schon unverantwortlich. Es braucht sie wie das tägliche Brot. Aber auch der Vater sehnt sich nach ein bisschen Liebe. Nicht umsonst steht in der Bibel: 'Es ist nicht gut, dass der Mensch allein sei` - oder so ähnlich. Mir ist das heute Abend mehr als klar geworden; dank Ihnen, Fräulein Lohwein."

"Das sagen Sie doch nur aus einer sentimentalen Weihnachtsstimmung heraus", murmelte Angela ungläubig und wagte nicht, ihm in die Augen zu sehen. "Bis morgen haben Sie das längst wieder vergessen."

"Nie, Angela", sagte er und griff über den Tisch hinweg nach ihren Händen. "Ich habe zwar einen Kinderschreck gesucht, aber sehr wahrscheinlich eine neue Frau fürs Leben gefunden."

Und als sie am nächsten Morgen gemeinsam frühstückten, war nicht nur der kleine Andreas der glücklichste Mensch dieser Erde.

DER BANKÜBERFALL
heiterer Kurzkrimi

Wenn Claus und Irena Zansinger das Geld besessen hätten, das sie nicht besaßen, wären sie reiche Leute gewesen. Ein Berg Schulden hatte sich im Laufe der Jahre vor ihnen aufgetürmt. Da hatte es auch nichts genützt, dass sie, wenn ihnen die eine Bank nichts mehr gab, zur nächsten gegangen waren. Unter dem Strich hatten sich die Salden sämtlicher Konten letztlich zu einer gewaltigen Summe addiert. Und die dusseligen Banken bestanden dummerweise darauf, dass diese Schulden auch irgendwann zurückzuzahlen waren. Fragte sich nur, von was.

Nun gehörten Claus und Irena zwar zu den so genannten *Besserverdienenden*, da ihre Ansprüche aber schon immer größer als ihre Einnahmen gewesen waren, nützte ihnen das am Ende gar nichts. Der Pleitegeier kreiste mit grimmige Miene über ihrem schicken Bungalow, den sie ebenfalls auf Pump gebaut und aufs Feinste ausgestattet hatten, und wartete nur darauf, ihr Leben mit seinen gierigen und unnachsichtigen Krallen zu zerfleddern.

"Wir sind am Ende", sagte Claus eines Tages, nachdem der Gerichtsvollzieher wieder einmal unverrichteter Dinge gegangen war, zu seiner Frau. "Wenn uns nichts einfällt, wird unser Haus in vier Wochen versteigert. Dann sitzen wir auf der Straße, und alles andere, das uns lieb und wert geworden ist, ist ebenfalls verloren. Wir hätten etwas sorgsamer mit unserem Geld umgehen müssen."

Den ganzen Abend über beratschlagten sie, wie sie ihr Hab und Gut und damit auch ihr aufwendiges Leben retten konnten, und kamen schließlich zu der Erkenntnis, dass es dafür eigentlich nur eine einzige Möglichkeit gab:

Wenn die Banken ihnen freiwillig nichts mehr zugestehen wollten, mussten sie diese zwingen, etwas herauszurücken. Und diese Zwangsmaßnahmen bedeuteten, dass sie einen Banküberfall riskieren mussten.

"Die hiesige Zweigstelle der Privatbank & Co. eignet sich dazu meiner Meinung nach am besten", sagte Claus, nachdem sie sich geeinigt hatten, dass ein Banküberfall zur unbedingten Notwendigkeit geworden war. "Wir sind seit Jahren dort Kunden und kennen die Räumlichkeiten und Verhältnisse dadurch wie unsere eigene Westentasche. Außerdem ist es die Bank, die uns momentan die größten Schwierigkeiten macht. Es wäre mir eine Genugtuung, mich an ihr zu rächen und sie um einen ordentlichen Batzen zu erleichtern."

Irena war naiv genug, mit allem, was ihr Gatte vorschlug, einverstanden zu sein. Er war schon immer der Denker und Lenker ihrer kleinen Familie gewesen, hatte stets einen Ausweg aus ihren diversen Dilemmas gefunden, und so vertraute sie ihm auch diesmal vorbehaltlos. Er würde die Sache schon schaukeln, da war sie ganz sicher, und sie würde ihn nach besten Kräften dabei unterstützen.

Der Plan, den Claus austüftelte, war einfach und entsprach dem, mit dem tausend andere Halunken schon versucht hatten, eine Bank um ihr Bares zu erleichtern:

Sie wollten am Tag X maskiert in die bewusste Zweigstelle eindringen, und während Claus die Angestellten und Kunden mit einer Pistole bedrohte, sollte Irena bei dem Kassierer eine größere Abhebung vornehmen. Für ihre Flucht würde draußen dann ein gestohlener Wagen mit laufendem Motor bereitstehen.

"Ist dir auch alles klar?", fragte Claus seine Frau noch einmal eindringlich, bevor sie den Überfall vornahmen.

"Hundertprozentig", beteuerte Irena. "Schließlich haben wir das Ganze seit acht Tagen mehrmals gründlich geübt. Es kann überhaupt nichts schiefgehen."

"Wollen wir's hoffen", seufzte Claus. "Dann mal los, Kleines."

Das Fluchtauto hatte Claus bereits am Abend zuvor organisiert. Es hatte keinerlei Probleme bereitet, da es immer genügend Mitmenschen gab, die ihren Wagen irgendwo unverschlossen parkten. Dieser brave Mitmensch hatte freundlicherweise sogar seinen Schlüssel stecken lassen.

Claus und Irena fuhren also zum Ort des Geschehens, zogen dort schwarze Kapuzen mit Sehschlitzen über ihre Köpfe und stürmten in die Bank. Das Auto blieb mit laufendem Motor vor der Bank stehen.

"Das ist ein Überfall!", plärrte Claus mit sich vor Nervosität überschlagender Stimme. "Los, los, los! Alle die Hände über den Kopf! Und keine falsche Bewegung, sonst knallt's!"

Die zu Tode erschrockenen Angestellten und Kunden folgten der unmissverständlichen Aufforderung des Neugangsters ohne Widerrede, und während sie brav ihre Arme in die Luft streckten, begab Irena sich zu dem hinter Panzerglas sitzenden Kassierer, überreichte ihm eine Plastiktüte und bat ihn höflich, alles einzupacken, was an Bargeld vorhanden war.

Der Kassierer, der kein Blutvergießen riskieren wollte, tat, wie ihm geheißen worden war, ersuchte Irena aber aus irgendeiner Eingebung heraus, ihm den Betrag zu quittieren, da sonst seine Kasse am Abend nicht stimmen würde.

Und die naive Irena quittierte! ----

"Irgend etwas muss ich falsch gemacht haben", sagte sie zu ihrem Mann, als die Bullen sie von zu Hause abholten und in der grünen Minna zum Haftrichter transportierten.

"Ja", erwiderte Claus mit dumpfer Stimme. "Du hättest ihm den Betrag niemals quittieren dürfen."

"Davon hast du nie ein Wort gesagt", verteidigte sich Irena. "Und er bat mich doch auch so nett darum. Ich konnte ihm seinen Wunsch einfach nicht abschlagen."

"Natürlich nicht", brummte Claus. "Und vielleicht hätte ich es ja auch getan, wenn ich an deiner Stelle gewesen wäre. Nur hätte ich nicht auch noch unsere Kontonummer auf den Beleg geschrieben!"

EIN WEIHNACHTSTRAUM
besinnliche Weihnachtsgeschichte
erstmals in einer hessischen Version in meinem Buch
HESSISCHES ADVENTSKALENNERBUCH
Mundartverlag Naumann, Hanau
erschienen

"Es ist wieder einmal Weihnachten, Elisabeth", sagte der alte Mann, während er mit zitternden Händen die Kerzen am kleinen Christbaum anzündete, der auf dem schneebedeckten Grabhügel stand. "Fünf Jahre muss ich dieses Fest nun schon ohne dich feiern, und es macht mir immer weniger Freude. Du fehlst mir halt, Elisabeth. An allen Ecken und Enden fehlst du mir.

Klaus ist mit seiner Familie wieder nach Teneriffa geflogen, um die Feiertage dort zu verbringen. Ich sollte mitkommen, Elisabeth. Angeboten hat es mir unser Sohn. Vielleicht hat er's sogar ehrlich gemeint. Was weiß ich?

Aber was soll ich alter Bock auf Teneriffa? Völlig fehl am Platz käme ich mir vor. Als fünftes Rad am Wagen würde ich mich fühlen.

Außerdem kann ich dich ja auch nicht allein lassen; gerade an Weihnachten nicht. Wer außer mir sollte dich am Heiligen Abend besuchen? Ich denke, es war besser so, dass ich nicht mitgeflogen bin."

Der alte Mann hatte seine Arbeit beendet. Alle Kerzen am Baum brannten und tauchten den Grabhügel in ein feierliches Licht. Irgendwo begannen Glocken zu läuten. Der alte Mann lauschte für einen Moment, nickte nachdenklich und trat zurück.

"Früher sind wir um diese Zeit gemeinsam zur Christmette gegangen", erinnerte er sich. "Du, unser Sohn und ich. Anschließend haben wir dann beschert und unter dem Christbaum all die schönen Weihnachtslieder gesungen." Der alte Mann kicherte. "Du konntest zwar nicht schön singen, Elisabeth, aber du tatest es mit einer Inbrunst und Andacht, die rührend war und die die schiefen Töne vergessen ließ.

Mein Gott, wie lange ist das her? Jahre? Jahrzehnte? Jahrhunderte? Geradeso kommt es mir vor.

Klaus hat inzwischen selbst Kinder. Vierzehn und zwölf sind sie mittlerweile, der Tommy und die Katrin. Wie du in deinen Mädchenjahren sieht die Kleine aus; und der Junge ein bisschen wie ich, behaupten die Leute.

Wahrscheinlich werden sie heute unter keinem Christbaum singen, unser Sohn, seine Frau und unsere Enkelkinder. Wer singt heutzutage noch selber? Man lässt singen; mit zweimal hundert Watt und in Stereo. Und vielleicht gibt es auf Teneriffa auch gar keinen Christbaum? Ich kenne die dortigen Bräuche nicht."

Der alte Mann trat zu einer Bank, die in der Nähe des Grabes stand, wischte mit der Hand den Schnee herunter und ließ sich nieder.

"Ich bleibe noch ein Weilchen bei dir", sagte er. "Was soll ich zu Hause? Vermissen tut mich eh keiner. Die Decke würde mir nur wieder auf den Kopf fallen. Sollen sie das Friedhofstor halt zuschließen. Mich stört das nicht. Ich bin auch im vergangenen Jahr über die Mauer geklettert. War zwar ganz schön anstrengend für meine steifen Knochen, aber geschafft habe ich es. Man wird halt nicht jünger, Elisabeth. Die Jahre gehen nun mal nicht spurlos an einem vorbei. Das Rad der Zeit lässt sich nicht zurückdrehen. Ich wollte, ich könnte es; ein einziges Mal nur, Elisabeth, nur ein einziges Mal."

Es hatte wieder zu schneien begonnen. Wie Millionen kleiner Schmetterlinge tanzten die Flocken um den alten Mann herum. Er hatte die Arme vor der Brust verschränkt, beobachtete, wie die Kerzen am Weihnachtsbäumchen langsam herunterbrannten, und lächelte versonnen vor sich hin.

"Komm mit", hörte er eine leise Stimme hinter sich, und er musste sich nicht umdrehen, um zu wissen, wer ihn ansprach. "Einen Wunsch darf ich dir heute erfüllen; einen einzigen nur, aber es ist dein größter. Schließe deine Augen, Kurt, und lass dich von mir in das Reich deiner Träume führen."

Und plötzlich war ein verzaubertes Singen um ihn her und erfüllte sein Herz mit einer Woge nie gekannten Glücks. Auf einer Wolke schien er schweben, die ihn emporhob und in ein weit, weit entferntes Land trug.

"Jetzt kannst du deine Augen wieder öffnen", sagte die Stimme. "Frohe Weihnachten, Kurt!"

In einer Straße mit zerbombten Häusern fand er sich wieder. Der Krieg war vor einem guten halben Jahr zu Ende gegangen. Einen zerschlissenen Wehrmachtsmantel trug er, die Reste seiner Uniform und Stiefel, die ihren Namen nicht mehr verdienten. Von vorn näherte sich ein Mädchen, schaute ihn mit gefurchter Stirn an und blieb, als es ihn zu erkennen schien, stehen.

"Kurt?", fragte sie zögernd. "Sind Sie... bist du nicht der Kurt Johannsen?"

"Der bin ich in der Tat", erwiderte er. "Und Sie sind... du bist die Elisabeth Wegener, gelt?"

Das Mädchen nickte. "Ja", sagte sie. "Das, was von mir übrig geblieben ist. Besonders attraktiv ist das weiß Gott nicht mehr."

"Kommt es darauf an?", entgegnete er leise. "Die Hauptsache ist doch, dass wir überlebt haben. Irgendwie wird es schon weitergehen."

"Diese Zuversicht habe ich auch", sagte sie. "Frohe Weihnachten übrigens."

"Weihnachten?" Kurt sah das Mädchen verwirrt an. "Heute ist Weihnachten? Du, daran habe ich wirklich nicht gedacht. In einer Zeit wie der jetzigen vergisst man die Zeit."

"Woher kommst du?", erkundigte sich Elisabeth. "Und wohin willst du?"

"Ich komme aus amerikanischer Gefangenschaft", erklärte Kurt, "und suche meine Eltern. Hast du eine Ahnung, was aus ihnen geworden ist? Von unserem Haus ist ja nicht viel übrig geblieben; genau wie von eurem nebenan."

Elisabeth senkte den Kopf. "Von unseren Eltern auch nicht", wisperte sie. "Du und ich - wir sind die beiden letzten unserer Familien. Tut mir leid, dir das gerade an Weihnachten mitteilen zu müssen."

"Ich habe es geahnt, als ich von den schweren Angriffen auf unsere Stadt hörte", sagte Kurt müde. "Aber ein Funke Hoffnung bleibt wohl immer in einem."

"Was wirst du jetzt tun, Kurt?", wollte das Mädchen wissen.

Der junge Mann zuckte die Achseln.

"Wenn du willst, kannst du mit zu mir kommen", schlug Elisabeth vor. "Ich habe es mir in einem Keller, der heil geblieben ist, einigermaßen wohnlich eingerichtet. Du bist gerne eingeladen. Luxus darfst du natürlich keinen erwarten, aber besser als nichts ist es schon. Sogar eine Tasse Kaffee kann ich dir anbieten."

"Also doch Luxus", lächelte Kurt. "Ich nehme deine Einladung dankend an. Wohin sollte ich auch sonst gehen?"

Es war ein winziger Keller, in dem Elisabeth hauste. Vor die Fenster hatte sie Bretter genagelt und die Ritze mit Lumpen abgedichtet, um so der Kälte wenigstens ein bisschen Herr zu werden, die selbst ein mit Holz befeuerter alter Küchenherd nicht abhalten konnte.

Eingerichtet war der Keller mit Überresten von Möbeln, die sie auf den umliegenden Trümmergrundstücken zusammengesucht hatte. Sogar ein Sofa, das ihr offensichtlich als Bett diente, hatte sie herbeigeschleift. Beleuchtet wurde der Raum von Kerzenstummeln, da die Glühbirne, die an der Decke baumelte, gestern - wie sie erzählte - ihren Geist aufgegeben hatte.

Und es gab sogar einen kleinen Tannenbaum, den sie in einer Ecke auf einer Kiste aufgebaut und mit den unmöglichsten Dingen wie Papierschnitzeln, Metallspänen und Glassplittern geschmückt hatte.

"Mehr kann ich dir leider nicht bieten", entschuldigte sie sich, nachdem sie ihn eintreten und auf dem Sofa hatte Platz nehmen lassen.

"Es ist mehr, als ich erwartet hatte", erwiderte er. "Mein Gott, Elisabeth, was ist bloß aus uns geworden?"

"Ein Volk von Maulwürfen, das unter der Erde sein bisschen Leben zu erhalten sucht", sagte sie. "Wir ernten, was wir gesät haben. Aber lass uns jetzt nicht mehr davon sprechen. Es ist Weihnachten, und ich bin froh, dass du bei mir bist. Weißt du eigentlich, dass ich einmal sehr in dich verliebt war? Vierzehn oder fünfzehn muss ich damals wohl gewesen sein."

"Nein, davon weiß ich nichts", bekannte er.

"Kein Wunder", lächelte sie. "Als flotter Soldat hattest du natürlich andere Interessen als mich junges, unterentwickeltes Ding ohne Busen und so."

"...aus dem inzwischen eine bezaubernde junge Dame geworden ist", ergänzte er und bemerkte, wie sie bis zu den Haarwurzeln errötete.

"Ich möchte wissen, was an mir noch bezaubernd sein soll", meinte sie. "Als Vogelscheuche könnte man mich in einen Baum setzen. Kein Spatz würde es wagen, auch nur eine Kirsche zu stehlen."

"Nun untertreibe mal nicht", sagte er. "Die Fassade ist zwar leicht lädiert, aber man kann immer noch erkennen, was daraus werden wird, wenn sie erst einmal wieder renoviert worden ist."

"Du musst mir keine Komplimente machen", versetzte sie verlegen.

"Es sind keine Komplimente", entgegnete er. "Ich meine es ernst, Elisabeth. Du bist ein wunderschönes Mädchen. Ich muss blind gewesen sein, dass ich das nicht längst entdeckt habe."

"Wir haben uns lange nicht gesehen, Kurt", sagte Elisabeth.

"Viel zu lange, Elisabeth", erwiderte er nachdenklich. "Unsere Jugend haben sie uns genommen, oder zumindest einen Großteil davon. Wir werden uns beeilen müssen, sie nachzuholen."

Es wurde trotz der Umstände, in denen sie ihn verbrachten, der schönste Weihnachtsabend ihres Lebens. Sogar ein Fläschchen Wein hatte Elisabeth aus besseren Zeiten in die heutige hinübergerettet, das sie gemeinsam und jeden Schluck genüsslich auskostend, leerten.

Irgendwann küssten sie sich, und es war wie selbst verständlich, dass sie dann auch miteinander schliefen.

"Was wirst du jetzt von mir denken?", sagte sie, als sie später auf dem alten Sofa lagen und ihre erhitzten Körper nicht allein der Kälte wegen in inniger Umarmung aneinanderpressten. "Gibt sich dem ersten Mann hin, der ihr über den Weg läuft. Und du warst der erste, das kannst du mir ruhig glauben."

"Ich weiß", erwiderte er und küsste ihr zärtlich zwei Tränen von den Augen, die sich bei ihren Worten dorthin verirrt hatten. "Und ich bin dankbar dafür, dass ich es sein durfte; denn nun weiß ich wieder, wohin ich gehöre. Wie ein Licht bist du aus dem Dunkel zu mir getreten, neue Hoffnung hast du mir ins Herz gesenkt. Dafür liebe ich dich, mein kleines, süßes Mädchen. Gemeinsam werden wir uns an den Aufbau machen, und gemeinsam werden wir es auch schaffen."

Und so war es denn auch. Wie ein wunderschöner Film liefen die folgenden Stationen ihres gemeinsamen Lebens noch einmal an Kurts Augen vorbei:

Als strahlende Braut, in einem geliehenen Kleid zwar und auch noch ein wenig mager, sah er sie; den Tag, an dem sie ihm seinen Sohn geschenkt hatte, durfte er erleben; bei Klaus' Taufe und seinem ersten Schultag war er dabei; er baute noch einmal sein Häuschen im Grünen, von dem sie immer geträumt hatten; alle schönen Stunden kehrten einmal noch zu ihm zurück.

"Das war es, Kurt", sagte die Stimme endlich. "Hat dir mein Weihnachtsgeschenk gefallen?"

"Oh ja", erwiderte Kurt. "Es war herrlich. Könnten wir es nicht noch einmal wiederholen?"

"Leider nein", bedauerte die Stimme. "Aber ich sagte dir ja schon zu Beginn, dass es ein einmaliges Geschenk ist."

"Schade", sagte Kurt. "Aber trotzdem vielen Dank. Du hast mir eine sehr große Freude bereitet."

"Dazu bin ich, und dazu ist das Weihnachtsfest da", versetzte die Stimme, und dann war es still um Kurt; still wie in einem Dom.
- - -

"Sieh mal dort drüben auf der Bank", sagte eine Friedhofsbesucherin am nächsten Morgen zu ihrem Mann. "Da sitzt ja einer. Völlig eingeschneit ist er. Mein Gott, der scheint tot zu sein!"

Sie traten näher und stellten fest, dass sie es tatsächlich mit einem Toten zu tun hatten.

"Schau dir sein Gesicht an", sagte der Mann bewegt. "Dieser Friede, dieser Ausdruck höchsten Glücks, der auf ihm liegt."

"Ja", erwiderte die Frau. "Er scheint mit einem wunderschönen Traum im Herzen gestorben zu sein; als ob er dabei in den Himmel gesehen hätte."

EIN UNVERHOFFTES WIEDERSEHEN
Eine Liebesgeschichte

Helga Jansen war auf alles, das zur Gattung *Mann* zählte, sauer. Schuld an dieser betrüblichen Tatsache war ihr eigener. Nach zehnjähriger Ehe hatte er darauf bestanden, ihren obligatorischen Osterurlaub getrennt verbringen zu wollen. Als Frischzellenkur für ihre Liebe, die zur Gewohnheit zu erstarren drohe, hatte er es bezeichnet. Neuen Spaß im Bett hatte er ihr prophezeit, wenn sie mal für eine Weile verschiedener Wege gingen. Aus einmal in der Woche würde vielleicht wieder zwei- oder gar dreimal werden; die hohen Feiertage nicht mitgerechnet und demnach also noch zusätzlich....!

Meine Güte, was für rosige Aussichten!

Nach längerem Hin und Her hatte sie sich darauf eingelassen und war, während er ins Ötztal zum Skifahren abdampfte, nach Maspalomas auf Gran Canaria geflogen.

Nun hockte sie allein auf der Trauminsel herum und tat, was den meisten, die sich hier aufhielten, nie in den Sinn gekommen wäre: Sie langweilte sich fast zu Tode.

Natürlich hätte sie sich amüsieren können, wenn sie gewollt hätte. Tausend Gelegenheiten dafür hätte es gegeben. Auch Männerbekanntschaften hätte sie machen können. Die hungrigen Augen, mit denen die hier anwesenden Herren der Schöpfung ihren wohlproportionierten Körper verschlangen, sprachen Bände, nein, ganze Bibliotheken. Aber sie hatte, wie man so schön auf Neudeutsch sagt, keinen Bock darauf, fremdzugehen; denn erstens wollte sie ihrem Göttergatten als verheiratete Frau die Treue bewahren, auch wenn sie sich nicht ganz sicher war, ob er es ebenfalls tat, und zweitens entsprach keiner der anwesenden Strandcasanovas ihrem Ideal. Und dem Alter, *nur um zu,* fühlte sie sich mit ihren zweiunddreißig Jahren eigentlich entwachsen.

Bis zu dem Tag, an dem überraschend Frank auftauchte. Er war der Mann, nach dem sich jede Faser ihres Herzens sehnte. Er *war* ihr Ideal.

Sie trafen sich am dritten Tag nach ihrer Ankunft auf Gran Ganaria an der Bar ihres Hotels.

"Hallo, du", sagte er mit einschmeichelnder Stimme und legte, als wäre dies die selbstverständlichste Sache der Welt, den Arm um ihre Schultern. "Kennen wir uns nicht von irgendwoher?"

"Und ob", erwiderte sie matt und starrte ihn wie eine Geistererscheinung an. Ausgerechnet *ihn* hier zu treffen, ließ sie fast an ihrem Verstand zweifeln. Einen lange nicht mehr gekannten Stich in der Herzgegend verspürte sie, der darauf hindeutete, dass ihr dieser Mann vom ersten Moment an nicht ganz gleichgültig war.

"Es ist lange her", sagte er und hauchte ihr einen zärtlichen Kuss auf die Wange. "Viel zu lange. Wie geht es dir?"

"Beschissen", versetzte sie wahrheitsgemäß. "Ich bin die einsamste Frau der Welt."

"Warum das?", wollte er wissen.

"Weil mein Mann, der Trottel, unbedingt darauf bestand, allein verreisen zu wollen", erklärte sie. "Und nun sitze ich hier herum und weiß nicht, was ich mit mir anfangen soll."

"Jetzt bin *ich* da", sagte Frank. "Deine erste große Liebe. Die war ich doch - oder?"

"Ja, die warst du", bestätigte sie leise.

"Man behauptet, eine Frau könne ihre erste große Liebe niemals vergessen", sagte er. "Wie ist es bei dir?"

"Nicht anders", erwiderte sie. "Besonders dann nicht, wenn er derjenige welcher war. Und das warst du nun mal."

"Es war himmlisch", begann er zu träumen.

"Na ja", schwächte sie ab. "Sooo himmlisch war es nun auch wieder nicht. Mir hat es anfangs ganz schön weh getan, dieses erste Mal. Und besonders peinlich wurde es, als deine Eltern uns dabei überraschten."

"Das Gesicht meiner Mutter könnte ich dir heute noch malen", schmunzelte er.

"Und dein Vater wusste nicht so recht, ob er lachen oder brüllen sollte", erinnerte sie ihn. "Ich hätte vor Scham im Erdboden versinken mögen."

"Lang, lang ist's her", wiederholte er. "Aber schön war's doch."

"Sehr schön", pflichtete sie ihm bei. "Und was für ein Zufall, dass wir uns ausgerechnet hier in Maspalomas wiedertreffen. Bist du allein hier?"

"Selbstverständlich", beteuerte er. "Nach dir hat es nie mehr eine andere Frau für mich gegeben."

"Jetzt hör aber auf", lachte sie. "Ich weiß doch, dass du verheiratet bist."

"Na und?", winkte er ab. "Du bist es auch."

"Ja", erwiderte sie leise. "Mit einem Mann, der glaubt, mit unserer Liebe wäre es nicht mehr weit her."

"Und?", fragte Frank. "Hat er recht?"

Sie wiegte den Kopf. "Möglich", gab sie zu. "Besonders aufregend war unser Liebesleben in letzter Zeit nicht mehr. Du kennst das aus deiner eigenen Ehe wahrscheinlich genauso - oder? Irgendwann flacht alles ab."

"Und woran liegt das?"

"Keine Ahnung." Sie zuckte mit den Schultern. "Vermutlich mangelt es irgendwann an der erforderlichen Phantasie, aus der Sache wieder mehr zu machen. Küsschen hier, Küsschen da, fummel fummel und dann rauf auf die Mutter - auf Dauer wird das langweilig."

"Bei mir ist das genauso", räumte er ein. "Deshalb sind meine Frau und ich diesmal auch getrennt in den Urlaub gefahren."

"Und was versprecht ihr euch davon?"

"Neue Erkenntnisse", sagte er.

"Wollt ihr anderweitig neue Erfahrungen sammeln?"

"Vielleicht", meinte er. "Zum Beispiel mit einer Frau wie dir."

"Aber ich bin doch auch nur eine alte Ehefrau", versetzte sie verlegen. "Viel Neues weiß ich nicht. Außerdem habe ich mir geschworen, meinem Mann treu zu bleiben."

"Das hatte ich mir ebenfalls geschworen", sagte er. "Bis ich dich

wiedertraf. Nun habe ich all meine guten Vorsätze vergessen."
"Wenn ich ganz ehrlich sein soll....", flüsterte sie errötend. "...ich auch."
"Dein Mann muss es ja nie erfahren", sagte er und küsste sie, während er sanft seine Fingerkuppen über ihren Rücken gleiten ließ, zärtlich aufs Ohr.
Helga erschauerte ob dieser schon so lange entbehrten Streicheleinheiten. Heiß wurde es ihr in ihrem Schoß. Nur mühsam konnte sie ein wohliges Stöhnen unterdrücken.
"Lass uns noch ein bisschen Zeit", bat sie ihn tonlos. "Wir wollen nichts überstürzen."
"Nun gut", sagte er nüchtern. "Dann gehen wir jetzt erst einmal zusammen essen. Später sehen wir dann weiter. Einverstanden?"
Hätte sie widersprechen sollen? Für keine Sekunde kam es ihr, da sie jetzt schon lichterloh brannte, in den Sinn. Nur umziehen wollte sie sich noch, und das gestand er ihr zu.
In einem kleinen spanischen Restaurant aßen sie zu Abend. Paella bestellten sie und dazu einen süffigen Rotwein. Frank plauderte mit ihr, wie ihr Mann das nur in seinen besten Jahren getan hatte. Sie lachten und scherzten miteinander und fühlten sich - drücken wir es profan aus - sauwohl.
"Weißt du eigentlich, dass du die entzückendste Frau bist, die ich kenne", sagte er irgendwann zu ihr, nahm ihre Hände zwischen seine und führte sie an seine Lippen. "Schade, dass du verheiratet bist. Ich würde dich sonst auf der Stelle bitten, meine Frau zu werden."
"Du bist ebenfalls verheiratet", erinnerte sie ihn an die Tatsachen.
"Das stimmt", seufzte er. "Und ich wollte, meine Frau wäre in letzter Zeit einmal so zu mir gewesen, wie du heute Abend zu mir bist."
"Lag es nur an ihr, dass sie es nicht war?"
Sie sah ihn plötzlich mit ernsten Augen an.
"Nein", gab er mit einem hilflosen Lächeln zu. "An ihr allein lag

das wohl nicht."

"Na, siehst du", sagte sie. "Bevor man einen anderen verurteilt, sollte man erst an die eigene Brust klopfen. Ich tue das mittlerweile unentwegt; weil ich einzusehen beginne, dass ich in meiner Ehe vieles falsch gemacht habe."

"Ich auch", räumte er ein. "Man hat eben im normalen Alltag viel zu wenig Zeit füreinander. Der Beruf, das Streben nach immer mehr frisst dich auf und verschließt dir die Augen vor den schönen Dingen des Lebens."

"Aber das müsste nicht sein?"

"Nein, bestimmt nicht", sagte er nachdenklich. "Ein bisschen Zeit füreinander sollte man sich schon nehmen."

"Vergiss es nicht, wenn du wieder zu Hause bist", ermahnte sie ihn. "Und ich will ebenfalls daran denken."

Später gingen sie am Strand von Maspalomas spazieren. Wie eine silberne Scheibe hing der Mond am samtblauen, wolkenlosen Himmel. Leise rauschte das Meer. Von irgendwoher drang schwermütige Gitarrenmusik an ihr Ohr. Eine laue Nacht war es, trotz der frühen Jahreszeit. Aber auf Gran Canaria herrschen nun mal andere Temperaturen als zu Hause. Dort hätte man sich bei einem nächtlichen Osterspaziergang vermutlich einen abgefroren. Hier nicht. Hier konnte man sogar schon im Meer baden.

"Ich liebe dich", sagte Frank unvermittelt. Er blieb stehen, legte seine Hände auf ihre Schultern und schaute ihr tief in die Augen. "Ich liebe dich so sehr."

"Aber doch nicht hier", protestierte sie errötend.

"Und warum nicht hier?", wollte er wissen. "In den Dünen wären wir ungestört."

"Wir sind keine Teenager mehr", erinnerte sie ihn, aber ihre Stimme verriet, dass sie seinen unseriösen Vorschlag eigentlich gar nicht so übel fand.

"Wir sind aber auch noch keine Greise", meinte er. "Warum sollten wir uns also nicht mal über das Übliche hinwegsetzen und uns unter freiem Himmel lieben? Wollten wir in diesem Urlaub nicht neue Erfahrungen sammeln? Warum beginnen wir nicht einfach damit?"

Er nahm die immer noch etwas zögernde Frau bei der Hand und zog sie sanft in die grandiose Dünenlandschaft, deren meterhohe Sandhügel der Wind aus Afrika herübergeweht hatte. Ihre Schuhe mussten sie ausziehen, sonst hätte sie ihnen der Sand irgendwann von den Füßen gezerrt. Bis über die Knöchel sanken sie ein.

"Hier", sagte Frank endlich, nachdem sie einige der sanften Hügel und Täler hinter sich gebracht hatten. "Hier sind wir ungestört."

Er nahm Helga in seine Arme und küsste sie, wie sie schon lange nicht mehr geküsst worden war. Ein wohliges Beben durchlief ihren Körper und breitete sich von den Haarspitzen bis zu ihrem Schoß aus. Und während seine Zunge ihren Mund erforschte und mit der ihren ein neckisches Spielchen trieb, begann er sie zu entkleiden.

"Wie schön du bist", flüsterte er heiser, als er sie nackt in den Armen hielt. "Wie wunderschön."

Als Antwort half sie ihm, sich ebenfalls seiner Kleidung zu entledigen, die sie samt ihrer als eine Art Decke über den warmen Sand ausbreiteten.

"Komm", wisperte er und zog sie auf das so geschaffene Liebeslager hinunter.

Jeden Zentimeter ihres erhitzten Körpers streichelten seine Lippen. Und sie vergalt ihm jede Zärtlichkeit mit einer ähnlichen. Kaum erwarten konnten es beide, bis sich ihre Leidenschaft in einer gewaltigen Explosion entlud.

"Und dazu mussten wir extra nach Gran Canaria fliegen", sagte sie schwer atmend, nachdem sich der Sturm ihrer ersten Erregung gelegt hatte, und sie glücklich aneinandergeschmiegt im Sand lagen und hinauf zu den Sternen blickten. "Weshalb bist du mir überhaupt gefolgt?"

"Weil ich es im Ötztal ohne dich nicht ausgehalten habe", gestand er. "Und weil ich nicht wollte, dass du das, was wir eben zusammen erleben durften, vielleicht mit einem anderen erlebt hättest."

"Wärst *du* heute nicht zu mir gekommen", sagte sie "wäre *ich* dir spätestens morgen nachgereist. Ganz so schlimm scheint es um unsere Liebe also doch noch nicht bestellt zu sein."

"Im Gegenteil", versetzte er. "Und wenn wir beherzigen, was wir uns vorgenommen haben, wird das auch nie der Fall sein."

"An mir soll es bestimmt nicht liegen", seufzte sie selig, denn er begann, als wolle er ihr gegenseitiges Versprechen damit besiegeln, das schönste aller Spiele gerade aufs Neue.

Und das tiefblaue Meer von Maspalomas sang dazu sein ewiges Lied.

HILFE, ICH LIEBE MEINEN CHEF!
erotische Liebesgeschichte

Bei Tina hatte der berühmte Blitz eingeschlagen: Am ersten Tag schon, als sie bei der bekannten Werbeagentur Fresenius & Co. zu arbeiten begonnen hatte, hatte sie sich in ihren neuen Chef verliebt; unsterblich, um es ganz profan auszudrücken. Aber ein anderes Wort gab es nicht, um ihre Gefühle für ihn zu beschreiben. Er war der Mittelpunkt ihrer Träume, erfüllte in diesen all ihre Wünsche und gab ihr alles, wonach eine Frau sich sehnte; leider nur in ihren Träumen, denn die Sache hatte einen Haken:

Claus Fresenius war verheiratet, hatte zwei goldige Kinder und schien offensichtlich eine sehr glückliche Ehe zu führen. Tina hatte es beobachten können, wenn seine Frau ihn hin und wieder besuchte. Da gab es Küsschen hier und Küsschen da und auch sonst...

Tina beschloss, ihre Liebe zu Claus in ihrem Herzen zu vergraben und ihn nie merken zu lassen, was sie für ihn empfand. Es wäre ihre nie in den Sinn gekommen, eine Ehe zu zerstören. Lieber wollte sie auf ein eigenes Glück verzichten. So sehr liebte sie ihn.

Aber auch Claus ließ nie erkennen, dass er mehr in ihr sah als eine begabte Mitarbeiterin, die für ihren Beruf lebte und oft mit geistreichen Ideen zur Belebung des Geschäftes beitrug.

All das änderte sich, als der Betriebsausflug ins Haus stand und sie mit einem kleinen Bus eine Rheintour unternahmen.

Ein merkwürdiges Interesse, das sie selbst am meisten überraschte, bekundete er da plötzlich an ihr. Unbedingt neben ihr sitzen wollte er während der Fahrt, und wenn ihre Blicke sich trafen, war es, als wolle er sie mit den Augen entkleiden. Tina wusste keine Erklärung dafür.

Der Betriebsausflug endete am Abend in Rüdesheim in der weltbekannten Drosselgasse. Sie hatten sich in einem malerischen Weinkeller Plätze reservieren lassen, speisten vorzüglich und ließen sich schließlich von der allgemeinen Stimmung anstecken, die ein Musikantentrio verbreitete, und zu dessen flotten Klängen man auch tanzen konnte.

"Ich tanze mit dir in den Himmel hinein", sang ihr Claus leise ins Ohr, als er zu eben dieser Melodie mit ihr über die Tanzfläche schwebte, presste sie noch ein wenig fester an sich und ließ sie erahnen, dass ihn ihr enges Zusammensein nicht ganz unbeeindruckt ließ. "In den siebenten Himmel der Liebe."

Tina dachte, dass es vermutlich nicht sein Haustürschlüssel war, den sie in der Nähe ihres Schoßes verspürte, und ging ein wenig auf Abstand. Er rückte sofort wieder nach.

"Dass Sie dieses Lied überhaupt kennen", murmelte sie verwirrt. "Es ist doch uralt."

"Aber immer noch gut", erwiderte er. "Besser jedenfalls als die modernen Plastikrhythmen. Bei denen kann sich ein Paar doch gar nicht mehr näherkommen. Jeder tanzt allein für sich. Finden Sie das schön?"

"Ich mag moderne Musik", stellte Tina klar.

"Ich eigentlich auch", versetzte Claus. "Aber heute liebe ich halt diese. Besonders mit Ihnen."

Er schob sich erneut etwas näher heran. Der Haustürschlüssel - oder was immer es war - wurde immer größer. Werden Haustürschlüssel das?

Tina wurde langsam nervös. Dieser Haustürschlüssel - oder was? - ließ ihren Schoß erglühen. Ein wohliger Schauer nach dem anderen lief ihr den Rücken hinunter. Wenn er jetzt...! Aber sie durfte doch nicht! Und er durfte erst recht nicht...!

"Warum haben Sie eigentlich nicht Ihre Frau mitgenommen?", fragte sie.

"Zu einem Betriebsausflug?" Er lachte. "Aber dabei haben Ehefrauen doch nichts verloren. Wenigstens einmal im Jahr muss man sich mal so richtig austoben dürfen."

"Finden Sie das gut?"

"Sehr gut." Claus lachte wieder. "Und wenn man dann noch mit einer Frau wie Ihnen zusammen ist, vergisst man ohnehin alles."

"Ich erkenne Sie nicht wieder", sagte Tina abweisend. "Bis heute waren Sie der unnahbare Chef für mich, der kaum - wenn überhaupt - bemerkt hat, dass ich eine Frau bin. Wie darf ich das also verstehen? Suchen Sie ein Abenteuer? Dafür bin ich mir zu schade."

"Selbstverständlich", versicherte Claus. "Aber ich meine es wirklich ernst mit Ihnen. Sie sind genau die Frau, von der ich immer geträumt habe."

"Herr Fresenius!", beschwerte sich Tina empört und löste sich aus seinen Armen. "Sie sind verheiratet."

"Mehr oder weniger", seufzte Claus. "Ich möchte heute Abend nicht davon sprechen."

"Egal wie", entgegnete Tina entschieden. "Ich lasse mich nicht mit verheirateten Männern ein. Das widerspricht meinen Prinzipien."

"Und wenn ich nicht verheiratet wäre?"

"Dann..." Tina unterbrach sich, senkte den Blick und biss sich auf die Unterlippe. "Sie sind es aber nun mal", fuhr sie endlich leise fort.

"Wer weiß." Claus lächelte hintergründig. "Vielleicht bin ich es schon sehr bald nicht mehr."

"Erzählen Sie mir doch bitte keine Märchen", versetzte Tina ärgerlich. "Ich nehme Ihnen das eh nicht ab. Soweit ich das in dem halben Jahr, seit ich für Sie arbeite, beobachten konnte, vergöttern Sie Ihre Familie und denken gar nicht daran, sich von ihr zu trennen. Darf ich mich dann setzen? Ich mag nicht mehr tanzen."

Ein paar Gläser Wein später forderte er sie erneut auf. Wieder tanzte er auf Tuchfühlung, wieder überhäufte er sie mit zärtlichen Komplimenten und Anspielungen.

Und Tina, die sich unterdessen wegen ihres Seelenschmerzes einen herrlichen Schwips angedudelt hatte, genoss es plötzlich, von ihm auf so eindeutige Weise umworben zu werden.

"Was wäre, wenn ich...?", überlegte sie. "Wenigstens ein

einziges Mal. Ich sehne mich doch so sehr danach. Seine Frau würde bestimmt nie etwas davon erfahren."

"Was halten Sie davon?", mischte er sich flüsternd in ihre unschamhaften Gedanken, und als seine Lippen dabei flüchtig ihr Ohr streiften, durchzuckte es sie wie ein Stromschlag. "Wollen wir uns nicht abseilen?"

"Aber wir können doch nicht...", widersprach sie matt. "Was würden die anderen von uns denken?"

"Von denen können die meisten sowieso kaum noch denken", meinte er. "Außerdem ist es mir egal. Ich bin schließlich der Chef und kann tun und lassen, was ich möchte; sogar von hier verschwinden, wenn ich die Schnauze voll habe."

"Und wenn Ihre Frau davon erfährt?"

"Ach was", winkte er ab. "Die werden sich hüten, mich zu verpetzen. Gutbezahlte Arbeitsplätze sind rar. Ich mache mir deswegen keine Sorgen."

"Nun", wisperte Tina, "wenn *Sie* sich keine Sorgen machen, sollte *ich* es eigentlich erst recht nicht tun. Verschwinden wir also."

Sie nahmen sich ein Taxi, ließen sich gemeinsam auf dem Rücksitz nieder und nannten dem Fahrer ihre Heimatadresse.

"Ganz schön weit", meinte der Fahrer. "Das wird nicht ganz billig."

"Halten Sie mich für zahlungsunfähig?, fragte Claus unwillig.

Der Fahrer schwieg und konzentrierte sich auf den Verkehr.

Claus konzentrierte sich auf Tina. Er legte seinen Arm um ihre Schultern und zog sie zärtlich an sich.

"Schön", flüsterte er. "Davon habe ich den ganzen Tag über geträumt."

"Wovon?"

Sie hob ihr Gesicht zu ihm empor und schaute ihn mit verhangenen Augen an.

"Davon!"

Er nahm behutsam ihren Kopf zwischen seine Hände und küsste

sie.

Für Tina war es, als öffne sich das Tor zum Siebenten Himmel für sie, und sie erwiderte seine Küsse, die immer stürmischer und fordernder wurden, mit der gleichen Leidenschaft.

"Bitte nicht", hauchte sie, als er an ihrer Bluse zu nesteln begann. "Der Fahrer!"

"Ach, der!", versuchte Claus ihre Bedenken zu zerstreuen. "Der ist so etwas gewöhnt. Der sieht das schon gar nicht mehr."

Endlich war er an das Ziel seiner Wünsche gelangt und konnte erfreut feststellen, dass er nicht auch noch einen störenden BH zur Seite räumen musste. Mit geübten Fingern begann er sie zu streicheln und liebevoll zu kneten. Leise aufstöhnend ließ ihn Tina gewähren und vergalt ihm seine Zärtlichkeiten, indem sie ihre Hand auf jene Stelle legte, hinter der sich mit einiger Gewissheit nicht sein Haustürschlüssel verbarg.

Dies wiederum animierte ihn, noch kühner zu werden. Er ließ seine Hand nach unten gleiten und...

"Wir sind da", verkündete der Taxifahrer. "Macht zweihundertsechsundfünfzig Mark und achtzig Pfennige."

"Das ging aber schnell", brummte Claus, während er ihn entlöhnte und Tina sich, tiefrot wie eine Tomate, die Bluse zuknöpfte. "Sind Sie geflogen?"

"Nein", erwiderte der Fahrer. "Aber wenn man liebt, vergisst man halt Zeit und Raum. Viel Spaß noch, die Herrschaften."

Es war wie selbstverständlich, dass Claus das Mädchen in dessen Wohnung begleitete. Ein hübsches Einzimmerappartement mit Küche und Bad war es, in dem sie seit einem halben Jahr allein lebte.

Und es war auch wie selbstverständlich, dass sie hier fortsetzten, was im Taxi so aufregend und wunderschön begonnen hatte. Bis zum frühen Morgen liebten sie sich und ließen erst voneinander, als die Sonne ihre ersten Strahlen ins Zimmer sandte.

*

"Danke!" stand auf dem Zettel, den Tina, als sie gegen Mittag erwachte, auf dem Tisch fand. "Du warst ein Erlebnis. Wir werden es bald und so oft es geht wiederholen."

"Nein", dachte Tina und schüttelte heftig den Kopf. "Das musst du dir abschminken, mein lieber Claus. Was heute Nacht geschehen ist, war eine einmalige Sache und wird sich bestimmt *nicht* wiederholen. Ich muss von allen guten Geister verlassen worden sein, dass ich mich überhaupt darauf eingelassen habe."

Ihr schlechtes Gewissen trieb ihr die Tränen in die Augen. Aufschluchzend warf sie sich auf das von ihren heißen Liebeskämpfen zerwühlte Bett, presste ihr glühendes Gesicht ins Kissen, das noch einen leichten Geruch nach seinem herben Rasierwasser verströmte, und weinte bitterlich.

Im Laufe des Tages reifte ein Entschluss in ihr, der sie zwar ebenfalls schmerzte, aber an dem wohl kaum etwas zu ändern war.

Am Montagmorgen bat sie Claus um eine Unterredung und begab sich, als dieser zustimmte, mit klopfendem Herzen in dessen Büro.

Er saß hinter seinem Schreibtisch, erhob sich, als sie eintrat, und kam ihr mit ausgestreckter Hand entgegen. Durch nichts ließ er erkennen, ob ihm diese Begegnung irgendwie peinlich war. Freundlich, aber dennoch zurückhaltend wie immer, benahm er sich.

"Na, Fräulein Becker, haben Sie den Betriebsausflug gut überstanden?", fragte er lächelnd. "War sehr nett, nicht wahr?"

"Nett?" Tina glaubte nicht recht zu hören und starrte ihren Chef fassungslos an. "Na also, ich weiß nicht. Jedenfalls möchte ich fristlos kündigen."

"Sie wollen kündigen?" Claus hob erstaunt die Augenbrauen. "Das verstehe ich nun wirklich nicht. Ist Ihnen denn jemand zu nahe getreten während des Ausflugs? Seien Sie bitte offen zu mir. Ich werde den Entsprechenden dann schon zur Rechenschaft ziehen."

"Claus, also das geht nun wirklich etwas zu weit" rief Tina und funkelte ihren Chef empört an. "Du spielst das Unschuldslamm, obwohl du genau weißt, weshalb ich gehen möchte. Ich finde das charakterlos von dir und beschämend für mich."

"O Gott!", stöhnte Claus. "Ich ahne Fürchterliches. Deshalb will ich Ihnen ein Geständnis ablegen."

"Das brauchst du nicht", entgegnete Tina. "Mir ist schon klar, dass du nur deine Frau liebst und mich nur zu einem flüchtigen Abenteuer benutzt hast."

"Eben darum geht es", erklärte Claus. "Ich habe nämlich gar nicht am Betriebsausflug teilgenommen, weil mir solche Festivitäten zuwider sind und ich außerdem etwas anderes mit meiner Familie vorhatte."

"Das wird ja immer toller", fauchte Tina. "Willst du mir jetzt einreden, dass ich das alles nur geträumt, und ich nicht mit dir im Bett gelegen habe?"

"Hast du auch nicht", kam eine andere Stimme von der Tür her, die sich unbemerkt geöffnet hatte. "Der Lümmel, der dich verführt hat, war ich!"

Tina fuhr herum und begann plötzlich an ihrem Verstand zu zweifeln. An der Tür stand eine zweite Ausgabe von Claus, die sie fröhlich angrinste.

"Gestatte, dass ich mich vorstelle", flötete der zweite Claus und kam langsam auf sie zu. "Ich heiße Harald und bin der Zwillingsbruder dieses schrecklichen Menschen da. Ich habe schon öfters für ihn an Betriebsausflügen teilnehmen müssen, weil er keine Lust hatte. So schön wie dieser war aber noch keiner. Bist du mir sehr böse?"

"Eigentlich müsste ich's sein", schmollte Tina. "Mich so hinters Licht zu führen. Mein schlechtes Gewissen hat mich gestern fast umgebracht. Warum hast du mir bloß nicht die Wahrheit gesagt?"

"Ich kam einfach nicht dazu", erklärte er schmunzelnd. "Wir waren schließlich laufend mit anderen Dingen beschäftigt. Und als ich dann fort musste, hast du so süß geschlafen, dass ich es nicht übers Herz brachte, dich zu wecken."

"Du hättest dich später noch einmal melden können", tadelte sie ihn.

"Da habe *ich* geschlafen", verriet er, "und bin erst spät am Abend wieder zu mir gekommen. Aber jetzt bin ich ja da und möchte dich hiermit in aller Form um Verzeihung bitten."

"Nun küss sie schon", munterte Claus seinen Zwillingsbruder auf. "Merkst du denn nicht, wie sehr sie darauf wartet? Ich habe übrigens für eine gute Stunde auswärts zu tun und werde draußen Anweisung geben, euch nicht zu stören. Tschüs, ihr zwei."

Er nickte ihnen freundlich zu und verließ das Zimmer.

"Ein lieber Mensch, mein Bruder, nicht wahr?", befand Harald.

"Oh ja", bestätigte Tina. "Aber den anderen mag ich trotzdem lieber. Hoffentlich ist er nicht auch verheiratet?"

"Er wird es demnächst sein", sagte Harald und nahm sie in seine Arme. "Nachdem die Generalprobe so phantastisch verlaufen ist."

"Wir können sie gern noch einmal wiederholen", versetzte Tina und lächelte glücklich. "Damit es später auf der Bühne des Lebens auch immer klappt."

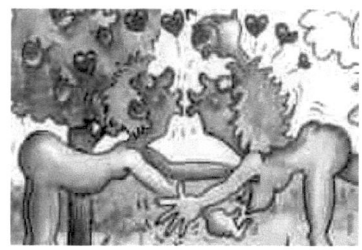

Tödliche Klänge unter der roten Laterne
Kurzkrimi
erstmals erschienen in ECHO DER FRAU

Die Bar hieß *Pussy Cat* und lag im finstersten Winkel des Frankfurter Bahnhofsviertel. Von außen sah sie wie eine Müllhalde aus, die man mit schreienden Leuchtreklamen versehen hatte. Innen konnte man kaum etwas sehen, denn erstens sorgten die roten Lampen, die an den Wänden hingen, kaum für Licht und zweitens war die Luft in der Kneipe derart verräuchert, dass einem ein Nebeltag über London fast wie ein strahlender Frühlingsmorgen erscheinen konnte.

(Anm.: Als diese Geschichte geschrieben wurde, gab es in den Kneipen noch kein Rauchverbot)

Das *Pussy Cat* war Haupttreffpunkt von Prostituierten, Zuhältern und anderen zwielichtigen Gestalten, die das helle Tageslicht und bürgerliche Arbeit scheuten und sich - sprechen wir es ruhig aus - in diesem Stall sauwohl fühlten.

Für die andere Seite, in diesen Kreisen abfällig *Bullen* oder noch schlimmer genannt, war das *Pussy Cat* ein rotes Tuch. Selbst die Polizeihunde scheuten, wenn sie in die Nähe des verrufenen Ladens kamen. Ihre Herrchen gingen grundsätzlich mindestens zu zweit, wenn sie bei ihrer allabendlichen Streife mal einen Blick hineinwerfen mussten. Man konnte ja nie wis-sen...!

Obwohl die Kneipe in einschlägigen Kreisen als Hauptumschlagplatz für Rauschgift aller Art galt, hatte die Polizei bisher niemals mit Erfolg eingreifen können. Blitzrazzien blieben ergebnislos.

Erschienen die Beamten, saßen alle mit braven Gesichtern auf ihren Stühlen und machten den Eindruck, als könnten sie kein Wässerchen trüben. Dabei hockten hier, legt man einen Schnitt von hundert Besuchern am Abend zugrunde, mindestens achttausend Jahre Zuchthaus zusammen. Aber ohne Beweise...?

Seit etwa acht Tagen spielte auf der winzigen Bühne, die im

Hintergrunde des Lokals lag, eine Rockgruppe, die ihre Zuhörer in einen wahren Begeisterungstaumel versetzte. Die vier langhaarigen, verwegen aussehenden Typen verstanden ihr Handwerk. Das musste ihnen der Neid lassen. Durch ihre Benehmen und ihre Art, sich mit den Leuten zu unterhalten, passten sie genau in dieses Milieu. Tiefste Gosse. Der Wirt hatte einen guten Griff mit ihnen getan und dachte bereits daran, ihren Vertrag um etliche Wochen zu verlängern. Man war seinen Gästen schließlich etwas schuldig.

Heute Abend wirkte die Gruppe allerdings ein wenig müde. Die Jungs zogen Gesichter, als sei ihnen der alte Belzebub persönlich über den Weg gelaufen.

Ihre Breaks und Riffs klangen kraft- und saftlos und konnten die Zuhörer nicht überzeugen. Dementsprechend war der Applaus und der Umsatz. In einer Pause winkte der Wirt, dem das nicht entgangen war, seine Musiker in ein Hinterzimmer.

"Verdammt, ihr spielt heute Abend wie saure Gurken", fuhr er sie an. "Da kann ich mir ja auch gleich die Heilsarmee auf die Bühne stellen. Was ist nur los mit euch? Kriegt ihr nicht genug zu trinken oder braucht ihr vielleicht etwas anderes...?

"Mann, bleib uns mit Frauen vom Hals - wenn du das meinst", erwiderte der Leadgitarrist, ein spindeldürrer Kerl. Er trug ein paar hautenge Jeans, die zur Zeit Napoleons einmal neu gewesen sein mochten, dazu ein verfilztes T-Shirt mit dem Aufdruck *Bullen sind doof*. Durch's rechte Ohr hatte er sich eine Sicherheitsnadel gezogen, seine Arme waren mit unsittlichen Bildern tätowiert. Kurz - ein Bild von einem Mann!

"Und dein billiges Gesöff kannst du selbst saufen", fuhr er fort. "Was wir brauchen ist Stoff. Verstehst du? Wir sind auf Turkey, wenn du weißt, was das bedeutet. Besorg uns einen kleinen Druck und unsere Musik wird wie früher sein. Ohne Dope läuft nichts mehr, Alter."

Er hob bedauernd seine Schultern und wandte sich an seine Kollegen, die abgeschlafft in ihrer Ecke hingen und Gesichter zogen, als würde sie im nächsten Moment ausflippen. Kutti, der Schlagzeuger, verdrehte schon die Augen und zitterte am ganzen Körper.

"Ist es nicht so?", fragte der Leadgitarrist, der auf den schönen Namen Bodo hörte.

Die Musiker bestätigten es mit finsteren Mienen. Keinen Ton würden sie bald mehr spielen können, wenn Otto, der Wirt, nicht bald ein paar Gramm Koks organisieren würde. Sie wären gar nicht mehr fähig dazu. Ihr Körper verlangte das gewohnte Recht.

"Aber Jungs, ihr bringt mich in Teufels Küche", jammerte Otto. "Wo soll ich denn jetzt Stoff herbekommen? Ich will mit so etwas nichts zu tun haben.

Bodo, der Leadgitarrist, lachte verächtlich und legte seinen unendlich langen Arm vertrauensvoll um die Schultern des Wirtes.

"Mensch, warum glaubst du wohl, dass wir für diese lächerliche Gage hier bei dir spielen?", fragte er spöttisch. "Man hat uns geflüstert, dass wir bei dir immer genügend Dope bekommen können. Zum Personalpreis. Und jetzt spielst du die keusche Jungfrau, die von überhaupt nichts weiß. Kommt, Jungs, wir packen unseren Kram zusammen und halten nach etwas anderem Ausschau."

"Aber ihr habt einen Vertrag, den ihr erfüllen müsst", beeilte sich der Wirt einzuwenden. "So einfach könnt ihr nicht abhauen!"

„Scheiß auf den Vertrag!", erwiderte Bodo geringschätzig. "Wenn wir deinen Leuten draußen sagen, worum es geht, werden sie vollstes Verständnis für uns haben und deinen Laden vollständig auseinandernehmen. Dann können wir ohnehin nicht mehr hier spielen."

"Jetzt macht mal keinen Terror!", rief Otto beschwichtigend. "Ich hoffe ja, dass ihr euer Maul halten könnt?"

"Sehen wir so aus, als gingen wir zu den Bullen zwitschern?", knurrte Bodo beleidigt. "Jetzt rück schon deinen Stoff heraus. Du kannst es uns ja von der Gage abziehen."

"Ich geb's euch für den halben Preis", sagte Otto. "Bester Koks aus der Türkei. Aber ich verstehe euch wirklich nicht: Müsst ihr dieses Teufelszeug denn nehmen? Ihr macht euch doch kaputt damit."

"Quatsch keine Litaneien, Junge!", rief Kutti, der Drummer, ungeduldig. "Ist ja wohl unser Bier, was wir mit unserem Körper machen - oder? Du säufst dir schließlich auch jeden Abend die Hucke voll. Haben wir schon einmal 'was dagegen gesagt?" Der Wirt schüttelte den Kopf. "Na siehste, Opa, dann sei jetzt auch so lieb und gib uns endlich unsere Dope. Lange halte ich's nämlich nicht mehr aus. Dann geh ich die Wände hoch wie ein Orang-Utan. Haste mich verstanden?"

"Du kriegst auch nachher eine Musik von uns geliefert, dass die Fünfzig-Mark-Scheine deiner Gäste von allein in deine Kasse tanzen", versprach Bodo.

"Na, dann kommt mal mit, Jungs", lachte der Wirt selbstgefällig. "Wir wollen unser kleines Geschäftchen doch nicht in aller Öffentlichkeit abwickeln, nicht wahr? Es könnte doch sein, dass die Bullen wieder mal Sehnsucht nach meinem Laden bekommen und herumschnüffeln."

Er führte die Musiker in den Keller, in dem allerlei Gerümpel herumstand. Ein Sperrmüllfledderer hätte sicher seinen Spaß daran gehabt. Das Mauerwerk, offenbar noch im 19. Jahrhundert oder davor erbaut, war unverputzt geblieben. Außerdem stank es hier bestialisch nach verfaultem Fisch.

"Hier könnste ja auch wieder mal aufräumen", meinte Bodo und verzog angewidert das Gesicht. "Das hältste ja im Kopp nicht aus!"

Der Wirt zuckte nur vielsagend mit den Schultern, räumte eine verschlissene Couch beiseite und drückte einen versteckten Knopf. Wie durch Geisterhand schwang eine schmale Tür im Mauerwerk auf, deren Umrisse man sonst wegen der Fugen und Risse nicht erkennen konnte.

Bodo pfiff anerkennend durch die Zähne, als sie den Raum betraten, der hinter dem schmutzigen Keller lag. Hier blitzte es förmlich vor Sauberkeit. In Regalen und auf Tischen lag alles, was eines Rauschgiftsüchtigen Herz höher schlagen ließ: Haschisch, Marihuana, Heroin, Kokain... Alles fein säuberlich in kleine Portionen verpackt. Ein Millionenvermögen!

"Na, wie gefällt euch meine kleine Schatzkammer?", fragte Otto stolz. "Diese Scheintür hat mich zwar ein Vermögen gekostet, aber sie hat sich längst amortisiert."

"Das glaube ich dir unbesehen ", entgegnete Bodo beeindruckt. "Da können die Bullen natürlich lang suchen."

"Was glaubst du, warum es draußen so entsetzlich nach Fisch stinkt?", grinste der Wirt. "Da streikt die Nase des besten Spürhundes."

"Und wo kriegst du das ganze Zeug her?", erkundigte sich Kutte. "Gehört dir da alles allein?"

Otto winkte ab.

"Das könnte ich gar nicht bezahlen", meinte er. "Nein, ich habe selbstverständlich einen Partner." Er nannte einen Namen.

"Nee, nie gehört", machte Bodo uninteressiert. "Ist das eine Bildungslücke?"

Otto schüttelte äußerst amüsiert den Kopf.

"Wenn die Bullen wüssten, was der in seinen Konservendosen für seine Landsleute importiert! Na, ihr könnt ja schweigen, Jungs. Wie viel braucht ihr?"

Kurze Zeit später ließ sie der Wirt allein, damit sie sich ihre Spritze setzen bzw. schnüffeln konnten. Er konnte kein Blut sehen.

*

Am nächsten Abend wurde in einem Handstreich das *Pussy Cat* umstellt. Die Rockband, heute wieder groß in Form, spielte gerade ein Stück von Jimmy Hendrix, der so elendig an Rauschgift verreckt war.

Dieses Mal fanden die Beamten den versteckten Keller. Sie nahmen Otto und einige Leute, die als Rauschgiftsüchtige bekannt waren, mit. Auch die Musiker der Rockgruppe mussten dran glauben. Ihnen sah man schließlich schon von weitem an, dass sie fixten.

Seltsamerweise saßen alle vier eine knappe Stunde später in gemütlicher Runde bei Kommissar Jäger und tranken Kaffee.

„Gut gemacht, Jungs!" sagte der Kommissar zufrieden. „Auch den Partner haben wir inzwischen hochgehen lassen. Ihr habt ganze Arbeit geleistet. Ich glaube, eurer Beförderung dürfte nichts mehr im Wege stehen!"

MEIN NAME IST HASE
heitere Kurzgeschichte
diese Geschichte mit ähnlichem Inhalt ist in einer hessischen Version in meinem Buch
VERZÄHL MER WAS
erschienen

Man konnte die Beziehungen, die Familie Berninger zu ihrem Nachbarn hegte, nicht gerade als freundschaftlich bezeichnen. Gut, man grüßte sich, wenn man sich traf, und wechselte auch hin und wieder das eine oder andere Wort über den gemeinschaftlichen Gartenzaun hinweg. Mehr war nicht, und das hatte seinen guten Grund:

Hubert Renz, der Nachbar, war ein Choleriker. Die Fliege an der Wand ärgerte ihn. Oder Kinder, die auf der Straße herumtobten und dabei fröhlich schrieen. Und auch Hunde, die nachts ab und zu bellten.

Die Berningers hatten zwei Kinder; die zehnjährige Cathrin und den achtjährigen Andreas. Im Prinzip waren sie wohlerzogen, aber Engel waren sie halt nicht. Da konnte es schon einmal passieren, dass ein Ball auf das Nachbargrundstück hinüber flog und in ein sorgsam gepflegtes und gehütetes Blumenbeet platschte; für Renz eine Katastrophe größeren Ausmaßes. Seine Reaktion war dann entsprechend und meistens sehr lautstark.

Die Berningers hatten auch einen Hund. Er hieß Tassilo, war ein dreijähriger Setter und im Prinzip ebenfalls wohlerzogen. Dennoch war er es, der für eine riesengroße Aufregung sorgte und damit Thomas und Karin Berninger an den Rand eines Herzinfarktes brachte.

An einem Samstagabend war es. Die Berningers hatten sich angesehen, was die Flimmerkiste zu bieten hatte oder auch nicht, hatten ein Fläschchen Wein, das wesentlich besser als das Fernsehprogramm war, dabei geleert und Salzstangen und Erdnüsse geknabbert.

Vor den Spätnachrichten jagten sie Tassilo in den Garten, damit er dort seine letzten Vorbereitungen für die Nacht treffen konnte. Für gewöhnlich brauchte er dafür eine Viertelstunde. Dann meldete er sich mit einem knurrigen *Wuff* zurück und kratzte an der Tür.

Diesmal war alles anders. Eine Viertelstunde verstrich, zwanzig Minuten, fünfundzwanzig - und von Tassilo keine Spur.

"Sieh halt mal nach ihm", bat Karin ihren Mann. "Ich bin müde und möchte in mein Bett."

Also wälzte sich Thomas aus seinem Sessel, begab sich zur Haustür und pfiff seinem Hund.

Nichts!

"Tassilo", rief Thomas mit unterdrückter Stimme, um den lieben Nachbarn nicht in seinem Schlaf zu stören. "Tassilo, bei Fuß."

Es dauerte weitere fünf Minuten, bis der Hund sich endlich dazu herabließ, bei seinem Herrchen zu erscheinen. Dafür hatte er ihm etwas mitgebracht: Ein totes Kaninchen nämlich, das er stolz vor Thomas Füße legte.

Nun muss man wissen, dass Hubert Renz Mitglied im örtlichen Kaninchenzuchtverein war und schon so manchen Preis für seine prachtvollen Zuchtergebnisse eingeheimst hatte. Und dieses tote Kaninchen, das Tassilo angeschleppt hatte, stammte zweifelsohne aus einem der Ställe des cholerischen Nachbarn.

Thomas erschrak fast zu Tode, als er den Jagderfolg seines Hundes erkannte. Statt Tassilo zu loben, wie dieser es offenbar erwartet hatte, scheuchte er ihn ins Haus, nahm das Kaninchen, dessen weißes Fell vor Schmutz nur so strotzte, vorsichtig an den Löffeln hoch und begab sich damit zu seiner Frau.

"Iiiiihhhh!" machte diese und hob abwehrend ihre Hände. "Was schleppst du mir denn da an?"

"Ein totes Karnickel", knurrte Thomas und verzog grimmig das Gesicht. "Tassilo, dieser idiotische Köter, hat es auf dem Gewissen. Es gehört Renz. Irgendwie scheint es aus seinem Stall entwichen zu sein, und der Hund hat es erwischt und tot gebissen."

"Ach, du meine Güte!", stöhnte Karin. "Und was jetzt? Renz geht senkrecht in die Luft, wenn er erfährt, dass unser Hund einen seiner kleinen Lieblinge gemordet hat. Ein Theater wird das wieder geben. Vielleicht legt er sogar Gift für Tassilo aus."

"Oder er erwürgt ihn mit den bloßen Händen", befürchtete Thomas, während er den Hasen näher in Augenschein nahm. "Man kann keine Bisswunden erkennen. Bluten tut er auch nicht. Hmmmm."

"Vielleicht hat er vor Schreck einen Herzschlag bekommen, als Tassilo ihn erwischte", meinte Karin.

"Egal", sagte Thomas. "Tot ist tot. Aber vielleicht könnten wir ....?"

Karin schaute ihren Mann verständnislos an.

"Vielleicht könnten wir den Hasen ein wenig herrichten", fuhr Thomas fort. "Und dann schleiche ich hinüber und lege ihn wieder in seinen Stall. Auf diese Weise würde Renz niemals erfahren, was wirklich passiert ist. Er wird annehmen, das Kaninchen wäre einfach so eingegangen."

"Glaubst du wirklich?"

Thomas war von seiner Idee, die er für eine göttliche Eingebung hielt, begeistert. Er brachte den Hasen ins Bad, legte ihn in die Duschwanne und brauste ihn gründlich ab. Anschließend fönte er sein Fell und striegelte es sogar mit Tassilos Bürste. Als er fertig war, sah das tote Kaninchen wieder wie neu aus. Lebendig war es halt nicht mehr.

"Lass dich bloß nicht erwischen", mahnte Karin, als ihr Gatte sich auf den Weg zum Nachbargrundstück machte. "Das würde nämlich gerade noch fehlen, wenn er dich auf frischer Tat ertappen würde."

Aber Thomas hatte Glück. Kein Mensch bemerkte ihn, als er sich wie Winnetou zwo zu den Hasenställen schlich, dort auch eine leere Box fand und das tote Karnickel hineinlegte. Kurze Zeit später war er wieder bei seiner Frau.

"Alles klar", verkündete er und ließ sich aufatmend in seinen Sessel fallen. "Aber jetzt brauche ich erst noch einen Cognac, bevor ich ins Bett gehe. Ich könnte vor innerer Erregung eh nicht einschlafen."

Karin pflichtete ihrem Mann bei, holte die Flasche und zwei Gläser aus der kleinen Hausbar im Wohnzimmerschrank und goss ein.

"Auf unser nächtliches Abenteuer", sagte sie und prostete Thomas zu, "und dass Renz niemals dahinterkommen möge, was in Wahrheit passiert ist."

*

"Stellen Sie sich das mal vor", sagte Hubert Renz am nächsten Morgen zu Thomas, als sie sich zufällig im Garten trafen, und machte dabei einen reichlich verstörten Eindruck. "Da geht mir doch vorgestern eines meiner Kaninchen ein, ich vergrabe es hinten im Garten, und heute Morgen liegt es wieder in seinem Stall. Ich habe es schon immer vermutet: Es gibt mehr zwischen Himmel und Erde, als wir alle miteinander denken."

"Bestimmt, Herr Renz", erwiderte Thomas. "Ganz bestimmt."

Dann machte er, dass er in sein Haus zurückkam. Er konnte ein befreites Lachen nicht länger unterdrücken.

JOES KLEINE SCHWESTER
Eine recht ungewöhnliche Liebesgeschichte

Bernd Hausmann hatte Joe Twardy bei der Bundeswehr kennen gelernt. Beide absolvierten gemeinsam ihren Dienst bei einer Panzereinheit in einer kleinen hessischen Gemeinde nahe der Grenze zur damaligen DDR und hatten trotz des teilweise recht anstrengenden Dienstes viel Spaß miteinander.

Als die beiden jungen Männer sich nach Abschluss ihrer unfreiwilligen Dienstzeit trennten, versprachen sie sich feierlich, in Kontakt zu bleiben und sich gegenseitig zu besuchen. Aber wie das nun mal so ist:

Es blieb bei dem Versprechen. Jahrelang hörten sie nichts mehr voneinander. Jeder ging seiner eigenen Wege. An den anderen dachte man kaum noch.

Das sollte sich ändern, als Bernd Hausmann eines Tages aus geschäftlichen Gründen in die Stadt reisen musste, in der Joe Twardy lebte. Nun wollte Bernd sein Versprechen einlösen und den Freund besuchen. Um ihn zu überraschen, kündigte er sein Kommen nicht an.

Bernd kam am späten Abend mit dem Zug in der bewussten Stadt an und ließ sich von einem Taxi zur Wohnung des Freundes bringen.

Joe schien in einer vornehmen Gegend zu wohnen. Prächtige Villen und sündhaft teure Bungalows säumten beidseitig die Straße.

Vor einem dieser Paläste hielt der Fahrer an. Bernd bezahlte seine Rechnung und stieg aus. Staunend stand er vor Joes Traumhaus und betrachtete das lang gestreckte Gebäude aus kostbarem Marmor und viel Glas. Es musste ein Vermögen gekostet haben.

"Mein lieber Herr Gesangverein", dachte er beeindruckt. "Ich wusste gar nicht, dass Joe zu dieser auserwählten Menschenklasse gehört. Gesprochen hat er jedenfalls nie davon."

Leicht irritiert begab er sich zu dem breiten Schmiedeeisentor und klingelte. Im Haus rührte sich nichts, obwohl er durch die schmalen Ritze eines Rollladens doch gerade noch Licht in einem der Zimmer gesehen hatte. Jetzt war es gelöscht worden. Wollte Joe um diese Zeit keinen Besuch mehr empfangen? Oder war er nicht allein?

"So nicht", mein Lieber, dachte Bernd grimmig. "Wenn ich schon mal hier bin, möchte ich dich auch sehen, alter Freund. Kneifen gilt nicht."

Er läutete Sturm. Und plötzlich schnarrte dann auch der Türsummer.

Bernd drückte das schwere Tor auf und gelangte durch einen gepflegten Vorgarten zu einer kunstvoll geschnitzten Eichentür, vor der er erwartungsvoll stehen blieb. Da wurde sie auch schon geöffnet.

"Guten... guten Abend", stotterte er verwirrt, als er sich unvermutet einem bildhübschen Mädchen mit langen blonden Haaren gegenüber sah, das ihn neugierig musterte. Kaum älter als zwanzig mochte sie sein, hatte ein liebreizendes Gesicht und eine phantastische Figur. Sie trug verwaschene Jeans, ein vergammeltes T-Shirt von unbestimmbarer Farbe und wollte von der Kleidung her so gar nicht zu dem Glanz passen, der sie umgab.

"Was kann ich für Sie tun?", erkundigte sie sich mit einem freundlichen Lächeln.

"Ich... ich bin... ein Freund von Joe", stotterte er erneut und kam sich ungeheuer dämlich dabei vor. Er hatte geglaubt, längst aus dem Alter heraus zu sein, in dem man in Gegenwart junger Mädchen verlegen wird. Dieses hübsche blonde Wesen mit den großen sprechenden Augen belehrte ihn eines anderen und brachte ihn völlig aus der Fassung. "Er... er wohnt doch noch hier?"

Das Mädchen nickte. "Sicher wohnt er noch hier, ist aber zur Zeit leider verreist. Ich bin übrigens seine Schwester Ellen. Kommen Sie doch bitte herein."

"Ich möchte Sie aber keinesfalls stören", wehrte Bernd mit einer schwachen Handbewegung ab.

"Unsinn", entgegnete sie. "Wenn Sie mich stören, würde ich Sie nicht ins Haus bitten. Ich bin sogar froh, ein bisschen Gesellschaft zu bekommen, denn ohne meinen großen Bruder fühle ich mich immer etwas einsam."

Das konnte Bernd nur zu gut verstehen. Also nahm er ihre Einladung an und folgte ihr ins Haus.

Auch hier kam er aus dem Staunen kaum noch heraus Alles war auf das Feinste eingerichtet. Das Geld hing förmlich an den Wänden oder lag in Form von kostbaren Teppichen auf dem Boden.

Joes Schwester geleitete ihn ins Wohnzimmer und bat ihn, in einem der schweren Ledersessel Platz zu nehmen.

"Darf ich Ihnen etwas Trinkbares anbieten?", erkundigte sie sich und bedachte ihn wieder mit ihrem hinreißenden Lächeln, das ihm schon an der Tür unter die Haut gegangen war. Keinen Blick vermochte er mehr von ihr zu wenden. Ein heißes, begehrliches Gefühl begann sich in seinen Lenden zu regen. Wenn sie jetzt einen Blick auf seine Hose geworfen hätte....!

Ellen schien sein Schweigen als Bejahung ihrer Frage zu verstehen, begab sich zu dem wuchtigen Wohnzimmerschrank und öffnete eine der Türen, hinter der sich eine mit erlesenen Getränken eingerichtete Hausbar befand. Mit einer Flasche vom feinsten französischen Cognac und zwei riesigen Schwenkern kam sie zu zurück, stellte sie auf den Couchtisch und goss ein. Als sich ihre Hände dabei flüchtig berührten, zuckte Bernd wie elektrisiert zusammen. Mein Gott, hatte das Mädel eine Ausstrahlung! Wie musste sie erst im Bett sein!

Ellen setzte sich Bernd gegenüber auf die Couch, hob ihr Glas und prostete ihm zu.

"Auf diesen Abend", sagte sie und blinzelte ihn spitzbübisch an.

"Ja, auf diesen Abend", versetzte er heiser. Ein Frosch hatte sich in seiner Kehle eingenistet und ließ sich auch von dem Cognac nicht wegspülen. Sein Kragen wurden von Minute zu Minute enger. Und seine Hose ebenfalls.

"Zu dumm aber auch, dass Joe nicht hier ist", brachte er endlich heraus, um überhaupt etwas zu sagen. Wieder klang seine Stimme wie das Krächzen eines alten Raben.

"Ja, wirklich dumm", pflichtete sie ihm bei. "Woher kennen Sie ihn überhaupt?"

Bernd berichtete ihr von der gemeinsam verbrachten Militärzeit und fühlte sich zum Glück mit jedem Wort sicherer.

"Ach, dann sind Sie wohl der... der...". Sie schnippte angestrengt nachdenkend mit den Fingern.

"Bernd Hausmann", half ihr der junge Mann auf die Sprünge. "Wie unhöflich von mir, mich Ihnen nicht vorzustellen. Ich hoffe, Sie können mir noch einmal verzeihen?"

"Aber natürlich", sagte sie und schenkte ihm erneut jenes Lächeln, das Kragen und Hose zu eng werden ließ. "Der Bernd sind Sie also. Joe hat viel von Ihnen erzählt. Richtig böse war er schon, dass Sie ihn so lange nicht besucht haben. Um so mehr freue ich mich, dass Sie endlich den Weg zu uns gefunden haben. Darauf müssen wir unbedingt noch einen trinken."

Sie goss nach und prostete ihm zu.

"Wann wird Joe zurückkommen?", erkundigte er sich, nachdem sie getrunken und ihre Gläser wieder auf den Tisch gestellt hatten. "Bleibt er lange weg?"

Ellen zuckte die Achseln. "Das kann man bei meinem lieben Bruder nie so genau wissen", klärte sie Bernd auf. "Er verschwindet manchmal für ein paar Tage von der Bildfläche. Angeblich muss er hin und wieder einfach mal etwas anderes sehen, sonst fällt ihm die Decke auf den Kopf. So behauptet er jedenfalls. Nun, er ist ein erwachsener Mensch, und von seiner kleinen Schwester, wie er mich nennt, lässt er sich ohnehin nichts hineinreden. Vielleicht ist er morgen schon wieder zurück? Vielleicht aber auch erst in ein paar Tagen? Wer weiß?"

"Und Sie lässt er dann einfach allein in diesem Haus?" Bernd schüttelte den Kopf. "Haben Sie denn keine Angst?"

"Vor wem oder was sollte ich denn Angst haben? Etwa vor dem

schwarzen Mann? Ich weiß mich meiner Haut zu wehren. Aber vielleicht will ich mich manchmal gar nicht wehren...?"

Sie lehnte sich auf ihrer Couch zurück und reckte sich wohlig. Dass ihr das T-Shirt dabei fast über den nackten Busen rutschte, schien sie nicht zu stören. Aus den Augenwinkeln beobachtete sie Bernd, der unruhig in seinem Sessel hin und her rutschte und nicht so recht wusste, wohin er schauen sollte.

Wie eine Spinne kam sie ihm vor; wie eine Spinne, die auf ihr Opfer lauert.

"Tja", ächzte er. "Dann verschwinde ich jetzt besser wieder."

"Was?", protestierte sie. "Sie wollen schon gehen?"

Bernd zuckte hilflos die Achseln.

Plötzlich saß sie auf seinem Schoß und fing an, zärtlich an seinen Ohrläppchen zu knabbern. Ein Schauer nach dem anderen rieselte ihm den Rücken hinunter.

"Du gefällst mir", flüsterte sie ihm ins Ohr und rieb ihr süßes Hinterteil an jener Stelle seiner Hose, wo sie ihm schon eine ganze Weile zu eng geworden war. "Du gefällst mir sogar sehr. Und ich scheine dich auch nicht ganz unbeeindruckt zu lassen."

Bernd vermeinte zu träumen. Da wollte man brav und bieder einen alten Freund besuchen und hatte plötzlich ein verführerisches Mädchen auf dem Schoß sitzen, das sich wie eine läufige Katze benahm.

Was tun in einer solchen Situation?

Bernd tat das Natürlichste von der Welt: Er griff zu und küsste Ellen. Sanft ließ er seine Hand unter ihr T-Shirt gleiten und beschäftigte sich intensiv mit ihren kleinen Nippelchen, die alsbald zu prächtigen Knospen erblühten.

"Oh, wie gut das tut", stöhnte Ellen leise, griff unter sich und befreite jenen Teil aus seinem Gefängnis, dem es dort schon lang zu eng geworden war.

Harry James, der legendäre Jazztrompeter, wäre neidisch geworden ob ihres Solos. Und dann hatte das Töpfchen sein Deckelchen auch schon irgendwann gefunden. Die Welt um sie herum versank in einer rosaroten Wolke orgiastischer Glückseligkeit....

*

Irgendwann erwachte Bernd in einem fremden Schlafzimmer. Allein. Ellen war spurlos verschwunden. Er stieg in seine Hosen und machte sich auf die Suche nach ihr.
Im gleichen Augenblick ging die Haustür und sein alter Kumpel Joe Twardy trat ein. Wie vom Donner gerührt starrte er auf den unerwarteten Besucher, dann überzog ein breites Grinsen sein gutmütiges Gesicht.
"Mensch, Bernd!", jauchzte er und kam mit ausgebreiteten Armen auf ihn zu. "Was für eine Freude!"
Sie umarmten sich und beklopften sich gegenseitig ihre Rücken. Bis Joe plötzlich innehielt.
"Um alles in der Welt", fragte er, "wie kommst du eigentlich in das Haus?"
"Na, dein kleines Schwesterlein hat mich hereingelassen", erklärte Bernd vergnügt.
"Mein Schwesterlein?", staunte Joe. "Ich besitze weder ein kleines noch ein großes."
Jetzt war es an Bernd, verblüfft zu sein.
"Na, dann komm erst mal mit", meinte Joe kopfschüttelnd und führte den Freund in das Wohnzimmer, wo noch die Cognacflasche und die beiden Schwenker vom vergangenen Abend auf dem Tisch standen. "Und jetzt erzähle."
Nachdem sie Platz genommen hatten, berichtete Bernd von seiner Ankunft und den Folgen, die ihm daraus erwachsen waren.
"Aber ich habe wirklich keine Schwester", bedauerte Joe, als Bernd geendet hatte.
"Schade", meinte Bernd betrübt und steckte sich missmutig eine Zigarette an. "Aber wer sonst könnte sie gewesen sein? Vielleicht deine Haushaltshilfe?"

"Die wird nächste Woche sechzig", erwiderte Joe, "kann also kaum mit dem Mädchen, das du mir beschrieben hast, identisch sein. Aber komm mal mit. Ich hege da einen gewissen Verdacht."

Bernd folgte seinem Freund in dessen Arbeitszimmer, das er am vergangenen Abend nicht zu Gesicht bekommen hatte.

"Schau dir das an", sagte Joe und deutete auf die Wand hinter seinem Schreibtisch. Dort, wo man noch die Umrisse eines Bildes erkennen konnte, stand jetzt eine kleine Stahltür offen. Joes geheimer Tresor. Das Bild, das sonst die Tür verdeckte, lag achtlos auf dem Fußboden.

"Darauf hatte es das kleine Biest also abgesehen" sagte Joe und lachte unlustig. "Du hast sie bei der Arbeit überrascht. Ich frage mich bloß, warum sie dich überhaupt eingelassen hat? Wirklich seltsam."

"Rufst du jetzt die Polizei?", fragte Bernd. Wie ein Schock hatte es ihn getroffen. In eine Diebin hatte er sich verliebt; denn das stand fest: Er hatte sich in sie verliebt. Unsterblich sogar. War es zu ändern?

"Eigentlich müsste ich es tun", meinte Joe. "Aber es ist ja nichts passiert. Der Tresor war leer. Deshalb will ich darauf verzichten, die Kripo anzurufen. Ist das in deinem Interesse?"

Bernd nickte und reichte dem Freund dankbar die Hand. "Ich werde dafür sorgen, dass so etwas nie wieder passiert", versprach er und wusste nicht einmal, ob er das auch halten konnte.

"Sag nur, du willst dieses Mädchen suchen?", wunderte sich Joe. "Du wirst dich doch nicht mit einer Einbrecherin einlassen wollen? Mach keinen Quatsch, Bernd."

"Ich liebe sie", entgegnete Bernd ernst, und das war eine Erklärung, die auch Joe verstand.

*

Bernd musste nicht lange suchen. Der Zufall wurde zu seinem Verbündeten. Schon am nächsten Tag lief sie ihm in der Stadt über den Weg. Sie trug noch immer ihre verwaschenen Jeans und das vergammelte T-Shirt. Darunter wahrscheinlich nichts.

Auf leisen Sohlen schlich er sich von hinten an sie ran und umfasste sie an ihren Schultern. Ellen quiekte erschrocken und wandte sich nach ihm um. Alle Farbe wich aus ihrem süßen Gesicht.

"Bernd, mein Gott, Bernd", stammelte sie, versuchte, sich aus seinem Griff zu befreien und davonzurennen. Er hielt sie eisern fest.

"Willst du mich jetzt der Polizei übergeben?", fragte sie endlich resignierend.

Bernd schüttelte den Kopf. "Nein", sagte er, "obwohl du es eigentlich verdient hättest. Aber lebenslänglich bekommst du so oder so - an meiner Seite nämlich. Verdammt noch mal, ich liebe dich, du Biest!"

"Du liebst mich, obwohl du mich für eine Diebin halten musst?", staunte sie. "Bernd, ich schwöre dir, dass ich mit dem Tresor nichts zu tun habe. Ich spazierte gestern Abend zufällig an Joes Haus vorbei. Plötzlich stürmte eine vermummte Gestalt heraus, rannte mich fast noch um dabei und verschwand im Dunkeln. Da die Haustür weit offen stand, ahnte ich nichts Gutes und wollte nachsehen, was passiert ist. Und dann hast du geklingelt. Irgendein Teufel muss mich geritten haben, dass ich dir öffnete."

Bernd verschloss ihr mit einem langen Kuss den Mund und glaubte ihr jedes Wort.

Eine bestrickende Frau
Schmunzelgeschichte
erstmals erschienen in WOCHENEND

Meine Gnädigste hatte sich ein neues Hobby zugelegt: Nachdem es in unserem Haus keine freie Stelle für einen selbst geknüpften Teppich mehr gab und auch der letzte unserer Verwandten mit selbst getöpferten Tonwaren hinreichend versorgt war, nachdem ihre selbst gemalten Ölbilder von einem Sachverständigen für die Schmierereien eines schizophrenen Gorillas gehalten worden waren, fing sie mit dem Stricken an.

Und wie dies immer bei meiner Gnädigsten der Fall ist, schien sie sich in den Kopf gesetzt zu haben, die halbe Welt mit ihren Erzeugnissen zu erfreuen.

Tante Frieda, unsere Erbtante, knapp achtzigjährig und selbst im wärmsten Hochsommer frierend, war die erste, die sie beglückte. Für sie strickte meine Gnädigste einen Schal. Irgendwie muss sie sich verkalkuliert haben, meine Gute. Jedenfalls verstand die alte Tante das Geschenk, das ihr unvermutet zuteil wurde völlig miss und benutzt das wollene Gebilde im langen Flur ihrer Wohnung als Brücke.

Als nächstes kam ein Paar Socken für unseren Sohn Andreas an die Reihe. Wollsocken seien das Gesündeste für die Füße und für ein Kind insbesondere, behauptete sie. Ihr Sohn solle eines Tages nicht die nach altem Limburger Käse müffelnden Schweißfüße bekommen, mit denen sein Vater immer die Luft verpeste, wenn er abends seine Schuhe auszöge. Wahrscheinlich wären diese Füße sogar Schuld am Waldsterben - und nicht der saure Regen.

Also machte sich die Gnädigste ans Werk und strickte. Man kann es vorweg nehmen: Socken wurden es nicht, was da heraus kam. Ich habe die Dinger für einen geringfügigen Betrag einem Bauern als Kartoffelsäcke überlassen. Auch für Kartoffelsäcke sind wollene Socken das Gesündeste; denn wer möchte schon nach Limburger Käse duftende Kartoffeln essen?

Vor ein paar Wochen machte sich meine Gnädigste erneut an die Arbeit. Ein nordischer Pullover sollte es werden, verriet sie mir. Ein Geschenk für Onkel Hermann, und weil der ungefähr die gleiche Figur wie ich besitzt, musste ich meiner Wollverarbeitungskünstlerin als Modell dienen. Ich wurde von Hals bis Bauchnabel, von linker bis rechter Brustwarze, vom rechten bis linken Handgelenk, vom Kragen bis zum Hintern und jeweils drumherum vermessen und ausgelotet.

„Du bist ganz schön fett geworden", sagte sie dabei mit hämischer Stimme. „Wenn du so weitermachst, können wir dich an Weihnachten schlachten.

Ich bin sehr sensibel. Besonders wenn es um meine Figur geht. Gut, ich bin etwas dicker, als ich im Verhältnis zu meiner Größe sein dürfte. Schwamm drüber; denn vielleicht bin ich ja auch nur etwas kleiner, als ich im Verhältnis zu meinem Gewicht sein müsste. Wer will das entscheiden? Jedenfalls konterte ich gehässig:

„Du hast es gerade nötig! Du hast bestimmt auch wieder zwanzig Gramm zugenommen!"

„Das mag sein", räumte die Gnädigste ein. „Aber was ich an Gramm zunehme, das schaffst du in Kilogramm. Mein Gott, was warst du mal ein stattlicher Mann! Sieh dir unser Hochzeitsfoto an. Heute müsste sie uns in Cinemascope fotografieren, damit du überhaupt noch neben mich passt. Vielleicht würde ich dich mit deinem heutigen Aussehen auch gar nicht mehr nehmen."

„Du bist mit den Jahren auch nicht schöner geworden", gab ich bissig zurück. „Früher brauchtest du BHs der Marke Goldäpfelchen. Heute trägst du Zauberflöte."

Meine Gnädigste legte die Stirn in Falten und schaute mich verständnislos an.

„Na ja", erklärte ich, „wenn du den BH auszieht, ist der ganze Zauber flöten."

„Das war gemein", grollte sie und maß mich mit einem vernichtenden Blick. „Meine Brust kann sich immer noch sehen lassen. Jedenfalls hängt sie nicht so runter wie dein Bauch."

„Okay, okay" erwiderte ich nachgebend und hob die Hände. „Ab morgen nehme ich ab."

„Das versprichst du mir seit Jahrhunderten", grinste die Gnädigste höhnisch. „Gehalten hast du's noch nie."

Inzwischen hatte mein holdes Weib ihre Vermessungsarbeiten an mir beendet und begann frohgemut zu sticken. Etwa acht Tage ich meine Ruhe vor ihr. Sie strickte und strickte. Ganze Schafsherden mussten dafür ihre Wolle gelassen haben. Unter ihren geschickten Händen entstand eine Art Decke mit einem undeffinierbaren Muster.

„Das ist das Rückenteil", erklärte sie mir, als ich wieder einmal Modell sein musste.

Onkel Hermann ist - wie ich - sehr breit gebaut. Dass er die Ausmaße eines Elefantenbullen haben sollte, war mir nicht in Erinnerung. Man konnte das Rückenteil dreimal um meinen Körper wickeln.

„Das ist wohl etwas groß geworden", musste sogar die Gnädigste zugeben. „Na gut, dann räufel ich es eben wieder auf."

Das tat sie denn auch, um dann gleich wieder neu zu beginnen.

An meinem Geburtstag erlebte ich eine Überraschung, die mir Tränen der Rührung in die Augen trieb: Der Pullover war nie für Onkel Hermann gedacht, sondern von Anfang an für mich bestimmt gewesen.

„Er ist wunderschön", beteuerte ich, nachdem ich ihn übergezogen hatte. „Aber irgend etwas stimmt nicht mit ihm."

„Was sollte nicht mit ihm stimmen?" begehrte die Gnädigste auf. „Ich habe mich genau an das Strickmuster gehalten."

Es muss ein Strickmuster für Zwangsjacken ohne Ärmel gewesen, wie mir schien; denn es war schier unmöglich, die Hände zum Nase putzen herauszubekommen.

Ein Vorteil hatte diese Sache mit dem missglückten Geburtstagsgeschenk allerdings:

Meine Gnädigste gab ab sofort dieses Hobby auf und verschonte uns mit weiteren Proben ihrer Strickkunst. Wollsachen kaufen wir wieder in den einschlägigen Geschäften.

Der schüchterne Musiker
Liebesgeschichte

(Anm.: Auch bei dieser Geschichte muss man erklären, dass sie zu einer Zeit geschrieben wurde, als es noch keine Handys gab, mit denen Peter Hilfe hätte herbeiholen können)

Sie schwärmte für schlanke, große Männer. Schwarze Haare sollten sie haben, ein Gesicht wie Cary Grant und eine Figur wie Sylvester Stallone.

Der Musiker, der zur Geburtstagsparty ihrer Schwester aufspielte, war kräftig, blond, Bartträger und hatte ein Bäuchlein, bei dem man sich ernstlich fragen musste, ob er jemals an die süßen Sächelchen einer Frau herankommen würde, wenn er das schönste aller Spiele mit einer zu spielen beabsichtigte.

Seine Stimme dagegen war sensationell.. Er verstand sie zu variieren, so dass sie bei *New York New York* wie die von Frank Sinatra klang, und kurz darauf wie die von Heino oder Udo Lindenberg. Ihm zuzuhören, war ein Genuss.

Gisela Hornig, wie das Mädchen hieß, war, trotz seiner körperlichen Unattraktivität, begeistert von ihm. Immer wieder suchten ihre Augen seinen Blick, doch er schien sie nicht zu bemerken, beschäftigte sich nur mit seinen Instrumenten und schien, von seiner Musik emporgehoben, gar nicht mehr auf dieser Welt zu weilen.

"Das gibt es doch nicht", dachte Gisela. "Warum beachtet der Idiot mich nicht? Musiker nehmen doch für gewöhnlich mit, was sie bekommen können. Der flirtet nicht einmal mit mir. So unansehnlich bin ich ja nun auch wieder nicht. Ob er schwul ist?"

Gisela konnte machen, was sie wollte: Ihre verführerischen Blicke glitten an ihm ab, als hätte er sich mit einem Schutzschild umgeben.

"Dann eben nicht, du Trottel", dachte Gisela verärgert und begann, ihr Interesse auf andere der hier anwesenden Herren zu verlagern. Das Dumme dabei war nur, dass die meisten von ihnen bereits in festen Händen waren. Oder zu jung. Oder zu alt.

Weit nach Mitternacht neigte sich die Party ihrem Ende zu. Ein Großteil der Gäste hatte sich bereits verabschiedet. Nur der *eiserne Kern*, unter ihnen Gisela, hielt noch für eine Weile durch. Der Musiker, der - wie ein großes Schild vor seinen Keyboards verkündete - Peter hieß, packte seine Siebensachen zusammen, verstaute sie in seinem Wagen und kam nur noch einmal zurück, um mit der Gastgeberin abzurechnen. Dann verabschiedete er sich und ging.

Gisela blieb noch ein knappes Stündchen, bis auch sie den Heimweg antrat. Einen Verehrer, der sie eventuell begleitet hätte, hatte sie nicht gefunden. Im Prinzip war ihr das egal. Außer dem Musiker hatte sie ohnehin keiner sonderlich interessiert. Und so nötig, sich trotzdem einen zu angeln, hatte sie es nun auch wieder nicht. In zwei oder drei Tagen kam ihr derzeitiger Favorit von einer Geschäftsreise zurück. Bis dahin würde sie sich schon noch gedulden können. Und in allergrößter Not konnte sie auf den elektronischen *Witwentröster* in ihrer Nachttischschublade zurückgreifen. Irgendeinen Ausweg gab es immer.

Giselas Heimweg führte durch einen dunklen Wald. Schon von weitem erkannte sie den Wagen, der am Straßenrand liegen geblieben und durch ein Warndreieck abgesichert war. Und als sie näher kam, erkannte sie auch den Mann, dem er gehörte und der jetzt daneben stand und winkte.

Es war Peter, der Musiker!

Wäre es ein anderer als er gewesen, hätte Gisela in diesem finsteren Wald niemals angehalten. Diesen Mut hätte sie nicht aufgebracht. So aber bremste sie, kam hinter seinem Fahrzeug zum Stillstand, schaltete die Warnblinkanlage ein und stieg aus.

"Na, will er nicht mehr?", fragte sie und trat näher.

"Ach, Sie sind es", sagte Peter. "Wie freundlich von Ihnen, dass Sie angehalten haben. Fünf andere vor Ihnen sind vorbeigefahren."

"Wenn Sie es nicht gewesen wären, hätte ich es ebenfalls getan", erklärte Gisela. "Und ich bin mir nicht einmal sicher, ob ich es nicht trotzdem hätte tun sollen."

"Warum?", wunderte sich Peter. "Ich tu Ihnen schon nichts."

"Davon bin ich überzeugt", frotzelte Gisela anzüglich.

"Wie meinen Sie das?"

"Nur so", winkte Gisela ab. "Also, was ist jetzt mit Ihrer Klapperkiste da?"

"Keine Ahnung", gestand Peter kleinlaut. "Ich mag zwar ein recht ordentlicher Musiker sein, aber von Autos verstehe ich nichts."

"Nur von Autos nicht?", konnte sich Gisela nicht verkneifen zu sticheln.

"Ich weiß schon wieder nicht, was Sie damit andeuten wollen", sagte Peter. "Habe ich irgend etwas verbrochen, über das Sie sich geärgert haben?"

"Schwamm drüber", entgegnete Gisela. "Es war nichts von Bedeutung. Sehen wir lieber nach, was mit Ihrem Wagen ist."

"Verstehen Sie denn etwas davon?"

"Nicht mehr als Sie", meinte Gisela.

"Dann können wir uns das auch ersparen", sagte Peter. "Ob Sie mich vielleicht abschleppen könnten?"

Gisela musste unwillkürlich lachen. "Als ob ich das nicht den ganzen Abend über versucht hätte", dachte sie vergnügt. "Und jetzt bietet er es mir selbst an. Allerdings anders, als ich es mir vorgestellt hatte."

„Warum lachen Sie?", erkundigte er sich.

"Uninteressant", versetzte sie. "Aber das mit dem Abschleppen wird nichts. Ich kann das nicht. Blut und Wasser würde ich schwitzen und vermutlich im nächsten Straßengraben landen. Ich könnte Sie höchstens mitnehmen und nach Hause fahren."

"Ja, aber meine Instrumente", gab er zu bedenken. "Ich möchte sie nicht zurücklassen."

"Dann laden wir sie eben in meinen Wagen um", schlug Gisela

vor. "Groß genug ist er ja."

Damit war Peter einverstanden. Also verpackten sie seine Instrumente, Verstärker und Lautsprecher in Giselas Auto.

"Und wohin darf ich Sie jetzt bringen?", fragte sie, nachdem dies erledigt war.

Peter nannte ihr seine Adresse.

"Das liegt auf meinem Weg", sagte Gisela. "Steigen Sie ein."

"Ich bin Ihnen so dankbar", sagte Peter, während sie losfuhren. "Vielleicht kann ich mich irgendwann einmal revanchieren."

"Wie denn?"

"Nun", sagte Peter. "Vielleicht brauchen Sie mal zu irgendeiner Feier einen Musiker. Dann stelle ich mich Ihnen selbstverständlich kostenlos zur Verfügung."

"Darauf werde ich bestimmt zurückkommen", versprach Gisela. "Hoffentlich erinnern Sie sich dann auch noch daran."

"Eine Frau wie Sie vergisst man nicht", murmelte Peter und schaute verlegen zur Seite.

"Nanu?", staunte Gisela. "Wie komme ich denn zu dieser Ehre?"

"Ich habe Sie den ganzen Abend über beobachtet", gestand Peter leise.

"Davon habe ich aber nichts bemerkt", sagte Gisela kopfschüttelnd. "Im Gegenteil. Es schien Ihnen ein Bedürfnis zu sein, meinen Blicken auszuweichen."

„Ich bin unheimlich schüchtern", erwiderte Peter. "Schließlich weiß ich, dass ich kein Adonis bin."

"Was hat das damit zu tun?", wollte Gisela wissen. "Ein Mann muss nicht unbedingt schön sein, um Wirkung bei uns Frauen zu erzielen."

"Trotzdem", sagte Peter. "Ich trau mich einfach nicht."

"Du meine Güte!" rief Gisela verblüfft. "Soll das etwa heißen, dass Sie noch nie etwas mit einem Mädchen hatten?"

Peter senkte den Blick und nickte.

"Und das mit.... Wie alt sind Sie eigentlich?"

"Siebenundzwanzig."

Gisela war ehrlich erschüttert. Konnte es so etwas wirklich geben? Ein Mann von siebenundzwanzig Jahren und ein Musiker dazu hatte noch nie etwas mit einer Frau gehabt! Ein Unschuldsengelchen war er! Sie konnte es nicht fassen, und die Verlockung, ihn von seiner offensichtlichen Verklemmung zu befreien, wuchs ins Unermessliche.

Den Rest der Fahrt bis zu seiner Wohnung lenkte sie ihre Unterhaltung auf unverfänglichere Themen. Nachdem sie aber bei ihm angekommen waren und die Instrumente in seiner Garage abgestellt hatten, sagte sie:

"Jetzt hätte ich mir aber eigentlich eine Tasse Kaffee verdient. Wenn Sie auf die glorreiche Idee kämen, mich dazu einzuladen, würde ich nicht ablehnen."

"Sie würden wirklich.....?"

Peter schaute sie wie ein kleiner Bub an, der soeben erfahren hatte, dass er die ersehnte elektrische Eisenbahn an Weihnachten tatsächlich bekam.

"Aber warum denn nicht?", versetzte Gisela. "Wir sind erwachsene Menschen. Was ist dabei, wenn wir   - und sei es um diese späte Stunde - eine Tasse Kaffee miteinander trinken? Davon kriegt man kein Kind."

"Nein, davon vermutlich nicht", sagte Peter. "Wenn ich also bitten dürfte....?"

Er hatte ein modern eingerichtetes Einzimmerappartement mit Kochnische und Bad. Für einen Junggesellen sah es erstaunlich aufgeräumt und sauber in der kleinen Wohnung aus.

"Meine Mutter schaut zweimal in der Woche nach mir", erklärte er auf eine diesbezügliche Frage seiner Begleiterin. "Aber möchten Sie nicht Platz nehmen?"

"Und Sie?"

"Ich koche uns den Kaffee."

"Ich habe es mir anders überlegt", sagte Gisela. "Ich würde lieber ein Glas Sekt trinken. Haben Sie so etwas im Haus?"

Er hatte. Und so hockten sie wenig später bei gedämpftem Licht nebeneinander auf seiner Couch, ließen sich von verträumter Musik aus der Stereoanlage berieseln und prosteten sich mit dem köstlichen Prickelwasser zu, das so oft schon als Stimulans für kleine Liebesabenteuer gedient hatte.

Bei Peter schien sowohl das gedämpfte Licht wie auch die verträumte Musik und der Sekt seine Wirkung zu verfehlen. Er saß, als könne er nicht bis drei zählen, neben Gisela, spielte sichtlich verlegen mit seinem Glas und machte nicht einmal den Versuch, ihr näher zu kommen.

"Na schön", entschloss sich Gisela. "Bevor sich hier überhaupt nichts tut, ergreife ich halt die Initiative. Irgendeiner muss den Jungen schließlich mal aufklären; zumal es mich ungeheuer reizt, als Frau einem Mann die Unschuld zu nehmen."

Also rückte sie dichter an ihn heran, lehnte ihren Kopf an seine Schulter und legte ihre Hand auf seinen Oberschenkel. Zu ihrer größten Zufriedenheit konnte sie beobachten, dass sich dort in unmittelbarer Nähe ihrer Finger etwas zu regen begann und sich zu erstaunlichen Maßen auswuchs. Impotent schien er wenigstens nicht zu sein, der schüchterne Jüngling.

"Küss mich", flüsterte sie ihm ins Ohr.

"Darf ich wirklich?"

"Natürlich, du Dummerchen", sagte sie. "Meinst du, sonst würde ich's dir anbieten?"

Er stellte sich gar nicht mal so dumm an bei ihrem ersten Kuss, wusste sogar, was mit der Zunge zu tun war. Vielleicht hatte er das irgendwo gelesen? Oder im Fernsehen gesehen?

Während sie sich küssten, griff sie nach seiner Hand und führte sie unter ihre Bluse, unter der sie nichts als ihre nackte Haut trug. Auch hier begriff er sofort, was erwartet wurde. Er fing an, die strammen Kügelchen liebevoll zu kneten und voller Hingabe zu massieren.

Gisela blieb, während ihr ein wohliger Schauer nach dem anderen den Rücken hinunterlief, nicht untätig. Sie ließ ihre Hand wieder hinunter zu seiner Hose gleiten und öffnete den Reißverschluss.

Von da an ging alles ziemlich schnell. Sie halfen sich gegenseitig beim Entkleiden, sanken auf den weichen Teppich und liebten sich, bis ihnen der Schweiß aus allen Poren drang und sie sich nach einem für beide Teile hoch beglückenden Höhepunkt ermattet voneinander lösten.

"Wenn das tatsächlich das erste Mal bei dir war", murmelte Gisela und schmiegte sich selig an ihn, "will ich künftig Euphrosine heißen."

"Darf ich dein Taufpate werden, Euphrosine?", fragte Peter grin-send.

"O, du Schuft!" Im nächsten Moment saß Gisela auf ihm und hämmerte - nicht zu fest - mit geballten Fäusten auf ihn ein. "Du Gauner! Du Lump! Du hinterhältiges Exemplar von einem Mannsbild! Spielt mir den Unschuldsengel vor und hat's in Wirklichkeit faustdick hinter den Ohren! Das musst du mir büßen!"

Die Strafe, zu der sie ihn verdonnerte, war gar schrecklich, aber sie schien ihm zu gefallen. Als sie gegen Morgen, vor Erschöpfung am ganzen Körper zitternd, erklärte, das Strafmaß wäre nun erreicht, gewährte er ihr freiwillig noch eine Zugabe.

"Jetzt reicht es aber wirklich", wisperte sie in seinen Armen. "Du hast genug gebüßt."

"Für den Augenblick - vielleicht", versetzte er. "Aber morgen ist auch noch ein Tag."

Von diesem *Morgen* träumten sie, und dass vielleicht ein ganzes Leben daraus wurde.

Der fernsehfreie Abend
Schmunzelgeschichte
erstmals erschienen in WOCHENEND
und später in einer hessischen Version in meinem Buch
HESSISCHES ADVENTSKALENNERBUCH
Mundartverlag M. Naumann, Hanau

„Fernsehen verdirbt den Charakter", sagte meine Gnädigste, während man im ersten Programm die elfhundertzwölfunddreißigste Folge einer gewissen amerikanischen Serie zum vierten Mal wiederholte. „Außerdem zerstört es das Familienleben. Man unterhält sich heutzutage nicht mehr miteinander, nein, man sieht statt dessen in die Glotze. Ein fröhliches Spielchen mit den Kindern ist auch nicht mehr drin. Man drückt nur noch den bewussten Knopf - und schon hat man seine Ruhe vor ihnen."

„Pssst!", machte mein Sohn, ohne den Blick von der Mattscheibe zu wenden. „Du sprichst so laut, Mutti. Man versteht ja gar nicht mehr, was die im Fernsehen sagen."

„Da haben wir's!" schimpfte meine Gnädigste. „Die eigenen Kinder verbieten einem das Wort. Und warum? Weil unbedingt dieser verfluchte Apparat laufen muss."

„Du hast vollkommen recht", sagte ich zerstreut. „Wir müssten deine liebe Mutter auch mal wieder einladen."

„Na also", ärgerte sich die Gnädigste. „Nicht einmal mein Mann hört mir zu. Viereckige Augen hat er schon vom vielen Fernsehen gucken."

„Nein, ich habe nichts dagegen, wenn du sie für nächste Woche einlädst", erwiderte ich, während ich mich eine Handvoll Erdnusskerne in den Mund schob. „Ich habe wirklich nichts dagegen."

„Müsst ihr euch ausgerechnet jetzt unterhalten?", begehrte meine Tochter auf. „Könnt ihr nicht warten, bis der Film zu Ende ist?"

„Geht nicht", protestierte mein Sohn. „Anschließend kommt im

ZDF ein spannender Krimi."

„Und danach möchte ich gern die Tagesthemen sehen", warf ich ein. „Verschieben wir's auf morgen."

„Genau das ist es, was ich euch klarmachen möchte", empörte sich meine Gnädigste. „Alles wird auf morgen verschoben! Und was ist morgen?"

„Indiana Jones zwo auf Sat. 1", sagte meine Tochter.

Meine Gnädigste fluchte unterdrückt, stürmte zum Fernseher und schaltete ihn aus.

„Oooooch!", riefen wir anderen einstimmig. „Das ist gemein. Es war gerade so spannend."

„Man muss auch mal verzichten können", dozierte die Gnädigste mit der Stimme eines Rufenden in der Wüste. „Auch mir hat dieser Film gefallen, und ich hätte gern gewusst, wie er ausgeht."

„Dann schalte doch einfach wieder ein", schlug mein Ableger hoffnungsvoll vor.

„'Nichts dergleichen werde ich tun", entgegnete die Gnädigste mit einem ungnädigen Blick auf ihre Familienbande. „Ich habe mich entschlossen, einen fernsehfreien Abend einzuführen."

„Muss das ausgerechnet heute sein?", meckerte meine Tochter.

„Es muss", antwortete die Gnädigste. „Denkt doch auch mal an das Wohl unserer Familie."

„Na schön", brummelte mein Sohn. „Und was machen wir jetzt?"

„Wir spielen *Mensch-ärgere-dich-nicht",* schlug die Gnädigste vor. „Das wird bestimmt lustig."

„Ganz bestimmt", grummelten wir übrigen unlustig.

„Prima", freute sich meine Gnädigste. „Baut ihr schon mal den Spielplan auf. Ich habe Wäsche in der Maschine und möchte sie schnell noch zum Trocknen aufhängen."

Sie schenkte uns ein wohlwollendes Lächeln und entfleuchte.

„Habt ihr eine Ahnung, wo sich das Spiel befindet?", erkundigte ich mich bei meinen Sprösslingen.

„Keinen blassen Schimmer", erklärten beide. „Wir haben

schließlich eine halbe Ewigkeit nicht mehr gespielt. Blödsinnige Idee, das!"

„Denkt an die Familie!", mahnte ich salbungsvoll.

Also machten wir uns gemeinsam auf die Suche nach dem entschwundenen Spiel, brachten Unordnung in sämtliche Schränke und Kommoden, in denen es eventuell hätte sein können, und fanden es schließlich in der hintersten Ecke einer Truhe, in der meine Gnädigste allerlei Gerümpel aufzubewahren pflegte, das normalerweise auf den Sperrmüll gehörte, ihr aber so ans Herz gewachsen war, dass sie sich nicht davon trennen konnte.

„Fangt inzwischen schon mal an", sagte mein Sohn mit kläglichem Gesicht. „Ich muss ganz dringend aufs Klo. Es zerreißt mich fast."

Er stürmte davon, als säße ihm Satan persönlich im Nacken.

Meine Tochter und ich legten den Spielplan auf den großen Esszimmertisch, bauten die Spielsteine auf und warteten ergeben auf die Rückkehr der beiden anderen.

„Ach, das hätte ich ja beinahe vergessen!" rief meine Tochter plötzlich und fasste sich mit beiden Händen an den Kopf. „Ich muss ja noch die Mathearbeit berichtigen, sonst gibt es morgen in der Schule Zoff."

Dagegen war nichts einzuwenden. Pflichtbewusstsein gehört zu den höchsten Tugenden eines Menschen. Ich entließ sie in Frieden.

Nachdem ich allein war, stützte ich den Kopf in die Hände und starrte verdrossen auf das *Mensch-ärgere-dich-nicht*-Spiel. Ich ärgerte mich fürchterlich. Im Fernsehen ging es mittlerweile sicher auf den Schluss zu. Es hätte mich brennend interessiert, wer der Großtante des Schwiegersohnes der schwerreichen amerikanischen Familie das Gift in den Whisky getan hatte. War es die Nichte des Urenkels des Großvaters oder war es die Tante des Neffen der Schwiegertochter gewesen?

Mistkram, verdammter, dachte ich. Warum musste die Gnädigste ausgerechnet heute auf die unsinniger Idee verfallen, einen fernsehfreien Abend einzuführen?

Um mich von meinen finsteren Gedanken abzulenken, erhob ich mich und sah nach, wo die anderen blieben.

Meine Gnädigste hockte in der Waschküche auf einem Stapel schmutziger Wäsche, hatte unseren Portable vor sich auf der Waschmaschine stehen und genoss sichtlich den Schluss des spannenden Films. Sie bemerkte nicht einmal, dass ich nach ihr schaute.

Meine beiden Ableger fand ich im Zimmer meiner Tochter. Auch sie sahen sich auf deren Apparat den Schluss des Filmes an und nahmen meine vorübergehende Erscheinung ebenfalls nicht zur Kenntnis.

Da schlich ich mich wieder ins Wohnzimmer zurück, schaltete den dortigen Fernseher ein und durfte auch erleben, dass die Urgroßtante der angeheirateten Stieftochter der vor drei Jahren verblichenen Schwiegermutter die Mörderin war.

Gespielt haben wir an diesem Abend nicht mehr. Um Mitternacht ging ich ins Bett - allein. Meine Gnädigste und meine Kinder sahen sich zu dieser späten Stunde noch die letzten Nachrichten an.

Aber nächste Woche wird der fernsehfreie Abend eingeführt. Ganz bestimmt. Vielleicht aber auch erst im nächsten Monat - oder nach den Sommerferien im nächsten Jahr.

DIE NACHT ALLER NÄCHTE
erotische Liebesgeschichte

„Eine Supernacht mit einer Superfrau", versprach die bekannte Männerzeitschrift *PLAYHOUSE* dem Gewinner ihres Preisrätsels. „Beteiligen Sie sich, meine Herren, Sie werden es nicht bereuen!"
"Warum eigentlich nicht?", dachte Thomas Müller, nachdem er das gesuchte Lösungswort innerhalb weniger Minuten herausgefunden hatte, und zuckte amüsiert mit den Schultern. "Nehme ich halt spaßeshalber mal daran teil. Gewonnen habe ich eh noch nie etwas, warum also ausgerechnet jetzt? Und wenn doch ....?"
Nun, darüber wollte er sich jetzt noch keine Gedanken machen. Das wurde erst spruchreif, wenn er tatsächlich gewinnen sollte. Dann würde es ihm allerdings einiges Kopfzerbrechen bereiten, eine plausible Ausrede zu erfinden, weshalb er an einem bestimmten Wochenende allein verreisen musste.
Thomas war nämlich verheiratet. Zehn Jahre war es her, seit er mit der bildhübschen Astrid Steguweit am Traualtar die Ringe gewechselt und sie damit zu Frau Müller gemacht hatte; eine Entscheidung, die er bis heute eigentlich noch nie bereut hatte.
Natürlich war aus der anfänglichen Leidenschaft, mit der sie ihre Bettspielchen betrieben hatten, inzwischen so etwas wie Gewohnheit geworden. Nach zehn Jahren ließ so etwas nun mal naturgemäß nach. Die Kür war zur Pflicht geworden. Und wer tat schon gerne seine Pflicht, wenn es etwas Interessantes im Fernsehen gab, nicht wahr? Morgen war schließlich auch noch ein Tag. Oder übermorgen. Oder Weihnachten. Oder irgendwann!!!
Trotzdem waren sie sich relativ treu geblieben in all den Jahren; Astrid hundertprozentig, Thomas relativ. Nun aber lockte die Superfrau mit einer Supernacht. Ob es vielleicht doch noch etwas anderes gab als das, was er bis dato kennen gelernt hatte; den *Superorgasmus* - sozusagen?
Also schrieb Thomas das gefundene Lösungswort auf eine

Postkarte, adressierte sie an die Redaktion der bewussten Männerzeitschrift und warf sie in den Briefkasten. Ein paar Tage später hatte er die delikate Angelegenheit fast schon wieder vergessen.

"Du hast Post vom *PLAYHOUSE* bekommen", empfing ihn Astrid vier Wochen später, als er am Abend von der Arbeit nach Hause kam, und wedelte mit dem entsprechenden Briefumschlag vor seiner Nase herum. Mit einem argwöhnischen Stirnrunzeln fügte sie hinzu: "Was hast du mit diesem Sexblatt zu schaffen, Schatzi?"

"Keine Ahnung", krächzte Thomas erschrocken und nahm ihr den Umschlag schnell aus den Händen. Innerlich aufatmend stellte er fest, dass er noch verschlossen war. "Wahrscheinlich handelt es sich um eine der üblichen Reklamesendungen."

"Ja, wahrscheinlich", sagte Astrid. "Wirf's am besten gleich in die Grüne Tonne, sonst fliegt es wieder irgendwo in der Wohnung herum; denn abonnieren wirst du dieses Blatt doch nicht wollen - oder?"

"Nein, natürlich nicht", beteuerte Thomas scheinheilig, ging nach draußen und warf den Brief in die Grüne Tonne.

Drei Stunden später, als Astrid ins Bett gegangen war, weil sie der brasilianische Spielfilm, der im Fernsehen lief, nicht interessierte, fischte er den Brief wieder aus der Grünen Tonne heraus.

"Sehr geehrter Herr Müller", konnte er lesen, "wir gratulieren Ihnen zu Ihrem ersten Preis. Unsere Glücksfee hat Sie, Herr Müller, aus dem riesigen Stapel richtiger Lösungen unserer Preisfrage herausgezogen: *SIE* haben gewonnen. *SIE* dürfen die Supernacht mit unserer Superfrau erleben! Herzlichen Glückwunsch."

Thomas war wie vor den Kopf geschlagen. Mit allem hatte er gerechnet, nur nicht damit, dass ausgerechnet *ER* diesen Preis gewinnen würde.

"Teilen Sie uns bitte mit, *WANN* Sie Ihre Supernacht erleben wollen. Unser Model richtet sich ganz nach Ihren Wünschen und steht Ihnen im besten Hotel Ihrer Wahl jederzeit zur Verfügung."

Das ist doch der helle Wahnsinn, dachte Thomas. Wie soll ich Astrid beibringen, dass ich am nächsten Wochenende verreisen muss? Keinen Grund gibt es dafür. Verdammte Scheiße!

Astrid kam ihm unvermutet entgegen.

"Meine Großtante ist erkrankt", erzählte sie ihm. "Sie möchte mich vor ihrem Tod gern noch einmal sehen. Ich hoffe, du hast nichts dagegen, wenn ich sie am kommenden Wochenende besuche? Vielleicht erben wir ja sogar noch was."

Thomas war es völlig egal, ob sie etwas erbten. Sie hatten selbst genug. Nicht egal dagegen war es ihm, dass seine Frau verreisen wollte. Es war die beste Idee, die sie je gehabt hatte.

"Das trifft sich gut", entgegnete er. "Ich muss nämlich auch am Wochenende in einer dringenden Geschäftsangelegenheit verreisen und hatte schon ein schlechtes Gewissen, dich allein lassen zu müssen."

"Das brauchst du jetzt nicht mehr zu haben", sagte Astrid. "Dank unserer lieben Tante Erna."

Also setzte sich Thomas mit dem *PLAYHOUSE* in Verbindung, traf mit belegter Stimme alle erforderlichen Vereinbarungen für das nächste Wochenende und erhielt die Zusicherung, dass alles in seinem Sinne erledigt würde.

"Allerdings gibt es einen Vorbehalt", sagte der Redakteur, mit dem er sprach. "Natürlich haben wir für Sie nicht irgendein billiges Callgirl engagiert sondern eine sehr bekannte Dame, die - Sie werden es verstehen - Wert auf allergrößte Diskretion legt."

"Ich werde schweigen", versprach Thomas, der annahm, dass man ihm eines jener Girls des Monats ins Bett legen würde, die jeweils in aufreizender Nacktheit auf einer Doppelseite in der Mitte des Heftes gezeigt wurden. "Schon im eigenen Interesse."

"Auf Ihr Schweigen allein möchte sich unsere Superfrau nicht verlassen", bedauerte der Redakteur. "Deshalb besteht sie darauf, dass die Supernacht bei völliger Dunkelheit vollzogen wird. Ich hoffe, Sie haben dafür Verständnis? Die Dame hat immerhin einen gewissen Ruf zu verlieren."

Thomas hatte Verständnis, ja, er war sogar irgend wie dankbar dafür, weil er durch diese Regelung ja selbst unerkannt blieb. Und es nahm der delikaten Situation seiner Meinung nach auch einiges an Peinlichkeit.

Trotzdem klopfte sein Herz bis zum Hals hinauf, als er am späten Samstagnachmittag jenes Luxushotel betrat, in dem er für eine lange Nacht von einer Superfrau verwöhnt werden sollte. Ob das Personal Bescheid wusste, weshalb er angereist war? Ob er nicht lieber umkehren und auf die ganze Sache verzichten sollte?

"Nein", entschloss er sich. "Wenn ich schon einmal in meinem Leben etwas gewonnen habe, möchte ich auch davon Gebrauch machen."

An der Rezeption empfing man ihn, als wäre er der Bundespräsident persönlich. Keiner ließ durchblicken, ob er nun informiert war oder nicht. Da gab es kein verstohlenes Grinsen und auch kein vertrauliches Augenzwinkern. Überaus freundlich und korrekt begrüßte man ihn, wies ihm eines der besten Zimmer zu und tat ganz so, als wäre er der liebste Gast, der jemals dieses Hotel heimgesucht hatte. Thomas fiel ein Felsbrocken in stattlicher Größe vom Herzen.

Während des köstlichen Abendessens, das selbstverständlich ebenfalls auf Kosten des *PLAYHOUSE* ging und wie das Frühstück am nächsten Morgen zu seinem Preis gehörte, schaute er sich verstohlen um. Ob die Superfrau schon anwesend war? Es gab einige Damen an den benachbarten Tischen, die seinen Erwartungen durchaus entsprochen hätten. Allerdings ließ sich keine von ihnen anmerken, ob sie nun die Auserwählte war oder nicht.

Nach dem Essen begab er sich in die zum Hotel gehörende Bar und genehmigte sich den einen und auch anderen doppelstöckigen Whisky. Böse Zungen hätten behaupten können, er wolle sich Mut antrinken, womit sie durchaus nicht verkehrt gelegen hätten. Gezielt fremdzugehen kostete eben doch einiges an Überwindung. Und das schlechte Gewissen musste auch ein bisschen eingelullt werden.

Kurz nach neun suchte er sein Zimmer auf, duschte ausgiebig und legte sich nackt ins Bett. Dann löschte er das Licht, verschränkte die Arme hinter dem Kopf und wartete. Kurz darauf läutete das Telefon.

"Bist du bereit?", flüsterte eine weibliche Stimme, nachdem er sich gemeldet hatte.

"Ja", erwiderte er und vermeinte plötzlich, einen Frosch im Hals sitzen zu haben. "Zu allen Schandtaten."

"Dann komme ich jetzt zu dir", versprach die Stimme. "Hast du auch das Licht gelöscht?"

"Man sieht die Hand nicht vor den Augen", beteuerte Thomas.

"Okay", sagte die Stimme. "Bis gleich."

Kaum eine Minute später betrat sie das Zimmer und tastete sich in der Dunkelheit zu seinem Bett vor. Thomas hörte es rascheln - offenbar ließ sie ihren Morgenmantel auf den Boden gleiten -, dann kroch sie zu ihm und schmiegte sich an ihn.

"Hallo", flüsterte sie. "Da wäre ich. Wie hättest du's denn gerne?"

"So, wie man es von einer Supernacht erwarten sollte", entgegnete Thomas, nahm sie in seine Arme und begann sie zu küssen und zu streicheln.

Lieber Himmel, was für einen betörenden Duft sie verströmte! Mit sämtlichen Wohlgerüchen des Hinteren und Vorderen Orients schien sie ihren Körper gesalbt und eingesprüht zu haben. Wie die zu Fleisch gewordene Sünde persönlich erschien sie ihm.

Und wie weich sie war, und doch an den richtigen Stellen griffig und fest, wie er schnell feststellen konnte.

„Ja, das tut gut", flüsterte sie erschauernd, als er mit Lippen und Zunge ihren ganzen Körper zu erforschen begann, was sie ihm umgehend mit ähnlichen Zärtlichkeiten vergalt.

Und dann war kein Raum mehr für irgendwelche Gedanken und Überlegungen. Von einer rosaroten Wolke zur anderen ließ sie ihn schweben, umnebelte sie seinen Verstand mit ihrer ungestümen Leidenschaft und ließ ihn das Gefühl haben, die Engel im Himmel singen zu hören.

"Oh ja!", jubelte er, als er endlich in ihrem Schoß explodierte. "Oh ja, ja, ja, ja, jaaaa!!"

Und sie jubelte eine oder zwei Oktaven höher mit.

Kaum Zeit, sich ein wenig zu erholen, ließ sie ihm. Schier unersättlich schien sie zu sein. Leistungen, die er selbst nicht für möglich gehalten hatte, forderte sie ihm ab - und er brachte sie dank ihres fast unerschöpflichen Einfallsreichtums.

"Ich kann nicht mehr", stöhnte er knapp drei Stunden und etliche Höhepunkte später. "Ich kann beim besten Willen nicht mehr. Ich möchte nur noch eines: Schlafen, schlafen, schlafen!"

"Dann darf ich mich also zurückziehen?", fragte sie. "Ich hoffe, du warst mit mir zufrieden?"

Thomas schwor, noch nie in seinem Leben zufriedener gewesen zu sein. Und er schenkte ihr zum Andenken an diese Nacht ein Armband, das er extra zu diesem Zweck erworben hatte. Nach einem letzten Kuss verschwand sie.

*

Am Sonntagabend war Thomas wieder bei seiner Frau Die Augen fielen ihm fast aus dem Kopf, als er das neue Armband erkannte, das Astrid trug.

"Tja", sagte sie mit einem sarkastischen Lächeln. "Hast du etwa angenommen, ich würde dich deine Supernacht mit einer anderen Frau verbringen lassen? Es hat mich nur einen Anruf und ein paar entsprechende Worte beim *PLAYHOUSE* gekostet, und schon war man mit meinem Plan einverstanden."

Thomas wusste nicht, was er darauf antworten sollte. Völlig demoralisiert ließ er sich in einen Sessel fallen und starrte seine Frau wie ein Wesen aus einer anderen Welt an.

"Dass du nicht ungestraft davonkommst", sagte sie spöttisch, "dürfte dir wohl klar sein. Ich habe kürzlich einen hübschen Pelzmantel gesehen, der mir bestimmt gut stehen würde...."

So wurde Astrid die stolze Besitzerin eines neuen Pelzmantels, und die Zeitschrift *PLAYHOUSE* verlor einen treuen Leser. Dafür zog wieder frischer Wind in Müllers Ehebetten ein; denn nachdem es so vortrefflich in jenem Hotel mit ihnen geklappt hatte, gelangten sie beide zu der übereinstimmenden Meinung, dass man dies zu Hause durchaus wiederholen könne. Und das nicht bloß einmal....!

Komm, spiel mit mir
Schmunzelgeschichte
erstmals erschienen in TINA

Es war ein wunderschöner Tag mit Sonnenschein, blauem Himmel und Vogelgezwitscher. Karin hatte sich in der Mittagspause einen Heftroman mit dem rührenden Titel *Tausend Tränen muss Prinzessin Gracia weinen* unter den Arm geklemmt und war in den kleinen Park gegangen, der in der Nähe ihrer Firma lag. Dort setzte sie sich auf eine Bank, um das erschütternde *Werk* zu studieren.

Friedrich Schiller, seines Zeichens Dichterfürst, stand auf seinem Denkmalsockel hinter ihr und schaute ihr neugierig über die Schultern. Als er den Titel des Romans erkannte, mit dem sich Karin beschäftigte, verdrehte er entrüstet die Augen und wandte sich ab. Wie konnte man nur...! Wenn sie wenigstens ein Werk seines Freunde Johann Wolfgang gelesen hätte. Den *Faust* - zum Bleistift. Oder *Die Leiden das jungen Werther*. Aber so...!

Zur gleichen Zeit betrat ein nicht mehr ganz junger Mann den Park. Er hieß Isidor, war stellvertretender Ersatzkassierer bei einer Bank und ledig. Seit Jahren schon sah er sich nach einem weiblichen Wesen um, das ihm in seinen einsamen Stunden zur Seite stand und ihm all das schenkte, von dem er kaum zu träumen wagte. Bis heute hatte er sich vergeblich umgeschaut. Selbst eine Anzeige im hiesigen Heimatblättchen *Flotter Imker sucht emsige Biene zum gemeinsamen Honig schlecken* war erfolglos geblieben, wenn man von einem Antwortschreiben absah, welches er daraufhin erhalten hatte. Nachdem er sich mit dieser Biene getroffen hatte, hatte er leider feststellen müssen, dass es sich um eine ältere Hornisse gehandelt hatte. Zu einem zweiten Treffen war es nicht mehr gekommen.

Isidor schlenderte den breiten Kiesweg entlang, sog die würzige Luft in seine Lungen und wünschte sich, seine Mittagspause würde niemals vergehen. Da entdeckte er Karin, die sich gerade mit dem Handrücken über die Augen wischte, weil der garstige Baron von Donnerkeil Prinzessin Gracia schweres Leid zufügte.

Der stellvertretende Ersatzkassierer rückte seine Krawatte gerade, strich sich eine imaginäre Haarsträhne aus seiner hohen Stirn und schlich näher heran. Sein ganzes Gehabe glich dem eines verliebten Katers.

Kurz vor Karins Bank verließ ihn der Mut. Mit einem entsagungsvollen Blick ging er an ihr vorbei. Das Mädchen bemerkte ihn nicht einmal. Prinzessin Gracia war vor dem Bild ihrer ach so früh verstorbenen Mutter zusammengebrochen und hatte den Himmel angefleht, endlich Liebe in das Herz des gefühllosen Barons zu senken.

Isidor spazierte ein paar Schritte weiter, kickte einen auf dem Weg liegenden Stein zur Seite und blieb stehen. Vorsichtig drehte er sich um und starrte mit brennenden Augen auf das wunderhübsche Mädchen.

"Sie ist es", dachte er seufzend. "So und nicht anders habe ich mir immer die Frau vorgestellt, die die Meine werden soll. Ob ich es wagen kann…?"

Er wagte es. Mit entschlossener Miene lief er zurück. Sein Herz klopfte wie ein Presslufthammer. Das Blut in seinen Adern kochte. Kalter Schweiß bedeckte seine Stirn. Seine Hände wurden feucht.

„Ist es gestattet?", fragte er mit belegter Stimme, nachdem er endlich vor Karin stand.

Er bekam keine Antwort. Der edle Graf von Falkenstein war aufgetaucht und hatte Prinzessin Gracia seine Hilfe gegen den unerbittlichen Baron Donnerkeil angeboten. Mit glühendem Blick hatte er ihr in die Augen gesehen und sie ihre Liebe zu dem hartherzigen Mann vergessen lassen.

„Ist es gestattet?", wiederholte Isidor noch einmal.

„Wie? Wo? Was?" Karin blickte erschrocken auf.

Isidor sah sie verschüchtert an. „Darf ich mich setzen?", erkundigte er sich und deutete auf den freien Platz neben ihr.

„Bitte" sagte Karin und vertiefte sich wieder in ihren Roman. Isidor nahm Platz, legte sein linkes Bein über das rechte und verschränkte die Arme vor der Brust. Aus den Augenwinkeln schielte er nach seiner Banknachbarin. Sie schien vergessen zu haben, dass es ihn gab.

„Ein herrlicher Tage heute, nicht wahr?", hauchte Isidor.

Karin ließ verdrossen ihren Roman sinken. „Ja, ein wunderschöner Tag."

„Gestern war es nicht so schön", stellte Isidor fest.

„Ja, da haben Sie recht", gab Karin zurück.

„Hoffentlich wird es morgen genauso schön", meinte Isidor.

„Ja, hoffentlich." Karin vertiefte sich wieder in ihren Roman. Wenn dieser lästige Kerl an ihrer Seite sie doch endlich in Ruhe ließe! Graf Falkenstein war bei einem Jagdunfall schwer verletzt worden. Sie bangte mit Prinzessin Gracia um das Leben des geliebten Mannes.

Isidor zog ein Taschentuch hervor und tupfte sich den Schweiß von der Stirn. Seine Kehle war wie zugeschnürt. Warum war er nur nicht so ein draufgängerischer Bursche wie dieser James Bond? Der fackelte nicht lang. Er dagegen...! Dabei hatte er sich extra das Buch *Wie verliere ich meine Hemmungen* gekauft. Das Buch hatte inzwischen seinen Schutzumschlag verloren, er seine Hemmungen noch nicht.

„Es ist wirklich ein herrlicher Tag heute", versuchte es Isidor erneut. Es klang wie das heisere Krächzen eines hundertjährigen Raben.

Karin blickte unwillig auf. „Dieses Thema hatten wir doch bereits erledigt - oder?", grollte sie.

„Ja, das haben wir", musste Isidor zugeben. „Aber gerade, weil der Tag so herrlich ist, wundert es mich, dass Sie so allein hier herumsitzen. Langweilen Sie sich denn nicht?"

Karin legte missmutig ihren Roman zur Seite. „O doch, ich langweile mich entsetzlich", schwindelte sie. „Wollen wir nicht ein bisschen zusammen spielen?"

Isidors Augen leuchteten erfreut auf. „Das wäre zu schön, um wahr zu sein", strahlte er wie ein Honigkuchenpferd. „Was wollen wir denn spielen?"

Karin zwinkerte ihm verführerisch zu. „Spielen wir Mann und Frau?", fragte sie leise.

Isidor rückte näher an sie heran. „Herrlich!", stöhnte er. „Mann und Frau? Wir beide ganz allein?"

„Ja, wir beide ganz allein", bestätigte sie verträumt.

Isidor war kaum noch zu bremsen. Endlich, endlich schien er sein Ziel erreicht zu heben. Wer war James Bond gegen ihn? Ein armseliger Waschlappen!

„Das ist eine tolle Idee", stammelte er entzückt, während er seinen Arm hinter ihr auf die Banklehne legte. „Fangen wir doch gleich damit an."

„Na schön", sagte sie und ihre Stimme wurde hart. „Spielen wir Mann und Frau! Wir sind zwanzig Jahre verheiratet. Es ist jetzt Freitag, genau halb acht. Du hast heute deinen Kegelabend. Deine Freunde warten schon auf dich. Also beeil dich jetzt und zisch ab!"

Das schönste Lied schreibt die Liebe
besinnlicher Liebesroman
erstmals erschienen in ROMANWOCHE

Tobias Wunderlich, seines Zeichens Komponist mehr oder weniger bekannter Schlagermelodien, stand auf der Terrasse seineu Bungalows, rauchte eine Zigarette und blickte gedankenverloren in seinen Garten.

Es war kein Traumhaus, das er und Petra, seine Geschiedene, sich vor vielen Jahren gebaut hatten. Dazu waren die finanziellen Mittel damals zu knapp gewesen. Die Tantiemen aus seinen soften Liedern hatten gerade erst so richtig zu fließen begonnen. So hatten sie gespart, wo gespart werden konnte. Trotzdem war es ein solides Haus geworden, nicht protzig, aber irgendwie schnuckelig.

Auch der Garten konnte keineswegs mit *parkähnlich* beschrieben werden, wie man dies in einschlägigen Geschichten sehr oft liest. Ein so genannter Gebrauchsgarten mit Rasen, Bäumen und Ziersträuchern aller Art war es, nicht zu groß und nicht zu klein. Aber jeder Baum, jeder Strauch war Tobias ans Herz gewachsen. Eigenhändig hatten Petra und er das Grünzeug damals gepflanzt, es gehegt und sich an seinem satten Wachstum gefreut.

Damals!

Mein Gott, wie lange war das schon her?

Es war nicht alles so gekommen, wie sie es geplant hatten. Verdammt, eigentlich war gar nichts so gekommen! In den rosigsten Farben hatten sie sich ihre Zukunft ausgemalt, hatten geträumt und gehofft, und dann war alles mit einem Schlag vorbei gewesen.

„Im Namen des Volkes wird die am soundsovielten vor dem Standesbeamten in Mainstetten geschlossene Ehe geschieden."

So hatte der Schlussstrich unter ihre Ehe gelautet. Die Schuld hatte er gehabt, obwohl dies im Scheidungsurteil nicht ausgesprochen wurde. Seine immer größer werdenden Erfolge in der Schlagerbranche hatten ihn nämlich übermütig werden lassen, hatten ihn immer öfter vergessen lassen, dass er verheiratet war, Mit diesem oder jenem karrieresüchtigen Schlagersternchen hatte er sich eingelassen, hatte auch nie ein Geheimnis aus diesen Beziehungen gemacht und sich aufgespielt, als wäre er der direkte Nachfahre Casanovas höchstpersönlich.

Petra hatte sich das eine Weile traurig und vor allen Dingen maßlos enttäuscht angesehen und schließlich, als ihre Bitten und Mahnungen auf taube Ohren stießen, die Scheidung eingereicht. Sie hatte sich mit einer Abfindung für das Haus zufriedengegeben, verzichtete, da sie keine Kinder hatten, auf jegliche Unterhaltszahlungen und war nach einem tränenreichen Abschied, der so eine Art Rückbesinnung auf ihre früheren Gefühle gewesen war und ein letztes Mal im Bett geendet hatte, für immer aus seinem Leben verschwunden.

*

Es war wie verhext: Mit Petra schien Tobias auch das Glück verlassen zu haben. Neue Musikrichtungen ließen die Nachfrage nach seinen Schlagern schwinden, seine Frauengeschichten verschlangen ein Vermögen, gewagte Spielchen und Spekulationen gaben ihm den Rest. Heute war er pleite; restlos pleite.

Vor ein paar Tagen hatten sie ihm nun auch noch sein Haus samt Einrichtung versteigert. Nur ein paar persönliche Dinge durfte er mitnehmen, wenn er morgen auszog. Persönliche Dinge, die in zwei Koffer und einige Kartons passten.

"Was soll's?", dachte Tobias, während er in sein Haus zurückging, die Terrassentür schloss und die Vorhänge zuzog. "Ich hab's nicht anders verdient. Fangen wir eben noch einmal von vorne an. Mit fünfunddreißig ist man noch nicht zu alt dazu."

Mit was er von vorne anfangen wollte, wusste er allerdings noch nicht. Außer seiner Musik hatte er nichts gelernt, und die war nach wie vor nicht mehr gefragt. Vor ein paar Tagen erst hatte sein Verleger bedauernd den Kopf geschüttelt, als er ihm einigen neue Kompositionen vorspielte.

„Tut mir aufrichtig leid", hatte der Verleger mit einem schiefen Grinsen gesagt, die Demokassette aus dem Player genomen und sie ihm über den Tisch zugeschoben. „Damit kann man heutzutage keinen Blumentopf mehr gewinnen. Das war vielleicht vor zehn Jahren modern. Hörst du denn kein Radio, siehst du dir keine Fernsehshows an? So müsstest du schreiben, mein Lieber. Das Zeug hier kannst du vergessen. Das klingt - sagen wir es ehrlich - beschissen."

(Anm.: In den frühen 70er bis in die späten 90er Jahre war die Kompaktkassette eines der meistgenutzten Audio-Medien - für einen Komponisten also durchaus eine gängige Methode, seine Lieder einem Verleger vorzuspielen)

Tobias verzog bitter das Gesicht, als er an diese wenig erfreuliche Unterhaltung mit seinem Verleger dachte. Früher hatte ihm der gleiche Mensch seine Werke förmlich aus der Hand gerissen. Heute ließ er ihn wie eine heiße Kartoffel fallen, dieser Mistkerl! Dabei hatte er einmal Millionen mit ihm verdient.

Vorbei, vorbei!

"Am besten, du lässt dich heute Abend vollaufen", überlegte Tobias mit finsterer Miene, "und dann hockst du dich in deinen Wagen, gibst ordentlich Gas und rast gegen irgendeinen Baum oder Brückenpfeiler. Damit wären deine ganzen Probleme mit einem Schlag gelöst."

Wären sie das wirklich?

"Vielleicht fingen sie dann erst richtig an; denn mit dem *Glück*, das du momentan hast, gelänge es dir wahrscheinlich nicht einmal, dich selbst umzubringen. Du würdest dein Auto zu Schrott und dich selbst zum Krüppel fahren. Und dann?"

Nein, das mit dem Umbringen war keine gute Idee. Das mit dem Volllaufen schon eher.

Tobias schlüpfte in seine Jacke, angelte sich seine Wagenschlüssel vom Schlüsselbrett und verließ sein Haus, das übermorgen einem anderen gehören würde. Kurz darauf befand er sich auf dem Weg in die Stadt.

Warum er seine Auto ausgerechnet vor der Tanzbar *Rendezvous* zum Stehen brachte, hätte er später nicht mehr sagen können. Seit Jahren hatte er dieses Lokal nicht mehr betreten, das einmal seine und Petras Stammkneipe gewesen war. Einen großen Bogen hatte er immer um das *Rendezvous* gemacht. Warum, wusste er selbst nicht. Vielleicht geschah es aus Angst, dort der Vergangenheit zu begegnen?

Jetzt aber hielt er an, stieg aus und warf die Wagentür zu. Für einen Moment blieb er unschlüssig stehen, überlegte, ob es nicht besser wäre, weiterzufahren, dann gab er sich einen Ruck und stelzte mit ungelenken Schritten zum Eingang.

An den mit flackernden Kerzen anheimelnd dekorierten Tischen saßen nur wenige Pärchen, an der breiten Theke ein paar weitere und einige Singles.

Auch eine schlanke, etwa dreißigjährige Frau mit dunkelblondden Locken, die ein apartes Gesicht mit lang bewimperten großen Augen, einem süßen Stupsnäschen und kirschroten, vollen Lippen kess umrahmten, saß dort. Petra! Ausgerechnet Petra!

Tobias hätte es am liebsten der berühmten Maus gleichgetan und sich in irgendein Mauseloch verkrochen. Aber erstens was da nirgends ein Mauseloch, zweitens war er keine Maus und drittens war Petra schon auf ihn aufmerksam geworden. Er sah, wie sich ungläubiges Erstaunen auf ihr Gesicht legte, wie aus dem Erstaunen ein erfreutes Lächeln wurde, wie sie sich von ihrem Barhocker schwang und auf ihn zutrat.

„Tobias", murmelte Petra, als sie vor ihm stand, und streckte ihm beide Hände entgegen. „Mein Gott, Tobias!"

Tobias ergriff die ihm dargereichten Hände, wollte etwas sagen und konnte es nicht, weil ihm plötzlich ein dicker Kloß in der Kehle zu sitzen schien.

„Dass ich dich hier treffe", sagte Petra. „Ich hatte es zwar gehofft, aber geglaubt habe ich nicht daran. Zumal Pia mir erzählt hat, du hättest dich seit Jahren nicht mehr hier blicken lassen."

Pia war die Besitzerin des *Rendezvous.*

„Wollen wir uns nicht setzen?" fragte Petra und entzog ihrem Exmann lächelnd die Hände, die dieser immer noch in den seinen hielt. „Ich denke, wir haben uns einiges zu erzählen."

„Möchtest du das denn?", versetzte Tobias mit betretener Miene. „Ich meine, dich mit mir unterhalten? Nach allem..."

„Aber Tobias!", lachte Petra. „Waren wir jemals Feinde? Selbst als wir uns trennten, waren wir es nicht. Oder muss ich dich an jene Nacht erinnern, bevor ich von zu Hause auszog?"

Tobias schüttelte mit einem wehmütigen Lächeln den Kopf. „Nein", sagte er leise, „das musst du weiß Gott nicht. Ich habe diese Nacht niemals vergessen."

„Ich auch nicht", erwiderte Petra und wirkte mit einem Mal sehr ernst. „Aber komm jetzt. Am Tresen ist noch genügend Platz."

„Seit wann bist du wieder in der Stadt?", erkundigte sich Tobias bei seiner Ex.

„Seit gestern", antwortete sie. „Ich habe mich entschlossen, künftig wieder hier zu leben, obwohl ich mir in Hamburg eine recht angenehme Existenz aufgebaut hatte. Eine Boutique, weißt du. Sie lief mehr als ordentlich. Ich habe sie verkauft."

„Warum?"

„Nennen wir's Heimweh", entgegnete Petra. „Ich hielt es einfach nicht mehr aus dort oben. Und als sich mir jetzt die Gelegenheit bot, hier in der Stadt eine gleichwertige Boutique zu erwerben, habe ich nicht lange gefackelt und zugegriffen. Ich hoffe, du hast nichts dagegen?"

„Wogegen sollte ich denn was haben?"

„Nun, dass wir uns künftig vielleicht wieder öfters begegnen."

Tobias senkte den Blick und starrte auf seine Hände, die sich nervös kneteten. „Es könnte sein, dass ich die Stadt verlasse", murmelte er. „Ich bin nämlich am Ende. Finanziell und auch anders. Vielleicht hast du davon gehört?"

Petra nickte. „Ja, ich habe davon gehört", sagte sie. „Ich weiß so ziemlich alles von dir."

Tobias hob den Kopf und schaute sie überrascht an. „Wieso denn das?"

Sie zuckte die Achseln. „Ich kann es mir selbst nicht erklären", erwiderte sie. „Vielleicht lag es daran, dass du meine erste große Liebe warst? Für mich war unsere Beziehung nach unserer Scheidung einfach nicht zu Ende. Merkwürdig, nicht? Jedenfalls habe ich jede Information förmlich verschlungen, die ich irgendwie über dich auftreiben konnte. Und das war einiges."

„Ich weiß" versetzte Tobias bitter. „Wie sehr musst du dich gefreut haben, als du erfuhrst, dass es abwärts mit mir ging."

„Das ist nicht wahr", protestierte Petra heftig, räumte dann aber ein: „Natürlich, eine gewisse Schadenfreude empfand ich schon. Aber mein Hauptempfinden war Mitleid."

„Das ich bestimmt nicht verdient habe", sagte Tobias. „Ich habe mir mein unrühmliches Ende selbst zuzuschreiben."

„Ich bin wieder da, Tobias", meinte Petra, legte ihre Hände auf seine und schaute ihn mit einem warmherzigen Lächeln in die Augen. „Vielleicht kann ich dir ein wenig helfen? Vielleicht war es nicht allein Heimweh, das mich in diese Stadt zurücktrieb", entgegnete Petra. „Vielleicht gab es noch einen anderen Grund? Dich - zum Beispiel."

„Das nehme ich dir nicht ab, Petra", sagte Tobias kopfschüttelnd. „Nein, das nehme ich dir nun wirklich nicht ab. Habe ich dir nicht das Schlimmste angetan, was ein Mann einer Frau antun kann? Treibe bitte keine Scherze mit mir, ich kann darüber nicht lachen."

„Es ist kein Scherz, Tobias."

„Und das soll ich dir glauben?", zweifelte er. „Jahrelang haben wir nichts voneinander gehört, und nun willst du mir weismachen, du hättest Sehnsucht nach mir gehabt? Nein, Petra, alles kannst du mir erzählen, nur das nicht."

„Trotzdem tu ich es", sagte sie leise. „Ja, du hast mir einmal sehr, sehr weh getan. Ich hätte dich dafür hassen sollen, aber ich konnte es nicht. All die Jahre über hatte ich nur die eine Hoffnung im Herzen, dass uns das Schicksal wieder zusammenführen möge. Nachdem das Schicksal dazu offensichtlich nicht dazu in der Lage war, habe ich die Sache selbst in die Hand genommen. Wären wir uns heute nicht zufällig begegnet, wäre ich morgen zu dir gekommen."

„Warum nur, Petra, warum?"

„Weil du mich brauchst", sagte die junge Frau einfach. „Weil du mich mehr denn je brauchst. Das ist der eine Grund. Und der andere ist, dass ich dich treuloses Scheusal halt immer noch liebe."

Tobias sah sie für Sekunden fassungslos an. Als ihm die Tränen in die Augen schossen, sprang er auf und stürmte in die Toilette. Dort schloss er sich ein und weinte bitterlich.

„Na, hast du ihm gründlich die Meinung gegeigt?", erkundigte sich Pia schadenfroh.

„Nein", erwiderte Petra, „ich habe ihm bloß gesagt, dass ich ihn immer noch liebe."

„Du spinnst", sagte Pia und tippte mit dem Zeigefinger an die Stirn. „Du spinnst in allerhöchstem Maße!"

Statt einer Antwort hob Petra versonnen lächelnd die Schultern.

Nachdem Tobias sich wieder gefasst hatte, kehrte er an den Tresen zurück und versuchte seiner Ex klarzumachen, dass er ihr keine Zukunft bieten könne.

„Ich bin zu einem Nichts geworden", sagte er beschwörend. „Nicht mal ein Zuhause habe ich mehr. Deshalb vergiss mich, vergiss mich bitte ganz schnell."

„Du wirst es wieder schaffen", meinte Petra zuversichtlich. „Ich glaube immer noch an dich. Und vor allen Dingen glaube ich an uns. Gemeinsam werden wir wieder unschlagbar sein."

Sie sprachen noch lange Zeit miteinander. Petra gelang es endlich, Tobias zu überreden, die Stadt nicht Knall auf Fall zu verlassen, wie er es ursprünglich geplant hatte.

„Aber ich muss morgen mein Haus räumen", wagte er einen letzten Widerspruch. „Der neue Besitzer möchte schnellstmöglich einziehen. Wo soll ich wohnen?"

„Nimm dir für die nächsten acht Tage ein Hotel", schlug sie vor. „Bis dahin werde ich alles geregelt haben. Oder kannst du dir kein Hotel leisten?"

„Ein paar Euro habe ich schon noch", entgegnete Tobias. „Der neue Besitzer meines Hauses hat die Einrichtung komplett übernommen, obwohl nicht alles zur Versteigerung stand. Also habe ich ihm den Rest verkauft, denn was sollte ich mit Möbeln und so. wo ich nicht mal eine Wohnung mehr hatte?"

„Na also", sagte Petra. „Dann ziehst du morgen in ein Hotel, und in acht Tagen treffen wir uns hier wieder. Vielleicht habe ich dann sogar eine Überraschung für dich."

„Noch eine Überraschung?", erwiderte Tobias leise. „Hast du mich nicht schon mehr als hinreichend überrascht?"

„Wer weiß?", lächelte sie geheimnisvoll.

*

Tobias schlich in den nächsten acht Tagen wie ein Traumwandler durch die Stadt. Er konnte es immer noch nicht fassen, dass es einen Hoffnungsschimmer für ihn geben sollte. Im Gegenteil. Er vermutete nach wie vor, dass Petra sich bloß einen üblen Scherz mit ihm erlaubt hatte, um sich für sein damaliges Verhalten an ihm zu rächen. Er hätte es ihr nicht einmal verdenken können. Ein paar Mal stand er kurz davor, doch noch die Flucht zu ergreifen und sich klammheimlich abzusetzen. Letztlich aber siegte die Neugierde, was seine Ex mit ihm vorhatte. Sollte sie ihn halt demütigen. Er hatte es nicht besser verdient. Und vielleicht…

Als er zum verabredeten Zeitpunkt das *Rendezvous* betrat, schwankten seine Gefühle zwischen Bangen und Hoffen. Sollte sie ihm tatsächlich eine Chance geben, wollte er sie nie mehr enttäuschen. Er war für den Rest seines Lebens geheilt und hatte seine Lektion aus der Vergangenheit gelernt.

Petra saß bereits am Tresen. „Wir wollen uns gar nicht lange hier aufhalten", sagte sie, nach sie sich begrüßt hatten. „Ich brenne darauf, dir meine Überraschung zu präsentieren. Komm."

Sie verfrachtete ihren Exmann in ihren Wagen und fuhr los. Wie groß war Tobias' Erstaunen, als sie die Gegend ansteuerte, in der er bis vor kurzem noch gewohnt hatte. Als sie vor seinem ehemaligen Besitz anhielt und ihn aussteigen hieß, kannte seine Verwunderung keine Grenzen mehr.

„Was... was hat das zu bedeuten?", stammelte er erschlagen. „Hast du etwa... Bist du...?"

„Ja", entgegnete sie lächelnd. „Ich habe mir erlaubt, unser Haus, das wir seinerzeit mit so viel Liebe und Mühe gebaut haben, über meinen Rechtsanwalt zu ersteigern. Ich wollte nicht, dass es in fremde Hände geriet. Dr. Kimmel war übrigens zu strengstem Stillschweigen verpflichtet. Du solltest nie erfahren, wer der neue Eigentümer tatsächlich war. Deshalb gab er sich selbst als Käufer aus. Schließlich wusste ich ja nicht, wie du dazu stehen würdest, wenn ich plötzlich wieder hier auftauche und mich in deine Angelegenheiten mische."

„Petra, du beschämst mich immer mehr", murmelte er. „Ich weiß nicht, was ich dazu sagen soll."

„Dann sei einfach ganz still", schlug sie vor. „Zumal dies nicht die einzige Überraschung ist, die ich für dich habe. Folge mir bitte."

Sie fasste ihn am Arm und zog ihn ins Haus. Tobias fühlte sich, als hätte ihm einer mit einem Holzhammer auf den Kopf geschlagen. Dieses Gefühl verstärkte sich noch, als sie eine Tür öffnete und ihn in ein Zimmer führte, das mit farbenfrohen Tapeten und freundlichen Möbeln ausgestattet war. In einem Bett lag ein kleines blondes Mädchen, das mit rosigen Wangen selig schlief.

„Deine Tochter", flüsterte Petra mit strahlenden Augen und schmiegte sich an ihn. „Sie ist in der bewussten Nacht entstanden. Meinst du nicht, dass sich für sie eine gemeinsame Zukunft lohnt?"

„Aber warum hast du mir nie...?"

„Psst!" Petra legte ihre Hand auf seine Lippen. „Es war mein kleines Geheimnis, das ich erst mit dir teilen wollte, wenn die harte Schule des Lebens wieder einen vernünftigen, liebenswerten Menschen aus dir gemacht hätte. Und das hat sie mittlerweile ja wohl - oder?"

Tobias sank vor dem Kinderbett auf die Knie, presste seine brennenden Augen auf die Bettdecke und fing erschüttert zu weinen an. Als Petra ihm ihre Hand auf den Kopf legte, war ihm, als hebe sich ein grauer, dumpfer Schleier von ihm weg, und auf einmal wusste er, dass er es noch einmal schaffen würde - für die Frau und das Kind. Eine Melodie begann in ihm zu schwingen, wurde stark wie ein Orkan. Ja, so musste Musik sein für die Menschen von heute... Dankbar nahm er die Hand der Frau, der er sein Erwachen als Künstler zu verdanken hatte.

Der bescheidene Untermieter
Schmunzelgeschichte
erstmals erschienen in TINA

Ernestine Hubbelschmidt war die Wohnung nach dem Tod ihres Mannes zu groß geworden und sah sich deshalb nach einem geeigneten Untermieter um, an den sie eines ihrer Zimmer möbliert und zu einem anständigen Preis abgeben konnte. Sie gab eine entsprechende Anzeige in ihrer Heimatzeitung auf, und es meldeten sich auch eine Menge Interessenten, die sie zu einem unverbindlichen Besuch einlud, um sie kritisch in Augenschein zu nehmen. So tanzten denn bald die unterschiedlichsten Gestalten an, die das möblierte Zimmer mieten wollten.

Witwe Hubbelschmidt empfing sie gnädig wie eine Fürstin, die ein Lehen zu vergeben hatte, plauderte huldvoll mit ihnen und zog ihnen so ganz nebenbei die intimsten Dinge ihres Privatlebens aus der Nase. Mein Gott, nicht jeder war schließlich geeignet, Untermieter bei Ernestine Hubbelschmidt zu werden. Da musste man sich schon absichern, um nicht vielleicht einem Halunken in die Hände zu fallen. Wer konnte es ihr verübeln?

Ihre Wahl fiel schließlich auf einen gewissen Benjamin Lieblich, der einen äußerst angenehmen Eindruck auf sie machte. Er war von Beruf Finanzbeamter, hatte das dreißigste Lebensjahr gerade überschritten und schien still und bescheiden zu sein. Außerdem rauchte er nicht, verabscheute Alkohol, und als sie die Rede auf Damenbesuch brachte, hob er entsetzt die Hände. Benjamin Lieblich schien ein wahrer Tugendbold zu sein.

Ein Vierteljahr war vergangen. Witwe Hubbelschmidt hatte ihren Entschluss, Benjamin Lieblich das Zimmer zu überlassen, niemals bereut. Der junge Mann war ein wahrer Engel, und wenn sie ihn nicht hin und wieder kommen oder gehen gehört hätte, hätte sie kaum bemerkt, dass sie überhaupt einen Untermieter hatte.

Es war später Nachmittag. Herr Lieblich war vor einer knappen

Stunde nach Hause bekommen. Frau Hubbelschmidt hatte ihn in der Diele getroffen, ein paar freundliche Worte mit ihm gewechselt, und dann war er sogleich in seinem Zimmer verschwunden. Seitdem hatte sie nichts mehr von ihm gehört.

Frau Hubbelschmidt saß auf ihrem Sofa, das sie von ihren Großeltern mütterlicherseits geerbt hatte, beschäftigte sich mit einer Handarbeit und dachte über den Sinn des Lebens nach. Da klopfte es zaghaft an die Tür.

„Kommen Sie herein, Herr Lieblich", rief sie gutgelaunt und legte ihr Strickzeug beiseite.

Die Tür ging vorsichtig auf, und der Untermieter trat mit unterwürfiger Miene ins Zimmer. Er hielt ein winziges Milchkännchen in der Hand und lächelte sie schüchtern an.

„Nun, Herr Lieblich, was gibt es denn?", fragte Frau Hubbelschmidt. „Ist Ihnen die Milch ausgegangen?"

Herr Lieblich schüttelte verzagt den Kopf, auf dem sich die Haare bereits erheblich nach hinten verschoben hatten. Er druckste eine Weile herum, und dann brach es aus ihm heraus:

„Verehrte Frau Hubbelschmidt", nuschelte er. „Es ist mir unendlich peinlich, dass ich Sie stören muss. Natürlich weiß ich, dass die mir vertraglich zustehende Zeit, Ihre Küche und das Bad zu benutzen, noch nicht gekommen ist. Würden Sie mir trotzdem - ausnahmsweise - dieses Kännchen hier mit Wasser füllen? Ich wäre Ihnen zu tiefstem Dank verpflichtet."

„Aber dafür müssen Sie sich doch nicht entschuldigen", meinte Frau Hubbelschmidt gönnerhaft und erhob sich von ihrem altertümlichen Sofa, dessen Federn erleichtert aufseufzten, als sie ihr beträchtliches Gewicht nicht mehr verspürten. „Möchten Sie warmes oder kaltes Wasser?"

„Bitte kaltes", entgegnete er und fügte hinzu: „Wenn es nicht zu unbescheiden ist."

Frau Hubbelschmidt nah ihm das Milchkännchen aus der Hand, wackelte in ihre Küche und füllte es mit Wasser. Dann gab sie es ihm zurück.

„Herzlichen Dank!", stammelte er unter tausend Verbeugungen. „Vielen Dank! Tausend Dank!"

„Aber das war doch selbstverständlich" sagte Frau Hubbelschmidt freundlich „Kommen Sie ruhig immer zu mir, wenn Sie etwas benötigen."

„So aufdringlich möchte ich gar nicht sein", erwiderte er. „Es war mir ohnehin überaus peinlich, dass ich Sie stören musste. Auf Wiedersehen, gnädige Frau."

Herr Lieblich verschwand in seinem Zimmer und schloss geräuschlos die Tür. Die *gnädige Frau* sah ihm wohlwollend nach.

„Welch ein liebreizender Mensch", seufzte sie. „Warum bin ich nur nicht ein paar Jährchen jünger? Ein Ideal von einem Mann wäre er. Ach ja."

Sie wollte sich gerade wieder auf ihrem Sofa niederlassen, da klopfte es erneut an die Tür. Herr Lieblich trat ein zweites Mal ein. Sein Gesicht wirkte noch um etliche Grade zerknirschter als beim ersten Mal. Und er hielt auch wieder sein winziges Milchkännchen in der Hand.

„Ich weiß, dass ich mich unmöglich benehme", wisperte er mit versagender Stimme. „Es soll auch niemals wieder vorkommen. Ich könnte vor Scham im Erdboden versinken."

„Aber, aber, Herr Lieblich", lächelte sie. „Das macht doch überhaupt nichts. Heraus mit der Sprache: Was kann ich für Sie tun?"

Herr Lieblich schaute äußerst verlegen auf sein Milchkännchen und hauchte; „Könnten... könnten... Sie mir... das Kännchen noch einmal mit Wasser füllen?"

„Selbstredend", erwiderte sie gutmütig, nahm das Kännchen und füllte in der Küche nach.

„Ergebensten Dank", murmelte er, nachdem er es in Empfang genommen hatte. „Und... entschuldigen Sie bitte tausendmal die Störung."

Unauffällig, wie er gekommen war, verschwand er wieder. Frau Hubbelschmidt begab sich zu ihrem Sofa, setzte sich und griff nach ihrer Handarbeit. Da klopfte es ein drittes Mal, und wieder war es Herr Lieblich mit seinem Milchkännchen.

„Ich... ich bin verzweifelt", stotterte er, und man sah ihm an, dass er die Wahrheit sprach. Fehlte nur, dass er sich seine spärlichen Haare raufte. „Ich weiß, es ist unverschämt, trotzdem muss ich Sie um ein weiteres Kännchen Wasser bitten."

„Das ist keineswegs unverschämt", tröstete ihn Frau Hubbel-Schmidt. „Aber neugierig haben Sie mich schon gemacht. Könnten Sie mir nicht einmal verraten, für was Sie das Wasser benötigen?"

Herr Lieblich sackte förmlich in sich zusammen. „Es... es... ist mir ja so peinlich", entgegnete er tonlos. „Aber... aber... mein Bett brennt nämlich!"

Doppelgänger gesucht
Kurzkrimi
erstmals erschienen in TINA

Der bekannte Finanzmakler Bruno Habicht war pleite. Gäbe es für dieses Wort noch eine Steigerungsform, man müsste sie verwenden. Einige gewagte Spekulationen waren in die Hose gegangen, ein paar todsichere Tipps von so genannten Insidern hatten sich als ausgemachter Schwindel erwiesen. Dazu lebten er und seine hübsche, um etwa zwanzig Jahre jüngere Frau Susanne einfach über ihre Verhältnisse. Sie hatten sich in einer vornehmen Gegend eine Luxusvilla bauen lassen, die tollsten Wagen mussten gefahren werden, mehrwöchige Urlaubsreisen in ferne Länder gehörten zur Tagesordnung.

Und das sollte nun alles plötzlich vorbei sein? Bruno Habicht wollte es nicht begreifen. Er konnte es sich einfach nicht vorstellen, wieder zu den armen Leuten zu gehören. Also fasste er einen teuflischen Plan, in den er seine über alles geliebte Susanne einweihte, die voller Interesse zuhörte.

Der Makler hatte zu seinen - nun vergangenen - Glanzzeiten mehrere Lebensversicherungen in Millionenhöhe abgeschlossen. Bei einem Unfall verdoppelten sich diese Beträge sogar noch. Aber dazu musste er tot sein; bei einem Unfall gestorben.

Da Bruno Habicht keine Lust verspürte, mit seinen fünfzig Jahren selbst das Zeitliche zu segnen, beschloss er, einfach einen anderen für sich sterben zu lassen. Irgendeinen Wermutbruder, den keiner kannte und den auch nie einer vermissen würde.

In den nächsten Tagen fuhr Bruno in der Gegend umher und hielt Ausschau nach einem Mann, der ihm in Figur und Größe glich. Es dauerte nicht lange, und er hatte den Passenden gefunden. Er hätte fast sein Bruder sein können, so ähnlich sah er ihm. Und er tippelte immer allein. Das war für Brunos Plan sehr wichtig.

Am Abend verabschiedete sich der Makler von Susanne, die er

nun für einige Wochen, wenn nicht sogar Monate nicht mehr sehen würde. Erst später, wenn die Lebensversicherungen abkassiert worden waren und Gras über die Geschichte gewachsen war, würde sie ihm nach Brasilien folgen, um dort ein neues Leben zu beginnen. Es wurde ein tränenreicher Abschied.

Mit dem Tippelbruder hatte Bruno wenig Mühe. Er schlief wie jeden Abend unter seiner Brücke, die außerhalb der Stadt lag, und er war voll wie eine Haubitze. Ein Schlag mit dem umwickelten Wagenheber - und er schied mit einem tiefen Seufzer aus dieser Welt.

Hastig zog ihn Bruno um, steckte ihm seine kostbaren Ringe an die Finger und streifte ihm auch seine Armbanduhr über. Die Kleider des Toten versenkte er im Fluss. Dann zerrte er ihn in seinen Wagen und fuhr in eine abgelegene Gegend, die er auch schon lange zuvor ausgesucht hatte.

Die Straße führte steil bergan, war sehr schmal und äußerst kurvenreich. Wenn man nicht höllisch aufpasste, konnte man leicht aus einer Kurve getragen werden und in einen wild tobenden Gebirgsbach stürzen, der sich etwa zwanzig Meter tiefer durch eine zerklüftete Felslandschaft schlängelte. Außerdem war die Straße nur unzulänglich mit Leitplanken gesichert.

Bis jetzt war Bruno Habicht auf der ganzen Strecke noch keinem Fahrzeug begegnet. Wer wollte um diese Zeit noch in dieses abgelegene Tal? Trotzdem hielt er 200 Meter von der Stelle, an der sein Unfall passieren sollte, an, stellte den Motor ab und stieg aus. Außer dem Rauschen des Wildbaches war nichts zu hören.

Der Makler holte tief Luft, setzte sich wieder hinter das Steuer und startete den Motor. Aufheulend gab er Gas und raste auf die bewusste Stelle zu. Dann trat er voll auf die Bremsen, die Reifen quietschten, der Wagen stand. Die beiden Vorderreifen drehten sich bereits über dem Abgrund.

Schweißgebadet kletterte Habicht aus seinem Auto und zerrte den Toten hinter das Steuer. Ein kräftiger Ruck - und das Fahrzeug stürzte in die Tiefe. Auf einem Felsvorsprung blieb es völlig demoliert liegen.

Um ganz sicher zu gehen, stieg Habicht hinunter. Das Gesicht des Toten war kaum noch zu erkennen. Schaudernd wandte sich Bruno ab.

Um dem Ganzen die Krone aufzusetzen, übergoss er alles mit Benzin und steckte es in Brand. Damit war Bruno Habicht gestornen.

*

Die Polizei ersparte der trauernden Witwe, den Toten zu identifizieren. Der Anblick war zu schrecklich. Kaum etwas war von dem Finanzmakler übrig geblieben. Was sollte man die arme Frau quälen, wo ohnehin alles klar war?

Die Versicherungsgesellschaften machten keine Schwierigkeiten. Zähneknirschend zahlten sie die immensen Summen aus.

Doch statt wie vereinbart, ihrem Mann nach Brasilien zu folgen, wo sich Bruno Habicht bei einem bekannten Chirurgen ein neues Gesicht zugelegt hatte, blieb die Witwe in Deutschland und lebte in Saus und Braus. Der tote und doch so quicklebendige Makler wartete vergeblich auf Weib und Geld. Beides kam nicht. So rief er sie eines Abends an.

„Mensch, Susanne, was ist denn los?", fragte er nervös. „Ist etwas schiefgelaufen? Warum kommst du nicht?"

„Ich verstehe Sie nicht", entgegnete seine Frau. „Wohin soll ich kommen? Wer sind Sie überhaupt?"

„Susanne, das weißt du doch ganz genau", rief Bruno ärgerlich. „So schlecht ist die Verständigung doch nicht, dass du meine Stimme nicht erkennen würdest."

„Tut mir leid", erwiderte Susanne ungerührt. „Ich weiß wirklich nicht, mit wem ich die Ehre habe. Wieso kommen Sie überhaupt dazu, mich zu duzen?"

„Susanne, hier spricht Bruno", rief Habicht. Sein neues, um Jahre verjüngtes Gesicht verzog sich zornig. „Dein Mann Bruno."

„Unterlassen Sie gefälligst diese makabren Scherze", fauchte sie empört. „Mein Mann ist vor einiger Zeit tödlich verunglückt."
„So ist das also", knirschte Bruno. Er verstand plötzlich genau. „Du willst dir also das ganze Geld allein unter den Nagel reißen, du Flittchen? Ich hatte die Drecksarbeit, und du sahnst ab! So haben wir nicht gewettet, meine Liebe. Ich komme zu meinem Geld. Verlass dich drauf."
„Sie sprechen wirklich in Rätseln", sagte Susanne. „Bitte belästigen Sie mich nicht länger, sonst schalte ich die Polizei ein." Und schon legte sie auf.
Wie versteinert stand Bruno da. War alles umsonst gewesen? Nein, ganz bestimmt nicht. Er würde sich sein Geld holen. Notfalls mit Gewalt.
Am nächsten Tag versetzte er seinen letzten Ring und buchte einen Flug nach Deutschland.

*

Seit diesem Gespräch schlief Susanne Habicht nur noch mit einer Pistole. Sie kannte ihren Mann. Er würde nicht so leicht aufgeben. Sicher tauchte er bald bei ihr auf und verlangte sein Recht.
Es war kurz nach Mitternacht, als die Scheibe der Balkontür im Erdgeschoss klirrte. Die Stunde X war also gekommen. Bruno war da. Lautlos stieg sie aus ihrem Bett, schlüpfte in den Morgenmantel und griff nach ihrer Pistole. Auf leisen Sohlen ging sie aus dem Zimmer und schlich hinunter ins Erdgeschoss. Ihr Herz klopfte zum Zerspringen.
Im Wohnzimmer, nur durch das fahle Licht des Mondes erhellt, das durch die breiten Fenster fiel, machte sich eine dunkle Gestalt am Tresor zu schaffen, der normalerweise hinter einem wertvollen Ölgemälde verborgen lag. Das Bild lag jetzt auf dem Boden.
„Bruno?", fragte sie leise. Die Gestalt fuhr herum. Ihre Schüsse peitschten fast gleichzeitig auf. Susanne hatte besser getroffen. Die Gestalt sackte zusammen und blieb verkrümmt auf dem

Boden liegen. Sein Schuss hatte sie nur an der linken Schulter gestreift.

*

„Der Kerl heißt Detlev Schlüter", sagte Kommissar Franzen, der den Toten untersucht und einen Ausweis aus seiner Brusttasche gezogen hatte. „Haben Sie ihn schon einmal gesehen?"

Susanne schüttelte den Kopf. „Nein, ich kenne diesen Mann nicht", erwiderte sie. Und das entsprach durchaus den Tatsachen. Der Tote besaß keinerlei Ähnlichkeit mit Bruno. Hatte der Gesichtschirurg so perfekt gearbeitet? Es war unglaublich.

„Sie brauchen sich keine Sorgen zu machen", meinte der Kommissar beruhigend. „Dieser Fall liegt klar auf der Hand. Es war reine Notwehr. Sie brauchen nichts zu befürchten."

„Danke, Herr Kommissar", hauchte Susanne aufatmend. „Es ist ein schrecklicher Gedanke, einen Menschen getötet zu haben."

„Er ist doch selbst Schuld", entgegnete Kommissar Franzen. „Was bricht er auch nachts in fremde Häuser ein?"

Am nächsten Morgen läutete das Telefon. Susanne nahm ab und meldete sich.

„Na, hast du es dir inzwischen überlegt?". fragte eine ihr nur zu gut bekannte Stimme. Es war Bruno. Susanne glaubte, eine eiskalte Hand würde nach ihrem Herzen greifen. Doch dann fasste sie einen Entschluss.

„Ja, ich habe es mir überlegt", sagte sie ruhig. „Du kannst herkommen, Bruno."

Sie legte auf, um im nächsten Moment erneut zu wählen. „Kommissar Franzen, würden Sie bitte sofort zu mir kommen? Ich muss Ihnen eine lange Geschichte erzählen."

Hannibal ist an allem Schuld
heitere Liebesgeschichte
(auf 2015 renoviert)

Britta Wegener stand auf dem Seitenstreifen der Autobahn Würzburg - Frankfurt, hatte die Kühlerhaube ihres altersschwachen Wagens geöffnet und starrte mit verzweifeltem Gesicht auf den Motor, der keinen Brumm mehr von sich gab. Sie hätte die Kühlerhaube auch geschlossen lassen können, denn sie verstand vom Innenleben eines Autos soviel wie ein Rauhaardackel vom Schach spielen.

Um überhaupt etwas zu tun, rüttelte sie vorsichtig an diesem Schlauch, zupfte an jenem Drähtchen und schlug zum Abschluss ihrer fachmännischen Reparaturarbeiten auch noch mit der flachen Hand auf den Vergaser. Es blieb dabei: Hannibal, wie sie ihr Wägelchen liebevoll getauft hatte, wollte nicht mehr.

„Hannibal, das ist gemein von dir!", klagte sie ihren fahrbaren Untersatz an. „Du hättest mich wenigstens noch bis nach Frankfurt bringen können. Schließlich weißt du, um was es heute für mich geht. Ich habe es dir lange und ausführlich erzählt."

Sie versetzte Hannibal einen wütenden Tritt gegen den linken Vorderreifen, der ihr mehr weh tat als dem Wagen, und zündete sich eine Zigarette an. Dann lehnte sie sich gegen ihr todkrankes Vehikel und wartete. Auf was, wusste sie selbst nicht so genau.

Britte war fünfundzwanzig Jahre alt, sehr hübsch, sehr schlank und sehr gut gebaut. Sie hatte lange blonde Haare, himmelblaue, verträumte Augen und Beine, die jedes Männerherz entzückten, wenn man sie überhaupt zu sehen bekam; denn leider pflegte das Mädchen sie zumeist unter verwaschenen Jeans zu verbergen.

Von Beruf war sie Übersetzerin; eine arbeitslose Übersetzerin. Das hatte sich heute ändern sollen. Der bekannte Frankfurter Verlag Wilhelm Prätorius GmbH & Co.KG hatte sie zu einem Einstellungsgespräch gebeten. Frohgemut war sie losgefahren. Und dann hatte Hannibal plötzlich gestreikt. Er hatte einen hässlichen

Knall von sich gegeben, dunkle Rauchwolken waren aus seinem Auspuff gequollen und dann war der Motor verstummt. Sie hatte den Wagen gerade noch auf den rechten Seitenstreifen lenken können.

Britta blickte verdrossen auf ihre Armbanduhr. In zehn Minuten hatte sie der Personalchef des Verlages empfangen wollen. Damit war es jetzt natürlich Essig. Sie konnte den neuen Job vergessen. Wahrscheinlich würde ihn ihr jemand anderes vor der Nase wegschnappen. Einer, der pünktlich zur Stelle war. Man war schließlich nicht auf eine Britta Wegener angewiesen. Zumal sie in der Eile auch noch ihr Handy zu Hause vergessen hatte und deshalb nicht beim Verlag anrufen und sich für ihr Ausbleiben entschuldigen konnte.

Das Mädchen nahm noch einen tiefen Zug aus ihrer Zigarette, warf sie auf den Boden und trat sie aus. Die ganze Welt hätte sie in diesem Moment vergiften können. Sie schwor Hannibal finstere Rache und versprach ihm, ihn umgehend auf dem Autofriedhof abzuliefern.

Während sie noch mit sich selbst, mit Hannibal und ihrem Schicksal haderte, hielt ein flotter Sportwagen hinter ihrem Gefährt an, dem ein gut aussehender, groß gewachsener Mann entstieg. Er mochte an die dreißig Jahre alt sein, war braungebrannt und besaß eine sportliche Figur. Mit einem freundlichen Lächeln auf den Lippen trat er zu ihr und fragte:

„Na, der Gute will wohl nicht mehr?"

„Sie merken aber auch alles", entgegnete Britta unfreundlicher, als es normalerweise ihre Art war.

„Nun beißen Sie mich mal nicht gleich", grinste der junge Mann. „Ich kann schließlich nichts dafür, dass dieser Uropa von einem Auto nicht mehr läuft. An Ihrer Stelle hätte ich ihn längst verschrottet. Mehr ist er nämlich nicht mehr wert."

„Ja, wenn ich Ihr Geld hätte, hätte ich das selbstverständlich auch getan", versetzte das Mädchen mit einem angelegentlichen Blick auf den Sportwagen, der sicher ein Vermögen gekostet hatte. „Leider fehlen mir aber die finanziellen Mittel dazu. Ich bin froh, dass Hannibal es bis jetzt getan hat."

„Hannibal?", wunderte sich der junge Mann. „Wer ist Hannibal?"

Britta deutete mit dem Kinn auf ihr Auto. „Das da ist Hannibal."

Der junge Mann lachte. „Eine hübsche Idee, seinem Wagen einen Namen zu geben. Vielleicht sollte ich es ebenfalls tun. Hätten Sie vielleicht einen Vorschlag, wie ich mein Auto nennen könnte?"

„Protzi!", entfuhr es Britta, und im nächsten Moment biss sie sich verlegen auf die Lippen.

„Nicht schlecht", lächelte der junge Mann. „Ich werde darüber nachdenken. Aber bevor ich das tue, will ich sehen, ob ich Ihnen weiterhelfen kann."

„Verstehen Sie denn etwas von Autos?"

„Ein wenig."

Er trat an den immer noch geöffneten Motorraum Hannibals und blickte hinein. Auch er machte sich an den Schläuchen und Drähten zu schaffen. Endlich schüttelte er den Kopf und sagte:

„Man muss kein Fachmann sein, um zu erkennen, dass da nicht mehr viel zu machen ist. Der Motor ist im Eimer."

„Das hat mir gerade noch gefehlt", grollte Britta. „Und was jetzt?"

„Ich schleppe Sie zur nächsten Werkstatt ab", erwiderte der jungen Mann, „und dann sehen wir weiter."

Also wurde Hannibal mittels Abschleppseil mit Protzi verbunden und zur nächsten Werkstatt geschleppt. Dort sah sich ein Meister die Bescherung an, legte seine Stirn in bedenkliche Falten und machte Britta die gleiche düstere Mitteilung, die sie kurz zuvor von ihrem netten Helfer vernommen hatte:

Der Motor war nicht mehr zu reparieren.

„Und was kostet ein neuer Motor?", wollte Britta wissen.

Der Meister nannte einen Preis, der das Mädchen erschrocken zusammenzucken ließ.

„Aber soviel hat der ganze Hannibal seinerzeit nicht gekostet," jammerte sie.

„Möglich", meinte der Meister. „Das war bestimmt vor Einführung unserer neuen Währung. Ich könnte Ihnen aber einen anderen Gebrauchwagen anbieten. Sehr preisgünstig."

„Tut mir echt leid", sagte Britta geknickt. „Momentan bin ich nicht in der Lage, größere Anschaffungen zu machen. Vielleicht komme ich später auf ihr Angebot zurück."

„Immer zu Ihren Diensten", versicherte der Meister mit einer tiefen Verbeugung. „Ihren Wagen können sie hier lassen. Ich werde mich persönlich um ein angemessenes Begräbnis für ihn kümmern. Es kostet sie keinen Cent."

„Das ist sehr nett von Ihnen."

Mit einem traurigen Lächeln wandte sie sich an die entmotorisierte Blechkiste, streichelte zärtlich über deren Kühlerhaube und seufzte:

„Tja, Hannibal, das war`s dann wohl. Du warst immer ein guter Freund. Nie hast du mich im Stich gelassen. Bis auf heute. Aber dafür kannst du sicher auch nichts. Lebe wohl, kleiner Wagen. Ich werde dich nie vergessen."

„Vielleicht sollten Sie ein Requiem für ihn lesen lassen", schlug ihr Helfer von der Autobahn, der die Entwicklung der Dinge hatte abwarten wollen, grinsend vor. „Es ist direkt rührend, wie Sie an dieser Autoruine hängen."

„Sie brauchen nicht zu lästern", beschwerte sich Britta. „Sagen Sie mir lieber, wie ich jetzt nach Hause komme."

„Ich fahre Sie selbstverständlich", bot der junge Mann an. „Falls Sie sich mir anvertrauen wollen...?"

„Sie sind sehr freundlich. Haben Sie überhaupt Zeit?"

„Selbst wenn ich keine hätte", sagte der junge Mann, „für Sie würde ich sie mir nehmen. Wohin darf ich Sie denn bringen?"

„Eigentlich wollte ich ja nach Frankfurt zum Prätorius-Verlag, um mich vorzustellen", antwortete Britta. „Dazu ist es jetzt dank Hannibal leider zu spät. Vor einer Stunde hätte ich dort sein sollen, konnte nicht mal dort anrufen und mich entschuldigen, weil ich mein Handy dummerweise zu Hause habe liegen lassen. Ich könnte heulen. Dabei war mir so sehr an diesem Job gelegen."

„Was treiben Sie denn so, wenn Sie nicht gerade an der Autobahn stehen und auf nette junge Männer warten, die Ihnen weiterhelfen?"

Britta sagte es ihm.

„Ein interessanter Beruf", meinte der junge Mann, während er das Mädchen zu seinem roten Flitzer führte und einsteigen ließ. „Und Sie hatten Aussichten, bei Prätorius unterzukommen?"

Britta zuckte die Achseln. „Wer weiß das schon? Ich hatte mit dem jungen Prätorius gesprochen. Er machte am Telefon einen recht sympathischen Eindruck und gab mir das Gefühl, dass ich mir gewisse Hoffnungen machen könne."

„Sie haben sich nicht getäuscht", sagte der junge Mann, der sich unterdessen hinter sein Steuerrad geklemmt und den Wagen gestartet hatte. „Der Tommy Prätorius ist tatsächlich ein sehr sympathischer Mensch."

„Ach - Sie kennen ihn?"

„Er zählt zu meinen besten Freunden. Außerdem sind wir Namensvettern. Auch ich heiße Thomas."

„Ich heiße Britta", stellte sich das Mädchen vor. Sie schaute Thomas hoffnungsvoll von der Seite an. „Wenn der junge Prätorius einer Ihrer besten Freunde ist, könnten Sie vielleicht ein gutes Wort für mich bei ihm einlegen? Es ist schließlich nicht meine Schuld, dass ich nicht rechtzeitig zum Vorstellungstermin erschienen bin. Sie können das bezeugen."

„Ich will sehen, was ich für Sie tun kann", sagte Thomas. „Versprechen kann ich Ihnen natürlich nichts."

„Das ist klar."

„Aber das kostet Sie eine Kleinigkeit", lächelte Thomas.

„Meine Güte, Sie wissen doch, dass ich pleite bin", klagte das Mädchen.

„An Geld dachte ich dabei auch nicht", stellte Thomas klar.

„Ich verstehe", sagte Britte leise und senkte enttäuscht den Kopf. „So einer sind Sie also."

„Sie haben vielleicht eine verdorbene Phantasie!", rügte sie Thomas. „Ich wollte Sie lediglich zum Mittagessen einladen - mehr nicht."

„Entschuldigen Sie bitte", lispelte Britta, die bei seinen Worten bis zu den Haarwurzeln errötet war. „Heutzutage kann man nie wissen, an wen man gerät."

„Ich bin ein wohlerzogener Junge aus gutem Haus", beteuerte der junge Mann lächelnd. „Vor mir müssen Sie keine Angst haben. Also? Darf ich hoffen, dass Sie mit mir essen werden - oder steht dem etwas entgegen? Vielleicht ein eifersüchtiger Verlobter?"

Britta schüttelte unmerklich den Kopf. „Ich nehme die Einladung an", teilte sie ihm mit.

*

Es wurde ein reizender Tag. Thomas führte Britta in ein bekanntes Frankfurter Schlemmerlokal und ließ auftischen, was Küche und Keller zu bieten hatten. Das Mädchen lernte Spezialitäten kennen, von denen es bis heute nicht einmal zu träumen gewagt hatte. Dass diese Köstlichkeiten ein Heidengeld kosteten, schien ihren neuen Bekannten nicht zu stören. Ohne mit der Wimper zu zucken bezahlte er die hohe Rechnung, von der es Britta fast schwindelig wurde, und ließ auch noch ein stattliches Trinkgeld für das Personal da.

„Schlecht scheint es Ihnen nicht zu gehen", meinte das Mädchen, während sie das feine Lokal verließen.

„Ich kann nicht klagen" entgegnete Thomas.

„Was treiben Sie eigentlich?"

„Mal dies, mal das", wich er aus. „Nur Geld muss es bringen, dann bin ich zufrieden. Und? Was machen wir jetzt mit dem angebrochenen Tag?"

„Vor allen Dingen sollten wir erst einmal Ihren Freund Prätorius anrufen und mich für mein Fernbleiben entschuldigen. Das hätten wir längst tun sollen. Der wird doch Gott-weiß-was von mir denken."

„Okay", willigte Thomas ein, öffnete ihr die Wagentür und ließ sie einsteigen. Nachdem er die Tür geschlossen hatte, beobachtete sie von innen, wie er sein Handy herausholte und lebhaft telefonierte. Was er sagte, verstand sie nicht. Als er das Gespräch beendet hatte, nahm er neben ihr am Steuer Platz.

„Sie haben Pech", offenbarte er ihr und verzog bedauernd das Gesicht. „Die Stelle wurde bereits anderweitig vergeben."

„Ich habe es geahnt", murmelte Britta niedergeschlagen. „Meine Hoffnung, endlich eine Anstellung zu finden, war also vergeblich. Mein Glückstag ist heute weiß Gott nicht."

„Warum nicht?", grinste Thomas. „Sie haben doch mich kennen gelernt!"

Britta gab darauf keine Antwort und schaute traurig aus dem Seitenfenster. Am liebsten hätte sie geheult. Sie fühlte sich nutzlos und überflüssig auf dieser Welt. Keiner konnte sie gebrauchen. Lohnte es sich überhaupt noch zu leben?

"Nun lassen Sie mal nicht den Kopf hängen", versuchte Thomas sie zu trösten. "Es ist ja noch nicht aller Tage Abend. Mein Freund Prätorius hat mir versprochen, dass er sich darum bemühen wird, Ihnen einen anderen Job im Verlag zu verschaffen."

"Wirklich?" Britta wandte sich ihrem neuen Bekannten zu. Für Sekunden leuchteten ihre Augen glücklich auf, um gleich wieder voller Skepsis zu blicken- "Oder sagen Sie das nur, um mir nicht den Tag noch mehr zu verderben?"

"Ich habe so gut wie noch nie gelogen" beteuerte Thomas treuherzig. "Er hat mir aufgetragen, ich möchte Ihnen ausrichten, dass Sie morgen früh noch einmal zu ihm kommen sollen. Diesmal aber wirklich."

"Worauf Sie sich verlassen können", versprach Britta. "Und wenn ich auf Knien zum Verlag rutschen müsste. Ach, Thomas, für diese Nachricht möchte ich Sie am liebsten küssen."

"Warum tun Sie es nicht?", grinste er.

"Weil Sie das vom Auto fahren ablenken würde", entgegnete sie errötend "Und überhaupt..."

Später holten sie es nach. Weil heute ein sonniger Tag war, fuhren sie hinaus in den Frankfurter Stadtwald, stellten ihren Wagen auf einem Parkplatz ab und gingen spazieren.

Anfangs liefen sie schweigend nebeneinander her und hingen ihren Gedanken nach. Nur das Dröhnen der Düsenjets, die über ihren Köpfen den nahen Frankfurter Flughafen ansteuerten oder von dort aus hinaus in die weite Welt flogen, war zu hören. Doch dann blieb Thomas stehen, fasste nach ihren Händen und sagte:

"Wissen Sie, Britta, es kommt mir vor, als würden wir beide uns schon viele Jahre kennen. Alles an Ihnen ist mir so vertraut. Vielleicht liegt es daran, dass Sie genau die Frau sind, von der ich mein Leben lang geträumt habe."

"Aber das ist doch Unsinn", widersprach Britta. Ihre Augen wichen den seinen aus. "Wir kennen uns kaum einen Tag. Und dann: Eine arme Kirchenmaus wie ich und ein Mann von Welt wie Sie passen ohnehin nicht zusammen. Darüber sollten wir uns im Klaren sein, bevor wir uns zu irgend etwas Unüberlegtem hinreißen lassen."

"Man sagt, es gäbe Liebe auf den ersten Blick", meinte Thomas, ohne ihre Hände loszulassen. "Ich kann es bestätigen: Es gibt sie tatsächlich. Irgendeine unerklärliche Kraft zwang mich förmlich dazu, bei Ihnen anzuhalten, als ich Sie auf der Autobahn stehen sah. Dann stieg ich aus und dachte im gleichen Augenblick: Das ist sie! Das ist das Mädchen, das du schon immer gesucht hast. Ich schwöre Ihnen, dass es so war. Ich schwöre es Ihnen bei allem, was mir heilig ist."

"Ich glaube es Ihnen sogar", entgegnete Britta mit ganz kleiner Stimme. "Denn mir erging es ja nicht viel anders! Sie kamen, sahen und siegten. Blöd, nicht wahr?"

"Doch nicht blöd", jubilierte Thomas und riss sie in seine Arme. "Wunderbar ist das! Ich liebe dich, liebe dich so sehr! Meine Güte, das darf doch nicht wahr sein!

Dann küsste er sie, und rings um sie her versank die Welt.

*

Am nächsten Morgen fuhr Britta mit dem Zug nach Frankfurt und anschließend mit der U-Bahn weiter zum Verlagsgebäude der Herren Prätorius GmbH & Co.KG.

Britta hatte Thomas´ Angebot tags zuvor, die Nacht bei ihm zu verbringen, abgelehnt und ihn gebeten, sie nach Hause zu bringen. Sie war zwar ein modern eingestelltes Mädchen, aber ihm gleich am ersten Tag alles zu gewähren, ging ihr nun doch ein bisschen zu schnell. Er zeigte dafür, obwohl ihm seine Enttäuschung deutlich anzumerken war, Verständnis und lieferte sie nach einem gemeinsamen Abendessen brav daheim ab. Sie verabredeten sich für den nächsten Abend und verabschiedeten sich mit einem langen Kuss vor ihrer Haustür.

Das Verlagsgebäude lag in der Frankfurter Innenstadt. Britta meldete sich beim Pförtner, trug ihr Anliegen vor und bekam den Weg zur Chefetage gewiesen, worüber sie sich wunderte, weil sie tags zuvor ja beim Personalchef hätte vorsprechen sollen.

Sie wurde von einer älteren Vorzimmerdame freundlich empfangen und in ein gediegen eingerichtetes Besprechungszimmer geführt.

"Bitte nehmen Sie Platz. Herr Prätorius wird gleich zu Ihnen kommen."

Die Vorzimmerdame nickte Britta verbindlich zu und verließ das Zimmer. Das Mädchen setzte sich in einen der schweren Ledersessel, schlug die Beine übereinander und harrte der Dinge, die da kommen sollten.

Es dauerte nicht lange, da öffnete sich die Tür und ein groß gewachsener, grauhaariger Herr, dessen Gesichtszüge ihr seltsam bekannt vorkamen, trat ein.

"´Behalten Sie ruhig Platz", sagte er mit einer tiefen, wohlklingenden Bassstimme und reichte ihr, während er sie mit unverhohlenem Interesse musterte, die Hand. Er ließ sich ihr gegenüber nieder. "Es tut mir schrecklich leid, dass Sie sich vergeblich herbemüht haben. Bei uns sind alle Stellen besetzt. Auch eine Übersetzerin haben wir gestern eingestellt, nachdem Sie nicht erschienen sind. Tut mir wirklich leid."

"Aber Ihr Sohn sagte doch meinem Bekannten, dass Sie..."

"Mein Herr Sohn spricht viel, wenn der Tag lang ist", unterbrach sie der alte Prätorius lächelnd. "Der Chef bin aber immer noch ich."

"Dann kann ich ja gleich wieder gehen", sagte Britta zutiefst enttäuscht und erhob sich.

"Warum so eilig, junge Frau? Lassen Sie mich doch erst einmal aussprechen. Ich sagte, dass in meinem Verlag alle Stellen besetzt sind. Trotzdem könnte ich Ihnen eine Lebensstellung anbieten."

"Jetzt verstehe ich überhaupt nichts mehr" sagte Britta kopfschüttelnd.

"Mein Sohn Thomas, den alle Welt Tommy nennt, ist Junggeselle", klärte Prätorius seine Besucherin auf. "Und ich bin seit Jahren verwitwet. Außer einer uralten Haushälterin gibt es kein weibliches Wesen in unserer Villa."

"Und da wollen Sie mich jetzt als Putz- und Wachfrau einstellen?", fiel Britta ihm ins Wort. "Vielen Dank, aber darauf habe ich leider keinen Bock!"

"Sie lassen mich wieder nicht aussprechen", rügte sie Prätorius vorwurfsvoll. "Dabei wollte ich Ihnen gerade klarmachen, dass mein Sohn und ich uns glücklich schätzen würden, Sie in unserer kleinen Familie aufnehmen zu dürfen."

"Meine Güte, das klingt ja fast wie ein Heiratsantrag", rief Britta erschüttert. "Wollen Sie etwa´...?"

Prätorius schüttelte schmunzelnd den Kopf. "Aber *ich* doch nicht", sagte er. "Was wollen Sie mit so einem alten Bock wie mich? Mein Sohn dagegen... Er hätte das passende Alter."

"Aber ich kenne Ihren Sohn doch gar nicht!"

"Wirklich nicht?", kam eine ihr wohlbekannte Stimme von der

Tür her.

Britta fuhr herum. "Thomas - du?"

Ihre Augen irrten von dem geliebten Mann zum alten Prätorius und zurück. Und plötzlich wusste sie auch, warum ihr die Gesichtszüge des alten Herrn gleich so vertraut vorgekommen waren.

"Thomas, du bist...?"

"Genau", lachte Thomas, eilte zu ihr und schloss sie in die Arme. "Ich bin der junge Prätorius.

"Das ist ja so gemein", grollte Britta. "Warum hast du mir das nicht gleich gesagt?"

"Hast du mich danach gefragt?"

Britta wurde einer Antwort enthoben. Thomas´ Lippen hatten ihren Mund gesucht und gefunden.

Und der alte Prätorius stand dabei, rieb sich vergnügt die Hände und sah sich im Geiste schon seine Enkelkinder auf den Knien wiegen.

Mord per Telefon
Kurzkrimi
erstmals erschienen in FREIZEIT REVUE

(bitte beachten: Die Story wurde in einer Zeit geschrieben, als es noch keine Handys gab und es in einem Hotel durchaus üblich war, dass man sich, wenn man telefonieren wollte, vermitteln lassen musste)

Das Hotel nannte sich *Zum Einsiedler* und lag in einer Gegend, die man, ohne beleidigend sein zu wollen, als das Ende der Welt bezeichnen konnte. Wer sich hierher verirrte, hatte entweder ein schlechtes Gewissen, oder er wollte sich tatsächlich vom Stress des Alltags erholen. Es war das geeignete Liebesnest für Pärchen, die eigentlich keins sein durften. Es war ein Born der Ruhe, ein Labsal für Herz und Gemüt.

Die Zimmer boten anspruchslosen Komfort. Sie waren altmodisch, dennoch gemütlich eingerichtet. Die Möbel stammten aus einer Zeit, die nicht die unsere war. Teppiche bedeckten einen knarrenden Dielenboden. Kitschige Kunstdrucke an den Wänden sollten zur Verschönerung des Raumes dienen. Duschbad und Toilette hatte man nachträglich eingebaut.

Und es gab sogar ein Telefon auf dem Zimmer. Allerdings konnte man nicht selbst durchwählen, man musste sich vermitteln lassen.

Für diese Vermittlung war eine gewisse Isolde Häberlein zuständig. Sie war eine mollige, naive Person, deren Hobby es war, die Telefongespräche ihrer Hotelgäste zu belauschen. Es war ihr einziges Hobby. Einen Mann, der auf ihre füllige, nicht besonders reizvolle Figur angesprungen wäre, gab es nicht. Sehr zum Leidwesen Isoldes, die nichts gegen ein Verbindung mit dem anderen Geschlecht gehabt hätte. Der Wille zur Tat war da, der Täter bedauerlicherweise nicht.

Isolde Häberlein versorgte nebenbei auch noch die Rezeption, teilte den Gästen ihre Zimmer zu und war, mit einem Satz gesagt, der gute Geiste des Hauses. Ihr Chef hielt große Stücke auf sie. Leider war er verheiratet. Sie hätte ihn, ohne lange zu überlegen, sofort als Ehegatten akzeptiert. Sie hätte eigentlich - sind wir ehrlich - jeden akzeptiert.

Eines Tages erschien ein gut aussehender Mann Anfang dreißig, der sich als Karl Müller in das Gästebuch eintrug. Ausweise verlangte man im Hotel *Einsiedler* nicht zu sehen. Die Gründe dafür waren naheliegend. Deshalb hießen viele der Gäste Müller, Meier Schmidt oder Lehmann.

Unser Karl Müller war groß, sehr schlank mit breiten Schultern und hatte eine gewisse Ähnlichkeit mit Rock Hudson. Dieser war Isolde Häberleins Lieblingsschauspieler. Sie hatte jeden seiner Filme gesehen, und schaute sie sich jetzt zum dritten, vierten oder gar fünften Mal an, wenn sie im Fernsehen wiederholt wurden. Deshalb war sie auch sofort Feuer und Flamme für den Mann, der den schlichten Namen Karl Müller trug.

Der neue Gast bekam von ihr eines der besten Zimmer, die das Hotel zu vergeben hatte. Sie führte ihn höchstpersönlich hinauf in den ersten Stock und zeigte es ihm. Er dankte es ihr mit einem hinreißenden Lächeln, spendierte ihr ein großzügiges Trinkgeld und begleitete sie sogar bis zur Tür zurück, als sie sich verschüchtert zurückzog. Was für ein Kavalier!

Eine Stunde später verlangte er eine Verbindung nach München. Isolde wählte, erreichte den gewünschten Anschluss und stellte durch.

"Mal hören, was er zu sagen hat", dachte das altjüngferliche Mädchen, blieb in der Leitung und lauschte mit roten Ohren.

„Grüß dich, Felix", sagte Karl Müller. „Du hattest recht. Hier ist es wirklich einsame Klasse. Die Ideen fliegen mir nur so zu. Ich weiß jetzt auch, wie wir´s drehen."

„Da bin ich ja mal gespannt", erwiderte sein Gesprächspartner.

„Pass auf", sagte Karl Müller und kicherte vergnügt. „Bei Jakobsbrunn wird gerade eine neue Autobahnbrücke gebaut. Wir schnappen uns das Weib und versenken es bei Nacht und Nebel im Beton. Sie ruhte dann für ewige Zeiten in einem Brückenpfeiler, und keiner kommt auf den Gedanken, sie dort zu vermuten."

„Die Bullen werden nicht lange brauchen, um dahinterzukommen", argwöhnte jener Felix aus München. „Die Idee ist nämlich nicht neu. Auf diese Weise beseitigt die Mafia seit Jahren ihre Gegner. Lass dir etwas anderes einfallen, mein Guter."

„Also gut", seufzte Karl Müller ergeben. „Denke ich halt weiter über den perfekten Mord nach. Dazu bin ich schließlich hier. Ich werde eine Lösung finden, wie wir die verdammte Alte unauffällig beseitigen können."

„Ich hoffe es", entgegnete Felix. „Du weißt, wie sehr die Sache eilt. Immerhin geht es um einen Haufen Geld."

Isolde war blass geworden. Ihr Rock-Hudson-Verschnitt war ein eiskalter Killer! Ogottogottogott! Dabei machte er den Eindruck, als könne er keiner Fliege etwas zu Leide tun. Wie sehr man sich doch in einem Menschen täuschen konnte!

Sollte sie ihn anzeigen, um damit einen Mord zu verhindern? Alles in ihr sträubte sich dagegen. Außerdem schien der von ihr Verehrte ja noch nicht die geeignete Mordwaffe gefunden zu haben. Also wollte sie zunächst einmal abwarten.

Zwei Stunden später meldete Karl Müller ein zweites Gespräch nach München an. Isolde spitzte die Ohren. Sie war auf das Schlimmste gefasst. Es sollte noch schlimmer kommen.

„Das mit dem Betonpfeiler war natürlich Mist", sagte Karl Müller, nachdem er mit Felix verbunden war. „Es muss passieren, während Claudia badet. Sie muss pudelnackt und ahnungslos in der Wanne sitzen."

„Das hört sich gut an", meinte Felix. „Und wie geht es weiter?"

„Wir schleusen einen ihr Unbekannten - ich denke da an Wegner - ins Haus", erklärte Müller. „Er wirft einen laufenden Fön ins Wasser. Der Stromstoß tötet sie. Es wird wie Selbstmord aussehen. Keiner wird darauf kommen, dass Wegner es getan hat."

„Aber mich wird man sofort verdächtigen" sagte Felix. „Nein,

nein, mein Bester, so geht das auch nicht."

„Es gefällt dir also nicht?", zeigte Müller sich enttäuscht. „Und ich war so begeistert von meiner Idee. Mein Gott, irgendwie müssen wir dieses Weib doch loswerden."

„Natürlich, das müssen wir", meinte Felix. „Aber bitte auf eine Art, die uns keiner beweisen kann. Und für mich musst du dir ein hieb- und stichfestes Alibi ausdenken."

„Ich werde mich bemühen" versprach Karl Müller und legte auf.

Isolde hörte ein klapperndes Geräusch und stellte fest, dass es ihre eigenen Zähne waren. Jetzt hatte sie es doch mit der Angst zu tun bekommen. Es war kein besonders angenehmes Gefühl, mit einem Mörder unter einem Dach zu leben. Auch wenn er fast wie Rock Hudson aussah.

"Ich muss etwas unternehmen", dachte sie. "Diese beiden Kerle müssen dingfest gemacht werden, bevor sie ihren entsetzlichen Plan ausführen können. Ich muss dieser Claudia das Leben retten. Vielleicht kriege sich sogar die Lebensrettungsmedaille dafür!"

Mit zitternden Händen wählte sie die Nummer der Polizei und hatte auch gleich den richtigen Mann an der Strippe: Toni Hinterhuber, Leiter der hiesigen Dienststelle. Er war zugleich sein eigener Untergebener, denn außer ihm gab es keinen weiteren Polizisten mehr im Ort. Er war sich dieser gehobenen Stellung durchaus bewusst und zählte sich neben Pfarrer und Bürgermeister zu den angesehensten Persönlichkeiten des Dorfes.

Isolde teilte ihm ihre fürchterliche Entdeckung mit. Hinterhuber zeigte sich äußerst besorgt und versprach, umgehend zu kommen. Eine Viertelstunde später war er da.

„Sie kommen zur rechten Zeit", wisperte Isolde ihm zu, als er mit schweren Schritten und sich seiner Würde vollends bewusst zu ihr in die Telefonzentrale trat. „Er hat gerade sein drittes Gespräch nach München angemeldet. Hören Sie nur."

Hinterhuber nahm den Kopfhörer entgegen und stülpte ihn über die Ohren. Was er vernahm, ließ sein sonst so tapferes Herz erschauern. Wieder ging es um Mord und Totschlag. Dieser Müller musste ein ganz ausgekochter, eiskalter Bursche sein.

Der Polizeibeamte gab Isolde den Kopfhörer zurück, zog seine Dienstwaffe und knurrte mit der Stimme eines James Bond:

„Diesen Kerl schnappe ich mir! Er soll sein letztes Verbrechen begangen haben!"

„Passen Sie bloß auf, dass Ihnen nichts geschieht", mahnte Isolde bewundernd.

„Nur keine Angst", versetzte Hinterhuber großspurig, obwohl ihm das Herz fast in der Hose hing. „Mit Gangstern dieses Kalibers werde ich spielend fertig. Außerdem habe ich das Überraschungsmoment zum Verbündeten. Bevor er merkt, wie ihm geschieht, trägt er Handschellen."

So war es denn auch. Karl Müller hatte noch den Telefonhörer in der Hand, als Toni Hinterhuber mit gezogener Pistole und weichen Knien ins Zimmer stürmte. Ohne Gegenwehr ließ sich Müller fesseln. Als ihm der Polizist den Grund für seine Verhaftung nannte, begann er lauthals zu lachen.

„Ihnen wird das Lachen schon noch vergehen", grollte Hinterhuber. „Fräulein Häberlein wird vor Gericht als Zeugin gegen Sie und Ihren feinen Komplizen aussagen. Sie hat alles gehört."

„Na fein", feixte Karl Müller. „Dann weiß sie also, wie der nächste *Tatort* im Fernsehen ausgehen wird. Ich bin nämlich Drehbuchautor und habe mit dem Produzenten, der gleichzeitig eine der Hauptrollen spielt, das Drehbuch durchgesprochen."

Die neue Krawatte
Schmunzelgeschichte
erstmals erschienen in TINA

"Du brauchst dringend eine neue Krawatte", verkündete meine Gnädigste mit jenem gewissen Ton in der Stimme, der keinen Widerspruch duldet.

"Warum?", fragte ich trotzdem. Manchmal bin ich ganz schön mutig. Aber nur manchmal. Meistens füge ich mich schweigend den Beschlüssen meiner Familienregierung. Man fährt besser so.

Meine Gnädigste hob - ob dieser kleinlaut in den Raum gestellten Frage - denn auch sogleich die Augenbrauen und zischte: "Wieso warum?"

"Nun", wagte ich zu erklären, "du weißt genau, wie sehr ich diese Dinger verabscheue. Sie hindern einen am freien Durchatmen. Sie strangulieren einen förmlich. Deshalb trage ich sie ja auch nur zu ganz besonders feierlichen Anlässen."

"Am nächsten Sonntag ist ein solcher Anlass", sagte meine Gnädigste. "Tante Adelgunde wird siebzig."

"Aha", entgegnete ich missmutig. "Deshalb also."

"Sehr richtig", sagte die Gnädigste. „Die Feier wird im *Römischen Kaiser* stattfinden. Wie sogar dir bekannt sein dürfte, ist dies eines der vornehmsten Lokale der Stadt. Ohne Krawatte kommst du dort gar nicht hinein."

"Wahrscheinlich bin ich krank am Sonntag", krächzte ich und hustete ein paar Mal wie ein grippekranker Rauhaardackel. „Ich fühle mich schon seit Tagen elend. Vermutlich brüte ich eine Erkältung aus und werde das Bett hüten müssen."

„Lächerlich", schnaubte meine Gnädigste und maß mich mit einem verächtlichen Blick. „Du bist kerngesund. Also wirst du auch an Tante Adelgundes Feier teilnehmen. Und du wirst eine neue Krawatte tragen. Basta!"

Am Nachmittag fuhren wir zur *City-Galerie,* um für mich eine neue Krawatte zu erwerben. Wenn die Gnädigste *basta* gesagt hatte, musste man sich fügen, sonst hatte man nichts mehr zu lachen. Dann standen einem Tage bevor, an denen man sich wünschte, niemals den Milchbrunnen verlassen zu haben. Es lohnte sich einfach nicht, wegen einer dämlichen Krawatte diesen unerträglichen Zustand zu riskieren.

Die *City-Galerie* war ein riesiges Einkaufszentrum mitten in der Stadt. Kaufhaus reihte sich an Kaufhaus, Boutique an Boutique. Vom Hosenknopf bis zum chromblitzenden Luxusschlitten konnte man hier alles erstehen, was das Herz begehrte. Ein Bummel durch diese Stätte der Versuchung riss meistens ein beträchtliches Loch in die Haushaltskasse. Mir schwante Fürchterliches.

„Siehst du dieses entzückende Kleidchen?", fragte meine Gnädigste, nachdem wir unseren Wagen im Parkhaus abgestellt und das Einkaufszentrum betreten hatten. „Ist es nicht wie für mich geschaffen? Auch der Preis ist recht annehmbar."

Das entzückende Kleidchen, das für meine Gnädigste wie geschaffen war, kostete an die dreihundert Mark. Wirklich ein *annehmbarer* Preis.

„Eigentlich wollten wir doch nur eine neue Krawatte für mich kaufen", erinnerte ich die Gnädigste vorsichtig an die gegebenen Tatsachen.

„Wenn wir schon mal hier sind", meinte die Gnädigste nachsichtig, „können wir auch gleich noch ein paar Kleinigkeiten mit erledigen. Oder hast du etwas dagegen?"

Natürlich hatte ich nichts dagegen. Warum auch? Sie hatte schließlich recht. Auf ein paar Kleinigkeiten mehr oder weniger kam es wirklich nicht an.

Das entzückende Kleidchen stand meiner Gnädigsten tatsächlich entzückend zu Gesicht. Wir kauften es.

Und weil wir schon mal hier waren, kamen noch eine entzückende Hose, drei entzückende Blusen und eine entzückende Jacke dazu.

„Du bist der beste Ehemann der Welt." Meine Gnädigste strahlte, als wir die Boutique verließen, und gab mir gerührt einen Kuss.

„Danke, danke, danke!"

„Nicht der Rede wert", sagte ich großspurig. „Für dich ist mir nichts zu teuer."

„Wirklich?", fragte sie und sah mir forschend ins Gesicht.

Ich hob die Hände. „Aber das weißt du doch, mein Liebling. Hast du noch irgend einen Wunsch?"

Sie hatte! Zu den entzückenden Sächelchen, die wir gerade gekauft hatten, fehlten noch die passenden Schuhe. Eine Stunde später durfte ich drei Pakete mehr schleppen.

„Wenn wir schon mal hier sind", sagte meine Gnädigste, „könnten wir uns eigentlich auch gleich mal nach einem neuen Teppich fürs Wohnzimmer umschauen. Ich kann den alten nicht mehr sehen. Er verschandelt unsere ganze Wohnung. Man traut sich fast nicht mehr, jemanden einzuladen."

Ich war der gleichen Ansicht wie sie. Der alte Teppich war wirklich nicht mehr der beste. Und wenn wir schon mal hier waren...!

Nachdem wir den Teppich erstanden hatten, kam es der Gnädigsten in den Sinn, dass die alte Polstergarnitur eigentlich gar nicht mehr so recht zu dem neuen Prachtstück aus Persien passte. Immerhin war sie fast zehn Jahre alt.

Die Polstergarnitur natürlich, nicht die Gnädigste. Die hatte ein paar Jährchen mehr auf dem Buckel. Trotzdem wäre es mir nie eingefallen, sie gegen eine neue einzutauschen. Selbst wenn wir schon mal hier waren... Bei Polstergarnituren war das anders. Also kauften wir eine neue.

„War`s das?", erkundigte ich mich, nachdem ich den Scheck ausgeschrieben hatte.

„Eigentlich schon", erwiderte die Gnädigste. „Nur..." Sie machte eine bedeutungsvolle Pause.

„Nur?" fragte ich nach.

„Unsere Waschmaschine gefällt mir in letzter Zeit überhaupt nicht mehr", sagte sie. „Vermutlich wird sie bald ihren Geist aufgeben. „Und wenn wir schon mal hier sind..."

Zu der Waschmaschine kamen dann noch ein neuer Staubsauger, eine Wohnzimmerlampe, Vorhänge, ein leichter Sommermantel und fünf reizvolle Nachthemden für die Gnädigste, ein Ölgemälde, drei Wandteller aus Zinn und eine kostbare Bodenvase.

Danach musste wir das Einkaufszentrum verlassen. Es war Feierabend...

„Da war doch noch etwas", meinte die Gnädigste nachdenklich, als wir mit unserem bis an die Grenze der Tragfähigkeit beladenen Wagen der Heimat entgegenfuhren. „Irgend etwas haben wir vergessen!"

„Natürlich", entgegnete ich. „Wir haben meine neue Krawatte vergessen."

„Das macht nichts", sagte die Gnädigste und winkte gleichmütig ab. „Dann bindest du eben noch mal deine alte um. Zumal du Krawatten ja sowieso nicht ausstehen kannst."

Spiel nicht mit dem Feuer
Liebesgeschichte
erstmals erschienen in ROMANWOCHE

"O wie so trügerisch sind Weiberherzen...", klang es aus dem Autoradio. Frank Förster, fünfunddreißig, gut aussehend und zur Zeit Strohwitwer, nickte zustimmend. Momentan hasste er alles, was der Gattung Frau angehörte. Umbringen hätte er es können, dieses Weibervolk. Mit den bloßen Händen erwürgen. Ohne mit der Wimper zu zucken. Eiskalt. Jawohl!

Schuld an diesem Umstand war seine bessere Hälfte. Seine *Gnädigste,* wie er sie zu nennen pflegte. Warum musste sie auch unbedingt allein nach Mallorca fliegen? Drei Wochen lang setzte sie sich dort leichtsinnig - und vor allen Dingen unbeaufsichtigt - den Gefahren des täglichen Lebens aus. Gefahren, an die er gar nicht denken wollte. Die Eifersucht hätte ihn sonst rasend gemacht.

Nun gut, er hätte seine Gnädigste begleiten können. Angeboten hatte sie es ihm. Schließlich hatte auch er Ferien. Drei Wochen - wie sie. Aber Mallorca hing ihm zum Hals heraus. Zu oft waren sie in den vergangenen Jahren dort gewesen. Jedes Sandkorn am Strand kannte er. Zumindest fast jedes.

"Lass uns doch mal woanders hinfahren", hatte er vorgeschlagen , als es darum ging, ein Ziel für den diesjährigen Sommerurlaub auszusuchen. "Vielleicht in die Berge?"

Die Gnädigste hatte ungnädig abgewinkt. Und dann war sie auf die glorreiche Idee gekommen, dass man den Urlaub ja mal getrennt verbringen könnte: Sie auf Mallorca, er in den Bergen. Ihrer nun sieben Jahre währenden Ehe würde das sicher guttun, hatte sie gemeint. Eine Art chemische Reinigung für ihre Liebe wäre es. Eine Frischzellenkur für ihre Gefühle.

Und er - Frank - hatte sich nach langen Diskussionen darauf eingelassen. Ihre Argumente hatten ihn letztlich überzeugt. Halbwegs. Verdammt, eigentlich gar nicht. Aber was sollte man

tun, wenn die Frau Gemahlin die Sache bereits beschlossen hatte?
Also fuhr er jetzt nach Pfronten im Allgäu. Allein. Und sie befand sich auf dem Weg nach Mallorca. Ebenfalls allein.
Aber vielleicht ist sie längst nicht mehr allein, schoss es ihm in den Kopf. Vielleicht hat sich einer von diesen berühmten Westentaschencasanovas, der im Flugzeug zufällig einen Platz neben ihr erwischt hat, bereits an sie herangemacht? Und sie hat ihn sich nur zu gern heranmachen lassen?
Himmelherrgottsakrazementfixhallelujah, warum war er nur nicht mit nach Mallorca geflogen? Eigentlich war es dort doch sehr schön. Vor allen Dingen konnte man sich auf das Wetter verlassen. Was würde ihn dagegen in Pfronten erwarten? Regen? Kälte? Husten? Schnupfen? Lungenentzündung? Tod?
"Egal", riss sich Frank von seinen finsteren Gedanken los. "Sie hat es so gewollt. Bitte sehr. Ich werde meinen Urlaub genießen. Mit allen Konsequenzen. Und wenn es schneien sollte."
Am Allgäuer Kreuz verließ er die Autobahn und fuhr auf der Landstraße weiter. Bald sah er das weite Pfrontner Tal mit seinen saftigen Wiesen, dunkelgrünen Wäldern und sanften Bergketten vor sich liegen. Eine herrliche, unverfälschte Landschaft mit unverwechselbarem Charakter.
(Anm.: Das musste man damals noch - die Autobahn am Allgäuer Kreuz verlassen und über die Landstraße Richtung Pfronten fahren. Heute geht die Autobahn bis Nesselwang bzw. kurz hinter Pfronten Richtung Füssen)
Sein Hotel nannte sich *BERGLAND* und lag im Ortsteil Pfronten-Dorf. Es war ein sehr gutes Haus mit allem nur erdenklichen Komfort. Und es war nicht gerade billig. Aber was machte das schon? In einem Urlaub von der Ehe sollte man nicht kleinlich auf jeden Pfennig schauen. Die Gnädigste tat es in Mallorca sicher auch nicht. Eigentlich tat sie es nie.
Frank stellte seinen Wagen auf dem Parkplatz ab, stieg aus und begab sich zur Rezeption, um sich anzumelden. Er erhielt einen Zimmerschlüssel sowie einen Hausburschen, der sich um sein

Gepäck kümmerte. Eine halbe Stunde später stand er unter der Dusche und spülte sich den Reisestaub vom Körper, wobei er lauthals das Lied vom Torero, der sich in den Kampf begeben sollte, schmetterte. Mit diesem Torero meinte er sich selbst. Und in den Kampf begab er sich, nachdem er sich erfrischt und umgezogen hatte.

Die Hotelbar lag im Erdgeschoss neben der Rezeption. Um diese Zeit - es ging auf achtzehn Uhr - war kaum etwas los hier. Der Barkeeper betätigte sich praktisch als Alleinunterhalter, wenn man von einem jungen Pärchen absah, das in einer der Nischen hockte, sich an den Händen hielt und verliebt anhimmelte.

Frank ließ sich auf einem der Hocker vor dem Tresen nieder, bestellte sich einen doppelstöckigen Bourbon ohne Eis und steckte sich ein Zigarette an.

(Anm.: Auch hier wieder der Hinweis, dass die Geschichte zu einer Zeit geschrieben wurde, in der es noch kein Rauchverbot in solchen Bars gab)

"Was sie wohl gerade macht?" dachte er trübsinnig an seine Gnädigste. "Angekommen müsste sie längst sein. Falls das Flugzeug nicht abgestürzt ist. Aber davon hat man nichts in den Nachrichten gehört..."

"Ist es gestattet? fragte eine weibliche Stimme hinter seinem Rücken.

Frank wirbelte herum "Du...?", stotterte er. "Du hier...?"

"Damit hättest du wohl nicht gerechnet", lächelte die junge Frau., während sie sich neben ihn an die Theke setzte. Sie mochte Ende zwanzig sein, war mittelgroß, blond, schlank und doch wohl proportioniert. Kurz: Der Liebe Gott hatte sich bei ihrer Erschaffung alle erdenkliche Mühe gegeben. "Bist du allein in Pfronten?"

"Selbstverständlich bin ich allein hier", knurrte er. "Was hast du denn gedacht?"

Die junge Frau hob die Schultern. "Nun, es hätte ja sein können, dass deine Gattin mitgekommen ist", sagte sie. "Du bist doch noch verheiratet - oder?"

"Ich nehme es an", entgegnete er.

"Ich bin es auch noch", seufzte sie. "Allerdings mache ich gerade Urlaub von der Ehe. Mein Mann und ich konnten uns nicht auf ein gemeinsames Urlaubsziel einigen und..."

"Das kenne ich", unterbrach er sie mit einem schiefen Lächeln. "Bei uns war es genauso."

"Um so froher bin ich, dich hier getroffen zu haben", sagte sie. "Schließlich warst du meine erste große Liebe." Sanft errötend fügte sie hinzu: "Du warst derjenige, welcher...!"

"Das ist lange her, Ursel", erwiderte er leise. "Viele, viele Jahre sind seitdem vergangen."

"Trotzdem", sagte sie. "Weißt du nicht, dass eine Frau niemals ihre erste große Liebe vergessen kann? Irgendeine Erinnerung bleibt in ihr zurück. Das ist nun mal so."

"Aha", versetzte er wenig geistreich.

"Oder ist es dir unangenehm?", fragte sie ihn. "Ich meine, dass wir uns hier getroffen haben?"

"Im Gegenteil", versicherte er schnell. "Ich freue mich unbändig darüber. Wie lange wirst du bleiben?"

"Drei Wochen", antwortete sie. "Und du?"

"Auch drei Wochen."

"Na prima", freute sie sich. "Dann bleiben uns also drei Wochen, um in Erinnerungen zu schwelgen und so zu tun, als wäre alles noch wie damals."

"Glaubst du, das kann man? Kann man das Rad der Zeit einfach zurückdrehen?"

"An mir soll es nicht liegen", meinte sie. "Ich bin zu allen Schandtaten bereit."

"Ja, aber dein Mann...?", gab er zu bedenken.

Sie winkte ab. "Der!", sagte sie verächtlich. "Weiß ich, was er an seinem Urlaubsort treibt?"

Frank schüttelte den Kopf.

"Na also." Sie legte ihre Hand auf seinen Arm und blickte ihn aus verhangenen Augen verführerisch an. "Oder hast du vielleicht

Angst vor mir?"

"Ein bisschen schon", gestand er zögernd. "Das kommt schließlich alles etwas überraschend für mich."

"Machst du dir Sorgen wegen deiner Frau?", erkundigte sie sich spöttisch. "Keine Angst, sie wird nichts erfahren. Wo steckt sie überhaupt?"

"Auf Mallorca."

"Ausgerechnet Mallorca", stichelte sie. "Ich würde nicht die Hand für sie ins Feuer legen: Laue Nächte unter südlichem Himmel, ein paar Gläschen roter Wein, leise Gitarrenmusik... Wie schnell ist man diesem Zauber erlegen."

"Du scheinst Erfahrung damit zu haben."

"Und ob", schmunzelte sie. "Ich war schon ein paar Mal auf Malle. Allerdings immer mit dem eigenen Mann. So blieb es in der Familie, wenn der Zauber zu wirken begann. Wäre ich allein gewesen..." - sie hob die Hände - "... wer weiß?"

"Ich vertraue meiner Frau", behauptete Frank. "Ich glaube nicht, dass sie mich betrügen wird. Sie liebt mich nämlich immer noch."

"Bist du dir da ganz sicher?"

"Hundertprozentig!"

"Und wie ist es mit dir? Bist du auch noch in sie verliebt?"

"Wie am ersten Tag!", versicherte er.

"Dann habe ich wohl keine Chancen bei dir?"

"Doch", entgegnete er, griff nach ihren Händen und küsste sie. "Du schon."

*

Auch im Allgäu gibt es laue Nächte. Heute war so eine. Wie eine silberne Scheibe hing der Mond am samtblauen, wolkenlosen Himmel. Millionen Sterne funkelten. Ein leiser Wind bewegte die Wipfel der Bäume und ließ sie geheimnisvoll rauschen. Es war eine jener Nächte, in denen die Elfen in den Märchen zu tanzen pflegen. Eine Nacht zum Verlieben.

Frank und Ursel hatten nach dem Abendessen beschlossen, einen kleinen Verdauungsspaziergang zu unternehmen. Sie hatten einen Weg eingeschlagen, der aus dem Dorf hinaus in Richtung Fallmühle führte. Tagsüber war diese Strecke von zahlreichen Autos, die ins Tannheimer Tal wollten, befahren. Jetzt war kaum einer mehr unterwegs. Sie waren allein.

"Man ist im Hotel schon auf uns aufmerksam geworden", kicherte Ursel, während sie Hand in Hand am Ufer der *Faulen Ache* entlang schritten. "Hast du gesehen, wie sie die Köpfe zusammensteckten und über uns getuschelt haben? Ich hätte mich totlachen können."

"Du hast es aber auch reichlich übertrieben", tadelte Frank. "Sie mussten uns einfach für das Liebespaar des Jahres halten."

"Und?", lächelte sie. "Sind wir es etwa nicht?"

"Wir sind beide verheiratet", stellte er trocken klar. "Dementsprechend sollten wir uns auch benehmen. Du aber turtelst mit mir herum, als befänden wir uns in den Flitterwochen. Schämst du dich denn gar nicht?"

"Fällt mir nicht ein", sagte sie, legte ihren Arm um seine Hüften und schmiegte sich an ihn. "Ich bin glücklich, wie ich es lange nicht mehr war."

"Wenn das dein lieber Mann wüsste!"

"Er weiß es aber nicht", meinte sie. "Außerdem bin ich mir ziemlich sicher, dass er sich in diesem Moment auch irgendwo mit einem Ferienliebchen in einer stillen Ecke herumdrückt."

"Glaubst du?"

"Ich kenne meinen Mann", sagte sie. "Er lässt nichts anbrennen."

"Du aber auch nicht!"

"Das sieht nur so aus", entgegnete sie. "Normalerweise bin ich in dieser Beziehung ziemlich zurückhaltend. Mich hat lediglich die Freude, dich nach sooo lange Zeit wiederzusehen, überwältigt. Mit einem Fremden wäre mir das sicher nicht passiert."

"Was ist denn passiert?", spöttelte er.

"Bis jetzt nichts", räumte sie ein. "Dennoch liegt es ja durchaus im Bereich des Möglichen, dass noch etwas passieren könnte."
"Darf ich das als Angebot verstehen?" grinste er.
Sie machte sich unwillig von ihm frei. "Mein Gott, bist du schwer von Begriff", grollte sie. "Noch eindeutiger kann ich ja wohl nicht werden. Oder muss ich mich vielleicht ausziehen und pudelnackt vor dir ins Gras legen, damit du endlich verstehst?"
"Keine schlechte Idee", lachte er. "Es würde mir eine Menge Arbeit ersparen."
"Du bist ein unmöglicher Mensch", schimpfte sie. "Früher warst du wesentlich romantischer. Damals hättest du dir eine Gelegenheit wie diese nicht entgehen lassen."
"Damals waren wir auch um etliche Jährchen jünger", erinnerte er sie.
"Was hat das damit zu tun?"
"Verschiedenes", versetzte er. "Damals war es uns ziemlich egal, wo und wann wir uns liebten. Wenn uns das Verlangen überfiel, gaben wir ihm nach. Auch auf einer grünen Wiese wie hier. Oder in einem Heuschober. Sogar im Autokino."
"Und heute steht uns das wohl nicht mehr zu", schmollte sie. "Ältere Leute wie wir haben sich in einem Bett zu lieben. Nach Möglichkeit in Missionarsstellung unter einem billigen Druck der Madonna von Raffael - treudeutsch ohne Variationen. Das sind spießbürgerliche Ansichten, mein Lieber, die leider auch mein verehrter Göttergatte vertritt, und die nach einer gewissen Zeit in eine Ehe Langeweile und Gleichgültigkeit einziehen lassen. Man tut es nur noch, weil es Pflicht ist. Dass es auch noch eine Kür gibt, vergisst man."
"Ist das vielleicht die Alleinschuld des Mannes?", konterte er. "Meine Gnädigste - zum Beispiel - erfindet ständig Ausreden, um sich davor zu drücken. Mal hat sie Kopfweh, mal schmerzen sie die Hühneraugen, mal hatte sie ausgerechnet an diesem Tag große Wäsche. Um einen Vorwand verlegen ist sie nie. Also stumpft man irgendwann ab und versucht erst gar nicht mehr, mit ihr zärt-

lich zu werden. Sich immer und immer wieder eine Abfuhr zu holen, ist nicht gerade das Gelbe vom Ei."

"Vielleicht hatte deine Frau aber tatsächlich Kopfweh, wenn sie dich zurückgewiesen hat", verteidigte Ursel ihre Geschlechtsgenossin. "Oder sie hatte aus den Gründen, die vorhin genannt habe, einfach keine Lust, mit dir zu schlafen. Jeden Tag Erbsensuppe schmeckt auf Dauer fad. Auch wenn es mal deine Lieblingsspeise gewesen ist. Aber so seid ihr Männer halt: Vor der Ehe seid ihr die einfallreichsten Liebhaber, die man sich vorstellen kann. Ihr kauft euch sogar Bücher, um auf dem neuesten Stand der Technik zu sein. Habt ihr den Trauschein in der Tasche, verstauben die Bücher in irgendeiner Ecke und ihr werdet zu Langweilern. Muss man sich da noch wundern, wenn manche Frauen sich anderweitig umsehen?"

"Ich muss mich wiederholen", sagte Frank ärgerlich. "Ist das vielleicht die Alleinschuld der Männer?"

"Natürlich nicht", gab sie zu. "Trotzdem erwarten die meisten Frauen etwas mehr vom so genannten starken Geschlecht. Es gehört nun mal zum Wesen einer Frau, sich von einem Mann verwöhnen zu lassen. Egal, in welcher Beziehung."

"Ach ja?", knurrte Frank. "Warum müssen wir Männer immer die Verführer sein? Warum ergreift ihr nicht mal selbst die Initiative?"

"Ich versuche es seit geraumer Zeit", entgegnete Ursel. "Leider ohne Erfolg. Mein Begleiter ist kalt wie ein Salzhering."

"Ja, aber ich kann dich doch nicht...!" Frank blickte sich verdrießlich um. "...mitten auf einer Wiese! Es könnte jemand vorbeikommen...!"

"Berufsrisiko", kicherte die junge Frau. "Früher hätte dich das nicht gestört. Du bist alt geworden, mein Lieber!"

"Ursel, ich meine, wir sollten endlich mit diesem Theater aufhören", rief Frank verstimmt.

"Theater?" Ursel wurde laut. "Ich spiele kein Theater! Alles, was ich hier tue und sage, ist bitterer Ernst, falls du das noch nicht gemerkt haben solltest. Ich bin dabei, Urlaub von einer in eine Sackgasse geratene Ehe zu machen. Ich dachte, das wolltest du auch. Einfach mal die eingefahrenen Gleise verlassen. Ausflippen, wie man es heute nennt. Ich muss erkennen, dass ich mir dazu leider den falschen Partner auserwählt habe. Du kannst nicht über deinen Schatten springen. Schade. Ich bin enttäuscht von dir, Frank. Bring mich jetzt bitte ins Hotel zurück. Ich werde dich in diesem Urlaub nicht mehr belästigen. Geh du deiner Wege, ich geh die meinen. Wundere dich aber nicht, wenn ich mich nach anderen Freunden umsehe. Du hast deine Chance gehabt. Leider hast du sie nicht genutzt."

"Mein Gott, das kannst du doch nicht machen!", sagte Frank betroffen.

"Warum nicht?", gab sie zurück. "Ich bin ein erwachsener Mensch. Bin ich dir in irgendeiner Weise Rechenschaft schuldig?"

"Eigentlich schon", wagte er zu behaupten.

Sie lachte unlustig. "Jetzt nicht mehr", sagte sie. "Ich habe dir meine Hand - und nicht nur die Hand - dargeboten. Du hast sie ausgeschlagen. Damit ist der Fall für mich erledigt. Tut mir leid, Frank. Was künftig passiert, hast du dir selbst zuzuschreiben. Können wir jetzt zurückgehen?"

"Bitte!"

Sie wandten sich um und liefen den Weg zurück. Wie Fremde tappten sie nebeneinander her. Eisiges Schweigen lag zwischen ihnen. Das Barometer stand auf Sturm. Der Zauber der Nacht war zerbrochen. Der graue Alltag, dem sie beide hatten entfliehen wollen, hatte sie eingeholt.

*

Frank hockte an einem Ende des Bartresens, Ursel am anderen. Er war allein mit sich und einem doppelstöckigen Whisky ohne Eis und Wasser, sie befand sich in Begleitung zweier Burschen, die sich rechts und links von ihr niedergelassen hatten und ange-regt mit ihr plauderten.

"Wie albern sie ist", dachte Frank verdrossen, als wieder einmal ihr helles Lachen zu ihm herüberschallte. "Und wie köstlich sie sich zu amüsieren scheint. Schnell hat sie sich getröstet. Sehr schnell. Die erstbesten, die ihr über den Weg gelaufen sind, hat sie sich geangelt. Ekelhafte Kerle. Und viel zu jung für sie. Schämen sollte sie sich! Pfui Teufel!"

Er griff nach seinem Glas, nahm einen tiefen Schluck, ließ sie dabei aber nicht aus den Augen.

Auch sie blickte in diesem Moment zu ihm herüber und verzog spöttisch die Mundwinkel. Fehlte nur noch, dass sie ihm die Zunge herausstreckte. Zuzutrauen war es ihr.

"Pah", dachte er grimmig und wandte den Kopf ab. "Wozu rege ich mich überhaupt auf? Was geht mich dieses Weib an? Sie ist es nicht Wert, dass ich mich über sie ärgere. Und genau das beabsichtigt sie doch mit diesem Getue. Eifersüchtig will sie mich machen. Eifersüchtig? Dieses Wort kenne ich gar nicht. Lächerlich!"

Frank leerte sein Glas und bestellte ein neues.

Währenddessen trank Ursel mit ihren Begleitern Brüderschaft und ließ sich von ihnen küssen. Zwar nur auf die Wange, aber immerhin! Ekelhaft!

Frank, der das Wort eifersüchtig nicht kannte, platzte fast vor Eifersucht. Mit zitternden Händen fingerte er eine Zigarette aus der Schachtel und zündete sie an. Als sie brannte, merkte er, dass er sie verkehrt im Mund hielt. Der Filter war außen.

Ursel lachte. Über ihn? Schwer zu sagen. Schadenfroh geklungen hatte es auf jeden Fall, auch wenn sie jetzt so tat, als wäre er gar nicht anwesend. Falsche Schlange, elendige!

Wütend auf sich und den Rest der Welt einschließlich Ursel drückte er seine Zigarette im Aschenbecher aus und steckte sich eine andere an. Diesmal achtete er sorgfältig darauf, dass er das richtige Ende in den Mund nahm. Wie eine altertümliche Lokomotive paffte er den Rauch an die Decke.

"Na warte", dachte er, "was du kannst, kann ich schon lange. Meinst du, ich wäre auf dich angewiesen? Auch andere Mütter haben schöne Töchter! Herbei, ihr hübschen Nachkommen Evas! Ein gestandener Sohn Adams ist bereit, euch auf den Gipfel höchsten Glücks zu führen!"

Aus den Augenwinkeln begann er das Angebot zu sondieren, das in der Bar vorzufinden war. Groß war die Auswahl weiß Gott nicht. Die meisten der anwesenden Damen waren bereits versorgt. Und die alleinstehenden...? Schwamm drüber! Den Witwentröster wollte er jedenfalls nicht spielen. Das hatte er nun doch nicht nötig. Selbst aus Trotz nicht.

Doch halt - was kam da gerade zur Tür herein und schaute sich suchend um?

Frank pfiff im Geiste anerkennend durch die Zähne. Laut zu pfeifen hätte sich in diesem vornehmen Laden wohl nicht gehört, obwohl es durchaus angebracht gewesen wäre.

Das Mädchen, das soeben die Bar betreten hatte, war ein Meisterwerk seines Schöpfers. Ihr Alter war schwer zu schätzen, dürfte sich aber so um die zwanzig herum bewegt haben. Sie war groß und schlank, hatte eine atemberaubende Figur und unendlich lange Beine. Ihre blonde Lockenmähne umrahmte eine schmales Puppengesichtchen mit wasserblauen, lang bewimperten Augen, einer süßen Stupsnase und einem vollen sinnlichen Mund. Ein Superweib, mit Minirock und hautengem Pulli bekleidet, unter dem sich zwei beachtliche Halbkugeln wölbten. Nicht nur Frank wurde unruhig.

Und ausgerechnet auf ihn kam sie jetzt zu. Mit graziösen Mannequinschritten stelzte sie durch die Bar, erkundigte sich mit rauchiger Stimme und verführerischem Augenaufschlag, ob der Platz neben ihm noch frei wäre, und ließ sich nieder. Dabei rutschte ihr Rock noch ein wenig höher und gab bemerkenswerte Einsichten frei. Frank bekam einen trockenen Hals und wagte kaum noch zu atmen.

Die blonde Schönheit bestellte sich einen herben Weißwein, öffnete ihre Handtasche und holte ein Päckchen Zigaretten hervor. Die Art, wie sie ihren Glimmstängel in den Mund nahm, kam einem erotischen Akt gleich. Frank beeilte sich, ihr Feuer zu geben.

"Danke", hauchte sie und bedachte ihn mit einem Blick, der das Himmelreich auf Erden versprach. "Sie sind sehr freundlich."

"Gern geschehen", krächzte Frank und öffnete unter dem Knoten seiner Krawatte verstohlen den obersten Knopf seines Hemdes. Verdammt warm war ihm plötzlich. Siedendheiß. Und ein dicker Frosch hatte sich in seiner Kehle festgesetzt. Er fühlte sich wie in der Anfangsphase seiner Pubertätsjahre. Dabei lagen die doch wirklich schon geraume Zeit hinter ihm. So jedenfalls hatte er gedacht.

"Wohnen Sie auch hier im Hotel?", fragte die Blonde.

Frank bestätigte, dass dem so war. (Oh, diese Hitze! Hatten die denn mitten im Sommer die Heizung angedreht?)

"Das ist sehr nett", sagte die Blonde, lächelte ihn an und bestrich sich mit der Zungenspitze ihre Oberlippe. "Sind Sie allein hier?"

"Mutterseelenallein", entgegnete Frank und dachte insgeheim, wie gut es doch war, dass er seinen Ehering zu Hause gelassen hatte. "Ich bin heute erst angekommen und hatte leider noch keine Gelegenheit, jemanden kennen zu lernen."

Das überraschende Wiedersehen mit Ursel verschwieg er wohlweislich. Was ging ihn diese Frau noch an? Schließlich war sie es gewesen, die sich von ihm losgesagt hatte, um sich nach neuen Freunden umzuschauen. Zwei hatte sie bereits gefunden. Obwohl es seit dem Erscheinen der Blonden am anderen Ende der Theke erheblich ruhiger geworden war. Voller Genugtuung bemerkte Frank, dass auch Ursels Begleiter immer wieder heimlich nach seiner neuen Bekannten schielten. Es tat seinem Ego enorm gut. Ha!

"Ich bin auch allein", seufzte die Blonde und verzog melancholisch das Gesicht. "Wissen Sie, ich bin ein Mensch, der nicht so schnell Anschluss findet."

"Das überrascht mich aber", meinte Frank. "Bei Ihrem Aussehen müssten Sie die Männer doch wie Motten das Licht umschwärmen."

"Ja, sicher", räumte das Mädchen ein. "Gewisse Chance habe ich schon. Aber meistens sind es die falschen, die mir hinterherlaufen. Junges Gemüse, mit dem ich nichts anzufangen weiß. Ich stehe mehr auf den reiferen Jahrgängen, doch die sind fast immer schon in festen Händen."

"Ich nicht", schwindelte Frank, ohne rot zu werden. "Ich bin frei und ungebunden."

"Das ist nett", sagte die Blonde und rückte ein bisschen näher an ihn heran. "Ich würde mich freuen, wenn wir uns während unseres Urlaubs ein wenig anfreundeten."

"An mir soll es nicht liegen", erwiderte Frank und wuchs um etliche Zentimeter. Wie Heinrich der Eroberer kam er sich vor. Dabei war ihm diese Eroberung förmlich in den Schoß gefallen. Viel Anstrengung hatte es ihn jedenfalls nicht gekostet. "Gestatten Sie, dass ich mich vorstelle?"

Er nannte ihr seinen Namen und erfuhr von ihr, dass sie Silvia Mertens hieß und aus Hamburg stammte. Eine halbe Stunde später waren sie per Du und sprachen sich mit ihren Vornamen an. Und das war glatt eine Flasche Dom Perignon Wert - das teuerste Gesöff, das auf der Getränkekarte zu finden war.

Irgendwann verspürte Frank ein dringendes Bedürfnis, entschuldigte sich bei Silvia und verließ die Bar. Draußen traf er mit Ursel zusammen, die - was für ein Zufall - auch gerade das stille Örtchen hatte aufsuchen müssen.

"Herzlichen Glückwunsch", zischte sie ihn an. "Da hast du dir ja eine feine Lady an Land gezogen."

"Nicht wahr?", grinste Frank. "Ist sie nicht ein nettes Mädel? So jung, so knusprig, so frisch - direkt zum Anbeißen!"

"Beiß dir bloß nicht deine Zähne aus", spottete Ursel. "Diesem Blondchen sieht man doch auf hundert Meter an, was für eine sie ist."

"Eifersüchtig?", fragte er ironisch.

"Pah", machte sie verächtlich. "Auf die doch nicht. Wahrscheinlich wirst du bezahlen müssen, bevor du mit ihr ins Bett darfst."

"Also doch eifersüchtig", konstatierte Frank. "Aber keine Angst: Silvia ist ein Mädchen aus gutem Haus. Ihr Vater ist ein bekannter Architekt. Sie hat es mir selbst erzählt."

"Erzählen kann man viel", meinte Ursel. "Ich halte sie jedenfalls für eine Bordsteinschwalbe. Aber bitte: Das ist dein Bier! Mich geht es nichts an."

"Eben", sagte Frank. "Kümmere du dich lieber um deine beiden Jünglinge. Hast du dich schon entschieden, wen von ihnen du für diese Nacht erwählst? Oder nimmst du gleich beide?"

Ursel setzte erbost zu einer Antwort an, winkte dann aber ab, wandte sich um und ließ ihn stehen. Frank schüttelte den Kopf, murmelte sich etwas Unverständliches in den Bart und begab sich zu dem Ort, den er hatte aufsuchen wollen. - - -

Mitternacht war längst vorüber. Die wenigen Pärchen, die um diese Zeit in der Bar verblieben waren, hatten zur verträumten Musik, mit der der Barkeeper seine Gäste berieselte, zu tanzen begonnen. Ursel tat es abwechselnd mit ihren beiden Begleitern, Frank ohne Unterlass mit Silvia. Und er tanze, um Ursel zu ärgern, sehr eng. Es war eine glatte Unverschämtheit, wie er das Mädchen umfing; wie er seinen Körper gegen den ihren presste; wie er fast in sie hineinkroch.

Aber Silvia schien es zu genießen, kam ihm sogar bereitwillig entgegen. Sie hatte ihre Arme hinter seinem Nacken verschlungen und ihr Köpfchen an seine breite Brust gebettet. Ihre Wangen glühten, und ihre Augen glänzten verräterisch. Man sah ihr förmlich an, dass sie bereit gewesen wäre, den Tanz in einem Bett fortzusetzen. Dort allerdings in liegender Position.

Dann aber trat etwas ein, das die beiden Standbluestänzer erbarmungslos von ihrer rosaroten Wolke herunterholte und die Tür zum siebenten Himmel ohne Rücksicht auf Verluste zuknallte.

Elvis schluchzte gerade sein berühmtes *Love me tender*. Ein

Lied, das Mädchenherzen zum Schmelzen bringt und Männerlenden zum... Aber lassen wir das. Jedenfalls stürmte ein Mann in die Bar, der in Größe und Ausmaßen an einen Kleiderschrank erinnerte. Herkules hätte wahrscheinlich keine Chance gegen ihn gehabt.

Der stiernackige Hüne blickte sich um, entdeckte Frank und Silvia und eilte zu ihnen. Ein böses Lächeln lag um seinen Lippen. Seine kalten Augen verschleuderten tödliche Blicke.

"Aha!", brüllte er. Im Lokal wurde es still. Selbst Elvis hüpfte aus der Schallplattenrille und brach sein Lied mit einem hässlich kratzenden Geräusch ab. "Hier bist du also, du Schlampe!"

Frank und Silvia hatten, da sie intensiv mit sich selbst beschäftige waren, den schwarzhaarigen Riesen bis jetzt nicht bemerkt. Nun aber fuhren sie auseinander. Silvia stieß einen erschreckten Schrei aus, presste die Fäuste vor den Mund und starrte den lebenden Kleiderschrank am ganzen Leib vor Angst zitternd an.

"Du hast wohl geglaubt, du könntest dich klammheimlich verdrücken, was?", herrschte dieser sie an. "Nee, meine Liebe, mit mir nicht. Da musst du schon früher aufstehen. Denkst du vielleicht, ich verzichte auf mein bestes Pferdchen?"

"He, was soll das eigentlich?", mischte sich Frank ein, der nicht wusste, wie ihm geschah. "Dürfte ich vielleicht um eine Erklärung bitten?"

"Sie sollten sich besser raushalten", warnte der schwarze Riese. "Diese Sache geht nur Silvia und mich etwas an."

"Sind Sie ihr Mann?", fragte Frank, dem leicht mulmig in der Magengegend war. Wer legt sich schon gerne mit einer Art Herkules an?

"Nein, ihr Mann bin ich nicht", entgegnete der Hüne. "Nur so etwas Ähnliches. Würden Sie bitte verschwinden? Sie halten mich nur auf." Er wandte sich wieder an das Mädchen. "Und du packst jetzt auf dem schnellsten Weg deine Sachen zusammen. Ich nehme dich gleich mit. Durch deine unsinnige Flucht habe ich bereits zwei Tage verloren. Du wirst mir den Verdienstausfall ersetzen müssen."

"Ich komme nicht mit", widersprach Silvia tonlos. "Ich habe genug von dir und deinen rücksichtslosen Methoden. Schlag mich meinetwegen tot. Arbeiten werde ich jedenfalls nicht mehr für dich."

"Das wollen wir erst mal sehen", höhnte der Kleiderschrank. "Du weißt, dass mit mir nicht zu spaßen ist."

Er griff unsanft nach Silvias Handgelenk und versuchte, sie zum Ausgang zu zerren. Frank stellte sich ihnen in den Weg. Er war kreidebleich im Gesicht.

"Nehmen Sie Ihre Pfoten von der Dame", knirschte er. "Nehmen Sie sofort Ihre Pfoten von ihr!"

"Frank, spiele lieber nicht den Helden", mahnte Ursel, die unbemerkt näher gekommen war. Sie legte ihre Hand auf seinen Arm und fuhr in eindringlichem Ton fort: "Tu, was dieser Mann dir geraten hat: Halte dich aus dieser Angelegenheit heraus."

"Fällt mir nicht ein", erwiderte Frank trotzig. "Meinst du, ich sehe tatenlos zu, wie hier einer ein Mädchen gegen dessen Willen verschleppt?"

"Sie sollten mir besser aus dem Weg gehen, Sie Würstchen", grollte der Riese. "Ich sage es kein zweites Mal."

"Lassen Sie zuerst Silvia los", bestimmte Frank. "Sie haben doch gehört, dass sie nicht mit Ihnen kommen möchte; dass sie fertig ist mit Ihnen."

"Bumm!", machte es - und dann wurde es tiefe Nacht um ihn.

Als er wieder zu sich kam, lag er in seinem Bett. Ursel hockte neben ihm und presste ein rohes Stück feinster Lende auf sein rechtes Auge. Sein Kopf dröhnte, als würden ihn ein ganzes Heer von Düsenjets als Start- und Landebahn benutzen.

"Hallo", lächelte ihn Ursel an. "Es ist mir eine große Freude, dich wieder unter den Lebenden begrüßen zu dürfen. Wie fühlst du dich?

"Saumäßig!", stöhnte Frank wahrheitsgemäß und richtete sich ein wenig auf. "Danke, dass du dich um mich kümmerst."

"Einer musste es schließlich tun", sagte Ursel. "Obwohl du es eigentlich nicht verdient hast. Und ich gönne dir dein blaues Auge auch von ganzem Herzen. Man sollte sich eben nicht mit Dirnen und ihren Zuhältern einlassen."

"Woher hätte ich wissen sollen...", protestierte Frank schwach.

"Ich hatte dich gewarnt", unterbrach ihn Ursel. "Aber du wolltest ja nicht auf mich hören."

"Ich war halt wütend auf dich", gestand Frank leise. "Wütend und eifersüchtig."

"Dazu hattest du überhaupt keinen Grund", beteuerte Ursel. "Ich habe lediglich ein bisschen geflirtet. Mehr war nicht und mehr sollte auch nicht daraus werden. Ich weiß nämlich, wo für eine verheiratete Frau die Grenzen liegen. Du dagegen..." Sie winkte ab. "Deine Strafe hast du jedenfalls bekommen. Der Liebe Gott sieht eben doch alles." Sie nahm die Lende von seinem Auge, begutachtete die von der Faust des schwarzen Riesen getroffene Stelle und kicherte. "Gut schaust du aus. So richtig zum Verlieben."

"Du kannst dir deinen Spott ersparen", grollte Frank. "An meine Schmerzen denkst du wohl gar nicht?"

"Natürlich tu ich das", versicherte Ursel. "Hätte ich sonst für viel Geld dieses Lendensteak für dich erworben? Angeblich soll es das Beste sein, das man gegen ein blaues Auge tun kann."

"Ich wüsste etwas Besseres, mit dem du meine Schmerzen lindern könntest", grinste Frank.

"Und das wäre?"

Er griff nach ihrer Hand und führte sie an seine Lippen. "Du wärst dieses Bessere", sagte er. "Du ganz allein."

"Soll ich mich auf dein Auge setzen?"

"Auf's Auge nicht gerade."

"Glaubst du wirklich, damit könnte ich dir helfen?", erkundigte sie sich. "Bist du denn überhaupt schon wieder fit?"

"Dieser Bud-Spencer-Verschnitt hat mich am Auge getroffen", meinte Frank. "Alle anderen Körperteile sind heil. Sehr heil sogar."

"Also doch wieder im Bett", frotzelte sie und verzog das Gesicht. "Wie unromantisch."

"Heute leben wir im Ausnahmezustand", lächelte er. "Ab morgen schauen wir uns anderweitig um. Und wenn es neben dem Gipfelkreuz der Zugspitze wäre. Du sollst auf deine Kosten kommen. Ich schwöre es dir."

Er nahm ihr das Lendensteak ab, das sie noch immer in der Hand hielt, und legte es neben sich auf den Nachttisch. Dann zog er sie in seine Arme und küsste sie. Ihre Lippen wurden weich, und ihre Zunge feierte mit der seinen innige Vermählung.

"Ich liebe dich, kleines Mädchen", flüsterte er heiser, während er sie entkleidete und ihren herrlichen Körper mit seinen Händen zu erforschen begann. Ein anhaltender Schauer durchlief sie, von den Haarwurzeln abwärts bis in ihren Schoß. Seine Zunge verwöhnte jeden Zentimeter ihres erregten Leibes, der sich unter seinen Berührungen wie eine Schlange wand. "Ich liebe dich so sehr."

"Dann tu es doch endlich", stöhnte sie. "Lass mich dich spüren. Bitte, Frank, bitte! Ich verbrenne sonst."

Frank hatte eine Weile zu tun, bis er die Glut in ihrem Schoß gelöscht hatte. Schier unersättlich war sie. Immer und immer wieder drängte sie ihren Leib dem seinen entgegen, forderte sie ihn zum schönsten aller Spiele auf. Die ersten Strahlen der Morgensonne fielen bereits ins Zimmer, bis sie sich endlich voneinander zu lösen vermochten."

"Es war himmlisch", versicherte sie ihm und kuschelte sich erschöpft und glücklich an ihn. "Du warst stürmisch wie in alten Zeiten. Für was so ein Urlaub von der Ehe doch gut ist."

"Ganz bestimmt", grinste er. "Wir waren ja auch unheimlich lange getrennt, nicht wahr?"

"Fast einen ganzen Tag", seufzte sie. "Stell dir vor, ich wäre tatsächlich allein nach Mallorca geflogen. Nicht auszudenken."

"Es wäre schrecklich gewesen!"

"Ungeheuerlich!"

"Wahrscheinlich hätte ich es nicht überlebt."
"Das ist es, was ich befürchtet habe", neckte sie. "Konnte ich dich sterben lassen?"
"Ein furchtbarer Tod wäre es gewesen."
"Siehst du", lächelte sie. "Deshalb bin ich dir lieber nachgereist. Dabei hatte ich schon im Flugzeug gesessen. Mit Engelszungen musste ich die Stewardesse beschwatzen, mich wieder aussteigen zu lassen. Den ganzen Flugverkehr habe ich durcheinander gebracht. Und alles wegen meiner Sehnsucht nach dir."
"Wie lieb von dir", sagte er und küsste sie. "Eines verstehe ich allerdings nicht, Gnädigste: Warum hast du auf diesem Theater bestanden, dass ich deine wiedergefundene erste Liebe wäre?"
"Erstens entspricht es ja den Tatsachen", kicherte sie. "Du warst nun mal mein erster Mann und bist es bis heute geblieben. Und zweitens hat es mir riesigen Spaß gemacht, einmal in meinem Leben als verruchte Person angesehen zu werden, die sich den erstbesten Mann angelt; zumal du - und das fand ich lieb von dir - auf mein Spiel eingegangen bist und durch nichts zu erkennen gegeben hast, dass wir beide seit Jahren verheiratet sind."
"Es war ein gefährliches Spiel", sagte Frank. "Denke nur an meine blonde Bekannte von der Bar."
"Es hätte nichts passieren können", erwiderte sie. "Wenn dieser Herkules nicht aufgetaucht wäre, wäre ich es gewesen, die dir die Faust rechtzeitig auf das Auge geschmettert hätte. Für mich stand von Anfang an fest, dass wir beide die Nacht im selben Bett verbringen."
"Eingebildet bist du gar nicht", spöttelte er.
"Bin ich auch nicht", meinte sie. "Ich kenne nämlich meinen Mann. Oder hättest du es gewagt, unter meinen Augen mit dieser Blonden zu verschwinden?"
"Vermutlich nicht", räumte er ein.
"Na also", sagte sie befriedigt. "Auch ich hätte mich nicht getraut, mich mit einem anderen einzulassen. Dazu liebe ich dich nämlich immer noch viel zu sehr."

"Obwohl unsere Ehe eintönig und langweilig geworden ist?", erinnerte er sie an gewisse Aussagen, die sie vor gar nicht so langer Zeit getroffen hatte.

"War es nicht gut, dass wir uns endlich mal ausgesprochen hanen?", gab sie zurück. "Jetzt wissen wir wenigstens, was den einen am anderen stört und können es künftig ändern. Mit ein bisschen gutem Willen müsste dies doch möglich sein. Vergiss also dein Versprechen nicht!"

"Was habe ich denn versprochen?"

"Dass wir uns ab morgen nach anderen Liebesnestern umsehen."

"Soll das heißen, dass es dir hier im Bett nicht gefallen hat?" fragte er verwundert.

"Es hat mir gefallen", beteuerte sie. "Es war sogar einsame Spitze. Trotzdem möchte ich in den noch vor uns liegenden Tagen das Gefühl haben, Urlaub von der Ehe zu machen. Und wenn es mit dem eigenen Mann ist!"

Der Untergang des römischen Reiches
Schmunzelgeschichte

(Anm. Während ich heute meinen gesamten Schriftverkehr - auch dieses Buch hier - mit dem Computer erledige, hatte ich in den 80er Jahren zunächst eine mechanische, später eine elektrische Schreibmaschine. Machte man Fehler, ging man entweder mit Tipp-Ex ans Werk und korrigierte - oder man schrieb die ganze Seite gleich noch einmal neu. Heute kostet das lediglich ein paar Klicks - schon sind die Fehler beseitigt. Mit der Qualität einer Geschichte hat das allerdings nichts zu tun)

Die Schriftstellerei ist ein wunderbarer Beruf. Welch ein erhabenes Gefühl ist es, Tag für Tag vor der Schreibmaschine zu sitzen und leere weiße Blätter mit großartigen Ideen zu füllen, die irgendwelchen geheimnisvollen Windungen deiner grauen Gehirnzellen entsprungen sind. Du leidest und freust dich mit den Personen, die du geschaffen hast, du begleitest sie ein Stück ihres Lebensweges und kommst durch sie in fremde Länder, die du zuvor nie gesehen hast. Deine Phantasie macht es dir möglich.

Aber wie deprimierend ist es, wenn du tagelang vor deiner Schreibmaschine hockst, dieses hässliche Ungetüm finster anglotzt und dir einfach keine Ideen kommen wollen. Dann verflucht du den Tag, an dem du dich entschlossen hast, leere weiße Blätter mit göttlichen Einfällen zu füllen. Und dies hauptberuflich.

Ich habe zum Glück genügend Ideen. Meine Einfälle sprudeln nur so vom Hirn in die Maschine. Mein Kopf ist ein schier unerschöpflicher Quell phantasievoller Gedanken, heiterer Bonmots und immerwährender Geistesblitze.

So dachte ich jedenfalls.

Ich dachte es noch bis vor wenigen Tagen. Inzwischen hat man mich eines Besseren belehrt. Mittlerweile schaue ich mich verzweifelt nach einer geregelten Arbeit um, bin ich bereit, meinen

Schriftstellerberuf an den berühmten Nagel zu hängen.

Und das kam so:

Ich saß wie immer in meinem Büro, tippte die haarsträubenden Erlebnisse des weltbekannten Frauenarztes Professor Dr. Bonifatius Conradi in die Maschine und freute mich mit ihm, dass es ihm gelungen war, der unfruchtbaren Gräfin Verena von und zu Eisenstein doch noch zu einem Kind zu verhelfen. Da erschien meine Gnädigste auf der Bildfläche und mit ihr meine heulende Tochter Katrin.

"Hrrrm!", räusperte sich meine Gnädigste, als ich - fasziniert von den unglaublichen Abenteuern meines Helden - keine Anstalten machte, von meinem Manuskript aufzublicken und munter weiter in die Tasten hämmerte. "Könntest du uns für einen Moment deine geschätzte Aufmerksamkeit schenken?"

"Was gibt es?", fragte ich unwillig. "Wie ihr seht, habe ich zu arbeiten. Einer muss schließlich die Brötchen verdienen, die ihr morgens auf eurem Frühstückstisch haben wollt."

"Das ist hinreichend bekannt", erwiderte die Gnädigste. "Und wir schließen dich dafür auch jeden Abend in unser Abendgebet ein. Aber jetzt brauchen wir deine Hilfe. Nur du bist fähig, unser Problem zu lösen. Du bist das Genie der Familie - sozusagen das Hirn."

Ich kann es partout nicht leiden, wenn man mich bei der Arbeit stört. Diese Schmeicheleien versöhnten mich aber mit allem. Sie gingen mir runter wie Honig. Wer genießt es nicht, wenn die Familie seine Leistungen anerkennt? Also reckte ich mich stolz und erkundigte mich in erheblich freundlicherem Ton, um welche Art von Problemen es sich handelte.

"Katrin muss einen Aufsatz schreiben", erklärte die Gnädigste und knallte mir ein Schulheft auf den Schreibtisch. "Die Überschrift hat sie bereits, den Rest müsstest du dir einfallen lassen. Für was bist du Schriftsteller."

"Bestimmt nicht, um die Aufsätze meiner Tochter zu schreiben", knurrte ich. "Sie soll gefälligst selbst ihr Hirn anstrengen.

Ich musste es seinerzeit auch tun."

"Wääähhh!", heulte meine geliebte Tochter los und schmiegte sich in die Arme ihrer Mutter. "Wääääähhh!"

"Du bist ein Unmensch!", schimpfte meine Gnädigste und warf mir einen vernichtenden Blick zu. "Das arme Kind überlegt schon seit fast drei Stunden und kommt zu keinem befriedigenden Ergebnis. Gibt es bei dir nicht auch solche Tage, an denen dir nichts einfällt?"

"Natürlich", räumte ich ein. "Aber renn ich dann vielleicht zu Konsalik oder Simmel und lass mir von denen meine Romane schreiben?"

"Hihihi", kicherte meine Gnädigste bösartig. "Willst du dich vielleicht mit denen vergleichen? Jetzt hör bloß auf, sonst kriege ich Schreikrämpfe."

"Ich weiß, dass du nicht viel von meiner Kunst hältst", sagte ich beleidigt. "Aber für euren dämlichen Aufsatz bin ich euch gut genug, was?"

"Das wird sich herausstellen", meinte die Gnädigste. "Vermutlich traust du dich nicht, ihn zu schreiben. Du hast Angst, deine Tochter könnte eine schlechte Note bekommen, wenn sie ihn abgibt."

"Pah!", machte ich geringschätzig und von meiner Qualität überzeugt.

"Dann beweise, was du kannst", sagte die Gnädigste. "Beweise es!"

Ich nahm das Schulheft zur Hand und las die Überschrift, die meine Tochter bereits in ihrer krakeligen Schrift hineinfabriziert hatte. *"Die Kultur der alten Römer und ihr Einfluss auf die heutige Agrarwirtschaft."*

"Nun?", erkundigte sich die Gnädigste und hob gespannt ihre Augenbrauen.

"Eine Kleinigkeit", behauptete ich kühn. "In einer halben Stunde könnt ihr euch das Machwerk bei mir abholen. Das erledige ich doch mit links."

Zwei Stunden später stand noch keine Zeile auf dem Papier. Dabei hatte ich sämtliche schlauen Bücher zu Rat gezogen, die ich besaß. Keins von ihnen wusste Genaues über den Einfluss der römischen Kultur auf die heutige Agrarwirtschaft.

Gegen Mitternacht hatte ich mühsam eineinhalb Seiten gefüllt. Meine Tochter nahm sie mit müden Augen in Empfang und machte sich daran, sie abzuschreiben. Nicht mal *Danke* sagte sie. Durfte ich mehr erwarten?

Es war ein paar Tage später. Wieder tauchten Mutter und Tochter überraschend in meinem Büro auf. Wieder heulte die Tochter, als hätte man sie in siedendes Öl getaucht.

"Hier, du Genie!", tönte meine Gnädigste und warf mit der ganzen Verachtung, der sie fähig war, das bewusste Schulheft auf meinen Schreibtisch. "Du hast eine Sechs geschrieben! Thema verfehlt! Stil und Deutsch völlig ungenügend, von den geschichtlichen Tatsachen ganz zu schweigen. Du solltest dich als Müllkutscher bewerben!"

Tja, und seitdem schaue ich mich um, ob man irgendwo einen Müllkutscher sucht. Obwohl das natürlich ein sehr ehrenwerter Beruf ist. Und gar nicht mal so schlecht bezahlt. Besser jedenfalls als ein Schriftsteller, dem nichts einfällt.

Die Stimme aus dem Jenseits
Kurzkrimi

Es war ein langsamer Tod, mit dem der Immobilienmakler Roland Perschke seine Frau Yvonne vom Diesseits ins Jenseits beförderte. Dabei brannte es ihm unter den Nägeln, sie endlich loszuwerden. Er benötigte nämlich dringend ihr Geld, denn der Pleitegeier kreiste bereits seit einigen Wochen über seinem Haus und streckte gierig seine unersättlichen Krallen nach ihm aus.

Nun wird man sich fragen, warum Perschke sich nicht vertrauensvoll an seine Frau wandte und die zur Deckung seiner Schulden erforderliche Summe bei ihr borgte, über die sie ja offensichtlich verfügte?

Die Frage ist schnell beantwortet: Yvonne wusste nichts von den Verpflichtungen ihres Mannes, da es sich um Spiel- und Wettschulden handelte. Sie durfte nichts davon wissen, weil er ihr bei früherer Gelegenheit, als es ihm ähnlich ergangen war, hatte schwören müssen, nie mehr in seinem Leben zu spielen oder auf Pferde zu wetten. Damals hatte sie ihm aus der Patsche geholfen, ein zweites Mal würde sie es nicht mehr tun. Das hatte sie ihrerseits geschworen.

Ein weiterer Grund, Yvonne nicht ins Vertrauen zu ziehen, war der: Perschke machte sich nicht mehr sonderlich viel aus ihr und hatte sich längst eine Freundin zugelegt, die unbedingt die Nachfolgerin der jetzigen Frau Gemahlin werden wollte. Wie konnte sie das, wenn eine Scheidung mangels Masse nicht für ihn in Frage kam?

Warum Perschke seine Frau nicht mehr liebte, warum er ihrer überdrüssig war, blieb selbst ihm ein Rätsel. Sie zählte zu den Attraktivsten der Gattung Weib, war unter dem Künstlernamen Yvonne Clark eine weltberühmte Film- und Fernsehdarstellerin und strahlender Mittelpunkt jeder Gesellschaft. Er hätte stolz auf sie sein müssen, doch er verabscheute sie seit geraumer Zeit. Vielleicht lag es daran, dass sie in ihrem Beruf erfolgreicher war als er in seinem; denn während sie ein Vermögen auf ihrem Konto anhäufte, wurde der Saldo des seinen immer rot und röter.

Ausgleichen ließ sich das nicht, da sie bei ihrer Hochzeit aus verschiedenen Gründen strikte Gütertrennung vereinbart hatten. Erst nach ihrem Tod würde das Vermögen des einen dem anderen zufallen. So stand es in ihrem gemeinsamen Testament, das sie in glücklicheren Tagen aufgesetzt hatten, und von dem Yvonne immer öfter sprach, dass sie es zu Gunsten ihres Vaters ändern wollte. Weil ihr natürlich nicht entging, dass es mit ihrer Liebe nicht mehr weit her war und ihre Ehe sich vermutlich dem Aus näherte.

Bevor sie den Schritt, das Testament zu ändern, machen konnte, musste etwas unternommen werden, überlegte Perschke. Da Yvonne, in der Blüte ihrer Jugend stehend, freiwillig keine Anstalten machte, ihren Mann mit den Segnungen des Dokumentes zu beglücken, indem sie die Augen für immer schloss, beschloss er, dem ein wenig nachzuhelfen und sie zu beseitigen.

Digitalis ist ein aus dem Fingerhut gewonnenes Herzmittel, das bei falscher Anwendung zu Magenverstimmung, Erbrechen und Durchfall, später zum Herzstillstand führt. Hauptgrund für Perschke, es als Mordwaffe zu benutzen, aber war der: Es ließ sich im Körper des oder der Toten nicht nachweisen.

Yvonne begann also plötzlich zu kränkeln. Sie klagte über Magenbeschwerden, die immer heftiger wurden und sie letztlich sogar ans Bett fesselten.

Der Hausarzt diagnostizierte eine schwere Gastritis, ausgelöst durch den ständigen Stress, dem sich die junge Frau berufsbedingt aussetzte, und verschrieb ihr entsprechende Mittel. Sie halfen natürlich nicht. Yvonne siechte weiter dahin.

Auch die besten Spezialisten, die auf dringenden Wunsch ihres Vaters hinzugezogen wurden, fanden nicht des Rätsels Lösung. Yvonne starb. Die Obduktion ergab nichts, das auf einen gewaltsamen Tod schließen ließ.

"Ich weiß, dass Yvonnes Tod auf dein Konto geht", sagte ihr

Vater zu Perschke, als sie Seite an Seite den Friedhof verließen. "Sie ist keines natürlichen Todes gestorben, da bin ich mir völlig sicher."

"Du redest Unsinn, lieber Schwiegerpapa", erwiderte Perschke. "Yvonnes früher Tod hat dir die Sinne verwirrt., deshalb will ich dir deine infame Unterstellung verzeihen. Habe ich nicht selbst die Obduktion angeordnet? Hätte ich es getan, wenn ich ein schlechtes Gewissen hätte?"

Yvonnes Vater kniff die Lippen zusammen, maß seinen Schwiegersohn mit einem hasserfüllten Blick und eilte ohne Gruß davon. Perschke schaute ihm mit einem geringschätzigen Lächeln hinterher.

Kurz darauf erbte Perschke Yvonnes Millionenvermögen, bezahlte seine immensen Schulden und nahm, nachdem er anstandshalber sechs Wochen gewartet und den trauernden Witwer gespielt hatte, seine Geliebte zu sich ins Haus.

Am gleichen Abend begannen die mysteriösen Telefonanrufe, die den Immobilienmakler letztlich fast in den Wahnsinn trieben.

Es war kurz nach Mitternacht, als das Telefon klingelte. Perschke, der mit seiner Freundin vor dem Fernseher hockte und sich einen Krimi anschaute, erhob sich fluchend, tappte in den Flur, wo der Apparat stand, und meldete sich.

"Du gemeiner Mörder!", sagte eine weibliche Stimme, die Perschke, während ihm das Blut in den Adern zu Eis zu gefrieren schien, unschwer als die seiner verstorbenen Frau identifizierte. "Du hundsgemeiner Mörder!"

"Wer... wer spricht da?", stotterte Perschke starr vor Schrecken.

"Erkennst du mich nicht?", fragte Yvonnes Stimme. "Ich bin es - deine Frau."

"Hören Sie", keuchte Perschke und wischte sich mit dem Handrücken den Schweiß von der Stirn. "Wenn das ein Scherz sein soll, ist es ein verdammt schlechter. Meine Frau ist tot."

Yvonne lachte. Es war das glockenhelle Lachen, das er einmal so sehr geliebt hatte. Heute jagte es ihm einen eiskalten Schauer den Rücken hinunter.

"Du armer Irrer", sagte Yvonne höhnisch. "Hast geglaubt, mich für alle Zeiten los zu sein, was? Irrtum, mein Lieber. Du bist mich nicht los. Meine Rache wird dich ein Leben lang verfolgen. Sie wird dich verfolgen, bis du da bist, wo ich bin."

Danach wurde aufgelegt. Und von nun an erfolgten diese ominösen Anrufe Tag für Tag, Nacht für Nacht. Sie erreichten ihn zu Hause, in seinem Büro und per Autotelefon, aber nie zu einer bestimmten Zeit, so dass er immer wieder darauf hereinfiel und abnahm.

Nach acht Tagen war Perschke nur noch ein Nervenbündel, wagte aber nicht, die Polizei einzuschalten. Selbst seine Geliebte weihte er nicht in sein schreckliches Geheimnis ein. Keiner sollte auf die Idee kommen, er könne tatsächlich etwas mit dem Ableben seiner Frau zu tun haben.

"Du bist tot!", brüllte er nach zwölf Tagen in den Telefonhörer. "Warum lässt du mir nicht meinen Frieden, du Scheusal?"

"Meinen Körper hast du zwar getötet", kicherte Yvonne, "meinen Geist nicht. Der lebt nach wie vor."

"Es gibt keine Geister", stöhnte Perschke. "Es gibt sie nur in Schauermärchen und Gruselfilmen."

"Wenn du willst, treffen wir uns um Mitternacht auf dem Friedhof", schlug Yvonne vor.

"Das schaffe ich nicht", schrie Perschke. "Dazu müsste ich wie ein Irrer rasen."

"Komm!" lockte Yvonne. "Komm, du Mörder." Dann legte sie auf.

Und Perschke raste wie ein Irrer. Angstschweiß stand ihm auf der Stirn. Wie von Sinnen war er. Seine feuchten Hände vermochten kaum das Lenkrad festzuhalten. Yvonne sollte er sehen! Yvonne, die er eigenhändig umgebracht hatte. Das war der helle Wahnsinn!

Etwas zweihundert Meter vor dem Friedhof, in einer steilen Kurve, passierte es. Eine Ölspur war auf der Straße. Perschke vermochte seinen Wagen nicht mehr zu halten, kam von der Fahrbahn ab und knallte gegen einen Baum. Er hörte den Schlag nicht mehr. - - -

"Das war`s", sagte Yvonnes Vater, als er die Nachricht vom Tod des Immobilienmaklers in der Zeitung las. "Jetzt kannst du in Frieden ruhen, mein Töchterchen. Ich brauche das Tonband mit deiner geliebten Stimme, das ich aus verschiedenen deiner Filme zusammengeschnitten habe, nicht mehr zu bemühen. Du bist gerächt!"

Das ewige Lied der Liebe
Liebesroman
erstmals erschienen in ROMANWOCHE

Frank Gerhold hockte an der Bar des Hotels *Bergland* und starrte nachdenklich auf das hübsche Mädchen mit den langen blonden Locken, das ihm gegenüber auf der anderen Seite des Tresens saß und sich angeregt mit einigen jungen Männern unterhielt. Deren glänzende Augen verrieten, dass sie allesamt in das schöne Kind verliebt waren.

Was kein Wunder war, wie Frank fast ein wenig eifersüchtig zugeben musste. Dieses Mädchen war ohne Zweifel bildhübsch. Etwa achtzehn Jahre alt, mittelgroß, mit einem Körper von zarter Schlankheit, aber an den richtigen Stellen weiblich-wohlproportioniert.

Das Mädchen hatte große, sprechende Augen, deren Farbe an einen klaren, grünlich schimmernden Bergsee erinnerten. Sie waren von langen, dunkelblonden Wimpern überschattet. Ihre zierliche Nase, deren Haut sich bei jedem Lachen über der Wurzel lustig kräuselte, und ihr Mund mit den vollen, sinnlichen Lippen verliehen ihrem Gesicht ein überaus angenehmes Aussehen.

Frank beobachtete das Mädchen bereits seit ein paar Tagen. Schon am ersten Tag seines Urlaubs, der er im engen Tal von St. Annen mit Ausruhen und Wandern verbringen wollte, war sie ihm aufgefallen. Irgend etwas an ihrem Benehmen, ihrem Lachen, ihrer ganzen Erscheinung war ihm so vertraut vorgekommen, hatte ihn an eine längst vergessen geglaubte Romanze erinnert, die viele Jahre zurücklag.

Susanne hatte das Mädchen geheißen. Susanne Löser. Sie war seine erste große Liebe gewesen. Und er die ihre. Wunderschöne Wochen hatten sie damals miteinander verlebt. Stunden voller Liebe und Zärtlichkeit. Nie hatten sie sich trennen wollen. Ewige Treue hatten sie sich geschworen. Und doch war alles anders gekommen.

Warum eigentlich?

Ein ganz dummer Grund war es gewesen, der sie für immer auseinandergerissen hatte. Eine wirklich idiotische Geschichte. Frank schüttelte im nachhinein noch den Kopf, wenn er daran dachte.

Kurz vor Weihnachten war es gewesen. Frank war nach Frankfurt gefahren, um einige Einkäufe zu machen. Mit Susanne hatte er sich für diesen Tag nicht verabredet. Er war stundenlang die *Zeil* entlang gerannt und hatte dies und das besorgt. Plötzlich hatte er *sie* gesehen. Sein Mädchen. Mit einem anderen Mann. Und sie hatten sich offensichtlich blendend verstanden und sogar an den Händen gehalten. Ein Liebespaar, ohne Zweifel. Es war ihm vorgekommen, als schütte ihm einer einen Eimer eiskaltes Wasser über den Kopf.

Da es ihm ungeheuer peinlich gewesen wäre, Susanne gerade jetzt Auge in Auge gegenüberstehen zu müssen, war er ihr aus dem Weg gegangen und hatte sich in der Menge versteckt.

Später hatte er sie dann natürlich zur Rede gestellt und ihr die bitterste Vorwürfe gemacht. Daraufhin war sie sehr böse geworden und hatte ihm vorgehalten, er würde ihr nicht vertrauen. Und ohne Vertrauen gäbe es keine Liebe.

Tja, und nun hatte ein Wort das andere ergeben. Es war zu einem hässlichen Streit gekommen, der letztlich zum Bruch geführt hatte. Er war wütend fortgerannt und hatte nie mehr etwas von ihr gehört.

Nein, falsch: Er hatte irgendwann doch noch mal etwas von ihr gehört. Es hatte sich nämlich herausgestellt, dass dieser Mann, mit dem er sie gesehen hatte, ihr Cousin gewesen war. Sie hatte ihn, weil er die gleiche Figur wie Frank besaß, in die Stadt geschleppt, um für diesen etwas zum Anziehen zu kaufen. Der gutmütige Cousin hatte anstelle Franks anprobieren müssen. Ein Weihnachtsgeschenk, das eine Überraschung hätte werden sollen. Frank hatte es nie bekommen.

"Eigentlich schade", dachte er wehmütig. "Warum bin ich nur

nicht zu ihr gegangen und habe mich für mein Verhalten entschuldigt, nachdem ich die Wahrheit erfahren hatte?"

"Mein Trotz war daran Schuld gewesen", gab er sich selbst die Antwort, "und mein schlechtes Gewissen. Hatte ich mir nicht, kurz nachdem ich sie erwischt zu haben glaubte, eine neue Freundin zugelegt? Musste ich nicht damit rechnen, dass Susanne mich in hohem Bogen hinauswarf, wenn ich unter diesen Voraussetzun-gen zu ihr gekommen wäre?"

Frank steckte sich eine Zigarette an, nahm einen tiefen Zug und blies den Rauch in kleinen Kringeln an die Decke.

"Vergessen habe ich sie eigentlich nie", überlegte er dabei. und lächelte versonnen. "Warum sonst bin ich Junggeselle geblieben? Chancen, eine Frau für's Leben zu finden, hatte ich genug. Sooo schlecht sehe ich nun auch wieder nicht aus. Aber was hat mich immer zögern lassen, das alles entscheidende Wort auszusprechen? War es nicht die Erinnerung an Susanne? Habe ich nicht nach einem Mädchen Ausschau gehalten, das ihr ähnlich war? Ich habe es nie gefunden."

Frank seufzte, trank sein Glas leer und bestellte sich ein neues. Wieder schielte er nach dem fremden Mädchen, das eine Schwester seiner Susanne hätte sein können. Ihr helles Lachen klang bis zu ihm herüber.

"Idiot!", raunte ihm eine innere Stimme zu. "Schlag dir diesen Gedanken gleich wieder aus deinem Kopf. Dieses Mädchen da drüben ist nichts für dich. Sie könnte deine Tochter sein."

"Ist sie aber nicht", gab er trotzig zurück.

"In einem Vierteljahr wirst du vierzig", erinnerte ihn die Stimme an die bittere Realität. "Sie würde dich auslachen, wenn du versuchen solltest, dich an sie heranzumachen. Opa wird sie dich nennen. Die kalte Schulter wird sie dir zeigen. Du bist nun mal nicht ihre Altersklasse, mein Freund."

Frank reckt sich. „Das käme auf einen Versuch an", murmelte er. In diesem Augenblick schaute das Mädchen zu ihm herüber. Sie blinzelte ihm zu und gab ihm durch verstohlen-komische

Gesten zu verstehen, dass ihr ihre Begleiter offenbar gewaltig auf den Geist gingen.

"Na also", sagte Frank zu seiner inneren Stimme. "Du hast dich getäuscht, meine Liebe. Sie scheint Interesse für mich zu haben." Er nahm noch einen Schluck aus seinem Glas, schwang sich von seinem Barhocker und trat zu ihr und ihren Begleitern.

„Würden die Herren mir gestatten, die junge Dame mal zum Tanzen aufzufordern?", erkundigte er sich und versprühte dabei pfundweise seinen männlichen Charme.

Die angesprochenen Herren blickten ihn an, als habe er sie soeben zum Duell gefordert. Ihre Mienen verfinsterten sich, ihre Haltung wurde drohend. Da die junge Dame sich aber von ihrem Platz erhob und lächelnd ihr Einverständnis erklärte, wagten sie keinen Widerspruch und fügten sich ins Unvermeidliche.

„Ich danke Ihnen", sagte das Mädchen leise, während es Frank zur Tanzfläche folgte. „Sie sind mein Retter in der Not. Diese Grünschnäbel da meinen nämlich, sie wären die Größten. Sie bilden sich ein, sie brauchten nur mit den Fingern zu schnippen, und ein Mädchen würde all seine guten Vorsätze vergessen. Ätzend ist das."

Frank lachte. „Es ist mir ein Vergnügen, Ihnen aus der Patsche helfen zu dürfen, Fräulein…?"

„Cathrin", stellte sich das Mädchen vor. „Sagen Sie einfach Cathrin zu mir."

„Und ich heiße Frank"

„Okay, Frank"

Der Diskjockey hatte ein langsames Oldie aufgelegt. Ein romantisches Lied mit viel Melodie, die von einer einschmeichelnden Stimme und einem Meer von schluchzenden Geigen getragen wurde. Musik zum Träumen und Verlieben.

Wie eine Feder lag Cathrin in Franks Armen. Ein betörender Duft ging von ihr aus. Sie hatte die Augen geschlossen und ihr Köpfchen an seine Brust geschmiegt. Ein geheimnisvolles Lächeln lag auf ihren Lippen.

Frank genoss es sichtlich, mit dem Mädchen zu tanzen. Ein lange nicht gekanntes Glücksgefühl hatte in seinem Herzen Einzug gehalten und verführte es zu aufgeregtem Klopfen, das er bis in die Schläfen hinauf zu spüren glaubte.

"Es ist wie damals", dachte er beseligt. "Auch Susannes weiche Konturen versetzten meine Sinne in einen wahren Taumel. Bei diesem Mädchen ist es nicht anders. Die Vergangenheit scheint mit ihr zurückgekehrt zu sein. Susanne!"

„Was denken Sie gerade?", fragte sie und blickte ihn aus halb geschlossenen Augenlidern schräg von unten lächelnd an.

„Ich träume", erwiderte er.

„Ihrem Gesichtsausdruck nach muss es ein schöner Traum sein", stellte sie fest.

„Ist es auch", sagte er. „Ein sehr schöner Traum."

„Komm ich darin vor?", erkundigte sie sich keck.

„Vielleicht", wich er aus. „Man soll über Träume nicht sprechen , sonst gehen sie nicht in Erfüllung."

„Sollten sie das denn?"

„Ich würde es mir wünschen", gab er zurück und wusste nicht so recht, ob er mit diesem Wunsch den Namen Susanne oder Cathrin verband. Für ihn schienen beide in diesem Augenblick ein und dieselbe Person zu sein.

Dann war der Tanz auch schon zu Ende. Statt zärtlicher Musik schickte der DJ eine knallharte Rocknummer auf die Tanzfläche. Die Spotlights begannen im Rhythmus der Musik zu zucken. Alle Romantik verflog.

„Lassen Sie mich jetzt nur nicht im Stich", bat Cathrin eindringlich. „Ich verspüre nämlich wenig Lust, zu meinen aufdringlichen Verehrern, zu diesen Westentaschencasanovas zurückzukehren."

„Ich wollte Sie gerade bitten, sich zu mir zu setzen", beteuerte Frank.

„Also nicht mehr tanzen?"

Frank schüttelte den Kopf. „Dieser Rhythmus ist nichts mehr für mein altersschwaches Herz", meinte er.

Sie bedachte ihn mit einem amüsierten Blick. „Fishing for compliments, was?"

Frank hob entrüstet die Hände. „Um Gottes willen!", rief er. „Ich weiß selbst, wie viele Jährchen ich auf dem Buckel habe."

„Wie viele sind es denn?"

„Bald vierzig", gestand er zerknirscht.

„So alt schon?", kicherte sie. „Ich hätte Sie höchstens für achtunddreißig gehalten."

„Vielen Dank", knurrte er und spielte den Beleidigten.

Cathrin legte lachend ihre Hand auf seinen Arm. „Nicht böse sein", bat sie. „Es war ja nur ein Scherz."

„Ich weiß", entgegnete er und grinste sie vergnügt an. „Aber Männer in meinem Alter reagieren nun mal säuerlich, wenn hübsche Mädchen wie Sie solche Bemerkungen loslassen."

„Es wird nie wieder vorkommen", schwor sie.

Unterdessen waren sie zu Franks Platz zurückgegangen und hatten sich nebeneinander am Tresen niedergelassen. Cathrin würdigte ihre früheren Gesellschafter keines Blickes mehr. Diese bezahlten denn auch bald und verließen zähneknirschend die Bar. Sie hatten sich den Ablauf des Abends sicher anders vorgestellt. Und nun kam ihnen dieser alte Knacker da in die Quere…! Aber was sollte das? Auch andere Mütter hatten hübsche Töchter.

„Die wären wir los", seufzte Cathrin erleichtert, nachdem sie verschwunden waren. „Des Rest des Abends gehört uns allein."

„Ist Ihnen denn so viel daran gelegen?", wunderte sich Frank.

„O ja", versicherte sie. „Ich hatte schon immer eine Schwäche für etwas ältere Herren, womit ich um Gottes willen nicht wieder auf Ihr Greisenalter anspielen möchte."

„Ich habe Sie schon verstanden", lächelte Frank. „Außerdem komme ich mir in Ihrer Gesellschaft ohnehin tausend Jahre jünger vor."

Es wurde ein reizender Abend, den die beiden verbrachten. Sie hatten sich viel zu erzählen, tanzten hin und wieder und amüsierten sich köstlich.

So erfuhr Frank denn auch, dass sie mit vollem Namen Cathrin Milde hieß, wie er in der Gegend um Frankfurt zu Hause war und gerade eine Banklehre abgeschlossen hatte. Mit mehr oder weniger großem Erfolg, wie sie schmunzelnd zugab. Jedenfalls verbrachte sie gerade ihren Jahresurlaub in St. Annen und erholte sich von den harten Prüfungstagen.

Gegen Mitternacht meinte sie, es wäre nun an der Zeit, ins Bett zu gehen. Am anderen Morgen wollte sie beizeiten aufstehen, um eine Bergtour auf den etwa zweitausend Meter hohen Rotschroffen zu unternehmen. Als Frank ihr anbot, sie bei dieser anstrengenden Wanderung zu begleiten, willigte sie gerne ein. Und sie gestattete ihm auch, sie bis zu ihrer Zimmertür zu bringen.

„Bis hierhin und nicht weiter", lächelte sie, als sie davor standen.

„Erlauben Sie mal", tat er gekränkt. „Ich bin schließlich keiner von Ihren Bübchen, die gleich am ersten Abend alles erwarten."

„Und wie sieht es am zweiten aus?", neckte sie ihn spöttisch.

„Darüber wollen wir uns heute noch keine Gedanken machen", gab er zurück und reichte ihr die Hand. „Gute Nacht, Cathrin. Danke für den netten Abend."

„Küssen dürfen Sie mich", meinte sie leise. „Zum Beispiel auf die Wange."

„Zum Beispiel?" Mit einer Behutsamkeit, die fast schon körperlich weh tat, nahm er ihr Köpfchen zwischen seine Hände und küsste sie überaus zärtlich auf ihre blühenden Lippen.

„Uijuijui!", schnaufte sie und machte sich schnell von ihm los. „Ich wusste gar nicht, dass da meine Wangen liegen. Gute Nacht, Frank." Sie öffnete schnell die Tür und huschte ins Zimmer. Ein zarter Windhauch war das letzte, was ihm von ihr blieb.

„Schlaf gut, du kleine Hexe", murmelte Frank, während er sich umwandte und zum Lift ging, der ihn hinauf zu seinem Zimmer bringen sollte. „Und eine Hexe bist du, denn du hast mein Herz ganz schön verzaubert."

*

Es versprach ein herrlicher Tag zu werden. Die Sonne lachte von einem tiefblauen Himmel, an dem sich kleine weiße Wölkchen wie verlorene Schäfchen tummelten. Munteres Vogel-gezwitscher erfüllte die Luft.

Kurz nach sechs machten sich Cathrin und ihr Begleiter auf den Weg. Es war noch recht frisch um diese Zeit, man konnte eine Jacke gut vertragen. Wie im Sonnenschein glitzernde Glasperlen hingen die Tautropfen an Gräsern und Blumen. Die Wiesen schienen zu dampfen.

Beide Wanderer waren ihrem Vorhaben entsprechend gekleidet. Sie trugen Kniebundhosen, rote wollenen Strümpfe und feste Schuhe. Frank hatte einen Rucksack auf dem Buckel, in dem sie einige belegte Brote und Getränkedosen verstaut hatten, Ihre Laune war bestens.

Der Weg zum Gipfel des Rotschroffen war gut markiert. Sie konnten ihn nicht verfehlen. Nachdem sie das malerische Dorf mit seiner mittelalterlichen Kirche hinter sich gelassen und mit strammen Schritt eine Wiese überquert hatten, begann der Aufstieg. Es ging ziemlich steil nach oben.

Frank hatte große Mühe, mit der um so viele Jahre jüngeren, sportlichen Cathrin mitzuhalten, die wie eine Gämse kletterte und kaum Atembeschwerden hatte. Er dagegen schnaufte bald wie eine altersschwache Lokomotive. Jede Zigarette, die er am Abend zuvor geraucht hatte, machte sich plötzlich bemerkbar. Der Schweiß lief ihm in Bächen über die Stirn. Sein Gesicht nahm die Farbe einer überreifen Tomate an.

„Ginge es vielleicht eine Idee langsamer?", keuchte er, nachdem sie eine knappe Stunde gelaufen waren. Und weil das unter Bergkameraden so üblich war, ging er unvermittelt zum Du über. „Oder möchtest du unbedingt einen neuen Rekord aufstellen? Dann müsstest du allerdings auf meine Begleitung verzichten. Ein alter Mann ist schließlich kein D-Zug!"

„Okay, Opi", lachte Cathrin vergnügt. „Marschieren wir halt langsamer. Wir haben ja Zeit, nicht wahr?"

Das Mädchen hielt sich an sein Versprechen und setzte das Tempo herab. Nach einer weiteren Stunde hatten sie die Baumgrenze erreicht. Die Vegetation wurde spärlicher. Neben hartem, sauren Gras säumten einzelne von Sturm und Wetter zerzauste Legföhren und Zirbelkiefern, in kargen Erdkrusten zwischen Felsrippen stehend, den steinigen Weg. Murmeltiere, die hier oben hausten, pfiffen sich bei ihrem Erscheinen eine Warnung zu und machten, dass sie in ihren Löchern verschwanden, um kurz danach wieder vorsichtig herauszulugen.

Die beiden Gipfelstürmer hielten es an der Zeit, eine kleine Rast einzulegen. Sie ließen sich auf einem schmalen Felsvorsprung nieder und packten ihren Rucksack aus, um sich einen Teil ihrer Brote und Getränke schmecken zu lassen. Den Rest wollten sie für den Mittag aufheben. Es gab zwar eine Hütte auf dem Rotschroffen, aber leider war sie nicht bewirtschaftet. Die Wanderer mussten selbst für ihre Verpflegung sorgen.

Nach einer halben Stunde ging es weiter. Der Weg, kaum noch als solcher zu erkennen, wurde noch steiler, rutschiger. Nur die mit weißer Farbe auf den nackten Fels gepinselten Markierungen zeigten ihnen, dass sie sich auf dem richtigen befanden.

Frank warf einen besorgten Blick zum Himmel. Das Wetter hatte sich in der letzten Stunde merklich verschlechtert. Düstere Wolken hatten sich vor die Sonne geschoben. Wolken, die fast zu ihnen herunterreichten. Starker Wind war aufgekommen. Es roch förmlich nach einem Gewitter.

„Cathrin, wir sollten besser umkehren", mahnte Frank endlich. „Was sich da oben tut, gefällt mir gar nicht."

„Ach was", tat das Mädchen seine Sorge mit einer geringschätzigen Handbewegung ab. „Das geht bald wieder vorüber. Notfalls können wir uns ja in der Hütte unterstellen. Wäre doch romantisch - oder? Wir beide allein in dieser Hütte."

„Na du, ich weiß nicht", entgegnete Frank unsicher.
„Hast du Angst vor mir?", spöttelte sie.
„Unsinn", widersprach er. „Ich habe nur Angst vor dem Wetter. Wir beide sind schließlich keine erfahrenen Bergsteiger."
„Wir schaffen das schon", meinte das Mädchen zuversichtlich.
Also kletterten sie weiter. Der Aufstieg wurde zur Strapaze. Der Weg kaum noch einen halben Meter breit. Rechts führte eine rissige Felswand steil nach oben, links war schwindelerregender Abgrund.

Und dann brach es los. Der Wind wurde zum Orkan. Wolken hüllten sie ein. Blitze zuckten vom Himmel, denen krachender Donner folge. Eiskalter Regen prasselte auf sie herab. Die Natur begann mit Urgewalt zu toben.

„Weiter!", schrie Frank mit sich überschlagender Stimme. „Wir müssen die Hütte erreichen. Es kann nicht mehr weit sein."

Sie hangelten sich am Felsen entlang. Jeder falsche Schritt konnte ihren Tod bedeuten. Nackte Angst würgte sie in ihren Kehlen. Und um sie herum ein Inferno.

Irgendwie schafften sie es. Irgendwie erreichten sie die rettende Hütte. Nass bis auf die Haut und vor Kälte zitternd taumelten sie hinein.

Es war ein einfaches, aus rohen Balken gezimmertes Blockhaus. Die Einrichtung war denkbar primitiv. In der Mitte des Raumes standen ein Tisch und mehrere Stühle. Ringsum an den Wänden lagen Matratzen mit Wolldecken. Gleich neben der Tür gab es einen gusseisernen Ofen. Und es gab Brennholz.

„Zieh dich aus und wickle dich in eine Decke", befahl Frank. „Ich stecke unterdessen den Ofen an und sorge dafür, dass es warm wird."

„Du darfst aber nicht gucken", schnatterte Cathrin.

„Ich habe jetzt bestimmt andere Sorgen, als mir eine nackte Frau zu betrachten", entgegnete Frank. „Später lässt sich eher darüber reden."

Während das Mädchen sich entkleidete, wobei es ihm keusch

den Rücken zuwandte, brachte Frank den Ofen zum Brennen. Bald flackerte ein lustiges Feuer und verbreitete eine angenehme Wärme.

Jetzt schlüpfte auch Frank aus seinen Klamotten, hing sie, wie Cathrin zuvor auch, über einen Stuhl und rückte diesen in die Nähe des Ofens, damit sie trockneten.

„Und jetzt kommt die Romantik, von der du vorhin gesprochen hast", grinste Frank und trat zu dem Mädchen, das sich auf einer der Matratzen niedergelassen hatte und ihn mit scheuen, fast ein wenig ängstlichen Augen entgegenblickte. „Du hast doch davon gesprochen - oder?"

„Ja, schon", piepste sie und hüllte sich noch fester in ihre Decke. Sie zitterte am ganzen Körper. „Aber jetzt ist es doch et-was ganz anderes."

„So, ist es das?", lächelte er.

Er setzte sich neben sie auf die Matratze und legte seinen Arm um ihre bebenden Schultern. Als seine Lippen ihren süßen Mund suchten, drehte sie den Kopf zur Seite.

„Bitte nicht", wisperte sie. „Ich... ich hatte noch nie etwas mit einem Mann."

„Dann wird es aber höchste Zeit", meinte er amüsiert. „Besser ein erfahrener wie ich als einer deiner grünen Jünglinge."

„Ich möchte es aber nicht", flüsterte sie. „Ich könnte Susanne nicht mehr in die Augen sehen."

„Susanne?" Frank war es, als schlüge ihm einer einen Holzhammer auf den Kopf. „Wer... wer ist Susanne?"

„Sie ist meine Mutter", erklärte das Mädchen. „Ich nenne sie beim Vornamen, weil sie gleichzeitig auch meine beste Freundin ist."

Frank nahm seinen Arm von Cathrins Schulter und rückte ein wenig von ihr ab. „Deine Mutter heißt Susanne?", wiederholte er. „Und weiter?"

„Milde natürlich", erwiderte Cathrin.

„Und wie hat sie vorher geheißen?", fragte Frank heiser.

„Vorher hieß sie Löser", antwortete das Mädchen.

„O Gott!" Frank griff sich mit beiden Händen an den Kopf. „O Gott!"

„Was hast du?", erkundigte sich Cathrin verwundert.

Frank starrte sie mit brennenden Augen an. „Wie alt bist du?"

„Achtzehn. Das habe ich dir doch schon gestern erzählt."

Frank sprang auf und lief wie ein gehetztes Tier in der Hütte auf und ab. „Achtzehn!", murmelte er erschlagen. „Natürlich achtzehn. Als ob ich es geahnt hätte. Es kommt genau hin. Da muss man nicht mal ein Rechenkünstler sein."

„Was kommt genau hin?", fragte das Mädchen verständnislos. „Du redest ständig wirres Zeug, bist nervös, läufst hier wie wild herum. Was ist plötzlich los mit dir? Und was soll das? 'Man muss nicht mal ein Rechenkünstler sein?'"

„Das kann ich dir jetzt nicht erklären", erwiderte Frank. übernervös. „Erst muss ich Gewissheit haben. Deshalb fahren wir morgen früh zu deiner Mutter."

„Aber wieso denn das?" Sie schaute ihn mit großen Augen an.

„Auch das wirst du morgen erfahren", sagte Frank dumpf.

Nach einer Stunde war das Unwetter vorüber. Frank und Cathrin schlüpften in ihre halbwegs getrockneten Kleider und machten sich an den Abstieg.

Frank war schweigsam geworden. Cathrin brachte kaum noch ein Wort aus ihm heraus. Die einzige Antwort, die sie auf ihre neugierigen Fragen bekam, war ein unwilliges Knurren. Da gab sie es schließlich auf und ließ ihm seine Ruhe.

*

Cathrin wohnte in Mainstetten, einem kleinen Dorf in der Nähe Frankfurts. Das hübsche Haus ihrer Eltern, das mitten in einem gepflegten Garten stand, befand sich im Neubaugebiet am Ortsrand. Es war nicht besonders groß, dennoch war es der ganze Stolz seiner Besitzer.

Frank und das Mädchen kamen gegen Mittag in Mainstetten an. Die Fahrt nach hier war ziemlich einsilbig verlaufen. Einsilbig wie der vergangene Abend, an dem sie sich bald getrennt hatten. Frank hatte während der Fahrt eine Zigarette nach der anderen geraucht. Die leisen Zischgeräusche, die er dabei von sich gab, waren eigentlich das einzige, was das Mädchen von ihm zu hören bekam. So war sie mittlerweile sehr enttäuscht von ihrem Bekannten und sagte sich, dass er wohl doch nicht der Richtige für sie war.

„So, da wären wir", sagte sie verdrießlich, als sie vor ihrem Elternhaus anhielten. „Wenn ich nur wüsste, was das alles zu bedeuten hat?"

„Das weiß ich selbst noch nicht genau", ließ Frank sich endlich zu einer Antwort herab. „Ich hoffe aber, es bald zu erfahren."

Obwohl er sich äußerlich gelassen gab, klopfte sein Herz zum Zerspringen. Er fühlte sich elend. Seine Kehle war wie ausgedörrt, seine Hände waren schweißnass. Sie zitterten vor innerer Erregung.

„Gehen wir", sagte er und öffnete die Wagentür. „Bringen wir es hinter uns."

Cathrin kicherte. „Du sprichst, als befändest du dich auf dem Weg zum Schafott."

„So ähnlich ist mir auch zumute", sagte Frank matt.

„Paps wird aber nicht zu Hause sein", argwöhnte Cathrin, während sie über einen Waschbetonweg zur Haustür gingen. „Er ist um diese Zeit noch in seiner Firma."

„Um ihn geht es mir auch am allerwenigsten", entgegnete Frank. „Vielleicht ist es sogar besser, wenn er nicht da ist."

Da Cathrin ihren Haustürschlüssel in St. Annen vergessen hatte, mussten sie klingeln. Franks Unruhe steigerte sich ins Unermessliche. Gleich würde er seiner geliebten Susanne gegenüberstehen; denn dass er sie immer noch liebte, war ihm in den letzten Stunden klarer denn je geworden.

Aber was nützte ihn seine Liebe letztlich? Nichts nützte sie ihm. Sie hatte einen anderen geheiratet, hatte ihn vergessen. Trotzdem wollte er von ihr Klarheit verlangen; die Gewissheit, ob er Cathrins Vater war.

Endlich wurde die Tür geöffnet. Susanne selbst tat es. Seine Susanne, die er wegen eines lächerlichen Missverständnisses verlassen hatte. Sie war noch schöner geworden in den vergangenen Jahren. Älter zwar, aber fraulicher, reifer, anbetungswürdiger.

Susanne starrte ihn wie eine Geistererscheinung an. Lautlos formten ihre Lippen seinen Namen. Ihre Augen hatten sich geweitet. Ihre Nasenflügel bebten.

„Guten Tag, Susanne", sagte Frank heiser. „Ich bringe dir deine Tochter zurück. Unsere Tochter?"

„Wie bitte?" Cathrin begann lauthals zu lachen. „Endlich beginne ich zu begreifen: Du hast mich für ihre Tochter gehalten und vielleicht auch für deine. Ich könnte mich kugeln. Deshalb also dein keusches Verhalten gestern in der Hütte."

„Ja, bist du denn nicht ihre Tochter?", fragte Frank entgeistert.

„Ach was", kicherte Cathrin. „Ich bin ihre Schwester, der Nachkömmling der Familie. Das Nesthäkchen, das meine Mutter sich zugelegte, nachdem sie ein zweites Mal geheiratet hatte."

„Ja, aber du hast doch gestern selbst gesagt…"

„Das tun wir manchmal; Mutter und Tochter spielen", fiel ihm Cathrin ins Wort. „Wegen des großen Altersunterschiedes. Außerdem war sie tatsächlich so eine Art Mutterersatz für mich gewesen, nachdem unsere gemeinsame bei einem Autounfall ums Leben gekommen war."

„Ich verstehe überhaupt nichts", beklagte sich Susanne.

Cathrin erklärte es ihr mit wenigen Worten. Jetzt musste auch Susanne lachen.

„Ja, lacht mich nur aus", knurrte Frank beleidigt. „Ich habe es wohl nicht anders verdient."

„Vielleicht war es ganz gut, dass du Cathrin für unsere Tochter gehalten hast", wurde Susanne ernst. „Du und sie?" Sie wiegte den Kopf. „Ob das zusammen harmoniert hätte?"

„Natürlich nicht", gab Frank zu. „Ich weiß mittlerweile auch, dass ich mich nicht in Cathrin, sondern in eine wunderschöne Erinnerung verliebt habe. In meinem Herzen ist eine Liebe zu neuem Leben erwacht, die eigentlich nie gestorben war. Ihre Ähnlichkeit mit dir, Susanne, hat mich zu dem Versuch verführt, über achtzehn Jahre vergessen zu wollen und dort fortzufahren, wo es einmal geendet hat. Das war natürlich Irrsinn. Man kann achtzehn Jahre nicht einfach auslöschen. Die Vorzeichen haben sich geändert - und die Hauptpersonen. Du hast schon recht: Es wäre Betrug an Cathrin und mir selbst gewesen, mit ihr ein Verhältnis zu beginnen. Ich gebe gerne zu, dass es mich gereizt hätte. Aber nur, weil ich in ihr eine ganz andere Person sah."

„Hört, hört!", schmunzelte Cathrin. „Ich war also sozusagen nur Mittel zum Zweck. Und solch einem Falschspieler wäre ich beinahe erlegen."

„Sei mir bitte nicht böse", bat Frank.

„Vergiss es", entgegnete das Mädchen leichthin. „Ich habe das Ganze sowieso nur als Urlaubsflirt betrachtet. Oder glaubst du vielleicht, ich möchte mich mit meinen achtzehn Jahren an einen so viel älteren Mann binden? Bin ich jenseits von Gut und Böse?"

„Danke für dein Verständnis", murmelte Frank.

„Alles klar", lächelte das Mädchen und berührte mit der Hand flüchtig seine Wange. „Aber jetzt ziehe ich mich wohl besser zurück. Vermutlich störe ich hier nur."

Sie zwinkerte den beiden vergnügt zu und verschwand im Haus.

„Möchtest du nicht hereinkommen?", fragte Susanne leise.

Frank schüttelte den Kopf. „Nein", sagte er, „ich glaube, es ist besser, wenn ich gleich wieder verschwinde."

„Warum?", wollte Susanne wissen. „Willst du vor der Vergangenheit davonlaufen? Sie scheint uns eingeholt zu haben."

„Es sieht fast so aus", sagte Frank. „Ich bin mir nur nicht sicher, ob aus der Vergangenheit eine Zukunft werden könnte."

„Das dürfte doch wohl nur an uns beiden liegen", meinte Susanne. „Ich habe nie geheiratet, Frank. Warum wohl?"

„Warum?"

Sie senkte den Blick, vermied es, ihm in die Augen zu schauen. Es klang verlegen, fast ein wenig schuldbewusst, als sie sagte: „Weil ich immer auf einen Tag wie den heutigen gewartet habe."

„Achtzehn Jahre lang, Susanne?"

Sie hob die Schultern. „"Seltsam, nicht? Ich kann es mir selbst nicht erklären. Es war wie ein Zwang, auf diesen Tag zu warten. Irgendwie wusste ich, dass er kommen würde. Nun ist er da, und du willst fortrennen. Dabei hast du mir vor wenigen Minuten die schönste Liebeserklärung gemacht, die ich je von dir gehört habe."

„Da sprach ich davon, wie es in meinem Herzen aussieht", sagte Frank. „Dass ein erloschen geglaubter Vulkan wieder auszubrechen droht. Konnte ich wissen, wie du zu der Sache stehst?"

„Jetzt weißt du es", flüsterte Susanne.

Frank legte eine Hände auf ihre Schultern. Ein Zittern lief durch ihren Körper. „Waren wir nicht dumm?", fragte er. „Wir haben achtzehn Jahre verschenkt. Achtzehn Jahre voller Liebe und Glück."

„Wir sollten sie schleunigst nachholen", wisperte Susaanne und bot ihm mit einem seligen Lächeln ihre Lippen zum Kuss. Und als er sie in seine Arme zog und zärtlich küsste, war es ihnen, als hätte das Schicksal den Zeiger der Uhr zurückgedreht. Die Sonne schien heller zu strahlen, und der Sommerwind sang dazu das ewige Lied der Liebe.

Vorsicht - frisch gestrichen
Schmunzelgeschichte

„Es ist eine Schande", sagte meine Gnädigste und zog ein Gesicht, das mir grausigste Höllenstrafen versprach. „Seit Wochen bitte ich dich, nein, flehe ich dich an, endlich die Treppe zu streichen. Und was tust du? Nichts tust du. Ständig erfindest du neue Ausreden, um dich davor zu drücken. Dabei müsste es doch eine Kleinigkeit für dich sein, die paar Stufen und das Geländer mit neuer Farbe zu verschönern, Stört es dich denn nicht, dass unser Treppenhaus aussieht, als wäre es seit den Zeiten Pippin des Kurzen nicht mehr renoviert worden?

„Natürlich stört es mich", musste ich notgedrungen zugeben, „Aber das mit Pippin dem Kurzen ist reichlich übertrieben. Unser Haus ist kaum zwanzig Jahre alt."

„Na und?", konterte die Gnädigste schnippisch. „Kommt es auf ein paar Jährchen mehr oder weniger an? Jedenfalls ist seit Erbauung des Hauses so gut wie nichts mehr im Treppenhaus getan worden. Das nackte Holz schaut unter der inzwischen verblichenen Farbe hervor. Man muss sich schämen."

Sie hatte ja sooo recht, meine Gnädigste. Treppe und Geländer, die vom Erdgeschoss unseres Einfamilienhauses hinauf zu den Schlafräumen führten, sahen tatsächlich nicht mehr wie neu aus. Nicht einmal wie fast neu. Der Zahn der Zeit hatte in Form der Füße meiner Familie und unzähliger Gäste unbarmherzig an ihnen genagt.

„Ich werde sie streichen", versprach ich wieder einmal.

„Wann?", erkundigte sich die Gnädigste lauernd.

„Morgen", sagte ich. „Spätestens übermorgen."

„Da bin ich aber mal gespannt", meinte die Gnädigste skeptisch. „Wären deine Worte eine Brücke, ich würde nicht wagen, sie zu betreten."

Um ihre meinen guten Willen zu beweisen, kaufte ich am nächsten Tag Farbe und mehrere Pinsel. Kaum hatte ich das Zeug nach Hause gebracht und stolz meiner besseren Hälfte präsentiert, rief mich mein Verleger an und bat mich um eine dringende geschäftliche Unterredung. Aus dem Treppe streichen wurde an diesem Tag also nichts mehr. Unterredungen mit meinem Verleger dauern meistens bis zum späten Abend.

„Wieder nichts!", höhnte meine Gnädigste, als ich entnervt und geschlaucht von dieser Unterredung zurückkehrte, mich in einen Sessel fallen ließ und die Fernbedienung des Fernsehapparates betätigte, um mir wenigstens noch die Spätnachrichten anzusehen. „Ich hatte sowieso nicht damit gerechnet."

„Du musst zugeben, dass es nicht meine Schuld war", entgegnete ich müde. „Aber morgen nehme ich's auf jeden Fall in Angriff."

„Ich lasse mich gerne überraschen", sagte meine Gnädigste ungnädig, maß mich mit einem finsteren Blick und verließ das Zimmer.

Ich hatte völlig vergessen, dass ich mich tags darauf mit meinen Vorstandskollegen vom Gesangverein *Liederglöcklein* verabredet hatte. Der jährliche Vereinsausflug stand nämlich ins Haus. Wir vom Vorstand hatten es - wie immer - übernommen, während einer so genannten Vortour die Route des Ausflugs festzulegen und geeignete Lokalitäten auszuwählen. Durfte ich meine Freunde vom *Liederglöcklein* im Stich lassen? Gewiss nicht. Ich wäre nie wieder zum stellvertretenden Ersatzkassierer des Vereins gewählt worden.

Pünktlich um neun verließ ich, verfolgt von hämischen Bemerkungen meiner Gnädigsten, am nächsten Morgen das Haus. Meine Freunde erwarteten mich schon am vereinbarten Treffpunkt.

Wir fuhren mit einem gecharterten Kleinbus den Rhein hinunter und auch wieder hinauf, wobei wir es für unsere Pflicht hielten, etliche Gaststätten auf deren Eignung für unseren Vereinsausflug zu überprüfen. Den krönenden Abschluss unserer feuchtfröhlichen Rheintour feierten wir in der Drosselgasse zu Rüdesheim.

Als ich weit nach Mitternacht endlich den Schlüssel im Schloss unserer Haustür und selbige unter unsäglichen Mühen geöffnet hatte, strömte mir der unverkennbare Duft frischer Farbe entgegen.

"Aha", konstatierte ich erfreut, "mein Herzblatt hat nicht länger warten wollen und hat selbst zum Pinsel gegriffen. Um so besser für mich. Schließlich bin ich Dichter und Denker und nicht Maler und Lackierer."

Ich tippte auf den Lichtschalter, um das Treppenhauslicht anzuknipsen. Es blieb dunkel. Offensichtlich hatte die Birne ihren Geist aufgegeben.

"Macht nichts", dachte ich beschwingt. "Ich wohne seit zwanzig Jahren in diesem Haus, also finde ich den Weg nach oben auch im Dunkeln."

"Halt!" - rief mich eine innere Stimme zurück, als ich mich mit schweren Schritten der Treppe näherte. "Du kannst nicht hinauf. Die Gnädigste hat doch gestrichen."

"Das hat sie mit Absicht getan", dachte ich verärgert. "Sie will nicht, dass ich die Nacht an ihrer Seite verbringe. Strafen will sie mich. Aber die soll sich wundern! Ich komme auch so hinauf; denn wie ich sie kenne, hat sie nur die Treppe gestrichen und das Geländer für mich aufgehoben, damit ich auch noch etwas zu tun habe."

Also schwang ich mich aufs Geländer und hangelte ich mühsam nach oben. Auf halbem Weg verlor ich den Halt und rutschte wieder zurück. Ich begann den halsbrecherischen Aufstieg erneut.

Nachdem ich zum dritten Mal hinuntergerutscht war, erschien meine Gnädigste auf dem obersten Treppenabsatz und verkündete überaus freundlich:

„Du kannst unbesorgt heraufkommen, Liebling. Die Treppe ist okay. Aber um einen Anfang zu machen, habe ich heute Abend schon mal das Geländer gestrichen!"

Auf Wiedersehen in der Hölle
Kurzkrimi

Helga und Klaus Conradi waren seit dreizehn Jahren verheiratet. Aus ihrer Liebe war längst Gewohnheit, wenn nicht gar Hass geworden. Es verging kaum ein Tag, an dem sie sich nicht gehörig in die Wolle gerieten. Das Wort Scheidung war zu einem ihrer meistgebrauchten Vokabeln geworden.

Warum sie nicht tatsächlich den trennenden Schlussstrich zogen lag daran, dass sie sich während der Zeit ihrer Ehe gemeinsam ein blühendes Geschäft aufgebaut hatten, auf das keiner der beiden verzichten wollte. Ihr Modehaus in der Frankfurter Innenstadt gehörte zu den bekanntesten der Branche. Es war zu einem Treffpunkt der so genannten High Society geworden. Film- und Fernsehstars gaben einander die Klinke in die Hand. Ihre Umsätze waren beträchtlich.

Dass trotz ihrer hohen Einnahmen letztlich nicht viel übrig blieb, ja, dass ihre Konten sogar erhebliche Schuldsalden aufwiesen, kam von ihrem aufwendigen Lebensstil:

Da musste eine Traumvilla aus Beton und Glas im Prominentenviertel der Stadt gebaut und auf das Feinste eingerichtet werden; da wurde der Urlaub - mehrmals im Jahr und natürlich getrennt - in den entferntesten Gegenden der Erde und dort selbstverständlich in den luxuriösesten Hotels verbracht; da wurden die teuersten Chromschlitten gefahren; da wurde angeschafft, was das Herz begehrte. Mit einem Satz:

So, wie das Geld in die Kasse floss, floss es auch wieder heraus. Man lebte schließlich nur einmal - und das war verdammt kurz.

Nun hatte Klaus Conradi seit mehreren Wochen eine Freundin. Sie hieß Natascha van Dyck, war süße zweiundzwanzig Jahre alt und mit allen Vorzügen ausgestattet, die ein Mann sich von einer Frau erträumt. Der Liebe Gott hatte sich bei ihrer Erschaffung alle nur erdenkliche Mühe gegeben. Sie hatte nur einen einzigen großen Fehler: Sie wollte unbedingt geheiratet werden!

Dies wiederum gefiel Klaus überhaupt nicht. Eine Scheidung von seiner mittlerweile ungeliebten Frau kam für ihn aus den bekannten Gründen nicht in Frage. Selbst wenn Helga damit einverstanden gewesen wäre und auf ihren Anteil am Geschäft verzichtet hätte, wie hätte er sie ausbezahlen wollen? Er hätte gleichzeitig mit der Scheidung den Konkurs anmelden können.

Natascha gab aber keine Ruhe. Sie bedrängte Klaus unaufhörlich, sie endlich zu heiraten. Und da er ihren Reizen mit Haut und Haaren verfallen und förmlich süchtig auf sie war, begann er endlich darüber nachzudenken, welche Möglichkeiten es außer einer Scheidung noch gab, die verhasste Gattin loszuwerden. Es kam nur eine in Betracht:

MORD!

„Es muss der perfekte Mord sein", sagte Klaus zu seiner Geliebten, die sich mit seinen finsteren Gedanken von Anfang an solidarisch erklärte. Ein Gewissen schien sie nicht zu besitzen. „Es darf keiner auf die Idee kommen, ich könne etwas damit zu tun haben. Demnach wäre es Unfug, sie zu erschießen oder zu vergiften. Jeder noch so unbegabte Kriminalkommissar käme sofort dahinter, dass ich der Täter war."

„Könnte man es nicht als Selbstmord tarnen?", fragte Natascha.

Klaus schüttelte heftig den Kopf. „Viel zu gefährlich", meinte er. „Jede ihrer Freundinnen würde der Polizei versichern, dass für Helga überhaupt kein Anlass bestand, sich selbst das Leben zu nehmen. Sie ist kerngesund, lebt wie Gott in Frankreich und mit ihrem Liebesleben ist auch alles in Ordnung."

„Aber mit ihrer Ehe ist nichts in Ordnung", gab Natascha zu bedenken.

Klaus winkte ab. „Jeder weiß, dass das für Helga kein Grund wäre, sich umzubringen. Nein, nein, mein Liebling, mir muss etwas andere einfallen.

Und es fiel ihm etwas ein!

„Morgen früh passiert es", sagte er eine Abends zu seiner Geliebten, umarmte sie und gab ihr einen Kuss.

„Wie willst du es bewerkstelligen?", wollte Natascha wissen.

„Ich denke, wir wollen morgen früh nach Paris fliegen, um uns einige modische Neuschöpfungen anzusehen."

„Genau das werden wir auch tun", erwiderte Klaus mit einem diabolischen Lächeln. „Und sie befindet sich etwa zur gleichen Zeit auf dem Weg nach Rom."

„Ich verstehe nur Bahnhof", gestand Natascha.

„Aber die Geschichte ist doch ganz einfach", erklärte Klaus. „Wenn Helga nach Rom abfliegt, wird sie eine Zeitbombe in ihrem Koffer haben. Irgendwo über den Alpen wird es laut *Bumm!* machen, und dann wird die Seele meiner heiß geliebten Gattin in die Hölle fahren."

„Mein Gott, aber dann müssen ja auch noch viele andere daran glauben!" regte sich bei Natascha nun doch etwas wie ein Gewissen. „Viele Unschuldige werden sterben müssen."

„Das ist leider nicht zu ändern", meinte Klaus schulterzuckend. „Meiner Ansicht nach ist dies die beste Methode, unser Problem zu lösen. Und vor allen Dingen ist es gefahrlos für uns. Zumal kurz nach dem Unglück bei der Polizei ein Bekennerbrief einer Terroristengruppe eingehen wird, die diesen Anschlag auf sich nehmen wird."

„Und du glaubst, dass das funktioniert?"

„Hundertprozentig", lächelte Klaus. „Die Bombe habe ich bereits gebastelt. Ich werde sie heute Nacht in ihrem Koffer verstecken."

„Ja, aber die Kontrollen auf dem Flughafen? Man wird die Bombe in ihrem Gepäck finden."

„Mit Sicherheit nicht", beteuerte Klaus. „Die kontrollieren doch hauptsächlich nur das Handgepäck und die Personen, die an Bord gehen."

„Wollen wir´s hoffen", seufzte Natascha. „Ich habe nämlich keine Lust, dich alle vier Wochen im Gefängnis besuchen zu müssen."

„Dazu kommt es bestimmt nicht", lachte Klaus. „Ein herrliches Leben werden wir führen. Die ganze Welt werde ich dir zeigen. Und wenn eine gewisse Zeit, die wir anstandshalber verstreichen lassen müssen, vergangen ist, werde ich dich endlich heiraten."

Natascha schmiegte sich an ihn. „Das wäre zu schön, um wahr zu sein. Du weißt, dass ich mir nichts sehnlicher wünsche."

„Ich auch, meine Kleine", versicherte Klaus und begann, ihr die wenigen Kleidungsstücke, die sie trug, auszuziehen. „Für deine Liebe würde ich auch noch den Rest der Welt in die Luft sprengen."

*

„Mir passt das überhaupt nicht, dass wir heute beide fliegen", sagte Helga am nächsten Morgen zu ihrem Mann. „Du kennst das Sprichwort von den Mäusen, die auf dem Tisch tanzen, wenn die Katze aus dem Haus ist. Genauso wird es in unserem Geschäft sein. Du hättest deine Parisreise wirklich um ein paar Tage verschieben können."

„Ich mache mir deswegen keine Sorgen", entgegnete Klaus gelassen. „Die Leitung unseres Ladens liegt bei Frau Mühlmann in den besten Händen. Es ist schließlich nicht das erste Mal, dass wir beide gleichzeitig verreisen."

„Da hast du allerdings recht", räumte Helga ein. „Um wie viel Uhr fliegst du denn?"

Klaus nannte ihr die Uhrzeit.

„Aber das trifft sich ja wunderbar", freute sich Helga. „Ich fliege genau zehn Minuten nach dir ab. Könnten wir nicht gemeinsam zum Flughafen fahren - oder musst du dein Mäuschen abholen?"

„Natascha kommt mit dem Taxi", erwiderte Klaus. „Wir können also gern zusammen fahren."

Gegen neun verließen sie das Haus und fuhren los. Helga plauderte mit Klaus, als wäre zwischen ihnen alles in bester Ordnung.

Klaus dagegen war recht einsilbig. Nun, da er seinen Gedanken in die Tat umgesetzt hatte, war ihm nicht mehr so ganz wohl in seiner Haut. Mit Schaudern dachte er an die Bombe, die er in ihrem Koffer versteckt hatte; die Bombe, die sie und viele Unschuldige töten würde, damit er wieder frei war. Frei für Natascha.

Natascha erwartete sie bereits am Flughafen. Die beiden Damen begrüßten sich frostig und wünschten sich gegenseitig eine angenehme Reise, wobei Natascha es nicht verhindern konnte, dass ihre Stimme ein wenig zitterte.

„Bis übermorgen", sagte Helga, nickte ihnen zu und eilte davon, um ihren Koffer mit der tödlichen Fracht aufzugeben.

„Ich habe Angst", flüsterte Natascha, während sie der Entschwindenden nachschauten. „Ich habe ganz entsetzliche Angst!"

„Das musst du nicht", beschwichtigte sie Klaus, aber auch seine Stimme klang belegt. „Es ist alles in bester Ordnung. Bis wir in Paris sind, bin ich ein freier Mann."

„Und viele, viele sind tot", meinte Natascha und erschauerte. „Ist unsere Liebe das wert?"

„Unbedingt", befand Klaus leise. „Komm jetzt. Auch für uns ist es höchste Zeit."

Eine halbe Stunde später hatten sie eingecheckt und saßen in ihrem Flugzeug nach Paris. Kurz darauf erhob sich der Airbus in die Lüfte. Beide waren recht schweigsam und hingen ihren Gedanken nach. Schließlich öffnete Klaus seinen Diplomatenkoffer, den er als Handgepäck mit sich führte, und holte eine Zeitung heraus, um ein wenig zu lesen. Dabei flatterte ein Zettel aus der Tasche und fiel auf den Boden. Er hob ihn auf, las die Zeilen, die Helga geschrieben hatte, und erbleichte.

„Mein innigstgeliebter Mann", stand da, „ich konnte in der vergangenen Nacht nicht einschlafen. So bekam ich mit, wie du dir an meinem Gepäck zu schaffen machtest. Ich habe mir erlaubt, die Bombe aus meinem Koffer zu entfernen und in deinen einzubauen. Auf Wiedersehen in der Hölle, Liebling. Deine Helga."

Warum hast du meine Liebe verraten?
tragischer Schicksalsroman

„Das war wohl wieder nichts", sagte der groß gewachsene ältere Herr mit den eisgrauen Haaren und der goldgefassten Brille zu dem jungen Mann am Rouletttisch, der mit enttäuschter Miene auf die kleine weiße Kugel starrte, die auf der roten Sieben liegen geblieben war. „Mein aufrichtigstes Mitgefühl, Wagner. Glück im Spiel scheinen Sie jedenfalls nicht zu haben."

Thomas Wagner fuhr herum. „Sie, Dr. Hummel?", stammelte er verwirrt, als er seinen Chef, den Alleininhaber der bekannten Hummel-Werke, erkannte. „Wie kommen Sie denn hierher?"

„Wie man dies im allgemeinen zu tun pflegt", erwiderte Dr. Hummel trocken. „Durch die Tür."

„Aber Sie werden doch nicht spielen wollen?"

„Der Himmel bewahre mich davor", sagte Dr. Hummel. „Soll es mir wie Ihnen ergehen? Wie viel waren's denn heute wieder?"

„Darüber möchte ich nicht sprechen", antwortete Thomas dumpf.

„Also war es wieder eine ganze Menge", stellte Dr. Hummel fest. „Wagner, Sie müssen wahnsinnig sein!"

Thomas zuckte die Achseln. „Mal hat man Glück, mal hat man Pech. So ist das nun mal beim Roulett."

„Ja, so ist das wohl", entgegnete Dr. Hummel. „Darf ich Sie zu einem Drink einladen, oder möchten Sie noch mehr riskieren?"

„Das dürfte kaum möglich sein", lächelte Thomas finster. „Ich bin nämlich pleite. Also nehme ich Ihre freundliche Einladung dankend an."

Die beiden Männer verließen den Spielsalon und begaben sich in die zum Casino gehörende Bar, wo sie an der Theke zwei nebeneinanderliegende Plätze fanden.

„Ich nehme ein Pils", sagte Dr. Hummel. „Und Sie?"

„Dasselbe."

Sie warteten, bis der Barkeeper ihnen die gefüllten Gläser gebracht hatte, prosteten sich schweigend zu und tranken. Erst dann ergriff Dr. Hummel wieder das Wort.

„Und wie viel waren es nun tatsächlich, Wagner?"

„Zwanzigtausend", bekannte der junge Mann leise.

„Zwanzigtausend?" Dr. Hummel pfiff kopfschüttelnd durch die Zähne. „Wagner, ich muss mich wiederholen: Sie müssen nicht ganz bei Trost sein! Ich kenne Ihre verworrene Finanzlage besser als Sie glauben. Sie haben Schulden wie ein Stabsoffizier - und jetzt noch diese zwanzigtausend? Wie wollen Sie jemals wieder einen Fuß auf die Erde bekommen? Als Handelsvertreter verdienen Sie zwar nicht schlecht bei mir, aber bei Ihrem aufwendigen Lebensstil sehe ich dennoch reichlich schwarz für Sie, mein Lieber."

„Irgendwann wird meine derzeitige Pechsträhne auch wieder zu Ende sein", sagte Thomas trotzig. „Man kann schließlich nicht immer verlieren. Und überhaupt: Was soll das? Sind Sie gekommen, um mir Vorwürfe zu machen? Ich brauche keine Amme, die auf mich aufpasst. Oder sind Sie mit meiner Arbeit nicht mehr zufrieden und wollen mich feuern?"

„Keinesfalls", versicherte Dr. Hummel. „Ich möchte Ihnen weder Vorwürfe machen noch will ich Sie feuern."

„Aber irgend etwas haben Sie doch auf dem Herzen - oder?"

Dr. Hummel senkte den Kopf und begann mit seinem Pilsglas zu spielen. „Es geht um meine Tochter Ingrid", sagte er endlich.

„Um Ingrid?", wunderte sich Thomas. „Was habe ich mit Ingrad zu tun?"

„Nichts", seufzte Dr. Hummel und hob müde den Blick. „Aber ich möchte, dass sich das ändert."

Thomas lachte ungläubig. „Jetzt widersprechen Sie sich aber. Gerade nannten Sie mich noch einen Nichtsnutz, der sein Geld nicht zusammenhalten kann, und jetzt bieten Sie mir Ihre Tochter an. Wie soll ich das verstehen, verehrter Dr. Hummel?"

„Das dumme Ding liebt Sie", sagte Dr. Hummel. „Sie liebt Sie von ganzem Herzen."

„Dazu habe ich ihr aber nie einen Anlass gegeben", stellte Thomas klar. „Schließlich kenne ich sie ja kaum".

„Ich weiß", brummte Dr. Hummel. „Dennoch entspricht das, was ich Ihnen gerade erzählt habe, den Tatsachen. Ingrid ist förmlich vernarrt in Sie. Als Vater spürt man das. Immer, wenn auf Sie die Rede kommt, errötet sie bis zu den Haarwurzel, wird verlegen und so weiter, und so weiter. Deshalb möchte ich, dass Sie das Mädchen heiraten."

„Ich soll Ingrid heiraten?", rief Thomas. „Wie käme ich dazu?"

„Gefällt Sie Ihnen denn nicht?"

„Darüber habe ich mir noch keine Gedanken gemacht", erklärte Thomas. „Gewiss, sie ist ein bildhübsches Mädchen, aber sonst…?" Er hob die Hände. „Ich hege keinerlei Gefühle für sie. Weshalb sollte ich sie also heiraten?"

„Das will ich Ihnen erklären", sagte Dr. Hummel und ein schmerzlicher Zug grub sich um seine Mundwinkel ein. „Ingrid ist todkrank, hat im Höchstfall noch zwei Jahre zu leben. Im Höchstfall, Wagner. Und diese zwei Jahre soll sie an der Seite des Mannes, den sie liebt, genießen. Das sind nun mal Sie! Es soll Ihr Schaden auch nicht sein."

Er zog ein paar Papiere aus seiner Tasche und legte sie vor Thomas auf den Tresen.

„Aber das sind ja…!", stammelte Thomas erblassend.

„Ja, Wagner, das sind alle Ihre Schuldscheine, die Sie jemals unterschrieben haben. Ich habe mir erlaubt, sie zu erwerben. Die Gesamtsumme werden Sie selbst kennen."

„Sie wollen mich also erpressen?"

Dr. Hummel schüttelte ernst den Kopf. „Nein, erpressen will ich Sie nicht", sagte er. „Ich bitte Sie lediglich um einen kleinen Gefallen. Diese Papiere sollen der Dank dafür sein, wenn Sie auf meine Bitte eingehen. Mehr nicht."

„Und wenn ich mich weigere?", fragte Thomas. „Was wird dann aus meinen Schuldscheinen?"

„Ich habe nicht vor, Sie zu ruinieren", entgegnete Dr. Hummel.

„Wenn Sie sich nicht für meinen Vorschlag erwärmen können, werden Sie Ihre Schuld eben bei mir abarbeiten."

„Ich werde darüber nachdenken", versprach Thomas. „Aber nicht allein, weil Sie meine Schuldscheine besitzen. Mir tut Ihre Tochter leid. Weiß sie eigentlich, wie es um sie steht?"

„Das weiß keiner außer mir und dem Arzt", sagte Dr. Hummel. „Bis jetzt hat Ingrid noch keine Schmerzen."

„Und es besteht wirklich keine Hoffnung für sie?"

„Nicht die geringste", bestätigte der Fabrikant dumpf. „Begreifen Sie jetzt, warum ich ihr für die letzten Monate oder gar nur Wochen noch zu ein wenig Glück verhelfen möchte? Lassen Sie mich nicht im Stich. Ich flehe Sie an!"

*

Es fiel Thomas nicht schwer, sich an Ingrid Hummel heranzumachen. Er machte seinem zweifelhaften Ruf, ein stadtbekannter Herzensbrecher zu sein, wieder einmal alle Ehre. Und die Tatsache, dass ihn das Mädchen wirklich von ganzem Herzen liebte, erleichterte ihm die Sache natürlich um vieles. Bald galten die beiden jungen Menschen als unzertrennlich.

Eines Abends besuchten Thomas und Ingrid wieder einmal eine Diskothek, in der sie öfters verkehrten. Es war ein Lokal für die nicht mehr ganz so junge Jugend mit gepflegter Einrichtung und den entsprechenden Preisen. Auch die Musik war nicht ganz so laut, aber trotzdem modern. Man konnte sich unterhalten, ohne sich anbrüllen zu müssen. Sie fanden einen freien Tisch in der Nähe der Tanzfläche und ließen sich nieder.

„Ganz schön was los für einen normalen Werktag", konstatierte Thomas. „Wollen wir trotzdem ein Tänzchen wagen, Schatz?"

„Aber sicher doch", entgegnete Ingrid. „Warum sonst sind wir hierher gekommen?"

Sie tanzten fast eine halbe Stunde ununterbrochen. Mal ging es schnell, mal ging es langsam. Der Diskjockey fand eine gute Mischung zwischen alt und neu und verstand es ausgezeichnet, seine Gäste zu halten.

„Und jetzt ein guter, alter Rock'n'Roll", verkündete er endlich. „Ich hoffe, Ihre Puste reicht dafür noch aus, meine Herrschaften."

„Nehmen wir den noch mit?", fragte Thomas seine Tanzpartnerin, deren sonst so blasses Gesichtchen mittlerweile glühte. „Oder wird es dir zu anstrengen?"

„Bin ich eine alte Frau?", rief Ingrid. „Ich fühle mich pudelwohl. Los geht's, Tommy! Rock'n'Roll war schon immer einer meiner Lieblingstänze."

Und schon fetzten sie los, dass es eine Freude war. Sie hüpften, sprangen, drehten sich gekonnt im Kreis. Plötzlich blieb Ingrid abrupt stehen und griff sich mit beiden Händen ans Herz. Blut schoss aus ihrer Nase und strömte wie ein kleiner Bach auf ihre neue Bluse. Ihr Gesicht verlor jegliche Farbe und glich einer Totenmaske. Sie riss ihre Augen unnatürlich auf und verdrehte die Pupillen nach oben. Als sie langsam in sich zusammensackte, konnte Thomas sie gerade noch auffangen und vor einem harten Sturz auf den Boden bewahren.

Um sie herum begannen Mädchen erregt zu schreien, besorgte Männer fragten, ob sie helfen könnten. Auch der Diskjockey eilte hinzu.

„Mein Gott, was ist mit ihr los?", fragte er erschrocken.

„Ich weiß es nicht", erwiderte Thomas, der die bewusstlos Ingrid auf die Arme genommen hatte und sich ratlos umsah. „Gibt es hier irgendwo einen ruhigen Ort, wohin ich sie bringen kann?"

„Selbstverständlich. Kommen Sie bitte mit."

Durch eine Gasse neugierig gaffender Leute trug Thomas das Mädchen in ein kleines Hinterzimmer und bettete sie dort auf eine alte Couch.

„Soll ich einen Arzt verständigen?", fragte der DJ.

„Warten Sie", entgegnete Thomas, der sich neben die Kranke gesetzt hatte und sie keine Sekunde aus den Augen ließ. „Ich glaube, sie kommt gerade wieder zu sich."

Tatsächlich begannen in diesem Augenblick Ingrids Lider zu flattern. Mit einem tiefen Seufzer schlug sie die Augen auf und schaute sich verwirrt um. Als sie sich aufsetzen wollte, drückte Thomas sie sanft auf die Couch zurück.

„Bleib liegen, Kleines", sagte er zärtlich. „Erhol dich erst noch ein bisschen."

„Was war denn los?", wollte sie wissen. „Bin ich zusammengeklappt?"

„Ja, Liebes, das bist du", bestätigte Thomas und strich ihr ein paar blutverschmierte Haare aus dem Gesicht. „Wir hätten den Rock doch nicht mehr tanzen sollen. Es war einfach zuviel für dich."

Ingrid blickte an sich herunter und verzog entsetzt das Gesicht. „Meine Güte, wie sehe ich denn aus?", flüsterte sie. „Alles voller Blut. Und du auch, Tommy…"

„Mach dir keine Sorgen", fiel ihr Thomas schnell ins Wort. „Du hast Nasenbluten bekommen. Das ist nichts besonders Aufregendes."

„Ich fühle mich elend", klagte Ingrid jammervoll. „Irgend etwas stimmt nicht mit mir, das fühle ich schon lange. Was verheimlicht ihr mir, Tommy? Sag es mir bitte! Sag es mir!"

„Was soll schon sein?", wich er aus. „Du hattest einen Schwächeanfall. Das kann jedem passieren. Die Luft im Lokal ist schließlich nicht gerade die beste. Und dann noch dieser verrückte Tanz. Du hast dich einfach etwas übernommen. Das ist alles."

„Wirklich, Tommy? Ist das wirklich alles?"

Ihr Blick flehte ihn an. die Wahrheit zu bekennen, doch er vermochte es nicht. Er, der ursprünglich nur aus Sorge um seinen riesigen Schuldenberg mit ihr angebandelt hatte, verspürte plötzlich ein schmerzhaftes Ziehen im Herzen. Mit einem Mal wurde ihm klar, dass es nicht mehr allein die Angst um seine finanzielle Zukunft war, die ihn an dieses Mädchen kettete, sondern dass er gegen seinen Willen eine tiefe Zuneigung zu ihr gefasst hatte.

Er liebte sie!

Thomas nahm Ingrid vorsichtig in seine Arme und drückte sanft ihren Kopf an seine Brust. „Ja, das ist alles", sagte er tonlos, denn ihm war, als säße ein dicker Kloß in seiner Kehle. „Das ist wirklich alles. Und wenn du willst, werden wir ganz schnell heiraten."

„Und ob ich will", seufzte sie überglücklich. „Ich sehne mich danach, deine Frau zu werden und es für immer und alles Zeiten zu bleiben."

Für immer und alle Zeiten! Thomas schloss gequält die Augen und unterdrückte mühsam ein verzweifeltes Aufstöhnen. Für immer und alle Zeiten - das waren zwei Jahre. Vielleicht zwei Jahre. Vielleicht auch wesentlich weniger.

"O Gott, ich liebe sie", dachte Thomas unglücklich, und Tränen stahlen sich in seine Augen. Zum Glück bemerkte sie es nicht, denn ihr Köpfchen lehnte immer noch beseligt an seiner Brust. "Ich liebe sie, ja, ich liebe sie! Lass ein Wunder geschehen, lieber Gott. Lass sie nicht sterben!"

Die Wandlung des hemmungslosen Spielers und leichtfertigen Frauenhelden Thomas Wagner hatte sich endgültig vollzogen. Aus dem Pokerspiel um seine Schulden war eine echte, tiefe Liebe geworden.

*

Drei Monate später fand die Trauung der jungen Leute statt. Dr. Hummel saß neben seiner Frau und Thomas' Eltern in der ersten Reihe der Kirche und verfolgte die Zeremonie mit versteinertem Gesicht. Obwohl er Beruhigungstropfen eingenommen hatte, ging ein Beben durch seinen Körper, als die Brautleute sich vor Gottes Angesicht feierlich gelobten, einander zu lieben, zu ehren und sich die Treue zu halten, bis der Tod sie eines Tages scheiden würde. Als er mit tränenumflorten Blick Thomas ansah, bemerkte er erschüttert, dass dessen Schultern ebenfalls verdächtig zuckten und er sich ständig mit der Hand übers Gesicht fuhr.

„Könnte ich dich bitte einen Moment sprechen?", wandte sich

Dr. Hummel nach dem Hochzeitsmahl, das im Speisesaal seiner schlossähnlichen Villa eingenommen worden war, an seinen frischgebackenen Schwiegersohn, der sich gerade mit seiner jungen Frau zurückziehen wollte, um sich für die Hochzeitsreise umzukleiden. „Es dauert auch bestimmt nicht lange."

„Liebster Papa;" schmollte Ingrid, „du vergisst, dass Tommy und ich heute noch keine einzige Minute Zeit hatte, einmal allein miteinander zu reden, geschweige denn, uns einen Kuss zu geben, ohne dass Hunderte dabei zuschauten."

„Ihr habt vier Wochen Urlaub", lachte Dr. Hummel. „In dieser Zeit könnt ihr euch meinetwegen von morgens bis abends küssen und sonst etwas tun. Jetzt aber brauche ich deinen Mann für zwei Minuten."

„Also gut", stimmte Ingrid verdrossen zu. „Aber wirklich nur zwei Minuten."

Thomas zog sie für einen Augenblick lächelnd an sich und küsste sie. Dann folgte er seinem Schwiegervater in die Bibliothek, wohin dieser vorausgegangen war.

Ingrid wartete, bis die beiden Männer verschwunden waren, dann schlich sie ihnen nach, stellte sich an die Tür, die sie nur angelehnt hatte, und lauschte. Es interessierte sie brennend, was der Vater mit Thomas zu besprechen hatte, das keinen Aufschub duldete.

„Du hast dich tapfer gehalten, mein Junge", hörte sie ihren Vater sagen. „Ich habe dich mit großer Sorge beobachtet und jeden Moment damit gerechnet, dass du durch irgendeine Geste unser entsetzliches Geheimnis verrätst."

„Leicht war es nicht", gab Thomas mit brüchiger Stimme zu. „Da stehst du am Altar, gelobst ewige Treue und weißt im gleichen Augenblick, dass diese Ewigkeit keine zwei Jahre dauern wird. Das ist grausam, Vater, und lässt dich an Gottes Gerechtigkeit zweifeln. Warum lässt er ein blühendes Wesen wie Ingrid sterben und andere, die sich selbst nicht mehr vorstehen können und eine Belastung für ihre Umwelt bedeuten, dürfen leben? Was denkt sich Gott dabei?"

„Auf diese Frage kann ich dir leider keine Antwort geben", sagte Dr. Hummel. „Ich habe Gott auch um ein Wunder angefleht; denn nur ein Wunder könnte Ingrid noch retten. Darüber sind wir beide uns schließlich im klaren."

„Ja, Vater, leider", versetzte Thomas. „Da verpulvert man Milliarden, um zu den Sternen zu fliegen, und auf der Erde gäbe es noch so viele Probleme zu bewältigen. Man darf nicht darüber nachdenken, sonst dreht man durch."

„Nein, man sollte tatsächlich nicht darüber nachdenken", meinte Dr. Hummel bitter. „Und ich habe dich auch nicht hierher gebeten, um ausgerechnet heute über Ingrids Krankheit zu sprechen. Wenigstens heute wollen wir versuchen, für ein paar Stunden zu vergessen, welch schwere Zeit vor uns liegt."

„Das geht nicht, Vater", sagte Thomas. „Ich kann es einfach nicht vergessen. Es verfolgt mich bis in meine Träume. Es ist schrecklich."

„Nun, vielleicht hilft dir das ein wenig darüber hinweg", lächelte der Fabrikant. Er griff in seine Seitentasche seiner Smokingjacke und zog einen Umschlag hervor, den er seinem Schwieger-Sohn überreichte. „Du hast dein Versprechen gehalten und Ingrid - wenn auch unter sanftem Druck meinerseits - geheiratet. Jetzt will ich auch mein Versprechen einhalten und dir, wie es vereinbart war, deine Schulden erlassen. Damit sind wir quitt."

Ingrid, die jedes Wort dieses Gespräches verstanden hatte, hielt es nicht länger auf ihrem Lauscherposten. Obwohl sie sich einer Ohnmacht nahe fühlte und ihr Herz sich vor Entsetzen verkrampft hatte, riss sie sich ihren Brautschleier vom Kopf und taumelte in die Bibliothek.

„So sieht die Sache also aus", sagte sie tonlos, und doch vermeinten die beiden Männer die Posaunen des Jüngsten Gerichtes zu hören. „Mein teurer Vater hat mir für viel Geld einen Mann gekauft, der mir meine letzten Tage versüßen soll. Wie hoch ist denn der Judaslohn, für den du dich bereit erklärt hast, den verliebten Ehemann zu spielen, Thomas Wagner?"

„Ingrid, bitte, du verstehst das völlig falsch", stammelte Thomas und versuchte, sie in seine Arme zu ziehen.

„Rühr mich nicht an!", fauchte sie. „Es ist aus zwischen uns! Aus, bevor es noch begonnen hat! Wie konnte ich nur auf dieses Theater hereinfallen?"

„Ingrid, du darfst Thomas keinen Vorwurf machen!", rief Dr. Hummel. „Die Schuld an dieser dummen Geschichte trage allein ich. Ich wollte doch nur, dass du... dass du... glücklich..." Er konnte nicht weitersprechen und schlug schluchzend die Hände vors Gesicht.

„Sag es ruhig", forderte Ingrid ihm mit kalter Stimme auf. „Sag ruhig: 'Ich wollte, dass du glücklich stirbst!'; denn das wolltest du doch sagen, nicht wahr? Vielleicht glaubst du auch noch, mir einen Gefallen damit erwiesen zu haben, indem du mir einen Mann für meine letzten Tage gekauft hast?" Sie schüttelte verbittert den Kopf. „Du hast es nicht getan, Paps. Du hättest mir besser von Anfang an reinen Wein über meinen Gesundheitszustand einschenken sollen. Wie du siehst, breche ich auch jetzt nicht unter der Mitteilung zusammen, bald sterben zu müssen. Ich habe keine Angst vor dem Tod und werde ihm gelassen ins Auge blicken. Was mich dagegen mit Entsetzen erfüllt, ist euer Verhalten. Ihr solltet euch schämen. Alle beide."

„Ich habe es wirklich nur gut gemeint", versuchte sich Dr. Hummel zu verteidigen. „Ich dachte, du liebst Thomas und..."

„Ja, ich habe ihn geliebt", fiel Ingrid ihm ins Wort. „Niemand war glücklicher als ich, als er mir vorlog, er liebe mich ebenfalls. Mein Gott, war ich ein Einfaltspinsel!"

„Ich liebe dich tatsächlich", beteuerte Thomas ernst. „Nie war es mir klarer als in diesem Augenblick."

„Hör auf, Tommy, bitte hör auf!", rief Ingrid leidend und hielt sich mit beiden Händen die Ohren zu. „Lüge mich nicht schon wieder an. Dir ging es allein um das Geld, das mein Vater dir für diesen Kuhhandel - anders kann man es nicht nennen - bot. Du dachtest: Dieses arme Ding hat noch knapp zwei Jahre zu leben, die wirst du überstehen. Was sind schon zwei Jahre?"

„Das ist nicht wahr", behauptete Thomas erregt. „Ich räume ein, dass ich anfangs tatsächlich so gedacht habe. Ich gebe es unumwunden zu. Aber inzwischen ist etwas eingetreten, mit dem ich selbst nicht gerechnet hatte: Ich habe mich wirklich in dich verliebt. Ich schwöre es bei allem, was mir heilig ist."

Ingrid sah ihn mit einem Blick an, der selbst Steine hätte zum Weinen bringen können und entgegnete: „Leiste keinen Meineid, Tommy; denn wer einmal gelogen hat, wird es immer wieder tun. Ich glaube dir einfach nicht. Deshalb werden sich unsere Wege ab sofort wieder trennen."

„Um Himmels willen, das kannst du doch nicht tun!", beschwor Dr. Hummel seine Tochter. „Draußen sitzen unsere Gäste und feiern eure Vermählung, und du sprichst von Trennung. Willst du denn unsere ganze Familie blamieren?"

„Was habe ich denn noch zu verlieren, Paps?", versetzte Ingrid und zuckte traurig die Achseln. „Gut, vielleicht wird es einen Skandal geben. Es wird ihn mit Sicherheit geben. Man wird sich die Mäuler zerreißen. Aber in spätestens zwei Jahren werden sich wieder alle friedlich an meinem Grab versammeln und scheinheilig darüber sprechen, was für ein lieber und guter Mensch ich doch gewesen bin. Man kennt das doch - oder?"

„Rede keinen Unsinn, Ingrid!", rief Dr. Hummel verzweifelt.

„Rede ich wirklich Unsinn, Paps? Habt ihr nicht selbst gesagt, dass mir höchstens noch zwei Jahre bleiben?"

Die beiden Männer senkte die Köpfe und schwiegen betreten.

„Na also", sagte Ingrid. „Deshalb werde ich diesen gekauften Ehemann auch niemals akzeptieren und den Rest meines Lebens so verbringen, wie ich es für richtig halte."

Sie warf Thomas ihren Schleier vor die Füße, wandte sich mit einem verächtlichen Lächeln ab und ging zur Tür. Dort blieb sie noch einmal stehen und drehte sich zu den beiden Männern um. Sie öffnete den Mund, um etwas zu sagen, verdrehte plötzlich die

Augen und fiel mit erstauntem Gesichtsausdruck in sich zusammen. Bevor ihr noch einer der Männer zu Hilfe eilen konnte, lag sie bewusstlos am Boden.

Im nächsten Moment kniete Thomas neben ihr und bettete ihren Kopf in seinen Schoß. Dr. Hummel stand ratlos dabei und wusste nicht, was er tun sollte.

„Kümmere dich um einen Arzt, Vater", ordnete Thomas mit zitternder Stimme an. „Vielleicht vermag er noch einmal zu helfen."

Während Dr. Hummel aus dem Zimmer eile, um einen unter den Hochzeitsgästen weilenden Arzt zu holen, öffnete Ingrid ein letztes Mal ihre Augen und schaute ihren Mann mit schmerzerfülltem Blick an. „"Ich habe dich über alles geliebt", wisperte sie. „Warum hast du mich so sehr enttäuscht?"

„Aber ich liebe dich doch auch", versicherte Thomas, „Und werde dich immer lieben."

„Schwöre es beim Leben deiner Kinder, die du mit einer anderen Frau haben wirst", flüsterte die Sterbende.

„Ich werde nie eine andere außer dir haben!"

„Du wirst", sagte Ingrid mit einem traurigen Lächeln. „Deshalb sollst du beim Leben deiner Kinder schwören, dass du mich wirklich geliebt hast."

„Ich schwöre es", schluchzte Thomas. „Beim Leben dieser Kinder, bei meinem Leben, bei jedem Leben, das du möchtest."

„Dann ist es gut", wisperte Ingrid. „Jetzt glaube ich dir."

Ihr Kopf sank zur Seite. Tiefer Frieden breitete sich über ihrem Gesicht aus. Ingrid war nicht mehr. Thomas aber senkte den Blick und weinte bitterlich.

Die ideale Frau
Schmunzelgeschichte
erstmals erschienen in TINÀ

Vincenz Sauerkohl stand wieder mal vor dem Scheidungsrichter und verlangte die Auflösung seiner Ehe. Für ihn war das nur noch eine lästige Routinesache, und auch die Leute vom Gericht betrachteten ihn längst als einen alten Bekannten; denn es war mittlerweile das fünfte Mal, dass er eine Frau sozusagen in die Wüste schickte.

Die Sitzung verlief ohne besondere Zwischenfälle, und knapp zwanzig Minuten nach Erscheinen der Eheleute Sauerkohl wurde deren Bund fürs Leben nach knapp einjähriger Dauer im Namen des Volkes für null und nichtig erklärt.

Als Vincenz Sauerkohl mit zufriedener Miene und ohne seine nunmehr ehemalige Ehegattin auch nur eines Blickes zu würdigen den Gerichtssaal verlassen wollte, hielt ihn der Richter zurück.

„Nun haben Sie es ja wieder einmal geschafft", meinte er augenzwinkernd. „Werden wir uns denn hier irgendwann wiedersehen?"

Vincenz Sauerkohl zuckte mit den Achseln. „Das kann ich heute noch nicht sagen", meinte er. „Es kommt ganz darauf an, wie sich meine neue Frau verhält."

Der Richter runzelte die Stirn und schaute Sauerkohl befremdet an. „Haben Sie denn schon wieder eine Neue im Auge?"

Sauerkohl schüttelte den Kopf. „Nein, eigentlich nicht", bedauerte er. „Ich weiß auch nicht, ob ich jemals noch heiraten werde. Ich finde einfach nicht die Richtige. Hätte ich Sie sonst fünfmal belästigen müssen?"

Der Richter lachte und schlug Sauerkohl freundschaftlich auf die Schulter. „Ich habe mich nicht belästigt gefühlt", versicherte er. „Schließlich ist es mein Beruf, Irrtümer zu korrigieren. Was mich aber interessieren würde: Wie müsste denn die Frau aussehen, die Ihren Idealen entspräche?"

Vincenz Sauerkohl seufzte abgrundtief. „Das ist nicht so einfach zu sagen", meinte er resigniert. „Vielleicht verlange ich auch zuviel?"

„Nun mal raus mit der Sprache", munterte der Richter einen seiner besten Kunden auf.

„Nun, sie müsste vor allen Dingen gut aussehen, schlank sein und schwarze Haare haben."

„Aber genauso sah Ihre Frau doch aus, von der ich Sie gerade geschieden habe", wunderte sich der Richter. „Das verstehe ich nicht."

„Ich verlange eben noch mehr von der idealen Frau!"

„Und das wäre?"

„Das will ich Ihnen sagen, Herr Richter", erwiderte Sauerkohl. „Sie müsste sehr häuslich sein. Unsere Wohnung müsste vor Sauberkeit strahlen. Außerdem müsste die Dame eine perfekte Köchin sein und mir mindestens zweimal die Woche mein Leibgericht kochen."

„Welches Leibgericht haben Sie denn?", erkundigte sich der Richter.

Sauerkohl verdrehte genüsslich die Augen und schnalzte mit der Zunge. „Schweinebraten und Klöße", antwortete er, und man merkte förmlich, wie ihm das Wasser im Mund zusammenlief.

„Einen schönen Schweinebraten verachte ich ebenfalls nicht", meinte der Richter lächelnd. „Und weiter?"

„Nun, meine ideale Frau müsste sanftmütig sein, niemals mit mir schimpfen, morgens gut frisiert mit mir zusammen am Frühstückstisch sitzen und niemals meckern, wenn ich mal etwas später nach Hause komme. Sie sollte mit Geld umgehen können und niemals unnötige Ausgaben machen. Sie müsste auf alle meine Wünsche eingehen. Natürlich auch im Bett. Das halte ich für einen sehr wichtigen Punkt. Sie dürfte niemals Müdigkeit oder Kopfweh vorschützen, wenn ich mich ihr in zärtlicher Absicht nähere. Ach, es gäbe noch so viele Punkte, die ich aufzählen könnte und die meiner Ansicht nach zu einer perfekten Frau gehören."

Der Richter sah Sauerkohl ernst an. „Sie glauben, mit einer solchen Idealfrau würden Sie glücklich werden?"

Sauerkohl nickte begeistert mit dem Kopf. „Aber sicher!", rief er enthusiastisch. „Mit einer solchen Frau müsste das Leben der Himmel auf Erden sein und ich brauchte Ihre Dienste niemals mehr in Anspruch zu nehmen."

„Na schön", meinte der Richter verdrossen. „Ich wüsste, wo Sie diese Idealfrau finden könnten: Sie sieht phantastisch aus, ist jung, schlank und schwarzhaarig. Außerdem ist sie eine perfekte Hausfrau. Ihre Wohnung blitzt vor Sauberkeit. Sie putzt jeden Tag und trägt ihrem Mann sogar die Pantoffeln an die Haustür, damit ja kein Schmutz in die Wohnung getragen wird.

Sie liest ihm jeden Wunsch von den Augen ab und kocht nicht nur zweimal, nein, sogar dreimal in der Woche Schweinebraten mit Klößen, weil er einmal gesagt hat, dass dies sein Leibgericht wäre. Sie schimpft nie, widerspricht nie, gibt ihm immer recht und rennt jeden Tag zum Frisör, damit sie am Frühstückstisch wohl frisiert bei ihm sitzen kann. Sie ist äußerst sparsam und hat ihrem Mann sogar das Rauchen abgewöhnt, um das Geld für die Zigaretten zu sparen. Natürlich geschah dies in großer Liebe und Verständnis, so dass der Mann überhaupt nicht merkte, wie ihm geschah."

„Und im Bett?", wollte Sauerkohl begeistert wissen.

„Einfach perfekt", entgegnete der Richter. „Sie ist sozusagen immer bereit. Tag und Nacht."

„Das ist ja umwerfend!", rief Sauerkohl mit blitzenden Augen. „Und wo finde ich diese Idealfrau?"

Der Richter nahm einen Zettel und schrieb eine Anschrift auf. „Hier", sagte er und übergab Sauerkohl den Zettel. „Gehen Sie schnell zu ihr. Es ist meine eigene Frau. Ich halte es nämlich vor lauter Perfektheit nicht mehr bei ihr aus und habe vor ein paar Tagen die Scheidung eingereicht. Ich wünsche Ihnen viel, viel Glück!"

Frau Susanne weiß immer einen Rat
eine ungewöhnliche Liebesgeschichte

Peter Wassmuth hatte große Sorgen. Seine über alles geliebte Inge war vor einem Jahr bei einem Verkehrsunfall ums Leben gekommen und hatte ihn mit seinen drei kleinen Kindern allein zurückgelassen. Ein Schicksalsschlag, der nicht leicht für ihn zu verwinden war und ihn an Gott und seiner Gerechtigkeit zweifeln ließ.

Der unbeschreibliche Schmerz, den er über den Verlust des teuersten Geschöpfes, das er neben seinen Kindern auf dieser Erde besessen hatte, empfand, war mittlerweile zwar einem Gefühl dankbarer Erinnerung gewichen, dennoch wusste er heute kaum mehr ein und aus. Er sagte sich zwar, dass das Leben weitergehen musste - allein schon im Interesse seiner Kinder -, aber wie das vonstatten gehen sollte, war ihm schleierhaft.

Nun gut, die Nachbarin, eine Frau Brandstetter, kümmerte sich momentan um die Kleinen, brachte morgens den vierjährigen Andreas und die fünfjährige Susi in den Kindergarten und die sechsjährige Katrin in die Schule, aber auf Dauer gesehen war das keine Lösung. Die Mutter fehlte den Kindern an allen Ecken. Außerdem war Frau Brandstetter fünfundsechzig, kränkelte auch und sehnte sich nach ein wenig Ruhe.

Wer sollte für die Kinder sorgen, wenn sie ernsthaft erkrankte und er arbeiten musste? Verwandte, bei denen er sie hätte unterbringen können, gab es nicht; keine Großelter, keine Geschwister, nichts. Und in ein Pflegeheim wollte er sie auf keinen Fall stecken.

„Sie müssten wieder heiraten", sagt Frau Brandstetter zu Peter, als wieder einmal das Gespräch auf die ungewisse Zukunft kam. „Sie sind noch jung, und schlecht aussehn tun Sie auch nicht gerade. Sie müssten doch wieder eine Frau finden. Die liebe Inge wollte gewiss nicht, dass Sie ihr ein Leben lang nachtrauern. Sie müssen den Kindern wieder eine Mutter geben. Das ist geradezu

Ihre verdammte Pflicht und Schuldigkeit."

„Sie haben leicht reden", seufzte Peter. „Welche Frau nimmt heutzutage einen Mann mit drei kleinen Kindern? Den meisten ist doch schon eines zuviel. Von fremden ganz zu schweigen."

„Es gibt bestimmt genügend Frauen, denen das nichts ausmachen würde", vermutete Frau Brandstetter. „Sie müssten sich nur mal umhören und -sehen."

Nach langem Zureden sah und hörte sich Peter um. Er war zwar davon überzeugt, niemals mehr eine Frau wie Inge zu finden, trotzdem tat er es der Kinder wegen. Sie brauchten eine Mutter. Frau Brandstetter hatte recht. Für sich selbst eine neue Frau zu suchen, wäre ihm nicht in den Sinn gekommen. So aber...

Peter lernte in der nächsten Zeit einige passende Damen kennen. Man konnte nicht behaupten, dass er sich keine Mühe gab. Die Richtige war leider nicht dabei. Ja, für ihn als Mann interessierten sich etliche, aber wenn sie dann erfuhren, dass er drei kleine Kinder hatte, winkten sie entsetzt ab und verschwanden schneller von der Bildfläche als sie gekommen waren. Die Verantwortung war ihnen einfach zu groß. Außerdem war man ja auch noch jung genug, eigene Kinder in die Welt zu setzen - und dann? Galt man heute mit mehr als zwei Kindern nicht schon irgendwie als asozial? Also wirklich - nein, danke!

„Meine Befürchtungen haben sich bestätigt", klagte Peter seiner Nachbarin Wochen später sein Leid. „Mich nimmt keine."

„Ich kann das nicht verstehen", erwiderte Frau Brandstetter kopfschüttelnd. „Dabei sind das doch so liebe Kinder. Also, ich würde Sie nehmen, wenn ich ein paar Jährchen weniger auf dem Buckel hätte. Mich würden die Kleinen nicht stören."

„Lassen Sie das bloß nicht Ihren Otto hören", lächelte Peter traurig, „sonst wird er noch eifersüchtig, der Gute. Außerdem würde er Sie sicher nicht hergeben, wenn es altersmäßig mit uns hinhauen würde. Davon bin ich überzeugt. Der weiß, was er an Ihnen hat."

„War ja auch bloß so eine Idee", schmunzelte Frau Brandstetter. Sie nippt an ihrer Kaffeetasse, die vor ihr auf dem Tisch stand, und legte ihre Stirn in nachdenkliche Falten. „Aber was machen wir mit Ihnen? Es müsste Ihnen doch geholfen werden können. Lassen Sie mich mal überlegen."

Man sah ihren Geist förmlich rauchen, so intensiv dachte sie nach. Plötzlich überzog ein triumphierendes Lächeln ihr gutmütiges Gesicht."

„Hmmm", sagte sie, „mir fällt da gerade etwas ein. Schreiben Sie doch einfach mal an Frau Susanne und berichten Sie ihr von Ihren Nöten."

Peter schaute seine Nachbarin verständnislos an. „"Und wer, bitte schön, ist diese ominöse Frau Susanne?", erkundigte er sich. „Eine Heiratsvermittlerin?"

„Ach was", winkte Frau Brandstetter ab. „Frau Susanne ist die Briefkastentante meiner Frauenzeitschrift."

„Und Sie glauben, ausgerechnet die könnte mir helfen?"

„Warum nicht?", gab Frau Brandstetter zurück. „Sie hat es in ähnlichen Fällen schon öfters getan."

„Und wie funktioniert das?"

„Ganz einfach", sagte Frau Brandstetter. „Ihr Brief wird in meiner Zeitschrift veröffentlicht, Frau Susanne gibt ihren Senf dazu, und bald darauf werden Sie aus ganz Deutschland Post bekommen"

„Meinen Sie wirklich?", zeigte Peter sich skeptisch.

„Aber natürlich", beteuerte die gute Nachbarin eifrig. „Frau Susanne hilft jedem. Sie hat schon die tollsten Dinge zustande gebracht."

„Ihr Wort in Gottes Ohr", seufzte Peter. „Versuchen wir´s halt mal. Außer dem Briefpapier und dem Porto kostet es schließlich nichts. Und wenn es nicht klappen sollte, kann man es auch nicht ändern."

Also verfasste er gemeinsam mit Frau Brandstetter als Expertin ein entsprechendes Schreiben an diese Briefkastentante, schilderte ihr seine ausweglos scheinende Situation und bat um ihre freundliche Hilfe.

Bereits in der übernächsten Ausgabe der Frauenzeitschrift wurde sein Brief veröffentlicht. Frau Susanne sprach ihm Mut zu und versicherte ihm, dass sich gewiss viele einsame Frauen bei ihr melden würden, um über sie den Kontakt zu ihm zu suchen. Die drei kleinen Kinder würden diese Frauen sicher nicht stören.

In dieser Beziehung irrte Frau Susanne gewaltig. Es kamen keine Zuschriften. Peter Wassmuth wartete vergeblich. Schließlich griff er ein zweites Mal zur Feder, bedankte sich bei der Briefkastentante für deren Bemühungen und wünschte ihr mit ironischen Worten für die Zukunft weiterhin den gleichen Erfolg.

Ein paar Tage später klingelte bei ihm das Telefon. Eine sympathische Frauenstimme, die sich als Gaby Großmann vorstellte, meldete sich.

„Ich habe Ihren Brief in dieser Frauenzeitschrift gelesen", sagte sie, „und war leicht erschüttert. Ihre Telefonnummer habe ich übrigens von Frau Susanne."

„Und was, bitte schön, möchten Sie von mir?", erkundigte sich Peter.

„Na, was schon?", erwiderte Gaby Großmann. „Ich möchte mich gerne mal mit Ihnen treffen."

Nun war es an Peter, leicht erschüttert zu sein. Mit allem hatte er gerechnet, nur nicht damit, dass sich doch noch jemand auf seinen Hilferuf hin melden würde. Aber sicher würde auch das wieder zu einer neuen Enttäuschung führen.

„Glauben Sie, es hat einen Sinn, wenn wir uns treffen?", gab er deshalb misstrauisch zurück. „Wie Sie wissen, habe ich drei kleine Kinder."

„Na und?", lachte Gaby. „Ich liebe Kinder über alles, auch wenn es nicht meine eigenen sind. Machen Sie jetzt bloß keinen Rückzieher. Es hat mich Überwindung genug gekostet, einen wildfremden Mann anzurufen und ihn um ein Rendezvous zu bitten."

„Also gut", lenkte Peter ein. „Treffen können wir uns ja mal.

Schließlich müssen wir ja nicht unbedingt heiraten, wenn wir uns unsympathisch sein sollten."

„Genau meine Meinung", entgegnete die Frau auf der anderen Seite der Leitung. „Wenn Sie ein Fiesling sein sollten, sage ich gleich wieder Tschüs. Dann mögen Ihre Kinder noch so reizend sein".

Sie verabredeten für den nächsten Tag ein Treffen am Hauptbahnhof. Als Erkennungszeichen sollte jeder eine Ausgabe der bewussten Frauenzeitschrift in der Hand halten. Dann legten sie auf.

„Sehen Sie", triumphierte Frau Brandstetter, nachdem Peter ihr von diesem Anruf erzählt hatte. „Ich habe doch gleich gewusst, dass Frau Susanne Ihnen hilft. In einem halben Jahr sind Sie wieder verheiratet und die Kleinen haben eine neue Mutter."

„Nur mal langsam!", protestierte Peter lachend. „Ich muss diese Frau ja erst einmal kennen lernen. Vielleicht ist sie hässlich wie die Nacht, hat Warzen im Gesicht, krumme Beine wie ein Fußballer und Mundgeruch. Ein bisschen muss ich trotz allem auch an mich denken."

„Schönheit vergeht", dozierte Frau Brandstetter weise. „Aufs Herz kommt es an. Aber sicher ist sie hübsch und adrett."

„Wollen wir's hoffen", seufzte Peter wenig überzeugt.

Am Nachmittag des folgenden Tages schlüpfte er in seinen besten Anzug, klemmte sich die Zeitschrift unter den Arm und fuhr zum Hauptbahnhof. Seine Kinder ließ er - wie so oft - in der Obhut von Frau Brandstetter zurück, die ihm beide Daumen zu drücken versprach und ihm alles Gute auf seinem schicksalsschweren Weg wünschte.

Peter parkte seinen Wagen in der Tiefgarage des Hauptbahnhofes, fuhr mit der Rolltreppe hinauf zum Haupteingang und stellte sich in Warteposition. Seine Zeitschrift schwenkte er auffällig in der Hand.

„Wenn ich mich nicht irre, sind Sie Herr Wassmuth?", fragte eine weibliche Stimme hinter seinem Rücken.

Erschrocken fuhr er herum und starrte fasziniert auf die junge Dame, die lächelnd vor ihm stand und ebenfalls ein Exemplar der Zeitschrift in der Hand hielt. Sie mochte Ende zwanzig sein, war bildhübsch, gertenschlank und machte auf Anhieb des besten Eindruck auf ihn.

„Na, haben Sie jetzt genug gesehen?", erkundigte sie sich spöttisch und strich sich eine blonde Haarlocke aus der Stirn. „Oder soll ich mich auch noch umdrehen, damit Sie meine Kehrseite bewundern können?"

„Um Gottes willen", stotterte Peter verlegen und fühlte, wie er rot anlief. „Ich bin nur etwas überrascht. Bitte entschuldigen Sie, dass ich so unhöflich war."

„Was hatten Sie denn erwartet?", fragte sie belustigt. „Einen alten Drachen? Das hätte ich Ihnen nicht zugemutet. Schließlich möchte ich Ihre Kinder ja nicht erschrecken. So, und jetzt geben Sie mir bitte erst einmal Ihr Patschhändchen und sagen mir, wie sich das gehört, brav guten Tag."

Peter fiel von einer Verlegenheit in die andere. Er reichte ihr die Hand, stotterte eine neuerliche Entschuldigung zusammen und war mit den Nerven völlig am Ende. Er kam sich wie ein Primaner vor, der zu seinem ersten Rendezvous ging. Und viel anders war es ja auch nicht.

„Sie gefallen mir", strahlte ihn Gaby vergnügt an. „Sie machen einen so netten, hilflosen Eindruck. Man möchte Sie am liebsten in den Arm nehmen und trösten."

„Warum tun Sie's nicht?", konterte Peter und musste plötzlich lachen. Er fühlte, wie sich der angespannte Druck in seiner Brust zu lösen begann, wie es ihm in Gegenwart dieser wunderschönen jungen Frau wohl ums Herz wurde wie lange nicht. Es war ihm, als kenne er sie schon viele Jahre.

„Nööö", sagte Gaby lächelnd. „Das mit dem in-den-Arm-nehmen hat noch ein wenig Zeit. Ich muss mich erst an Sie gewöhnnen. Kam, sah und siegte gibt es bei mir nicht."

„Das hatte ich auch nicht erwartet", beteuerte Peter.

„Dann ist es ja gut", meinte sie. „Und was unternehmen wir jetzt, Peter? Ich darf Sie doch so nennen?"

„Natürlich, wenn ich Gaby sagen darf?"

Es wurde ihm gnädig gewährt.

„Tja, was machen wir jetzt?", überlegte Peter und kratzte sich nachdenklich am Kinn. „Haben Sie eine Idee, Gaby? Ich richte mich ganz nach Ihnen."

„Das habe ich gern", kicherte sie. „Eine Frage mit einer Gegenfrage beantworten. Aber so sind nun mal die Männer. Immer Angst vor einer Entscheidung. Nun gut, dann will ich mal nicht so sein. Nehme ich Ihnen halt die schwierige Entscheidung ab und schlage vor, zu Ihnen zu fahren. Schließlich wollte ich nicht nur Sie, sondern auch Ihre Kinder kennen lernen. Sie sind doch wohl zu Hause - oder?"

„Ja, sie sind bei einer Nachbarin", erklärte Peter. „Was glauben Sie, wie die sich freuen werden, wenn ich ihnen ihre künftige Mami präsentiere."

Gaby legte ihm ihre Hand auf den Arm und schaute ihn ernst an. „Nun aber mal langsam, mein Lieber. Sagen Sie den Kleinen bitte noch nicht, warum wir uns heute getroffen haben. Es ist noch viel zu früh, sich jetzt schon festlegen zu wollen. Wir wissen beide nicht, wie unser Abenteuer, auf das wir uns eingelassen haben, ausgehen wird. Machen wir ihnen also keine falschen Hoffnungen!"

„Ich weiß aber schon, wie unser Abenteuer ausgehen wird", versicherte Peter. „Sie sind die erste Frau, bei der ich es auf Anhieb weiß."

„Ich weiß es leider noch nicht, Peter", erwiderte sie. „Sie müssen mir schon ein bisschen Zeit lassen."

„Bin ich Ihnen denn so unsympathisch?"

„Irgendwie scheinen Sie nicht ganz richtig zu ticken", schimpfte Gaby. „Wir kennen uns gerade mal ein paar Minuten, und schon wollen Sie in mir die Frau fürs Leben und die künftige Mutter Ihrer Kinder erkannt haben? Das ist doch Unsinn. Ich habe jedenfalls nicht die Absicht, mich nach so kurzer Zeit auf Sie festzulegen, ja, und ich weiß auch noch nicht, ob Sie mir sympathisch sind oder nicht. Fragen Sie mich das mal in ein paar Stunden oder Tagen. Also - fahren wir?"

Zu Hause wurden sie mit großem Hallo begrüßt. Frau Brandstetters Wangen glühten, als sie Gaby die Hand reichte. Die Aufregung stand ihr ins Gesicht geschrieben. Verstohlen blinzelte sie Peter zu. *Das ist sie,* sollte das wohl heißen. *Das ist die Richtige! Halte sie bloß fest!* Und Peter blinzelte vergnügt zurück.

Später hatte Peter nichts mehr zu melden. Seine Kinder nahmen die neue Tante, die sie Gaby nennen durften, voll in Beschlag. Sie musste sich die Kinderzimmer ansehen, das Spielzeug bewundern und Katrins Schularbeiten begutachten. Gaby tat es mit sichtlicher Freude und hockte bald mit den Kleinen auf dem Fußboden, um mit ihnen zu spielen. So lustig war es schon lange nicht mehr bei ihnen zugegangen. Die neue Tante war einfach fabelhaft!

Peter saß ganz still auf einem Stuhl und genoss das traute Bild sichtlich. Gaby schien wirklich ein großes Herz für Kinder zu haben. Im Moment zählten nur sie für sie. Ihn hatte sie vergessen. Ihre Wangen hatten sich gerötet, sie lachte und scherzte und konnte sich freuen, als wäre sie selbst noch ein Kind.

Die Stunden vergingen wie im Flug. Bald war es Zeit fürs Abendessen. Als wäre es selbstverständlich, ging Gaby mit in die Küche und half Peter bei der Zubereitung der belegten Brote.

„Ich bewundere Sie", sagte Peter und schenkte ihr einen warmen Blick. „Sie tun das alles, als hätten Sie es jahrelang gemacht."

„Das habe ich auch", erwiderte Gaby und ein trauriger Zug legte sich um ihre Mundwinkel. „Ich habe meinen Mann und meine beiden Kinder vor zwei Jahren bei einem Flugzeugabsturz verloren. Wissen Sie jetzt, warum ich Kinder über alles liebe? Eigentlich wollte ich nicht mehr heiraten, aber Ihr Brief hat mich tief bewegt. Ich musste Sie einfach anrufen. Gemeinsames Schicksal verbindet irgendwie, nicht wahr?"

„Wie darf ich das verstehen?", fragte Peter verwirrt. „Soll das heißen, dass Sie... dass... du...?"

Gaby hob mit einem wehen Lächeln die Schulter. „Ich glaube es fast", sagte sie leise. „Peter, ich habe mich heute seit langer Zeit zum ersten Mal wieder so richtig wohl gefühlt. Der Trubel, das fröhliche Kinderlachen - alles. Es tut halt verdammt weh, allein zu sein. Ich brauche wieder eine Familie. Das habe ich in den vergangenen Stunden festgestellt."

„Und was ist mit mir?", wollte er wissen. „Bin ich dir inzwischen sympathisch? Magst du mich auch ein bisschen - und nicht nur meine Kinder?"

„Ich denke schon", gab sie zu. „Doch, ja, ich denke schon!"

Peter ging auf sie zu und zog sie behutsam in seine Arme. Er schien seinem unverhofftes Glück immer noch nicht so recht zu trauen.

„Gibt es so etwas wie Liebe auf den ersten Blick?", fragte er mit schwankender Stimme.

Gaby nickte und lehnte sich mit Tränen in den Augen bebend an ihn. „Ich habe es auch nicht glauben wollen, aber es scheint sie tatsächlich zu geben. Am Bahnhof hat sich noch alles in mir gegen dieses Gefühl gesträubt, aber jetzt..."

„Ich hatte mir auch vorgenommen, nie wieder zu einer Frau *Ich liebe dich* zu sagen", gestand Peter. „Ich dachte, man könnte kein zweites Mal ehrliche Liebe empfinden. Heute weiß ich, dass ich mich geirrt habe. Ich liebe dich, Gaby, ja, ich liebe dich!"

Seine Lippen suchten ihren süßen Mund, den sie ihm willig überließ. Für beide versank die Welt in einem langen, beseligenden Kuss.

„So hat er mich noch nie geküsst", sagte ein zartes Stimmchen hinter ihrem Rücken. Die Kinder waren gekommen, um nachzuschauen, wo denn ihr Abendessen bliebe.

„Dich will ich ja auch nicht heiraten", rief Peter lachend. Dann zogen er und Gaby die Kleinen gemeinsam in ihre Arme.

„Juchuu!", jubelte Katrin. „Jetzt sind wird endlich wieder eine große Familie. Und eine tolle Mami haben wir auch wieder."

„Wollt ihr mich denn?", wollte Gaby wissen.

„Du musst doch bloß ihre Gesichter anschauen", erwiderte Peter an Stelle seiner Kinder. „Ihnen strahlt das Glück doch förmlich aus den Augen. Schatz, wir werden bald heiraten - und diese Briefkastentante laden wir zu unsere Hochzeit ein. Sie hat es weiß Gott verdient."

„Sie wird nicht kommen können", meinte Gaby lächelnd.

„Ja, aber warum denn nicht?"

„Sie ist schon da!" erklärte Gaby. „Diese Briefkastentante bin nämlich ich selbst. Ich bin Frau Susanne. Ich wusste mir keinen anderen Rat mehr, wie ich dir helfen könnte. Also bin ich selbst gekommen."

„Das war der beste Rat, den du jemals jemanden gegeben hast", schmunzelte Peter. „Auch wenn du ihn dir selbst gegeben hast."

In vino veritas
Schmunzelgeschichte

Herr Süffli war stolzer Besitzer einer Weingroßhandlung. Seit ein paar Wochen hatte der Besitzerstolz allerdings ein paar rostige Flecken abbekommen. Die Leute schienen plötzlich allesamt Biertrinker geworden zu sein. Es war entsetzlich. Der Pleitegeier begann über Herrn Süfflis Haus zu kreisen.

All das schien das Finanzamt nicht zu interessieren. Erbarmungslos hatte man Herrn Süffli die Vollstreckung angedroht, falls er seine fälligen Steuern nicht endlich zahlen würde.

Da nahte Rettung in letzter Sekunde. Der Einkäufer einer Supermarktkette hatte sich bei ihm angekündigt. Auf ihn setzte Herr Süffli seine ganze Hoffnung. Dieser nette Herr sollte ihm das Geschäft seines Lebens verschaffen. Für diesen Großkunden wollte er seinen ganzen Charme in die Waagschale werfen. Falls es nötig sein sollte, würde er ihm sogar Puderzucker in den A…!

Und dann erschien ein freundlicher Herr bei Herrn Süffli, der wie der Einkäufer einer Supermarktkette aussah. Der Weingroßhändler zauberte sein herzlichstes Lächeln ins Gesicht und ging seinem vermeintlichen Kunden mit ausgestreckten Armen entgegen.

„Guten Tag, mein Herr", säuselte er. „Ich freue mich, dass Sie den Weg zu mir gefunden haben. Ich habe Sie bereits sehnlichst erwartet."

Der Kunde legte seine Stirn in erstaunte Falten. „So?", entgegnete er. „Das wundert mich aber sehr. Normalerweise bin ich nicht allzu gern gesehen."

Herr Süffli kicherte amüsiert und schlug seinem Besucher freundschaftlich die Hand aufs Kreuz. „Wie bescheiden er ist", sagte er. „Direkt rührend. Aber treten Sie doch näher. Wie gehen denn die werten Geschäfte?"

„Ich kann nicht klagen", antwortete der Kunde.

„Das freut mich", meinte Herr Süffli. „Das freut mich über alle

Maße." Er schob seinem Besucher einen Stuhl hin. „Nehmen Sie Platz, mein Herr."

Der Kunde setzte sich. „Danke. Sie sind sehr nett."

Herr Süffli rieb sich verstohlen die Hände. "Mit Speck fängt man Mäuse", dachte er vergnügt, "und mit Freundlichkeit Einkäufer von Supermarktketten."

„Darf ich Ihnen nun die erste Probe meines köstlichen Weines kredenzen?", erkundigte er sich. Er griff nach einer der Flaschen, die er für diesen hohen Besuch vorbereitet hatte, und schenkte ein Probiergläschen voll. „Ein ausgezeichnetes Tröpfchen. Spätlese, Rheinhessen."

„Eigentlich bin ich ja im Dienst", sagte der Kunde, während sich auch Herr Süffli ein Gläschen eingoss. „Aber…"

„Er ist im Dienst!", schnitt ihm Herr Süffli die Rede ab und lachte herzlich. „Das haben Sie aber goldig gesagt. Im Dienst. Ha ha - wirklich zu komisch." Er drohte seinem Besucher neckisch mit dem Finger. „Sie sind wohl ein kleiner Scherzkeks, was? Ich mag humorvolle Menschen. Sie waren mir übrigens gleich sehr sympathisch."

Der vermeintliche Supermarkteinkäufer lächelte geschmeichelt. „Ich darf dieses Kompliment zurückgeben", beteuerte er. „Es ist wirklich bedauerlich, dass ich…" Er winkte ab. „Ach was. Trinken wir erst einmal"

Die beiden Herren prosteten sich zu, nahmen ein Schlückchen, bissen den Wein und schluckten ihn schließlich runter. Sie waren eben beide Kenner und wussten, wie man einen guten Tropfen probiert.

„Wirklich ausgezeichnet", lobte der Kunde denn auch sogleich. „Er zergeht einem förmlich auf der Zunge. Wissen Sie, ich verstehe nämlich etwas vom Wein. Der Cousin des Bruders meiner Großtante besitzt ein kleines Weingut."

„Wie aufregend", sagte Herr Süffli scheinheilig. „Dann werden Sie ja auch den nächsten Tropfen zu schätzen wissen."

Nachdem sie einen Happen Weißbrot gegessen hatten, goss er

zwei andere Gläser voll. „Diesmal bringe ich Ihnen einen Pfälzer; etwas herb, aber genau das richtige für einen Kenner wie Sie. Na, wie schmeckt er Ihnen?"

„Ausgezeichnet", meinte der nette Besucher. „Könnte ich vielleicht noch etwas haben?"

„Aber gern", erwiderte Herr Süffli. „Fühlen Sie die edle Blume? Den leicht säuerlichen Geschmack auf der Zunge? Wir müssen unserem Herrgott danken, dass er einen solchen Wein wachsen ließ."

„So wie bei Ihnen bin ich noch nirgends empfangen worden", sagte der Einkäufer gerührt.

„Aber es ist mir doch eine Ehre", versicherte Herr Süffli.

Die beiden Herren probierten noch etliche Sorten. Sie probierten ausgiebig. Die Zungen wurden schwerer. Da erschien ein anderer Besucher auf der Bildfläche.

„Guten Tag", sagte er. „Bin ich hier richtig bei Süffli?"

„Ja, das sind Sie", antwortete der Weingroßhändler unfreundlich. „Egal, was Sie möchten: Sie müssen es auf morgen verschieben. Ich bin gerade in einer wichtigen Besprechung, wie Sie vielleicht sehen."

„Morgen habe ich leider keine Zeit", sagte der andere.

„Dann kann ich's auch nicht ändern", meinte Herr Süffli. „Gehen Sie meinetwegen zur Konkurrenz. Ich kann Ihnen leider nicht helfen."

„Das ist allerhand", empörte sich der andere. „Mich werden Sie hier bestimmt nicht mehr sehen."

„Ich werde es überleben", beteuerte Herr Süffli kühl. „Guten Tag, mein Herr."

Der Besucher verließ kopfschüttelnd den Laden. Die beiden Herren setzten ihre Weinprobe fort. Nach zwei Stunden waren sie per Du und sterngranatenvoll. Nun hielt es Herr Süffli aber doch an der Zeit, endlich zum geschäftlichen Teil zu kommen.

„Wie viele Kisten darf ich denn nun von jeder Sorte für dich notieren, mein Freund?", wollte er wissen.

„Ich nehme von dem da eine Flasche", entgegnete der Besucher und deutete auf den herben Pfälzer. „Und von diesem nehme ich auch eine Flasche."

„Du bist wirklich ein Witzbold", stellte Herr Süffli fest und lachte. „Zwei Flaschen für eine ganze Supermarktkette?"

„Wieso Supermarktkette?", fragte der Besucher. „Ich komme vom Amtsgericht. Mein Name ist Kuckuck. Ich soll bei dir vollstrecken."

„Du lieber Himmel!", stöhnte Herr Süffli und griff sich mit den Händen an den Kopf. „Dann war das ja vorhin...! O, ich Esel! Und du... äh... Sie wollen mir wirklich meinen Wein pfänden?"

„Genau", lallte Herr Kuckuck. „Meine Kollegen haben mir ganz genau aufgeschrieben, welche Sorten ich pfänden soll."

„Warum das denn?"

„Weil wir nächste Woche unsere Betriebsfeier haben, erklärte Herr Kuckuck. Er griff nach seinem Glas. „Prost, Herr Süffli, altes Haus! Mir dir trinke ich am liebsten"

Der Weingroßhändler konnte ihm nicht Bescheid geben. Ihn hatte gerade der Schlag getroffen.

Gebranntes Kind scheut das Feuer
heiterer Liebesroman
erstmals erschienen in ROMANWOCHE

Er hatte sie am Abend zuvor in dem bekannten Schlemmerlokal *Zum Gambrinus* kennen gelernt, wo die etwas besser situierten Feinschmecker der Stadt und der näheren Umgebung zu verkehren pflegten.

Sie saß mutterseelenallein an einem der rustikal eingedeckten Tische und studierte die in Leder gebundene Speisekarte. Als der Oberkellner sich bei ihr erkundigte, ob er einen anderen, ebenfalls alleinstehenden Gast zu ihr an den Tisch setzen dürfe, da es außer diesem im ganzen Lokal so gut wie keinen freien Platz mehr gäbe, stimmt sie wenn auch sichtlich ungern, zu.

Der andere allein stehende Gast war Peter Mertens, fünfunddreißig, gut aussehend und seit ein paar Monaten geschieden. Seine Ex hatte nämlich geglaubt, an der Seite seines besten Freundes, der mittlerweile selbstverständlich nicht mehr sein bester Freund war, ein glücklicheres Leben führen zu können und hatte sich deshalb von ihm - Peter - getrennt.

Peter war in der Computerbranche tätig, verdiente recht ordentlich und genoss sein wiedererlangtes Junggesellendasein in vollen Zügen. Eine feste Bindung gedachte er vorerst nicht mehr einzugehen. Als gebranntes Kind scheute er das Feuer. Wenigstens bis zu diesem Abend, an dem er Viola begegnete.

Viola war die junge Frau, zu der ihn der Oberkellner mangels eines anderen Platzes setzte. Als er zu ihr an den Tisch trat und *Gestatten?* murmelte, blickte sie kurz auf, begrüßte ihn mit einem knappen Kopfnicken und kaum wahrnehmbaren Lächeln und kümmerte sich sofort wieder um die Zusammenstellung ihres Menüs.

Der vornehme Oberkellner, der in seinem Frack und auch von der Art her, wie er sich bewegte, ein wenig an einen Pinguin erinnerte, überreichte Peter die Speisekarte und fragte, ob er Herr etwas zu trinken wünsche. Vielleicht einen Aperitif? Als der junge Mann lediglich ein ordinäres Pils bestellte, zog er sich mit missbilligender Miene zurück.

Während Peter das Angebot an erlesenen Köstlichkeiten überflog, schweiften seine Augen immer wieder zu der jungen Dame hinüber, die per Zufall seine Tischnachbarin geworden war und ihm ausnehmend gut gefiel.

Sie mochte Ende zwanzig sein, war ein mittelgroßes, schlankes Persönchen mit ausgeprägten Formen und langen blonden Haaren, die ein überaus liebreizendes Gesicht umschmeichelten, in dem besonders die himmelblauen, lang bewimperten Augen auffielen.

Mit einen Satz: Peter kam, sah sie, und schon erwachte in ihm der Wunsch, etwas mehr als ihr Tischnachbar sein zu dürfen. Sie entsprach genau seinem Ideal von einer Frau. Und das lag hauptsächlich daran, dass sie ihn in keinster Weise an seine Geschiedene erinnerte, die dunkelhaarig, groß und katzenhaft gewesen war.

Die Blonde, von der Peter zu diesem Zeitpunkt noch nicht wusste, dass sie Viola hieß, schien ihre Wahl getroffen zu haben. Sie klappte ihre Speisekarte zu, legte sie neben sich auf den Tisch und fingerte sich dann eine Zigarette aus einer vor ihr liegenden Schachtel. Peter beeilte sich, ihr Feuer zu geben.

(Anm.: Auch hier wieder: Kein Rauchverbot in Lokalen)

„Vielen Dank", sagte sie und schenkte ihm ein freundliches Lächeln, bei dem es ihm warm ums Herz wurde. „Ich hoffe, es stört sie nicht?"

„Ich bin selbst Raucher", erwiderte Peter.

„O, dann darf ich vielleicht…?" Sie hielt ihm ihre Zigarettenschachtel hin.

„Sehr liebenswürdig, aber die sind mir etwas zu leicht." Peter bediente sich aus seiner eigenen Zigarettenschachtel und fragte, indem er auf die Speisekarte deutete: „Was können Sie mir denn empfehlen?"

„Woher soll ich wissen, wonach Sie Appetit haben?", gab sie

zurück.

Auf dich, du süße Maus, lag ihm auf der Zunge zu sagen, aber das schluckte er schnell hinunter. Stattdessen bemerkte er - und er versprühte dabei all seinen Charme, der nur selten seine Wirkung auf die Damenwelt verfehlte - mit einschmeichelnder Stimme:

„Ich weiß es selbst nicht, auf was ich Appetit habe. Darf ich erfahren, was Sie gewählt haben? Vielleicht regt es mich zu einer Entscheidung an."

Er durfte es erfahren. Von diesem Moment an war das Eis gebrochen. Sie begannen, sich in angenehmster Weise miteinander zu unterhalten, fanden sich gegenseitig äußerst sympathisch und freuten sich an dem Zufall, der sie in Gestalt des Oberkellners zusammengeführt hatte.

Nachdem sie vorzüglich gespeist hatten, erkundigte sich Peter, ob es erlaubt sei, sie in eine kleine, ihm bekannte Bar einzuladen, wo man gemütlich sitzen und zu verträumter Musik auch tanzen könne, wenn man Lust dazu verspüre.

Viola überlegte einen winzigen Moment und erlaubte es ihm dann, sie in diese Bar einzuladen.

Sparen wir uns weitere Einzelheiten: Es wurde ein ganz reizender Abend. Der reizendste überhaupt, den sie beide bis jetzt erlebt hatten, fanden sie. Als sie weit nach Mitternacht auseinander - gingen, gestattete sie ihm einen Kuss, den man kaum als solchen bezeichnen konnte, und verabredete sich mit ihm für den nächsten Tag. Treffpunkt sollte das Schillerdenkmal im Stadtpark sein. Zeit: Fünfzehn Uhr. Ihre Adresse wollte sie ihm nicht verraten. Noch nicht. Warum, sagte sie ihm nicht.

Peter gab sich damit zufrieden, nur ihren Vornamen zu kennen und war sich, als er nach Hause fuhr, darüber im klaren, dass er sich bis über beide Ohren in sie verliebt hatte.

Das war gestern Abend gewesen. Jetzt war Sonntag kurz vor fünfzehn Uhr. Ein Sonntag, der ein Sonnentag war. Der Wettergott meinte es heute nämlich ausgesprochen gut mit den Menschen und hatte alle angenehmen Register seines Könnens gezogen. Die Sonne strahlte von einem tiefblauen Himmel, an dem kein Wölkchen zu sehen war. Ein sanfter, warmer Wind bewegte die Zweige der Bäume, in denen sich unzählige Vögel tummelten und die Luft mit ihrem fröhlichen Gezwitscher erfüllten. Es war ein Tag wie aus dem Bilderbuch; ein Tag zum Verlieben - wenn man es nicht längst war. So wie Peter.

Er parkte seinen Wagen vor dem Haupteingang des Stadtparks, klemmte sich den prächtigen Rosenstrauß, den er für Viola besorgt hatte, unter den Arm und stiefelt los. Auf die Sekunde pünktlich stand er vor dem Schillerdenkmal und begrüßte den in Stein gehauenen Dichterfürsten, der mit nachdenklicher Miene auf seinem Sockel stand und auf eine junge Dame herabblickte, die auf einer vor dem Denkmal stehenden Bank saß und in einer Illustrierten blätterte, mit einem freundlichen Kopfnicken.

Viola war noch nicht erschienen. Peter hatte das auch gar nicht erwartet. Eine Viertelstunde Verspätung hatte er von vornherein einkalkuliert. Frauen waren halt so. Viola schien da keiner Ausnahme zu bilden. Er billigte es ihr gerne zu.

Nachdem die bewusste Viertelstunde verstrichen und Viola immer noch nicht aufgetaucht war, überlegte er, ob er sich nicht zu der lesenden jungen Dame auf die Bank setzen sollte, um die Angebetete dort zu erwarten.

"Nein", verwarf er diesen Gedanken sofort wieder. "Wie würde das aussehen? Ich erwarte sie lieber stehend, sonst denkt sie am Ende noch, mein fortgeschrittenes Alter würde mir zu schaffen machen. Außerdem wird sie ja auch jeden Moment kommen."

In dieser Beziehung dachte er völlig verkehrt. Viola kam nämlich nicht. Da konnte er noch so oft auf die Uhr schauen und feststellen, dass wieder zehn Minuten vergangen waren. Und zehn, und zehn, und...

Ärgerlich war das. Verdammt ärgerlich. Und am ärgerlichsten war, dass die junge Dame auf der Bank unter dem Schillerdenkmal ihre Zeitschrift beiseite gelegt hatte, ihn interessiert beobachtete und - wenn sich ihre Blicke zufällig trafen - spöttisch anlächelte. Sie schien sich köstlich zu amüsieren. Und er kam sich wie ein Trottel vor.

"Warum versetzt sie mich?", dachte er verstimmt, als schließlich eine knappe Stunde seit dem verabredeten Zeitpunkt vergangen war. "Warum macht sie mir Hoffnungen, und dann lässt sie mich wie einen dummen Schuljungen warten? Hat sie mir gestern Abend nur Theater vorgespielt? Diesen Eindruck hatte ich eigentlich nicht. Ich hatte eher das Gefühl, dass sie sich auch in mich verliebt hat. Ein bisschen zumindest.

Aber warum kommt sie nicht? Hat sie sich's anders überlegt? Oder ist ihr etwas dazwischengekommen? Etwas, mit dem sie nicht rechnen konnte? Zu dumm aber auch, dass sie mir nicht ihre Adresse gegeben hat. Dann hätte ich wenigstens bei ihr anrufen können. Aber so…? Nicht mal ihren Nachnamen kenne ich."

„Das wird wohl nichts mehr", riss ihn eine sympathisch klingende weibliche Stimme aus seinen trüben Gedanken. Sie gehörte der jungen Dame auf der Bank unter dem Schillerdenkmal. Voller Mitleid sah sie ihn an. Voller Mitleid und vielleicht mit ein wenig Schadenfreude. „Sie haben sich vermutlich umsonst in Unkosten gestürzt. Schade um die Rosen."

„Wollen Sie das Gestrüpp haben?", fragte Peter finster, der inzwischen nicht mehr mit Viola rechnete und hielt ihr den Blumenstrauß hin. „Hier, nehmen Sie ihn ruhig."

„Eigentlich sollte ich Ihr Angebot ablehnen", meinte die junge Frau, „denn ich mache mir normalerweise nichts aus Blumen, die für eine andere bestimmt waren. Andererseits tun mir die herrlichen Rosen leid. Was machen Sie mit Ihnen, wenn ich sie nicht nehme?"

„In den nächsten Abfalleimer werde ich sie stecken", knurrte Peter.

„Dazu sind sie aber nun wirklich zu schade", befand die junge Frau. „Also, geben Sie sie schon her." Sie nahm den Rosenstrauß in Empfand und schnuppert daran. „Sie duften wundervoll. Darf ich mich revanchieren?"

Peter schaute sie verständnislos an.

„Darf ich Sie zu einer Tasse Kaffee einladen?", verdeutlichte sie ihre Frage.

„Ich...", hob Peter zu sprechen an.

„Ich weiß, ich weiß", fiel sie ihm mit einem ironischen Lächeln ins Wort. „Es gehört sich nicht, dass eine Dame einen Herrn einlädt. Selbst in unserer heutigen aufgeklärten Zeit gehört sich das nicht. Es könnte den Herrn nämlich dazu verleiten, schlecht über diese Dame zu denken. Es könnte sogar so weit führen, dass er sie für eine Dame in Anführungsstrichen hält. Aber dem ist nicht so. Ehrenwort. Ich möchte mich nur für die wunderschönen Rosen revanchieren. Das ist alles."

„Es wäre mir keine Sekunde in den Sinn gekommen, Sie für eine... eine... hmmm..." Er unterbrach sich und verzog verlegen das Gesicht.

Die junge Dame lachte. „Ich danke Ihnen, dass sie mich richtig einzuschätzen wussten. Es beruhigt mich ungemein. Was spricht also noch gegen meine Einladung?"

„Eigentlich nichts", entgegnete Peter zögernd. „Nur..." Er hob die Hände. „Verstehen Sie mich bitte nicht falsch. Ich... ich..." Er drehte und wand sich vor Verlegenheit. „Ich hatte eigentlich nicht die Absicht, mich mit einer anderen zu trösten."

„Wer sagt denn, dass ich Sie trösten möchte?", spöttelte die jungen Dame. „Das hatte ich weiß Gott nicht vor."

„Na schön" gab Peter endlich nach. „Trinken wir halt eine Tasse Kaffee zusammen."

„Das klingt, als hätten Sie sich eben entschlossen, mir freiwildlig auf die Schlachtbank zu folgen", rügte ihn die Fremde kopfschüttelnd. „Wenn Ihnen meine gut gemeinte Einladung so unangenehm ist, dann vergessen Sie sie in Gottes Namen. Dann möchte ich Sie aber auch bitten, die Rosen zurückzunehmen."

„Das kommt nicht in Frage", versetzte Peter beschämt. „Geschenkt bleibt geschenkt." Er senkte den Kopf und fuhr mit ganz kleiner Stimme fort: „Entschuldigen Sie bitte mein unmögliches

Benehmen. Nichts liegt mir ferner, als Sie kränken zu wollen. Aber man hat mir heute ziemlich weh getan. Vielleicht lassen Sie das als Entschuldigung gelten?"

„Akzeptiert", sagte die junge Frau versöhnlich. „Ich kann verstehen, dass Sie sauer sind."

„Nicht so sehr sauer wie enttäuscht", erwiderte Peter. „Aber was soll's! Sicher gibt es einen Grund, warum sie nicht gekommen ist. Ich werde es herausfinden. Und nun kommen Sie. Wir reden und reden vom Kaffee trinken, und nun habe ich plötzlich Appetit darauf bekommen."

Sie gingen in das nächste Caféhaus, fanden einen freien Tisch und setzten sich bei Kaffee und Kuchen zusammen.

Die Fremde hieß Helga Brandt, war Modedesignerin von Beruf und lebte zusammen mit ihrer geschiedenen Freundin in einer kleinen Wohnung am Rande der Stadt.

„Das arme Hascherl hat allerhand mitmachen müssen", erzählte sie ihrem neuen Bekannten von der Freundin. „Holger - so hieß ihr Mann - hielt sich für den legitimen Nachfolger Casanovas. Keine Frau war vor ihm sicher. Auch bei mir hat er es versucht, ist aber - wie ich schwöre - abgeblitzt. Bei anderen hatte er mehr Glück. Die Hölle auf Erden hat er meiner Freundin bereitet. Kann man es ihr verübeln, dass sie den Männern gegenüber voller Misstrauen ist? Sie behauptet steif und fest, dass alle gleich wären. Eine gut aussehende Frau müsste nur ein bisschen mit den Wimpern klimpern und mit dem Hintern wackeln, und schon würden alle schwach."

„Ich nicht", beteuerte Peter. „Wenn ich mich für eine Frau entschieden habe, dann bleibe ich ihr auch treu. Da könnte eine andere klimpern und wackeln so viel und mit was sie möchte."

„Dann wäre die Frau, für die Sie sich entschieden haben, aber wirklich zu beneiden", meinte Helga. „Ist es die Dame, auf die Sie vorhin vergeblich gewartet haben?"

„Ja, sie ist es."

„Auch jetzt noch?

„Auch jetzt noch", bestätigte Peter.

Helga verstand es, das Gespräch in andere Bahnen zu lenken. Etwa zwei Stunden später meinte sie, nun wäre es Zeit, nach Hause zu fahren. Mit der Straßenbahn, wie sie ausdrücklich betonte.

„Das kommt natürlich nicht in Frage", widersprach Peter. „Ich fahre Sie selbstverständlich heim."

Helga gestattete es ihm, und als sie vor ihrer Haustür standen, lud sie ihn auf einen Kognak in ihre Wohnung ein. Peter wollte sie nicht erneut beleidigen und folgte ihr, wenn auch widerstrebend.

„Setzen Sie sich", sagte sie, nachdem sie ihn in das kleine, aber gemütlich eingerichtete Wohnzimmer geführt hatte. „Ich möchte mir nur etwas Bequemeres anziehen. Ich bin gleich zurück."

Peter nahm in einem der Sessel Platz, steckte sich eine Zigarette an und wartete auf die Rückkehr seiner neuen Bekannten. Als sie endlich erschien, verschlug es ihm fast den Atem:

Helga trug einen raffinierten Hausanzug, der von ihrem herrlichen Körper mehr zeigte als verdeckte. Schnurrend wie eine Katze ließ sie sich neben ihm auf der Sessellehne nieder, legte ihre Arme um seinen Nacken und schmiegte sich an ihn.

„Du gefällst mir", flüsterte sie heiser und begann, an seinen Ohrläppchen zu knabbern. „Du gefällst mir sogar ausnehmen gut, du armer, verlassener, kleiner Liebling. Soll ich dich nicht doch ein bisschen trösten? Ich verstehe das nämlich recht gut. Vielleicht besser als die, auf die du vergeblich gewartet hast. Ich kenne ein paar Spielchen, von denen du wahrscheinlich noch nichts gehört hast."

Peter schob sie entrüstet zur Seite und sprang aus seinem Sessel hoch.

„So nicht!", fuhr er sie an. „Ich habe Ihnen klar und deutlich gesagt, dass ich keiner von der Sorte bin, die in der Liebe ein Spiel sehen, das mit häufig wechselnden Partnern zu spielen ist. Sie bemühen sich also vergeblich, liebe Helga. Mit mir läuft in dieser Beziehung nichts. Ich habe mich für eine andere entschieden, und dabei soll es bleiben, auch wenn Sie durchaus einen sehr reizenden Eindruck bieten. Und nun gestatten Sie, dass ich gehe."

Er ging, ohne die junge Frau noch eines Blickes zu würdigen zur Tür, riss sie auf und - - - taumelte verwirrt zurück.

„Viola!", murmelte er erschüttert. „Mein Gott, Viola, was machst du denn hier?"

„Ich wohne hier", erwiderte Viola mit ganz kleiner Stimme, legte ihre Hände auf seine Schultern und schaute ihm mit einem um Verständnis bittenden Lächeln in die Augen. „Ich habe alles gehört. Entschuldige bitte unser Spiel mit dem Feuer. Ich…"

„Spiel mit dem Feuer?", fiel er ihr ins Wort. Er fühlte maßlosen Ärger in sich aufsteigen. Mit einer unwilligen Bewegung schob er ihre Hände von seinen Schultern und trat einen Schritt zurück. „Ihr habt diese lächerliche Komödie also von Anfang an geplant? Und ich Esel bin auch prompt darauf hereingefallen."

„Genau das sind Sie eben nicht", übernahm Helga an Stelle ihrer Freundin, die mit gesenktem Kopf und sichtlich den Tränen nahe vor Peter stand, die Antwort. „Sie haben die Prüfung, die wir uns für Sie ausgedacht haben, mit Glanz und Gloria bestanden."

„Herzlichen Dank!", knurrte Peter und warf Helga einen bitterbösen Blick zu. „Erlauben Sie trotzdem, dass ich mich auf den Arm genommen fühle?"

„Nun sind Sie mal nicht gleich sauer", sagte Helga in beschwichtigendem Ton. „Ich habe Ihnen doch erzählt, was Viola mit ihrem Mann alles durchmachen musste."

„Das ist ein Argument, aber keine Entschuldigung", entgegnete Peter, dessen berechtigter Zorn bereits am Abklingen war. „Was wäre geschehen, wenn ich die Prüfung nicht bestanden hätte, wenn ich auf Ihr Spielchen eingegangen wäre? Schließlich fühlte ich mich ja von Viola enttäuscht."

„Dieses Risiko musste wir eben eingehen", sagte Helga. „Zwischen uns passiert wäre übrigens nichts. Viola wäre zum rechten Zeitpunkt in Erscheinung getreten."

„Entzückend", schimpfte Peter. „Mit was für falschen Schlangen habe ich mich da nur eingelassen!"

„Es war gemein, ich weiß", wisperte Viola. „Vielleicht kannst du mir nie verzeihen, was geschehen ist. Aber ich wollte nun mal sicher gehen, dass du es ernst mit mir meinst."

„Er meint es ernst", rief Helga. „Dafür lege ich meine Hand ins Feuer. Er hat ja nicht mal einen Blick an mich verschwendet. Es war fast schon ein wenig frustrierend für mich." Sie legte ihre Hand auf Peters Arm. „Nun grollen Sie uns nicht länger. Nehmen Sie es doch einfach von der humorvollen Seite."

Peter schaute Viola lange an. Um seine Mundwinkel zuckte es verdächtig. Die junge Frau wagte nicht, ihm in die Augen zu sehen.

„Eigentlich sollte ich dir böse sein", sagte er endlich.

„Ja, das solltest du", murmelte sie zerknirscht.

„Andererseits..."

„Andererseits?"

„Andererseits", fuhr er fort, „hat dieses dumme Spiel schon viel zuviel Zeit, unnütze Zeit, gekostet. Wir sollten sie schleunigst nachholen."

„Dann wartet wenigstens, bis ich verschwunden bin", meinte Helga, der man ansehen konnte, dass ihr ein Stein vom Herzen gefallen war. „Sonst werde ich vielleicht noch eifersüchtig."

Und sie holten die Zeit nach, die sie versäumt hatten. Sie holten sie ausgiebig und immer wieder nach. Und wenn sie nicht gestorben sind, dann tun sie es noch heute.

Zwei und zwei gibt zwei
Schmunzelgeschichte

Eva Mertens hockte allein am Tresen ihrer Lieblingsdiskothek *Flamingo* und rührte verdrossen in ihrem Longdrinkglas herum. Der Gin Tonic wollte ihr heute Abend einfach nicht schmecken. Der Grund dafür lag auf der Hand:
Frank Hübner, ihr langjähriger Freund, hatte mit ihr Schluss gemacht. Er hatte sie am Morgen im Büro angerufen, hatte etwas von einer gewissen Kerstin gequasselt, in die er sich unsterblich verliebt hätte, und hatte ihr Verhältnis für beendet erklärt. Einfach so. Aus heiterem Himmel. Ohne jegliche Vorwarnung.

Eva, ein bildhübsches Mädchen von zweiundzwanzig Jahren, hatte zunächst ein bisschen geweint, hatte sich dann aber mit dem Gedanken getröstet, dass dieser verdammte Kerl keine einzige Träne wert war. Am Abend war sie schließlich trotzig in ihre Diskothek gegangen. Es gab ja auch noch andere nette junge Männer, nicht wahr? Sie war auf einen Frank Hübner bestimmt nicht angewiesen. Phhhh!

Kaum hatte sie am Tresen Platz genommen und ihr Getränk bestellt, hatte sie wieder unendliche Trostlosigkeit überfallen. Vor ein paar Tagen hatte Frank noch an gleicher Stelle neben ihr gesessen. Sie hatten sich nett unterhalten, hatten hin und wieder eine kesse Sohle aufs Parkett gelegt und sich blendend verstanden. Von einer Kerstin war an diesem Abend nicht die Rede gewesen. Nur von ihnen. Und jetzt das. Ach, Frank!

„Tanzt du mal mit mir?", wurde sie von einer fröhlichen Stimme aus ihren gramerfüllten Träumen gerissen.

Sie blickte auf und sah in das gut geschnittene Gesicht eines etwa fünfundzwanzigjährigen schlanken Mannes, der sich aufmunternd anlächelte. Er war groß gewachsen, mindestens einen Kopf größer als sie, hatte dunkelbraune, gepflegte Haare und Augen der gleichen Farbe, die sie lustig anblinzelten.

„Eigentlich habe ich keine Lust", sagte Eva leise.

„Und uneigentlich?", wollte er wissen. „Du wirst mir doch keinen Korb geben? Ich habe eine geschlagene Stunde gebraucht, bis ich den Mut fand, dich zum Tanzen aufzufordern."

Eva musste wider Willen lachen, „So siehst du auch gerade aus", spöttelte sie. „Eine geschlagene Stunde? Gestatte, dass ich kichere!"

„Du verkennst mich völlig", entgegnete er treuherzig und verdrehte die Augen. „Ich bin der schüchternste Mensch auf Gottes weiter Welt. Manchmal werde ich sogar noch rot, wenn ich mit einem hübschen Mädchen spreche."

„Aber nur manchmal", konterte sie. „Eben bist du nämlich nicht rot geworden. Dabei hättest du allen Grund dazu gehabt. Du lügst nämlich wie gedruckt."

„Keine Spur", behauptete er. „Jedes meiner Worte entspricht der vollen Wahrheit." Er strich eine vorwitzige Locke, die ihm in die Stirn gerutscht war, zurück auf ihren Platz. „Tanzt du jetzt mit mir?"

„Also gut", willigte sie ein. „Aber nur, weil du so ein ungeheuer schüchterner Mensch bist. Ich möchte nicht, dass du an deinem eigenen Ego verzweifelst."

Aus dem einen Tanz wurden mehrere. Inzwischen wusste Eva, dass der junge Mann Thorsten Hartwig hieß, tatsächlich fünfundzwanzig Jahre alt war und den Beruf eines Bankkaufmanns ausübte.

Es wurde ein reizender Abend. Thorsten gefiel Eva von Minute zu Minute besser. Das Bild Frank Hübners begann in ihr zu verblassen. Eine neue Liebe hielt zart und vorsichtig in ihrem enttäuschten Herzen Einzug.

Als er sie nach Feierabend zu ihrem Wagen begleitete, gestattete sie ihm einen Kuss. Mehr nicht. Nicht am ersten Abend. Man hatte schließlich seine Prinzipien.

„Sehen wir uns wieder?", fragte Thorsten, nachdem sie bei ihrem Auto angekommen waren.

„Vielleicht", erwiderte sie. „Überlassen wir es dem Zufall."

„Auf den ist wenig Verlass", protestierte Thorsten. „Gib mir wenigstens deine Telefonnummer, damit ich dich mal anrufen kann."

(Anm.: Auch hier wieder der Hinweis - Handys oder so gab's damals noch nicht. Die jungen Leute haben's überlebt)

Eva schüttelte den Kopf. „Komm doch einfach wieder ins *Flamingo*", schlug sie vor. „Ich bin öfters hier."

„Na schön", meinte er und zuckte die Schultern. „Dann werde ich eben jeden Abend hier auf dich warten."

„Das muss nicht sein", lachte sie. „Morgen Abend bin ich zum Beispiel ganz bestimmt nicht da."

„Trotzdem", widersprach er. „Vielleicht überlegst du es dir doch noch anders, und dann..."

Er ließ unausgesprochen, was er dachte, aber das Mädchen verstand ihn auch so. Die Eifersucht in seiner Stimme - Eifersucht auf wen eigentlich? - war nicht zu überhören gewesen.

„Sicher nicht." Sie berührte mit der Innenfläche ihrer Hand für den Bruchteil einer Sekunde seine Wange und stieg schnell in ihren Wagen. „Mach's gut, Thorsten"

„Tschüs, Eva."

Sie ließ den Motor an, winkte ihm noch einmal zu und fuhr davon. Thorsten blickte den entschwindenden Rücklichtern ihres Wagens nach, bis er um die nächste Ecke bog. Dann machte auch er sich auf den Heimweg.

Am nächsten Abend saß der junge Mann - wie angekündigt - wieder in der Diskothek. Es wurde neun, es wurde zehn, aber Eva kam - wie sie ja angekündigt hatte - nicht. Endlich gegen halb elf ging die Tür auf, und sie schwebte herein. Obwohl sie ihn sitzen sehen musste, schaute sie an ihm vorbei, tat so, als kenne sie ihn nicht, und ließ sich an einem der Tische nieder. Im nächsten Moment war er bei ihr.

„Hallo", sagte er. „Hast du mich nicht gesehen?"

„Warum sollte ich dich sehen?", erkundigte sich das Mädchen verwundert. „Ich kenn´ dich doch überhaupt nicht."

„Jetzt hör aber auf!", beschwerte sich Thorsten verärgert. „Haben wir gestern nicht den ganzen Abend miteinander getanzt?"
„Wir?", gab das Mädchen kopfschüttelnd zurück. „Nicht, dass ich wüsste. Ich war gestern Abend im Kino und bin anschließend gleich nach Hause gefahren." Sie lächelte böse. „Ist das vielleicht eine neue Masche, sich an ein Mädchen heranzumachen?"
„Sag mal, du willst dich wohl über mich lustig machen, was?", wurde Thorsten laut. „Ich dachte gestern Abend, wir beide würden uns ganz gut verstehen - und nun vollführst du ein solches Theater! Was bist du denn für eine alberne Gans?"

Das Mädchen kniff erbost die Lippen zusammen. „Hör mal zu", fauchte sie. „Wenn du Streit haben möchtest, dann such dir dazu gefälligst eine andere aus. Ich bin hierher gekommen, um mich zu amüsieren und nicht, um mich von einem Typ wie du anpöbeln zu lassen. Zieh also schleunigst Leine und lass mir meine Ruhe, sonst rufe ich den Geschäftsführer und beschwere mich."

„Da wird doch der Hund in der Pfanne verrückt!", schnaubte Thorsten. „Du bist wohl als Kleinkind mal von der Wickelkommode gefallen, was? Glaubst du, ich hätte es nötig, einer wie dir hinterherzulaufen? Wer bin ich denn? Rutsch mir doch den Buckel hinunter, du dämliches Stück!"

Er wandte sich um, stürmte zu seinem Platz zurück und winkte den Kellner herbei. Nachdem er bezahlt hatte verließ er, ohne sie noch eines Blickes zu würdigen, das Lokal.

Sabine, die ihrer Zwillingsschwester Eva ähnlich sah wie ein Ei dem anderen, schaute ihm verständnislos nach. Dieser Mensch war ja richtig böse geworden. Dabei konnte sie sich wirklich nicht erinnern, ihn schon einmal gesehen zu haben.

Plötzlich kam ihr die Erleuchtung. Warum hatte sie nur nicht früher daran gedacht? Der junge Mann hatte gar nicht SIE gemeint. Er hatte sich die ganze Zeit über geglaubt, er würde mit ihrer Schwester Eva sprechen.

Und sie hatte sein Gehabe für eine neue Masche gehalten, sich an ein Mädchen heranzumachen!

"Lieber Gott im Himmel", dachte sie erschrocken. "Hoffentlich habe ich jetzt keinen Schaden angerichtet und meinem lieben Schwesterlein die Suppe versalzen! Warum hat der Typ mich auch nicht einmal beim Namen genannt, dann wäre das Missverständnis schnell geklärt gewesen?"

Dieser Gedanke ließ sie nicht mehr in Ruhe. Es machte ihr plötzlich keinen Spaß mehr, der Musik zu lauschen und den Pärchen beim Tanzen zuzusehen. So zahlte sie auch bald und fuhr nach Hause.

„Sag, du hast dich aber schnell über den Verlust deines Verehrers Frank hinweggetröstet", wandte sie sich an ihre Zwillingsschwester.

„Wie kommst du denn darauf?", wunderte sich Eva.

Sabine erzählte, was sie gerade im *Flamingo* erlebt hatte.

Eva starrte sie mit entsetzt aufgerissenen Augen an. „Ja, bist du denn wahnsinnig geworden?", stöhnte sie. „Was wird Thorsten jetzt von mir denken? Er muss mich doch für total bescheuert und nicht recht bei Trost halten."

„Diesen Eindruck hatte ich allerdings auch", kicherte Sabine. „Du hättest mal sein Gesicht sehen sollen, als ich wahrheitsgemäß behauptete, ihn nicht zu kennen."

„Ich möchte wissen, was es da zu lachen gibt", empörte sich Eva.

„Entschuldige bitte, aber die Sache ist zu komisch", erwiderte Sabine.

„Für mich nicht", sagte Eva, während sich ihre Augen mit Tränen füllten. „Für mich ganz bestimmt nicht."

„Ach so ist das!" Sabine setzte sich neben die Schwester und legte ihr den Arm um die Schultern. „Es hat dich wohl erwischt, Schwesterherz?"

Eva seufzte abgrundtief. „Und wie!", gestand sie mit zitternder Stimme. „Mit Frank und mir - das war nur eine harmlose Liebelei. Aber bei Thorsten war es ganz anders. Ich habe heute den ganzen Tag darüber nachgedacht und bin zu der Erkenntnis gekommen, dass ich mich tatsächlich in ihn verliebt habe, Und jetzt kommst du daher..."

Sie konnte nicht weitersprechen. Die Tränen liefen ihr in hellen Bächlein die Wangen hinunter. Verzweifelt schlug sie die Hände vor's Gesicht.

„Jetzt heul mal nicht", versuchte Sabine sie zu trösten. „Ich mach das schon wieder gut."

„Wie willst du das denn wiedergutmachen?"

„Indem ich ihn morgen anrufe und mich für mein merkwürdiges Benehmen entschuldige", sagte Sabine.

„Du kannst ihn nicht anrufen", schniefte Eva.

„Und warum nicht?"

„Weil ich seine Telefonnummer nicht habe", erklärte Eva weinerlich. „Ich wollte es dem Zufall überlassen, ob wir uns wiedersehen oder nicht."

„Du bist ein merkwürdiges Mädchen", stellte Sabine fest. „Verliebst dich in einen Kerl und lässt dir nicht einmal seine Telefonnummer geben".

„Gestern Abend wusste ich ja noch nicht, dass ich mich in ihn verliebt habe", verteidigte sich Eva. „Das kam erst, als ich zu Hause in meinem Bett lag. Die ganze Nacht habe ich von ihm geträumt".

„War wenigstens was los in deinen Träumen?", grinste Sabine anzüglich.

Eva errötete sanft. „Darüber möchte ich nicht sprechen", piepste sie.

„Na schön", sagte Sabine. „Dann gehe ich eben morgen Abend wieder ins *Flamingo*. Vielleicht ist er ja auch da, und ich kann ihn über den Sachverhalt aufklären." Sie blinzelte ihrer Schwester aufmunternd zu. Er sieht übrigens gar nicht schlecht aus, der Mensch. Hätte er sich vorhin anders benommen, wer weiß...?" Sie ließ den Rest des Satzes im Raum hängen und lächelte nur vielsagend.

„Thorsten gehört mir!", brauste Eva auf, wurde aber sogleich wieder leiser, als sie hinzufügte: „Falls er mich jetzt überhaupt noch will".

„Das kriegen wir schon wieder hin", versprach Sabine zuversichtlich.

Also ging sie am nächsten Abend wieder in die bewusste Diskothek. Ihr fiel ein Stein vom Herzen, als sie Thorsten an der Theke sitzen sah. Sie atmete tief durch, gab sich einen entschlossenen Ruck und trat zu ihm."

„Hör mal", sagte sie, „das mit gestern Abend tut mir leid. Es handelte sich dabei nur um ein blödes Missverständnis. Du hast geglaubt, ich wäre ein andere, dabei war ich tatsächlich eine andere. Kapiert?"

Der junge Mann am Tresen furchte die Stirn. „Ich verstehe immer nur Bahnhof", gestand er wahrheitsgemäß. „Es ehrt mich zwar, dass mich ein hübsches Mädchen wie du anspricht, aber mit deinen Worten weiß ich nichts anzufangen. Wieso soll ich geglaubt haben, du wärst eine andere, obwohl du eine andere warst? Ich habe dich noch nie in meinem Leben gesehen."

„Natürlich", entgegnete Sabine sarkastisch und hob die Hände. „Das ist jetzt der Retourkutsche wegen gestern Abend. Ich habe sogar ein gewisses Verständnis dafür. Aber jetzt wollen wir wieder wie vernünftige Menschen miteinander reden."

„Gern", sagte der junge Mann, den Sabine für Thorsten hielt. „Und über was möchtest du gerne sprechen?"

„Na, über was schon?", antwortete Sabine, emsig darum bemüht, nicht gleich wieder ärgerlich zu werden. Dieser Thorsten ließ sie ja ganz schön zappeln. „Natürlich über gestern Abend."

„Ich war gestern Abend im Kino", erklärte der junge Mann ohne die Miene zu verziehen. „Und anschließend bin ich dann gleich nach Hause gegangen."

„Ha, ha, ha!", machte Sabine unlustig. „Ich lach mich gleich tot. Du gebrauchst genau meine Worte. Viel Phantasie scheinst du jedenfalls nicht zu besitzen."

„Entschuldige bitte, aber ich war gestern Abend tatsächlich im

Kino", behauptete der angebliche Thorsten.

„Ich war gestern Abend auch im Kino", sagte Sabine geduldig wie eine geplagte Mutter, die ihrem Kind zum hundertsten Mal beizubringen versucht, dass man nicht in der Nase bohrt.

„Na fein", freute sich der junge Mann. „Vielleicht hast du mich dort ja gesehen. Ich habe dich leider nicht bemerkt."

„Wir haben uns HIER gesehen!", rief Sabine verzweifelt.

„Ja, aber ich denke, du warst im Kino?"

„Anschließend haben wir uns hier gesehen", fauchte Sabine, die ihren Ärger kaum noch zügeln konnte. „Anschließend!"

„Das ist unmöglich", widersprach der junge Mann. „Weil ich anschließend ja sofort nach Hause gefahren bin."

„Du warst HIER!"

„Ich schwöre dir, dass ich nicht HIER gewesen bin", beteuerte der junge Mann.

„Na gut", winkte Sabine seufzend ab. „Du bist halt ein sturer Bock! Es lohnt sich nicht, mich länger mit dir zu unterhalten. Ich habe mich in aller Form bei dir entschuldigt, damit ist die Sache für mich erledigt. Den Rest kannst du mit Eva aushandeln."

„Und wer, bitte schön, ist Eva?", fragte der junge Mann.

Sabine gab ihm darauf keine Antwort. Sie maß ihn mit einem verächtlichen Blick, machte auf dem Absatz kehrt und stolzierte hocherhobenen Hauptes aus der Diskothek,

„Ich hatte heute eine merkwürdige Begegnung", erzählte Jens Hartwig seinem Zwillingsbruder Thorsten, der ihm wie ein Ei dem anderen ähnlich sah, später. „Ich sitze friedlich im *Flamingo,* da kommt doch ein Mädchen zu mir und behauptet, ich hätte sie gestern Abend für eine andere gehalten, obwohl sie eine andere wäre. Ich dachte zunächst, sie hätte vielleicht einen über den Durst getrunken, aber das hatte sie nicht. Sie war stocknüchtern. Richtig ärgerlich ist sie geworden, weil ich sie angeblich nicht erkannte. Sie beschuldigte mich, ihre eigene Ausrede zu gebrauchen und bezeichnete mich als sturen Bock, mit dem es sich nicht zu unterhalten lohne. Das soll ein Mensch verstehen."

Thorsten hatte seinem Bruder mit großen Augen zugehört. „Ich glaube, mich tritt ein Pferd!", stöhnte er, nachdem Sven seinen Bericht beendet hatte.

„Warum?", wollte Sven wissen. „Hast du eventuell eine Erklärung dafür?"

„Eventuell", räumte Thorsten ein. „Das alles fing wohl vorgestern an."

„Vorgestern?"

„Genau", bestätigte Thorsten. „Ich war vorgestern Abend im *Flamingo* und habe dort ein bildhübsches blondes Mädchen kennen gelernt, das Eva Mertens hieß."

„Bildhübsch und blond war meine auch", stellte Jens fest. „Und sie hatte süße Grübchen in beiden Wangen. Direkt zum Verlieben. Schade, dass sie mich für einen sturen Bock hält. Sie wäre genau meine Kragenweite. Aber ich habe dich unterbrochen."

Thorsten steckte sich eine Zigarette an, setzte sich und schlug die Beine übereinander.

„Rauchst du immer allein?", wollte Jens wissen.

„Bitte." Thorsten reichte seinem Bruder die Zigarettenschachtel, dann fuhr er fort: „'Ich habe also vorgestern Eva Mertens kennen gelernt und mich Hals über Kopf in sie verliebt."

„Das ist sehr dumm", bedauerte Jens, während er eine Rauchwolke an die Decke paffte. „Ich habe mich nämlich auch in sie verliebt. Je länger ich darüber nachdenke, um so klarer wird mir das. Wir werden uns also um sie düllen müssen!"

„WAS müssen wir?"

„Duellieren!" grinste Jens.

„Unsinn", erwiderte Thorsten. „Das müssen wir keinesfalls., denn du hast dich in eine andere verliebt."

„Ich welche andere?"

„Na, in ihre Zwillingsschwester!"

„Du sprichst in Rätseln, werte Bruder", knurrte Jens.

„Würdest du mich einmal in meinem Leben ausreden lassen, hättest du mich längst verstanden."

„Dann fahre bitte fort."

„Ich bin so frei", lächelte Thorsten. „Ich habe mich also vorgestern in Eva verliebt. Gestern Abend komme ich ins *Flamingo*, und da tut sie so, als erkenne sie mich nicht."

„Eva?"

„Nein, die andere!", stöhnte Thorsten in komischer Verzweiflang. „Begreif doch endlich, du Dussel! Das Mädchen, das ich gestern Abend für Eva hielt, war gar nicht Eva.

„Das hättest du aber merken müssen", meinte Jens vorwurfsvoll.

„So, das hätte ich merken müssen?", brummte Thorsten. „Kann UNS beide denn irgendein Mensch auseinanderhalten?"

„Unsere Mutter schon", lachte Jens. „Vater hat damit schon seine gewissen Schwierigkeiten."

„Na also", sagte Thorsten. „Damit wäre die Sache ja jetzt geklärt. Mensch, bin ich glücklich. Ich dachte schon, sie wollte tatsächlich nichts mehr von mir wissen."

„Und was tun wir jetzt?"

„Morgen Abend gehen wir gemeinsam ins *Flamingo*, schlug Thorsten vor. - - -

„Ein mieser Typ ist das", sagte Sabine etwa zur gleichen Zeit zu ihrer Schwester Eva und erzählte ihr, was sie mit dem vermeintlichen Thorsten erlebt hatte. „Sei froh, dass es mit ihm nichts geworden ist. Da war ja Frank noch tausend Klassen besser."

„Ich verstehe das nicht", murmelte Eva erschüttert. „Er machte sooo einen netten Eindruck auf mich."

„Errare humanem est", dozierte Sabine. „Irren ist menschlich. Aber vielleicht solltest du ihm persönlich noch einmal den Kopf waschen, damit er merkt, was für ein Trottel er ist."

„Das trau ich mich nicht", flüsterte Eva. „Es würde mir das Herz zerreißen, ihn in dieser fiesen Art sprechen zu hören."

„Ich werde bei dir sein und dir das Händchen halten", versprach Sabine. „Jedenfalls können wir es uns nicht gefallen lassen, dass er uns wie den letzten Dreck behandelt."

„Meinst du wirklich?"
„Ja, das tu ich!", sagte Sabine. „Vereint werden wir ihn schon zur Raison bringen!" - - -
Als die beiden jungen Männer am nächsten Abend in die Diskothek traten, waren die Mädchen bereits da. Die sich wie ein Ei dem anderen ähnelten Schwestern schauten die sich wie ein Ei dem anderen ähnelten Brüder an, als sähen sie eine Gespenstererscheinung, sprangen von ihren Plätzen hoch und stießen wie aus einem Mund einen erschrockenen Schrei aus.
„Guten Abend, Eva", sagte Thorsten mit einem verliebten Blick und berührte die Wange des Mädchens zärtlich mit der Hand. „Ich hoffe, jetzt sind alle Missverständnisse ausgeräumt."
„Sind sie nicht", erwiderte das Mädchen. „Ich bin nämlich Sabine!"
„O Gott!", jammerte Thorsten und blickte von einer Schwester zur anderen. „Wir wird das erst werden, wenn wir alle miteinander verheiratet sind?"
„Dann zeigen wir euch schon, wer zu wem gehört", lächelte Eva. „Warum zögerst du eigentlich noch? Willst du mich nicht endlich küssen?"
„Bist du auch wirklich die Richtige?", zögerte Thorsten.
„Hundertprozentig!", beteuerte Eva lachend.
Das ließ sich Thorsten natürlich nicht zweimal sagen. Mit einem glücklichen Seufzer schloss er das geliebte Mädchen in seine Arme und bedeckte ihre Lippen mit tausend süßen Küssen.
„Bist du mir böse wegen gestern Abend?", wandte sich Jens an Sabine. „Ich habe mich natürlich ungemein blöd benommen. Aber woher sollte ich auch wissen...?"
„Ja, woher solltest du wissen", pflichtete Sabine ihm bei. „Und woher sollte ICH wissen...?"
Jens schluckte. „Nun", sagte er leise und warf dem Mädchen einen scheuen Blick zu, „wenn die beiden sich einig sind, dass jeder jeweils den Richtigen küsst, könnten wir doch auch... ich meine, wenn du nichts dagegen hast...?"

„Ich frage mich die ganze Zeit über schon, worauf du eigentlich noch wartest", gab Sabine zurück. „Oder möchtest du erst meinen Pass sehen?"

Darauf verzichtete Jens. Er vergaß den gestrigen Abend, vergaß seine Hemmungen und tat es seinem Bruder gleich.

„Da soll noch mal einer behaupten, zwei und zwei gäbe vier, sagte Thorsten später, viel später. „Es gibt zwei; zwei Zwillinge, zwei Paare!"

„Oder irgendwann mal acht!", unkte Eva. „Bei zweimal Zwillingen kann man nämlich nie wissen…!"

Zwischen gestern und morgen
besinnliche Liebesgeschichte
erstmals erschienen in AUF EINEN BLICK

Nun stand der Tag also bevor, den Corinna seit einem Jahr herbeisehnte und vor dem sie sich gleichermaßen fürchtete. Morgen würde sie geschieden werden. Geschieden von Axel Brinkmann, vierzig, blendend aussehend, schwarze, mittellange Haare, dunkler Teint, stahlgraue Augen - ihr Mann! Von Beruf war er Architekt. Sehr erfolgreich. Und nicht nur im Beruf. Auch bei Frauen. Einer der vielen Gründe, warum sie sich morgen vor dem Scheidungsrichter treffen würden --- und wieder sehen. Denn seit einem Jahr hatten sie nur über ihre Anwälte miteinander verkehrt.

Damals war Axel nach einem heftigen Streit, in dem sie sich gegenseitig all das an den Kopf geworfen hatten, was sich in vierzehn Jahren Ehe aufgestaut hatte, aus ihrem Bungalow ausgezogen und hatte sich bei seiner um fast zwanzig Jahre jüngeren Freundin einquartiert. Sie hieß Sonja Berthold, hatte bei ihm den Beruf einer Bauzeichnerin gelernt - und offensichtlich nicht nur das. Jedenfalls war sie seit einem Jahr seine Geliebte und sie, die Ehefrau Corinna Brinkmann, erfuhr es, wie es so oft ist, als letzte. Eine gemeinsame Bekannte, die die beiden bei einem zärtlichen Rendezvous beobachtet hatte, musste sie erst schonend darauf hinweisen. Schonend und gehässig zugleich. Man kennt das. Die so genannten Busenfreundinnen, die es ja sooo gut mit einem meinen und doch nur darauf bedacht sind, ihre Sensationslust zu befriedigen.

Corinna war vier Jahre jünger als ihr Mann. Man konnte sie durchaus als schöne Frau bezeichnen. Eine Frau in der Blüte ihrer Jahre: Mittelgroß, schlank, mit langen gelockten blonden Haaren und süßen Grübchen in den Wangen, von denen Axel jahrelang behauptet hatte, sie seien einer der Gründe gewesen, warum er sich in sie verliebt hätte.

Mein Gott, wie lange war es her, seit es damals mit ihnen

begonnen hatte? Eine Ewigkeit schien vergangen zu sein. Beim Sommerfest des Gesangvereins *Liederblüte,* dessen Vorsitzender ihr Vater war, hatte alles angefangen. Axel hatte sie immer wieder zum Tanzen aufgefordert. Sie waren sich schnell nähergekommen. Ein Jahr später waren sie verheiratet. Eine Zeit voller Liebe und Glück brach an.

Irgendwann war die Liebe zur Gewohnheit geworden. Man hatte sich plötzlich nichts mehr zu sagen und lebte wie zwei Fremde nebeneinander her. Axels Überstunden waren immer länger geworden. Manchmal war er mehrere Tage hintereinander überhaupt nicht nach Hause gekommen und hatte faule Ausreden gebraucht, um sein Fernbleiben zu entschuldigen. Der Tropfen, der das Fass zum Überlaufen gebracht hatte, war dann diese Sonja gewesen.

Seitdem lebte Corinna mit ihrer zwölfjährigen Tochter Alexandra allein in ihrem prächtigen Bungalow aus Beton und Glas, der einmal ihr ganzer Stolz gewesen war. Heute war er nur noch das Monument einer verratenen Liebe.

Alexandra litt besonders unter der Trennung ihrer Eltern. Sie liebte ihren Papi abgöttisch und nahm es ihm sehr übel, dass er sich kaum noch um sie kümmerte. Gut, an Weihnachten und an ihrem Geburtstag war ein Kartengruß von ihm und ein größerer Scheck bei ihr eingetroffen, aber sonst...? Nichts. Nicht einmal ein Anruf.

Weil gerade Ferien waren, hatte Corinna ihre Tochter zu ihren Eltern aufs Land gebracht, um ihr die Aufregungen, die der Scheidungstermin sicherlich mit sich bringen würde, zu ersparen. Dort wusste sie die Kleine in guten Händen, denn die Großeltern würden vermutlich alles tun, die geliebte Enkeltochter nach Strich und Faden zu verwöhnen.

Corinna hatte nach dem Abendessen, das ihr heute nicht so richtig schmecken wollte, geduscht und stand jetzt vor dem Spiegel und begutachtete ihr Aussehen. Sie fand es eigentlich noch recht passabel. Kein Fältchen war zu entdecken. Die Haut war straff und fest wie bei einem jungen Mädchen. Und auch sonst... Alles war tadellos. Sie konnte mit sich zufrieden sein.

„Morgen bist du also wieder frei", sagte sie zu ihrem Spiegelbild. „Freut dich das? Ändert es überhaupt etwas an deinem bisherigen Leben? Kaum. Alles wird so weitergehen wie bisher. Das gleiche Spiel, der gleiche Trott."

Corinna verzog verdrießlich das Gesicht und streckte ihrem Spiegelbild die Zunge heraus.

„Wird es noch einmal einen Mann in deinem Leben geben?", fuhr sie mit ihrem Selbstgespräch fort. „Wer weiß das heute schon? Bewerber gibt es genügend. Rolf zum Beispiel. Oder Steffan. Aber ist einer von ihnen der Richtige?"

Corinna begann sich zu kämmen. Wütend. In ihrem Kopf rumorte es. Das Bild des einen, den sie einmal für den Richtigen gehalten hatte, drängte sich auf und ließ sich nicht verbannen.

"Verdammt, Axel, warum kann ich dich nicht vergessen, du Schuft", dachte sie verzweifelt. "Liebe ich dich denn immer noch? Ich will es doch gar nicht. Nach allem, was du mir angetan hast? Ich müsste dich hassen und doch... Ich kann es nicht."

„Corinna, du bist ein Schaf!", rief sie sich dann laut selbst zur Ordnung. „Sei froh, dass du ihn los wirst, diesen Schürzenjäger. Im Grunde müsstest du das feiern."

"Warum eigentlich nicht", dachte sie. "Ist es kein Grund zu feiern, wenn man wieder frei und ungebunden ist? Und was für ein Grund das ist. Der beste, den es gibt".

Corinna beschloss, in die kleine Bar zu gehen, die sie früher so oft mit Axel zusammen besucht hatte. Sie lag im Nachbarort und hieß *Zum Kamin*. Mit den Wirtsleuten Barbara und Günther waren sie einmal eng befreundet gewesen. Heute war nur sie es noch. Axel hatte seit ihrer Trennung dort nicht mehr sehen lassen. Wahrscheinlich schämte er sich. So kam sie wenigstens nicht in Gefahr, ihm dort einmal über den Weg zu laufen.

Corinna zog ein hübsches Kleid an, das ihr allerliebste zu Gesicht stand und ihre ausgeprägten Formen prächtig betonte, legte ein dezentes Make-up auf und setzte sich anschließend in ihren Wagen, um in die kleine Bar zu fahren.

„Du willst wohl Abschied von der Ehe feiern?", begrüßte Freundin Barbara sie fröhlich. „Dürfen wir dir dabei helfen?"

Sie lachte. Corinna stimmte ein. Ein ziemlich verkrampftes Lachen. Barbara bemerkte es, zog es aber vor, kein Wort darüber zu verlieren. Sie ahnte, was in der Freundin vorging.

Es war heute Abend nicht viel los im *Kamin*. Außer ein paar Stammgästen, die jeden Abend kamen, hatte sich kaum einer hierher verlaufen. Corinna fand ein gemütliches Plätzchen an der Bartheke und wurde von einigen Bekannten mit lautem Hallo begrüßt. Bald war sie in Gespräche vertieft, die von vielem und nichts handelten. Kneipengespräche. Belanglos und doch manchmal bis zum geht nicht mehr ausdiskutiert.

Eine Stunde später betrat ein weiterer Gast das Lokal, mit dem wohl keiner gerechnet hatte: Axel Brinkmann!

Corinna fiel fast von ihrem Hocker und glaubte, ihr Herz würde stehen bleiben. Alle Farbe wich aus ihrem Gesicht. Ihre Augen starrten ihn an, als wäre er ein Wesen aus einer anderen Welt.

Auch Axel fuhr sichtlich erschrocken zusammen. Für einen Moment sah es aus, als wolle er auf dem Absatz kehrtmachen. Doch dann trat er entschlossen an die Theke.

„Dass du dich auch mal wieder hier sehen lässt", begrüßte ihn Wirt Günther.

Axel hob verlegen die Schultern.

„Du weißt ja", entgegnete er. Er wandte sich an Corinna, neben der ein freier Hocker war. „Ist es erlaubt?"

„Bitte", sagte Corinna knapp und vermied es, ihn anzusehen.

Axel schwang sich auf den Hocker und bestellte sich einen Wein. In der Bar war es mäuschenstill geworden. Außer der leisen Musik, mit der Günther seine Gäste zu berieseln pflegte, war nichts zu hören. Die Situation war geradezu peinlich. Jeder schien auf etwas zu warten, denn natürlich war allen bekannt, wie es um Corinna und Axel stand.

Barbara überbrückte die aufkommende Verlegenheit, indem sie lautstark den neuesten Witz erzählte. Die Gäste lachten und die Situation war gerettet. Man wendete sich wieder anderen Dingen zu.

„Wie geht's dir?", fragte Axel leise.

„Danke", erwiderte Corinna. „Immer so weiter. Und dir? Wahrscheinlich gut."

„Na ja", murmelte er und verzog das Gesicht.

Wieder blieb es eine Weile still zwischen ihnen. Jeder hing seinen Gedanken nach. Thema: Die Scheidung am nächsten Tag.

„Was macht Alex?", fragte Axel endlich.

„Sie ist bei meinen Eltern", antwortete Corinna. „Immerhin erkundigst du dich wenigstens nach ihr. Alle Achtung."

Ihre Stimme triefte vor Hohn. Ihr Blick war bissig geworden. Axel spürte ihre Ablehnung fast körperlich - und es tat ihm weh.

„Ich weiß, dass ich mich unmöglich benommen habe", gestand er leise ein. „Ich hätte sie wenigstens mal anrufen können. Aber ich wollte ihr die Sache nicht schwerer machen, als sie ohnehin schon ist."

„Ach?", entgegnete Corinna nur. Sie nahm ihr Glas und trank einen kleinen Schluck. Axel nahm einen größeren.

„Sie ist wohl sauer auf mich?", erkundigte er sich dann.

„Sauer? Ich weiß es nicht. Eher enttäuscht", erwiderte Corinna. „Sie ist nun mal sehr sensibel."

Axel nickte. „Das kann man wohl sagen", bestätigte er nachdenklich. „Weißt du noch, wie damals unser Kanarienvogel eingegangen ist?"

Corinna lächelte.

„Du bist kein Kanarienvogel, der eingegangen ist, Axel", meinte sie.

Axel schüttelte belustigt den Kopf. „Das sicher nicht. Ich wollte damit auch nur daran erinnern, wie sensibel sie sein kann. Sie hat damals einen ganzen Monat lang getrauert, und wir musste den armen Kerl beerdigen, als wäre er ein Staatsoberhaupt."

Corinna lachte. „Weißt du noch, wie du dir den Kaffeewärmer meiner Mutter auf den Kopf gestülpt hast, um den Pfarrer zu spielen? Ich könnte mich heute noch totlachen, wenn ich daran denke."

Axel stimmte in das Gelächter mit ein. „Dabei war es mitten im Sommer. Was glaubst du, wie ich unter diesem Ding geschwitzt habe."

Corinna begann, mit ihrem Glas zu spielen. Ihr Blick hatte sich umschleiert. Erinnerungen kehrten zurück. „Kurz danach sind wir dann nach Rhodos geflogen."

„Es war der schönste Urlaub meines Lebens", schwärmte Axel. „Auch wenn ich mir damals fürchterlich meine Beine in der Sonne verbrannt habe, Kannst du dich noch erinnern?"

„Und ob", lachte Corinna. „Schließlich war ich es gewesen, die dich wie einen alten Opa stützen musste, weil du dich ohne fremde Hilfe nicht auf deinen Beinen halten konntest."

„Dafür durfte ich dann abends stützen, weil du den Ouzo nicht vertragen hast", konterte Axel amüsiert. „Es ist ja auch ein Teufelszeug."

„Du musst ganz still sein", protestierte Corinna. „Ein Jahr später hast du dich in Spanien mit dem guten Kardinal Mendoza ganz gehörig revanchiert. Weißt du noch, wie ich dich einmal quer durch ganz Torremolinos schleppen musste, weil du den Weg ins Hotel nicht mehr gefunden hast?"

Axel nickte. „Ich habe das alles nicht vergessen und denke oft daran", sagte er. „Ich denke in letzter Zeit überhaupt sehr oft über uns nach."

„Lässt das deine Sonja denn zu?", spottete Corinna.

„Mit Sonja ist es schon lange vorbei", erzählte er. „Sie war der größte Irrtum meines Lebens."

„Nach mir, nicht wahr?", sagte Corinna.

Axel schüttelte den Kopf. „Du warst kein Irrtum, Corinna. Das weiß ich schon lange."

„Und warum hast du mich das ein ganzes Jahr lang nicht wissen lassen, Axel?", fragte Corinna. „Nun ist es zu spät. Morgen werden wir geschieden."

„Ja, morgen werden wir geschieden", wiederholte Axel traurig. „Deshalb bin ich heute auch noch einmal hierher gekommen. Ich wollte Abschied nehmen von einst vertrauter Stätte; denn nach unserem Gerichtstermin morgen fliege ich sofort nach Ibiza, um dort ein Hotel zu bauen."

„Nach Ibiza? Ausgerechnet nach Ibiza?", fragte Corinna bestürzt.

„Ja, nach Ibiza", bestätigte Axel. „Dorthin haben wir unsere Hochzeitsreise gemacht. Jetzt reise ich am Tag unserer Scheidung dorthin. Seltsam, nicht wahr?"

„Das kann man wohl sagen", meinte Corinna. „Kannst du dich noch an unser Hotel dort erinnern?"

„Ja, ein Fiasko war das", lächelte Axel. „Aber ein besseres konnten wir uns damals noch nicht leisten. Dafür waren die Nächte am Strand um so schöner. Weißt du noch, Corinna?"

Die junge Frau errötete sanft. „Wie kann man das vergessen, Axel", sagte sie leise.

„Ja, es war der schönste Urlaub meines Lebens", behauptete Axel.

Corinna lachte. „Ich denke, das war der auf Rhodos? Du widersprichst dich, mein Lieber."

Axel zuckte die Achseln. „Nein, ich widerspreche mich nicht. Für mich war einer unserer Urlaube schöner als der andere. Es war überhaupt eine schöne Zeit mit dir und eigentlich ist es schade…"

Er hielt inne und trank hastig einen Schluck aus seinen Glas.

Corinna schaut ihn erstaunt an. „Was ist schade?", fragte sie.

Axel fuhr sich nervös durch die Haare. „Nun, das mit morgen", gestand er endlich.

„Wir haben es beide gewollt", meinte Corinna. „Und sicher ist es auch besser für uns beide. Wir hatten uns eben auseinander gelebt, Axel."

„Das mag sein", stimmte er zögernd zu. „Aber wir hatten auch ein ganzes Jahr zum Nachdenken. Ich für meinen Teil bin eigentlich schlauer geworden. Ich würde es noch einmal riskieren mit uns beiden; denn ich habe schmerzlich spüren müssen, wie es ist, ohne dich und mein Kind zu leben. Es ist die Hölle. Das schwöre ich dir."

„Warum sagst du mir das ausgerechnet am Tag vor unserer Scheidung? Warum nicht früher, Axel?"

„Eigentlich wollte ich es dir überhaupt nicht sagen", versetzte er. „Ich hatte wirklich nicht damit gerechnet, dich heute Abend hier zu treffen - und jetzt ist es halt über mich gekommen. Als ich dich sah, wurde mir klar, wie dämlich ich war, dich auch nur eine Sekunde zu verlassen. Bist du mir jetzt böse?"

Corinna schüttelte lächelnd den Kopf. „Warum sollte ich dir böse sein? Es ist ein schönes Gefühl für eine Frau, wenn sie aus dem Mund des Mannes, den sie liebt, hört, dass er sie eigentlich auch noch mag."

Er griff nach ihren Händen und schaute ihr ernst in die Augen. „Nicht nur mag", sagte er zärtlich. „Dieser dämliche Kerl liebt dich mehr als je zuvor."

In ihren Augen schimmerten Tränen. Sie beugte sich zu ihm hinüber und küsste ihn sanft auf den Mund.

„Hurra!", rief Barbara begeistert. „Sekt für das ganze Lokal! Den spendiere ich! Aber dann könnt ihr auch noch ein paar Flaschen ausgeben - bei den gesparten Scheidungskosten."

Und es blieb in dieser Nacht nicht nur bei ein paar. Am meisten aber freute sich Alexandra, dass ihre Eltern wieder zusammengefunden hatten.

Er redete mit Engelszungen...
Schmunzelgeschichte
erstmals erschienen in WOCHENEND

Gabriele wollte gerade mit den Vorbereitungen für das Mittagessen beginnen, als der Staubsaugervertreter an der Haustür klingelte.

„Einen wunderschönen guten Tag, gnädige Frau", rief er mit einschmeichelnder Stimme und fabrizierte eine Verbeugung, als wolle er die Türschwelle küssen. „Ich bringe Ihnen sozusagen das Glück ins Haus. Ein Wunderwerk der Technik. Sie werden staunen und begeistert sein. Ach, was sag ich - Sie werden sich fragen, wie Sie ohne meinen Wischiwaschi zweitausend überhaupt bisher existieren konnten."

„Eigentlich hab´ ich jetzt gar keine Zeit", wagte Gabriele einzuwenden. „Ich wollte nämlich gerade..."

„Sie wollten gerade staubsaugen, stimmt's?", unterbrach er sie strahlend. „Aber mit was für einem Gerät? Total veraltet sicher. Sie haben wirklich etwas Besseres verdient. Meinen Wischiwaschi zweitausend! Er schafft die Arbeit fast allein. Sehen, staunen, kaufen. Das ist meine Devise!"

Schon hatte er sich an Gabriele vorbeigedrängelt und stand in der Wohnung. „Wo wollen wir beginnen, gnädige Frau?", fragte er. „Im Wohnzimmer? Aber natürlich beginnen wir im Wohnzimmer. Dort gibt es gewöhnlich den meisten Schmutz. Die Kinder, der Mann, der Hund... Wer kennt es nicht?"

„Ich habe weder Kinder noch einen Hund", sagte Gabriele schwach. „Aber mein Mann möchte..."

„Ihr Mann möchte eine staubfreie Wohnung haben", meinte der Vertreter verständnisvoll. „Mein Wischiwaschi zweitausend wird Ihnen dazu verhelfen. Ihre Wohnung wird strahlen wie der Palast des Maharadscha von Eschnapur, der gestern übrigens zweitausend Geräte bei mir bestellt hat. Warum sollen Sie nicht können, was ein Maharadscha kann? Der Preis ist durchaus erschwinglich."

Er war unterdessen weitergegangen, hatte hier und da eine Tür aufgerissen und sie wieder geschlossen. „Ah, da haben wir ja auch das Wohnzimmer. Folgen Sie mir bitte, meine Gnädigste. Sie werden diesen Raum in Kürze nicht mehr wiedererkennen."

Flugs packte er seinen Staubsauger aus, steckte den Stecker in die Steckdose und schaltete das Gerät ein. „Hören Sie den sanften Klang?", fuhr er in seiner Rede fort. „Ist das nicht Musik in Ihren Ohren? Und sehen Sie nur, wie er über den Teppich gleitet. Sie spüren kaum noch, dass Sie arbeiten."

„Aber jetzt hören Sie doch endlich! Mein Mann...", versuchte Gabriele den eifrig staubsaugenden Vertreter zu bremsen. Aber er ließ sie nicht zu Wort kommen.

„Ihr Mann wird ebenfalls begeistert sein", sagte er überschwänglich. „Welcher Mann möchte nicht, dass seinem lieben Frauchen die Arbeit erleichtert wird? Auf diese Weise findet er abends eine ausgeruhte Frau vor. Sind das nicht tolle Aussichten? Mit Wischiwaschi zweitausend zu neuem Glück in der Liebe!

So, dieser Teppich ist fertig. Sehen Sie nun den deutlichen Unterschied?"

„Ich glaube Ihnen ja, dass...", sagte Gabriele.

„Nichts glauben Sie mir", unterbrach er sie erneut und schüttelte den Kopf. „Ich sehe es Ihnen ja an, dass ich Sie immer noch nicht überzeugen konnte. Aber bitte sehr: Dort haben wir einen Teppich mit langen Haaren. Sie werden sehen, für den automatischen Wischiwaschi zweitausend ist auch das kein Problem. Durch seine vollendete Technik ist er in der Lage, sich auf jede Webart einzustellen." Und schon begann er den Langhaarteppich zu saugen.

Nun startete Gabriele erneut einen Versuch: „Ich möchte Sie darauf hinweisen, dass..." Aber weiter kam sie auch diesmal nicht.

„Sie möchten mich auf die Bücherregale hinweisen", schnitt ihr der Vertreter wieder das Wort ab. „Wie mühsam mussten Sie bisher die Bücher abstauben. Das ist vorbei, gnädige Frau. Mit dieser

Düse hier ersparen Sie sich die schreckliche Arbeit. Phantastisch, nicht wahr? Sie müssen nun nach all diesen Demonstrationen doch von der Tüchtigkeit des Wischiwaschi zweitausend überzeugt sein! Bitte sehr, der Kaufvertrag. Ich habe alles schon vorbereitet. Sie brauchen nur noch zu unterschreiben."

„Ich möchte aber nicht unterschreiben. Mein Mann…"

„Können Sie sich das Gerät nicht leisten? Das gibt es doch nicht! Was ist denn Ihr Mann von Beruf?"

„Mein Mann ist Vertreter", sagte Gabriele endlich. „Er verkauft Wischiwaschi zweitausend!"

Liebe geht sonderbare Wege
Liebesgeschichte

Claus Imhoff, gut aussehend und knapp fünfundzwanzig Jahre jung, war ein begabter Musiker. Zu selbstverfassten Texten schrieb er wunderschöne Melodien, die bestimmt Hits geworden wären, wenn irgendein Produzent oder Verleger sich hätte entschließen können, sie zu veröffentlichen. Dieses berühmte *Wenn* war letztlich daran Schuld, dass Claus noch immer im tristen Büro eines Steuerberaters hockte und die Steuerschulden anderer Leute berechnete, statt als gefeierter Komponist von einem Festival zum anderen zu reisen und im Geld zu baden wie der bekannte Dagobert Duck.

Auch für Tamara, einen Star am deutschen Schlagerhimmel, hatte er schon etliche Werke verfasst, die er selbst für besonders gelungen hielt. Ihr Produzent schien jedoch anderer Meinung zu sein, denn Claus' Manuskripte kamen mit schöner Regelmäßigkeit zurück. Man bedankte sich für das gezeigte Interesse und blablablablabla…!

Als er wieder einmal einen dieser berüchtigten Absagebriefe bekam, beschloss Claus, endlich andere Initiative zu ergreifen und aufs Ganze zu gehen. Er nahm Urlaub, packte seine Notenblätter in eine große Tasche und fuhr in die Stadt, in der die berühmte Tamara lebte.

Tamara, die eigentlich Brigitte Schmitz hieß, unter diesem ordinären Namen aber sicherlich keine Karriere gemacht hätte, wohnte in einer vornehmen Gegend. Prächtige Villen und sündhaft teuer aussehende Bungalows säumten beidseitig die Straße.

Vor einem dieser Paläste hielt Claus Imhoff an und stieg aus. Staunend stand er vor Tamaras Traumhaus und betrachtete das lang gestreckte Gebäude aus kostbarem Marmor und viel Glas. Schlager zu trällern schien sich allem Anschein nach zu lohnen.

Mit einem seltsamen Gefühl in der Magengegend trat Claus an das breite Schmiedeeisentor und klingelte. Er musste eine Weile warten, dann knackte es in der Gegensprechanlage und eine weibliche Stimme fragte nach seinem Begehr.

„Mein Name ist Claus Imhoff", stellte er sich dem unbekannten Wesen vor und machte unwillkürlich eine leichte Verbeugung. „Ich möchte gern Tamara sprechen."

„In welcher Angelegenheit?", fragte die Stimme.

„Ich bin Komponist und möchte ihr einige meiner Lieder vorstellen", erklärte Claus unbehaglich.

„Tamara ist nicht zu Hause", versetzte die Stimme. „Außerdem ist es besser, Sie reichen Ihre Lieder per Post ein. Sie bekommen dann wieder Bescheid."

(Anm.: Heutzutage würde man eine am Computer fabrizierte Demoaufnahme per USB-Stick an einen Künstler/Produzenten oder Verlag schicken; denn welcher Künstler oder Produzent kann heute noch Noten lesen?)

„Aber das habe ich doch schon getan", entgegnete Claus müde. „Leider ohne Erfolg. Deshalb dachte ich…"

„Ich kann Ihnen leider nicht weiterhelfen", sagte die Stimme. „Guten Tag, der Herr."

Es knackte, und das Gespräch war beendet. Claus unterdrückte einen Fluch und ging zu seinem Auto zurück. Alles war umsonst gewesen. Aber eigentlich hätte er sich das ja denken müssen, dass man ihn würde abblitzen lassen. Aus welchem Grund sollte ihn die als unnahbar und schwierig geltende Tamara auch empfangen? Ihn, einen unbekannten Komponisten.

Claus fuhr in die Innenstadt, stellte seinen Wagen in einem Parkhaus ab und begab sich in das erstbeste Café, das auf seinem Weg lag. Er wollte seinen Ärger mit einer Tasse Kaffee und einem Cognac hinunterspülen. An einem kleinen Tischchen im Hintergrund fand er einen Platz, gab seine Bestellung auf und griff nach einer Zeitschrift. Kurze Zeit später hatte er sich in einen Artikel über Neuigkeiten auf der Frankfurter Musikmesse vertieft.

„Entschuldigen Sie bitte, ist dieser Platz noch frei?", erkundigte sich eine weibliche Stimme. Claus blickte unwillig auf und sah sich plötzlich einem reizenden Mädchen gegenüber. Sie mochte kaum älter als zwanzig sein, hatte lange blonde Haare und ein süßes Gesicht.

„Bitte", murmelte Claus verlegen. Das Mädchen nickte dankbar und setzte sich. Claus legte seine Zeitschrift zur Seite und starrte düster vor sich hin.

„Was für eine Laus ist Ihnen denn über die Leber gelaufen?", wollte das Mädchen wissen. „Passt es Ihnen nicht, dass ich mich zu Ihnen gesetzt habe? Leider war kein anderer Platz mehr frei."

„Unsinn", widersprach Claus und versuchte, seinem Gesicht ein etwas freundlicheres Aussehen zu verleihen. Außer einem etwas verunglückten Grinsen brachte er nichts zustande. Der Ärger saß zu tief in ihm fest.

„Sie müssen sich nicht mit mir unterhalten", meinte das Mädchen. „Tun Sie Ihren Gefühlen nur keinen Zwang an."

Claus nickte finster.

„Ich habe mich fürchterlich geärgert", brach es plötzlich aus ihm heraus und berichtete dem Mädchen über sein vergebliches Bemühen, seine Schlager loszuwerden. Warum er das tat, konnte er sich selbst nicht erklären. Irgendwie schien ihm die Art des Mädchens Vertrauen einzuflößen.

„Tja, nun kann ich allerdings verstehen, warum Sie ein Gesicht ziehen, als wollten Sie die ganze Welt vergiften", sagte das Mädchen, als er geendet hatte. „Sie müssen aber auch für Tamara Verständnis haben. Sie hat natürlich ihr Autorenteam, das für sie schreibt. Für einen Fremden besteht da kaum eine Chance."

Claus schaute sie interessiert an. „Sie tun ja gerade so, als ob Sie etwas von der Sache verstünden?", meinte er.

Das Mädchen hob lächelnd die Schultern. „Vielleicht", entgegnete sie zweideutig. „Darf ich Ihre Werke mal sehen?"

„Natürlich."

Claus griff nach seiner Tasche, holte die Notenblätter heraus und reichte sie dem Mädchen.

„Mein Name ist übrigens Imhoff", stellte er sich vor. „Claus

Imhoff."

„Susanne Schindler", sagte das Mädchen. „So, dann lassen Sie mich mal sehen." Sie nahm sich die Notenblätter vor und las sie aufmerksam durch. „Ist der Text auch von Ihnen?"

„Ja, in der Tat!"

„Nicht schlecht", befand Susanne. „Wirklich nicht schlecht."

„Können Sie denn Noten lesen?", fragte Claus.

Das Mädchen schüttelte bedauernd den Kopf. „Leider nicht."

„Soll ich es Ihnen mal vorspielen?", fragte Claus. „Da drüben steht ein Klavier."

„Aber Sie können sich hier doch nicht so ohne weiteres ans Klavier setzen", gab Susanne zu bedenken.

„Das haben wir gleich", entgegnete er. „Die Leute stören mich nicht. Und so schlecht spiele ich nun auch wieder nicht."

Er wandte sich an die Bedienung und erkundigte sich, ob es gestattet wäre, Klavier zu spielen.

„Wenn Sie es können", meinte die Bedienung schulterzuckend. „Aber bitte spielen Sie nicht zu laut."

Claus versprach es und bat Susanne ans Klavier. Er öffnete den Deckel und setzte sich. Versuchsweise ließ er seine Hände über die Tasten gleiten.

„Müsste mal wieder gestimmt werden, der alte Kasten", sagte er. „Aber für den Notfall wird es gehen."

Er begann zu spielen und sang mit leiser Stimme den Text dazu. Das Mädchen lehnte am Klavier und beobachtete ihn aufmerksam. Als ihre Augen sich einmal zufällig trafen, überzog eine feine Röte ihr hübsches Gesicht.

Dann war das erste Lied zu Ende. Die Gäste im Café klatschten Beifall. Claus erhob sich und verbeugte sich verlegen.

„Wunderbar!", lobte Susanne begeistert. „Wirklich sehr schön. Wie geschaffen für Tamara."

„Ich hab's ja auch für sie geschrieben", erwiderte Claus und ein bitterer Zug legte sich um seine Mundwinkel. „Leider wird sie's nie zu hören bekommen."

„Sie wird es zu hören bekommen", behauptete Susanne. Claus sah sie erstaunt an. „Wie das?"

„Später. Spielen Sie mir erst noch ein anderes Lied vor."

Wieder begann Claus zu spielen. Susannes Blick hing faszi-niest an seinen Händen, die flink über die Tasten huschten und wunderschöne Harmonien formten. Als sich ihre Augen erneut trafen, wich sie ihm nicht mehr aus, sondern strahlte ihn förmlich an. Dieses Mal war es Claus, der sich abwandte und sich auf sein Spiel konzentrierte.

„Sagenhaft!", meinte Susanne, als der letzte Ton verklungen war. „Kommen Sie, ich muss mit Ihnen reden."

Sie gingen zu ihrem Tisch zurück und nahmen Platz.

„Die Sache ist so", begann das Mädchen. „Ich bin Tamaras Sekretärin."

„Nein!" Claus schaute sie entgeistert an. Er konnte es kaum fassen. Da bemühte er sich vergeblich, an die berühmte Schlager-Sängerin heranzukommen, und nun saß er mit deren Sekretärin an einem Tisch und plauderte mit ihr wie mit einer alten Bekannten. Er hatte sogar das Gefühl, dass sie bereits etwas mehr als Sympathie für ihn empfand - und ihm ging es nicht viel anders mit ihr. Er war auf dem besten Weg, sich in das bildhübsche Mädchen zu verlieben.

„Dennoch ist es so", bestätigte Susanne. „Wenn Sie mir Ihre Lieder anvertrauen, werde ich sie ihr noch heute vorlegen."

Er griff nach ihren Händen und sah ihr strahlend in die Augen. „Das wollen Sie wirklich für mich tun? Womit habe ich das nur verdient? Wie kann ich das jemals gutmachen?"

„Indem Sie mich heute Abend zum Essen einladen", schlug Susanne lächelnd vor. „Oder haben Sie schon etwas anderes vor?"

„Wie sollte ich?", antwortete Claus. „Wie ich Ihnen erzählt habe, bin ich fremd in dieser Stadt und nur hergereist, um Tamara zu treffen. Wenn Sie mir also die Ehre geben..."

„Es ist mir ein Vergnügen", versicherte Susanne. „Vielleicht kann ich Ihnen bis dahin sogar schon etwas Erfreuliches berichten."

„Sie machen mich zum glücklichsten Menschen der Welt, Susanne. Ich darf Sie doch so nennen?"

Sie gab ihm schmunzelnd ihre Einwilligung. Sie verabredeten, wo sie sich am Abend treffen wollten und trennten sich wenig später. Claus, um sich ein Hotelzimmer zu suchen, Susanne, um zu Tamara zu gehen und ihr seine Lieder zu präsentieren.

*

Zehn Minuten vor der Zeit traf Claus am verabredeten Treffpunkt ein. Er war bester Laune und pfiff vergnügt vor sich hin Für Susanne hatte er einen riesigen Rosenstrauß organisiert, den er ihr mit ein paar liebevollen Worten zu überreichen gedachte.

Susanne!

Immer wieder hatte er in den vergangenen Stunden an sie denken müssen. Er hatte sich verliebt. Unsterblich verliebt. Und er hatte sich vorgenommen, es ihr im Laufe des Abends zu gestehen. Hoffentlich war ihr Herz überhaupt noch frei.

Die Zeit verstrich. Wer nicht erschien, war Susanne Schindler. Minute um Minute verging. Claus wurde langsam unruhig. Immer wieder schaute er auf die Uhr.

Nach einer Stunde sagte er sich, dass er wohl vergeblich wartete. Warum nur war sie nicht gekommen? War etwas dazwischengekommen? Oder hatte sie vielleicht sogar einen Unfall? Zu dumm, dass er sich ihre Adresse nicht hatte geben lassen.

Ob sie Telefon hatte? Sicher, das war die Lösung. Er sah sich nach einem Telefonhäuschen um, und gleich um die Ecke fand er eines. Ihren Namen fand er nicht im Telefonbuch. Schindler gab es eine ganze Menge, aber keine Susanne. Vielleicht wohnte sie ja bei ihren Eltern? Aber er konnte doch nicht alle Leute mit dem schönen Namen Schindler anrufen und sich nach einer Tochter namens Susanne erkundigen. Das war ihm denn doch zu dumm.

Tamara! Dass er nicht gleich daran gedacht hatte. Susanne war doch ihre Sekretärin. Sicher wohnte sie auch bei ihr. Groß genug war das Haus der Schlagersängerin ja.

Claus setzte sich in seinen Wagen und fuhr zu der ihm bekannten Adresse. Das Haus war hell erleuchtet. Also musste auch jemand zu Hause sein, der ihm Auskunft geben konnte. Wenig später stand er wieder vor dem schmiedeeisernen Tor und klingelte. Die gleiche Stimme wie Stunden zuvor meldete sich und fragte nach seinem Begehr."

„Hier ist noch einmal Claus Imhoff", sagte er. „Vielleicht erinnern Sie sich. Ich war heute Mittag schon mal hier."

„Ja, ich erinnere mich", erwiderte die Stimme. „Aber ich habe Ihnen auch erklärt, dass Sie Ihre Lieder per Post einsenden sollen."

„Es geht jetzt nicht um meine Lieder", sagte Claus. „Ich möchte nur gern wissen, wo ich Frau Schindler finden kann."

„Frau Schindler?", gab die Stimme zurück. „Wer soll denn das sein?"

„Na, hören Sie mal!", fuhr Claus auf. „Sie werden doch Frau Schindler kennen! Schließlich ist sie Tamaras Sekretärin."

Die Stimme lachte. „Das soll wohl ein Trick sein, um ins Haus zu kommen. was?", gluckste sie belustigt. „Was sich die Leute so alles einfallen lassen! Es ist nicht zu glauben!"

„Das soll überhaupt kein Trick sein", stellte Claus verärgert klar. „Ich habe Frau Schindler heute Nachmittag kennen gelernt, und sie hat mir erzählt, sie wäre Tamaras Sekretärin. Warum sollte sie mich anlügen? Außerdem hat sie meine ganzen Lieder mitgenommen, um sie Tamara vorzulegen. Und Sie behaupten, Frau Schindler nicht zu kennen. Das ist wirklich allerhand!"

„Man hat Sie auf den Arm genommen", vermutete die Stimme. „Na schön, dann kommen Sie halt mal herein. Das interessiert mich nun doch."

Der Türsummer ging und Claus konnte das gepflegte Grundstück betreten. Über einen breiten Kiesweg, der beidseitig mit

Rosensträuchern gesäumt war, gelangte er zum Haus und stand plötzlich dem berühmten Schlagerstar gegenüber. Sie selbst war es gewesen, mit der er über die Gegensprechanlage gesprochen hatte.

Tamara reichte ihm die Hand und bat ihn ins Haus. In einem mondän eingerichteten Wohnzimmer ließ sie ihn Platz nehmen und bat ihn, ihr die ganze Geschichte noch einmal ganz von vorn zu erzählen.

„Das Mädchen hat Sie tatsächlich veräppelt", bedauerte Tamara, nachdem er geendet hatte. „Ich habe keine Sekretärin namens Susanne Schindler. Meine Geschäfte erledigt mein Manager. Es tut mir wirklich leid."

Claus war wie vor den Kopf geschlagen. Er saß zusammengesunken in seinem Sessel und starrte trübselig vor sich hin. Er konnte sich das alles nicht erklären und war maßlos enttäuscht.

„Warum hat sie das nur getan?", knirschte er.

„Ich habe keine Ahnung", entgegnete Tamara. „Ihre Noten werden Sie wohl abschreiben können. Hoffentlich haben Sie Duplikate?"

„Ich habe meine Lieder im Kopf", erwiderte Claus. „Das ist das Wenigste. Aber..." Er schwieg. Sollte er Tamara erzählen, dass er sich in Susanne verliebt hatte? Nein, wirklich nicht. Es ging sie nichts an.

Tamara erhob sich und kam zu ihm. Mitleid stand in ihren Augen. Sie fühlte, dass sich zwischen dem jungen Mann hier und dem unbekannten Mädchen etwas angebahnt hatte. Sie verstand nicht, warum sie ihn so hinters Licht geführt hatte.

„Nun, wenn Sie schon mal hier sind, könnten Sie mir eigentlich auch gleich mal Ihre Lieder vorspielen", meinte sie, um ihn auf andere Gedanken zu bringen. „Vielleicht sind sie tatsächlich gut und ich kann sie auf meinem nächsten Album verwenden."

Stunden später verließ ein überaus glücklicher Claus Imhoff das Haus des Schlagerstars. Tamara war von seinen Liedern begeistert und wollte ihn morgen ihrem Produzenten vorstellen.

Dennoch konnte er nicht so richtig froh sein. Die Enttäuschung mit Susanne nagte an seinem Herz und ließ ihn die ganze Nacht kaum Schlaf finden.

*

Am nächsten Morgen fuhr Claus in die Stadt, um sich Notenpapier zu besorgen. Wie tags zuvor stellte er seinen Wagen im Parkhaus ab und lief den Rest des Weges zu einer Musikalienhandlung zu Fuß.

Er wollte den Laden gerade betreten, als er auf der anderen Straßenseite Susanne Schindler - oder wie immer sie auch heißen mochte - entdeckte. Sie trug ein Paket unter dem Arm.

Claus ließ Notenpapier Notenpapier sein und eilte hinter ihr her. Wenig später hatte er sie eingeholt.

„Susanne!", rief er. Das Mädchen blieb sichtlich erschrocken stehen und wandte sich zu ihm um. Als sie ihn erkannte, erbleichte sie und versuchte davonzurennen. Er hielt sie am Arm fest.

„Susanne, warum haben Sie das getan?", wollte er wissen. „Warum haben Sie mich so schamlos angelogen und mir meine Noten gestohlen? Was haben Sie davon?"

Susanne schluckte. Tränen traten in ihre Augen, die sie hastig mit dem Handrücken wegwischte. Sie reichte ihm das Paket, das sie unter dem Arm trug.

„Hier haben Sie Ihre Noten zurück", sagte sie tonlos. „Ich wollte sie Ihnen gerade zurückschicken, denn Sie hatten ja Ihre Adresse draufgeschrieben."

„Aber warum haben Sie mich beschwindelt? Warum nur?"

„Weil Sie mir leid getan haben", erklärte sie mit zitternder Stimme. „Sie haben einen solch trostlosen Eindruck gemacht, dass mir fast das Herz brach. Und dann kam ich auf diese unselige Idee. Ich wollte Sie doch gerne einmal lachen sehen, weil... weil..."

Sie schwieg. Dann schaute sie ihn zaghaft von der Seite an. „Ich habe mich blöd benommen, nicht wahr?"

„Saublöd!"

„Ich weiß auch nicht, was über mich gekommen ist", wisperte sie. „Mich muss irgendein Teufel geritten haben. Sind Sie mir sehr böse?"

Claus schüttelte den Kopf. „Ich war nur ein bisschen enttäuscht, dass Sie mich gestern Abend versetzt haben", erwiderte er. „Ich hatte mir den Ablauf so nett vorgestellt."

„Ich auch", entgegnete sie leise. „Doch dann habe ich mich nicht mehr getraut. Das schlechte Gewissen!"

„Susanne, ich liebe dich!", sagte Claus unvermittelt. „Du bist das gemeinste, schrecklichste, liebste Mädel der Welt!"

„Ich… ich liebe dich ja auch", gestand Susanne. „Deshalb schäme ich mich ja so sehr!"

„Du wirst es bitterlich büßen", grinste Claus und schloss sie in die Arme.

„Diese Strafe lasse ich mir gerne gefallen", seufzte sie glücklich, als er sie küsste. „Bitte, kannst du es mich nicht noch einmal so richtig büßen lassen?"

Ein Abschied für die Ewigkeit
aus meinem Buch DAS WAR´S - ODER SO ÄHNLICH

Ich weiß nicht, wann das Schicksal das letzte Kapitel im Leben meiner Frau Gerlinde zu schreiben begann. Vielleicht an jenem denkwürdigen Tag Ende April 2007, als sie sich nach dem Duschen im Bad ihr Bein brach? Aber da war sie noch voller Hoffnung, dass diese leidige Geschichte in ein paar Wochen abgeschlossen sein würde. Was sie ja dann - wie wir wissen - nicht war.

Echte, verzweifelte Hoffnungslosigkeit ließ sie eigentlich zum ersten Mal wenige Wochen vor ihrem Tod aus sich heraus.

"Was habe ich eigentlich noch vom Leben?", sagte sie zu mir. "Ich hocke hier in unseren vier Wände, komme kaum noch mal raus, und die einzigen Menschen, die ich hin und wieder zu Gesicht bekomme, sind meine Kinder, meine Nachbarn und alle paar Wochen die Schwestern und den Arzt im Krankenhaus. Und das war's dann auch schon. Mich mal wieder ins Auto setzen, zum Einkaufen fahren und einfach nur durch die Läden bummeln, um zu sehen, was es Neues gibt...! Pustekuchen!"

Dann begann sie zu weinen, und ich versuchte sie zu trösten, indem ich sie daran erinnerte, dass wir uns doch vorgenommen hätten, bei schönem Wetter wieder - wie früher - öfters durch die Gegend zu gondeln. Trotz Gipsbein.

Ob sie das tatsächlich tröstete? Oder glaubte sie da schon nicht mehr daran, dass wir das je verwirklichen würden, nie mehr verwirklichen konnten?

Was wusste sie überhaupt über ihren Gesundheitszustand?

Was verheimlichte sie mir, weil sie ja *die starke Frau* sein wollte, die nur auf ganz intensive Nachfrage hin zugab, größere Schmerzen zu haben, als sie mir je freiwillig eingestehen wollte.

Anfang März erzählte sie mir, dass sie sich offenbar eine Magen- und Darmgrippe eingefangen hätte. Sie käme kaum noch vom Klo herunter und hätte Durchfall wie Wasser. Diesen versuchte sie mit den, ohne Rezept von der Apotheke erhältlichen einschlägigen Mittelchen zu bekämpfen. Appetit hatte sie von da an kaum noch. Das wenige, das sie zu sich nahm, zwang sie sich förmlich hinein. Selbst der leckere Kuchen, den ich für unsere zur lieben Gewohnheit gewordene tägliche Nachmittagskaffeestunde heimholte, sprach sie nicht mehr an. Nur ihr Bierchen am Abend und zum Runterspülen ein paar Konjäckchen ließ sie sich nicht nehmen. Das trank sie selbst am Abend vor ihrem Tod noch. Aber sichtlich ohne besonderen Appetit.

Andreas, unser Sohn, weilte an diesem Wochenende in Gemünden und wollte eigentlich in seinem Zimmer bei uns übernachten. Um ihn nicht anzustecken und damit seine Jana zu gefährden, schlugen wir ihm vor, lieber bei Cathrin und Frank zu bleiben.

Für Mittwoch, 10. März, war die Geburt unseres Enkelsohnes Henrik angesetzt. Am Freitag sollte ich Lennart vom Kindergarten abholen, und anschließend wollten wir gemeinsam zu Cathrin ins Krankenhaus nach Marburg fahren. Aber das wurde wegen Gerlindes Erkrankung vorsorglich abgesagt.

Auch Gerlindes Untersuchungstermin im Kreiskrankenhaus Frankenberg am Donnerstag wurde aus dem gleichen Grund gestrichen. Seltsamerweise trieb mich irgendetwas dazu, keinen neuen Termin mit dem Sekretariat Dr. Wagners zu vereinbaren.

"Ich melde mich wieder, wenn es meiner Frau besser geht", sagte ich am Telefon. "Sonst müssen wir vielleicht wieder verschieben."

Im Nachhinein frage ich mich, warum ich so gehandelt habe? Wir haben immer wieder mal Untersuchungstermine aus den unterschiedlichsten Gründen absagen müssen. Aber da habe ich immer gleich einen neuen vereinbart. Warum diesmal nicht? Was trieb mich dazu, es nicht zu tun? Irgendeine fürchterliche Ahnung? Eine unerklärliche Eingebung meines Unterbewusstseins?

Am Mittwoch wurde Henrik auf die Welt geholt. Wie sehr freute sie sich darüber, als sie erfuhr, dass Mutter und Sohn gesund waren. Und was hat sie geschmunzelt, als sie die ersten Bilder des neuen Erdenbürgers sah und feststellte, dass auch er wieder zumindest *unsere Nase* hatte.

Freitags klagte sie, dass sie trotz der starken Entwässerrungstabletten, die sie täglich wegen ihres Bluthochdruckes einneh-men musste, kaum Wasser lassen konnte.

Am Samstagmorgen - es hatte sich nichts an ihrem Gesundheitszustand gebessert - fuhr Gerlinde mit ihrem Rollstuhl ins Schlafzimmer und begann, ihre Nachthemden und Unterwäsche vom Schrank aufs Bett zu setzen.

"Was machst du?", erkundigte ich mich.

"Ich befürchte, dass ich ins Krankenhaus muss", erklärte sie.

Was wusste sie da, was verschwieg sie mir jetzt schon wieder? Warum habe ich Idiot nicht entsprechend darauf reagiert? Warum ist zu diesem Zeitpunkt bei mir nicht der Groschen gefallen, dass es ihr verdammt schlecht gehen musste, wenn sie sich praktisch freiwillig ins Krankenhaus, das sie so sehr hasste, einliefern wollte?

Sie rief dann noch selbst bei dem an diesem Wochenende in Gemünden den Notdienst versehenden Arzt an und berichtete ihm von ihrem neuen Leiden.

"Da müssen wir einen Katheter setzen", meinte er. "Ich schicke Ihnen jemand von der Diakonie vorbei."

Das geschah wenig später dann auch.

Als die junge Frau, die den Katheter setzte, gegangen war, fuhr ich in die Stadt, um Brötchen einzukaufen. Es hätte geklingelt, während ich weg war, erzählte Gerlinde. Aber sie hätte wegen des Katheters nicht aufstehen und öffnen können. Wie sich später herausstellte, war es der Arzt gewesen, der geklingelt hatte. Er hielt es nicht für nötig, ein weiteres Mal zu kommen.

Der Katheter schien ihr große Schmerzen zu bereiten.

"Ich weiß nicht, wie ich mich noch setzen oder legen soll", sagte sie und verbrachte die meiste Zeit auf der Couch. Und da schon musste ich hilflos mit zusehen, wie es ihr immer schwerer fiel, von der Couch in ihren Rollstuhl zu gelangen. Erst nach mehreren vergeblichen Versuchen gelang es ihr. Helfen konnte ich ihr wegen ihres Gewichtes nicht wirklich. Probiert habe ich es mehrfach, wurde dann aber wieder weggeschickt.

"Ich krieg das schon allein hin", sagte sie trotzig. "Und wenn du nicht dabei zuschaust, noch besser!"

So war es denn auch an diesem Samstag. Jedenfalls saß sie immer wieder mal in ihrem Rollstuhl am Tisch, wenn ich nach ihr sah, las oder guckte Fernsehen.

Als es ihr am Nachmittag immer schlechter ging, rief ich noch einmal bei diesem Arzt an.

"Bringen Sie mir ihren Urin her", ordnete er an.

Es war nicht viel, was ich dem Arzt bringen konnte. Trotz Katheter war kaum Wasser abgegangen.

"Eine Entzündung hat sie nicht", stellte er nach der Untersuchung des Urins fest. Für die Schmerzen gab er mir ein entsprechendes Mittel für sie mit. Und sie möge die doppelte Menge ihrer Entwässerungstabletten einnehmen. Vielleicht würde sich dann ja alles von selbst regeln.

Der Notarzt und die Ärzte in der Klinik, denen ich das später erzählte, schüttelten über diese Anweisung nur ihre Köpfe und schienen es nicht fassen zu können. Auch nicht, dass er sich nicht noch einmal zu dieser offensichtlich schwer erkrankten Patientin hinbemühte.

Am Abend amüsierten wir uns noch einmal gemeinsam über ein paar Folgen der *Golden Girls* im Fernsehen. Das Schmerzmittel schien etwas zu helfen. Vielleicht tat sie aber auch nur wieder so? Sie trank - wie gesagt - ihr Bierchen und ging relativ früh ins Bett.

"Ich bin einfach nur müde", erklärte sie auf meine Frage hin. "Hoffentlich kann ich wenigstens ein bisschen schlafen."

Sie konnte es offenbar nicht. Am Sonntagmorgen erschien sie recht früh in ihrem Rollstuhl und erklärte, sie habe die ganze Nacht kein Auge zugemacht. Sie wäre ja sooo müde!

"Dann leg dich noch ein wenig auf die Couch", schlug ich vor.
"Das habe ich auch vor", erwiderte sie matt und kraftlos und legte sich um.
Von diesem Zeitpunkt an konnte ich beobachten, wie sie von Stunde zu Stunde mehr zerbrach. Sie versuchte noch einmal, in ihren Rollstuhl zu gelangen. Das klappte diesmal nicht mehr. Auch als ich mich auf ihren ausdrücklichen Wunsch hin entfernte.
"Was möchtest du eigentlich?", wollte ich wissen, als ich zurückkam und sie immer noch hilflos und verzweifelt vor ihrem Rollstuhl hockte.
"Ich muss doch noch meine Pillen nehmen!"
"Die kann ich dir doch holen! Was möchtest du trinken?"
Sie orderte eine Cola. "Und da liegt irgendwo noch eine halbe angerauchte Zigarette herum. Würdest du mir die bitte auch noch bringen."
Sie bekam, wonach sie verlangte. Danach legte sie sich wieder um. Und wurde immer unruhiger, bettete sich mühsam von der einen Seite zur anderen und wieder zurück. Ihr eines Bein rutschte ständig von der Couch und ich musste es wieder hochlegen. Sogar, als es gar nicht heruntergerutscht war, bat sie mich darum.
"Aber es liegt doch oben", sagte ich.
"Nein, es rutscht", wisperte sie störrisch. "Es rutscht!"
"Das kann es doch gar nicht", versicherte ich. "Es liegt ganz fest!"
"Es rutscht!", blieb sie bei ihrer Meinung, während ihre Stimme immer unverständlicher wurde.
Obwohl ich ihr mehrfach anbot, noch einmal den Arzt anzurufen, wollte sie davon zunächst nichts wissen. Erst gegen drei Uhr am Nachmittag durfte ich ihn informieren. Wahrscheinlich viel zu spät. Aber mein Frauchen hatte bis zuletzt ihren eigenen Willen - und ich ließ ihn ihr.
Während wir auf den Arzt warteten, setzte ich mich neben sie auf die Couch und nahm ihre von kaltem Schweiß bedeckte Hand zwischen meine Hände. Gesprochen haben wir, wenn ich mich

recht erinnere, nichts mehr miteinander. Sie sollte einfach nur spüren, dass ich bei ihr war. Und das schien sie noch wahrzunehmen, weil sie den sanften Druck meiner Hände erwiderte.

Der Doktor kam sogar relativ schnell, nachdem ich ihm die Situation eindringlich geschildert hatte. Und er erschrak sichtlich zu Tode, als er *seine* Patientin erblickte! Plötzlich hatte er es sehr, sehr eilig. Als erstes rief er den Notarzt an. Dann kümmerte er sich intensiv um Gerlinde. Er gab ihr eine Spritze und setzte ihr einen Tropf mit irgendeiner Flüssigkeit. Und er schrieb die Einweisung ins Krankenhaus und kassierte 10 EURO für die Notbehandlung von mir, was ja besonders wichtig war.

Kurze Zeit später traf der Notarzt mit seinem Adjutanten ein. Und auch der hatte es von Anfang an sehr, sehr eilig. Gerlinde bekam Sauerstoff und einen anderen Tropf, den ich in die Höhe halten musste. Und erhielt mehrere Spritzen mit schwersten Medikamenten

"Sie muss sofort ins Krankenhaus", erklärte mir der Notarzt. "Ihre Frau ist sehr schwer krank! Ich kann für nichts garantieren."

Jetzt kamen auch noch die Sanitäter, die sie ins Krankenhaus transportieren sollten.

"Zu schwer für uns", stellten sie fest. "Wir fordern die Feuerwehr an!"

Die rückte mit mehreren Mann an. Selbst unser Bürgermeister Gleim war dabei.

Und dann brach das Chaos über mich herein, dem ich hilflos zusehen musste.

Um überhaupt an Gerlinde heranzukommen, wurde unser schwerer Marmorcouchtisch entfernt, Teppiche eingerollt, der Sessel zur Seite geräumt usw. usw. Erst jetzt konnten sie eine fahrbare Liege neben der Couch postieren und mein Frauchen umbetten. Dann verließ sie zum letzten Mal unsere Wohnung, um nie mehr zu mir heimzukehren.

"Soll ich den Rollstuhl und ihre Klamotten ins Krankenhaus nachbringen?", erkundigte ich mich beim Notarzt.

"Das können Sie später immer noch tun", antwortete der. "Ihre Frau kommt jetzt ohnehin erst mal auf die Intensiv. Wie gesagt: Sie ist sehr schwer krank! Ich weiß nicht, ob sie die Nacht überleben wird!"

Da erst wurde mir in vollem Ausmaß klar, wie schlimm es um Gerlinde stand! Ich war wie vor den Kopf geschlagen. Ich folgte dem Notarzt benommen ins Freie, wo es aussah, als wäre ein Großbrand in unserem Haus ausgebrochen:

Die Feuerwehr war mit einem großen Löschfahrzeug und einem Bus angerückt, da stand der Wagen des Notarztes, ihm gegenüber der des Roten Kreuz, in den mein Frauchen gerade hineingeschoben wurde. Mir blutete das Herz.

In der Wohnung hatten die Feuerwehrleute zumindest den schweren Couchtisch wieder auf seinen Platz gestellt. Ansonsten sah es aus, als hätte eine Bombe eingeschlagen.

Bürgermeister Gleim erwartete mich und bot mir seine Hilfe an. Ich bedankte mich und war froh, als ich endlich allein war.

Nun saß ich da und überlegte, ob ich Cathrin anrufen sollte, die ja selbst noch nach ihrem Kaiserschnitt in Marburg in der Klinik lag. Ich beschloss, es zunächst bei Frank zu versuchen, erreichte ihn aber nicht. Also doch Cathrin, die ich doch eigentlich nicht aufregen wollte. Jetzt musste ich es doch tun!

"Ich komme sofort", sagte sie entsetzt, nachdem ich ihr alles erzählt hatte, und ließ sich auch nicht zurückhalten. "Ich werde morgen sowieso entlassen. Du glaubst doch nicht, dass ich hier bleibe, wenn es meiner Mutter so schlecht geht!"

Und sie wollte auch Andreas informieren. Ich durfte gar nicht daran denken, dass zwischen ihm und uns ca. 150 km lagen! Hoffentlich würde er trotz seiner Aufregung vernünftig fahren! Das würde gerade noch fehlen, wenn da jetzt auch noch etwas passieren würde!

Im Frankenberger Krankenhaus begab ich mich zuerst zur Anmeldung, um dort - wie üblich - darauf hinzuweisen, dass wir eine Zusatzversicherung hatten, die Gerlinde Chefarztbehandlung und ein Einzelzimmer garantierte. Aber die wollten die Karten diesmal seltsamerweise gar nicht haben.

"Ihre Frau liegt jetzt sowieso erstmal auf intensiv", wurde mir gesagt. "Das andere können Sie erledigen, wenn sie auf die Station kommt."

Also begab ich mich jetzt zur Intensivstation, klingelte und wartete. Eine Schwester erklärte mir, dass zunächst eine Ärztin mit mir sprechen wolle. Danach könnte ich sicher zu meiner Frau.

Die Ärztin erschien mit einem großen Fragebogen und wollte praktisch alles über Gerlinde wissen. Meinen Einwand, dass meine Frau 2008 schon einmal auf der Intensivüberwachung gelegen hätte und sowieso seit 2007 hier behandelt würde, ließ sie nicht gelten. Ich beantwortete alle Fragen, soweit ich das überhaupt konnte. Dann musste ich in einen Kittel schlüpfen, der viel zu eng für mich war, musste die Hände mit einem Desinfektionsmittel waschen und durfte endlich zu meinem Schatz.

Gerlinde lag, an die lebenserhaltenden Maschinen angeschlossen, in ihrem Bett und war nicht mehr bei Bewusstsein. Ich will gar nicht erst versuchen, meinen Schmerz zu schildern, als ich sie so sehen musste. Dafür fehlen mir einfach die Worte. Ich hätte am liebsten laut losgeschrien. Ob ich zu diesem Zeitpunkt geweint habe, weiß ich nicht mehr. Vermutlich ja. Lautlose Tränen der völligen Hilflosigkeit.

Lange durfte ich nicht bei meinem Frauchen bleiben. Irgendwie stand ich offenbar immer im Weg herum. Also wurde ich wieder nach draußen in den winzigen Warteraum verbannt.

Nach und nach trafen unsere Kinder ein: Zuerst Andreas mit seiner Jana, dann Cathrin mit ihrem Frank. Auch über dieses Wiedersehen möchte ich keine Worte verlieren. Unser Schmerz geht niemanden was an.

Von einem Arzt erfuhren wir erneut, dass es sehr, sehr schlecht um Gerlinde stand. Fast alle inneren Organe hätten praktisch ihren Dienst aufgegeben. Von Intubieren war die Rede und dass sie dann womöglich für den Rest ihres Lebens auf Maschinen angewiesen wäre. Ob wir das denn wollten, was ich verneinte, weil wir oft, wenn wir uns unsere Krankenhausserien im Fernsehen anschauten, über diesen Fall gesprochen hatten.

Cathrin, Andreas und ich durften noch einmal nach ihr sehen. Ein wenig stabiler wäre sie geworden, wurde uns berichtet. Zumindest würde sie wieder allein atmen. Aber...! Eine Garantie wäre das allerdings nicht!

Mit dieser Ungewissheit im Herzen fuhren Cathrin und Frank zurück in die Marburger Klinik, Andreas, Jana und ich nach Gemünden. Dort brachten wir die Wohnung wieder in Ordnung. Während ich noch vor dem Fernseher sitzen blieb, begaben Andreas und Jana sich zur Ruhe.

Kurz nach Mitternacht klingelte das Telefon. Mit den schlimmsten Befürchtungen meldete ich mich und erfuhr vom Stationsarzt, dass mein geliebtes Weibchen mich um 00.07 Uhr für immer verlassen hatte. In mir zerbrach eine Welt und mein ohnehin nicht mehr ganz so gefestigter Glaube an einen gütigen, gerechten Gott erlitt einen weiteren schweren Knacks.

Andreas, Jana und ich fuhren erneut nach Frankenberg ins Krankenhaus, wo alsbald auch Cathrin und Frank eintrafen. Gemeinsam traten wir ans Totenbett unserer über alles geliebten Verstorbenen.

Gerlindes Gesicht wirkte irgendwie zufrieden und gelöst. Ich glaubte sogar, ein leichtes Lächeln darauf zu erkennen. So, als wolle sie uns sagen:

"Ich habe es geschafft! Die Quälerei um meinen gebrochenen Fuß ist endlich vorbei! Mein jüngster Enkelsohn Henrik ist gesund auf die Welt gekommen, und meiner Tochter geht es auch den Umständen entsprechend gut! Ich weiß meine Kinder gut versorgt - und mein Dicker wird wohl auch irgendwie zurechtkommen. Er musste es in den vergangenen drei Jahren lernen! Wenigstens etwas, für das mein verletzter Fuß gut war! Ich kann, ich darf in Frieden gehen!"

Weiß man, was im Kopf einer Sterbenden vor sich geht, selbst wenn sie nicht mehr bei Bewusstsein ist? Ich wünsche ihr, dass dies ihre letzten Gedanken waren! Und ihren über alles geliebten Lennart wird sie wohl auch nicht vergessen haben! Mit Janna (*Cathrins 2008 nach einem kurzen vierteljährlichen Leben verstorbene Tochter*) ist sie, da ist sich Cathrin ganz sicher, jetzt sowieso zusammen; mit ihren Eltern und ihrem Bruder, mit meinen Eltern und mit allen, die vor ihr gegangen sind und die ihr etwas bedeutet haben.

Ob dies tatsächlich so ist? Unendlich schön wäre das, aber es ist noch keiner jemals zurückgekommen, der es uns bestätigt hätte. Uns bleibt allein der Glaube. Und glauben heißt: Nicht wissen!

FINALE
(My Way)

Ich war nie großer Star,
war immer nur e Randerscheinung;
war stets e ehrlich Haut, vertrat zu laut
oft meine Meinung.
Un hatt ich oft auch Recht,
bekam's mir schlecht,
ich musst bezahle!
Un jetzt - zu guter Letzt:
Auf zum Finale!

Ich hab ganz gut gelebt,
doch vorgeschwebt ham mir Millione.
Ich bin so wie ich bin
un hab gelernt: Es geht auch ohne.
Die Zeit verging so schnell,
mein Spischelbild zeischt mir en Aahle.
Ich denk: Des bin ja ich
korz vorm Finale.

Zieh ich Bilanz un guck zurück,
so hatt ich Pech un oft aach Glück,
ich hab geflennt, ich hab gelacht,
mal schien die Sonn, mal hat's gekracht,
grad un aach schrääch
so lief moin Wääch
hin zum Finale.

Ich wollt wie Mozart wärn,
mit Melodien soi Mussigg toppe.
Was blieb, des war e Lied,
in dem ging's nur um's Roiwe roppe.

Ich blieb e ganz klaa Licht
mit einem Kopp voll Ideale.
Der Traum is längst geplatzt:
Auf zum Finale!

Geht erschendwann der Vorhang zu
un einer ruft: Ab jetzt is Ruh!
Doi Zeit is um, du schräger Hund!
Lach ich ihn aus un saach: Na und?
Muss ich auch geh - es war doch schee
bis zum Finale!

Eigentlich hatte ich nach unserer Doppel-CD zum 40. Jubiläum von *Adam und den Micky's* keine CD mehr machen wollen. Meiner Meinung nach war *Das Beste* ein schöner, gelungener Abschluss meines musikalischen Schaffens mit meiner Band. Dann aber schrieb ich doch wieder das eine oder andere Lied, die *Runkelroiweroppmaschin* und auch *Quellkartoffel un Dupp Dupp* hätten eine modernere Fassung verdient gehabt, eines kam zum anderen.

Auch Bernd Gruber, mein Produzent, mit dem ich mich nach unseren Querelen wegen von ihm geplanter und von mir nicht akzeptierter Veranstaltungen zu unseren Jubiläen wieder ausgesöhnt hatte, war von einer neuen CD recht angetan. Um Kosten zu sparen, spannte er den Liedermacher Sascha Krieger aus Gelnhausen ein, der seine Titel über ein eigenes Studio produzierte und das auch mit meinen Liedern tun wollte. Was dabei herausgekommen wäre, weiß ich nicht. Seine Aufnahmen klangen jedenfalls immer sehr ordentlich.

Als titelgebendes Lied sollte unbedingt meine hessische Version von *My Way* auf die neue CD, mit dessen Text ich dieses Kapitel begonnen habe. Über die GEMA machte ich den deutschen Verlag - Peer, Hamburg - des Liedes ausfindig und setzte mich mit diesem in Verbindung. Am 19. Januar 2012 schrieb ich folgende

E-Mail an den Verlag:
"Hallo - als Chef der hessischen *Kultband* Adam und die Micky's wende ich mich heute mit einer speziellen Bitte an Sie: Wir machen jetzt seit über 40 Jahren Platten/CDs in hessischer Mundart und wollten es nach unserer Doppel-CD *Best Of* zum 40jährigen Jubiläum eigentlich dabei bewenden lassen. Nun bedrängen uns aber die Fans, doch noch einmal etwas Neues abzuliefern und ich spiele mit dem Gedanken, es tatsächlich zu tun. Das kommt aber jetzt auch ein wenig auf Sie an, weil die CD *Finale* heißen soll - ein Lied, das auf *My Way* getextet wurde. Ohne Ihre Genehmigung geht natürlich nix: *SIE* nein - *ICH* nix mehr CD!

Natürlich sollen auch etliche andere Songs auf die CD, aber dieses wäre mir halt wichtig, weil es ein bisschen mein Leben widerspiegelt.

Ich schicke Ihnen meinen Text als Anhang und würde mich freuen, von Ihnen die Genehmigung zu einer Aufnahme zu bekommen...."

Es dauerte eine halbe Ewigkeit, bis der Verlag sich dazu durchringen konnte, mir diese Genehmigung zu erteilen. Man begründete das damit, dass das Lied ja kein deutsches Werk wäre, sie selbst also nur Subverleger, und soundsoviele Erben damit einverstanden sein müssten, weil die Original-Autoren längst verstorben wären.

Und sie wollten eine englische Übersetzung meines hessischen Textes haben, um die sich Bernd schließlich kümmerte, weil meine Übersetzerin, eine nach Amerika ausgewanderte Mainflingerin, nicht lieferte. Hier ist er:

I never was a great star
Always on the fringes
I always was an honest man
often spoke out too loud
Even when I was right,

It wasn't good for me,
I had to pay
But now, last but not least,
off to the Finale

I have lived quite well
but I imagined millions.
I am as I am,
and I have learned that I can do without,
Time has passed so fast
My mirror image shows an old man,
I'm thinking: That's just me
right before the Finale

I'm taking stock and I look back
I had bad luck and good luck
I have cried and I have laughed
Sometimes the sun was shining, sometimes there was thunder.
straight and sometimes crooked
that was my way
to the Finale

I wanted to be like Mozart,
surpass his music with my melodies
what came out of it was a song,
that was only about picking beetroot
I stayed a shining light
the head full of ideals,
the dreams have long gone,
off to the Finale

And if the curtain falls one day,
someone shouts: from now there's silence
The time is out, you silly dog

I laugh at him and say: so what
Even if I have to go, it's been a blast
until the Finale

Soweit ich das mit meinem überaus dürftigem Englisch beurteilen kann, hat der Übersetzer oder die Übersetzerin das sehr gut gemacht. Und vom Verlag kam endlich, am 21. Juni 2012, auch die Genehmigung, das Lied für eine neue CD verwenden zu dürfen.

Nun hätten wir uns eigentlich voller Schwung und Elan an die Arbeit machen können, aber da war inzwischen etwas geschehen, mit dem keiner hatte rechnen können und das alles - vielleicht für immer - zunichte machte. Ich hatte plötzlich keine Stimme mehr!

Angefangen hatte es an Fastnacht oder gar noch früher. Ich war ständig heiser, schob das aber meiner jährlichen Erkältung in die Schuhe, in die mein Heuschnupfen in schöner Regelmäßigkeit überzugehen pflegte. Wenn wir als Band spielten, forderte ich Schorsch bei langen Stimmungstouren auf, meinen Part zu singen; aber da kam nicht viel! Wenn ich zu singen aufhörte, schwieg auch er. Er lernt's eben nie! Auch nach über 40 gemeinsamen Jahren nicht!

Auch mein Hausarzt, Doktor Rosenthal, hielt es anfangs nach eingehender Untersuchung meiner Atmungsorgane für einen Katarrh und verschrieb mir die üblichen Antibiotika. Und ich schleppte mich in den nächsten Wochen, auch musikalisch, so über die Runden, fuhr sogar noch einmal nach Pfronten in den Urlaub, weil mir das meine Kinder zum Geburtstag geschenkt hatten, und sprach wie die hessische Ausgabe des berühmten Paten immer mit heiserem Ton.

Ich gab sogar das Rauchen auf. Zuerst stellte ich bloß auf elektrisch um und besorgte mir diverse Variationen dieser Zigaretten. Als keine mir so recht schmecken wollte, hörte ich von einem Tag auf den anderen ganz auf mit dem Qualmen. Und es fiel mir nicht einmal besonders schwer. Na ja, hin und wieder juckte es schon. Aber ich blieb stark. Bis heute. Auch zugenommen, wie beim letzten Mal, als ich zu rauchen aufhörte, habe ich nicht. Und wenn, lag das an den Dominosteinen, Lebkuchenherzen u.ä., die man seit Ende August wieder bei *REWE* kaufen und futtern konnte. Was ich mit lüsternem Heißhunger und Wohlbehagen tat!

Als meine Heiserkeit sich nach Pfronten nicht gebessert hatte, überwies mich Dr. Rosenthal zu einem HNO-Arzt nach Bad Wildungen. Der diagnostizierte nach einer unangenehmen Untersuchung mit einem Metallschlauch durch die Nase in den Hals ein mögliches Karzinom auf den Stimmbändern und reichte mich an die Uniklinik in Marburg weiter.

Das erfreulichste an den Untersuchungen in der HNO-Klinik war die junge, hübsche Ärztin, die sie vornahm. Aber statt auf meine zaghaften Flirtversuche einzugehen, ließ sie nichts aus, mich zu quälen. Als sie endlich damit fertig war, wir uns über weitere Maßnahmen unterhielten und ich mich vorsichtig erkundigte, wann ich denn wohl wieder Musik machen könnte, lächelte sie milde und meinte, das könnte ich mir vorerst wohl mal abschminken. Ich begann Böses zu ahnen.

Am 25. Juni 2012 musste ich stationär zur Gewebeentnahme einrücken. Andreas und Jana, die an diesem Wochenende in Gemünden zu Besuch gewesen waren, begleiteten mich in die Klinik. Und leisteten mir in den erste Stunden auch noch Gesellschaft. Bis es ihnen zuviel wurde und sie schließlich die Flucht ergriffen.

Zu einem Krankenbett in der HNO-Klinik Marburg kommt man folgendermaßen:

Man parkt sein Auto nach längerer Suche auf einem der Parkplätze vor dem Krankenhaus, begibt sich zum Haupteingang und zieht neben der Pförtnerloge an einem Automaten eine Nummer. Mit dieser geht man zur Anmeldung, nimmt unter zahlreichen anderen Wartenden Platz und wartet, bis die Nummer endlich dran ist. Am entsprechenden Schalter nimmt man deine Daten auf und schickt dich dann zu einer Station, die sich *START*

nennt.
   Was tut man hier?
   Man wartet!
   In der Zwischenzeit drücken sie dir einen Fragebogen in die Hand, auf dem du alle Krankheiten seit deiner Zeugung eintragen musst, alle persönlichen Daten wie Größe, Gewicht, Anzahl der vorhanden, nicht vorhandenen und wackelnden Zähne, Allergien usw. usw. Und alle Medikamente, die du momentan einnimmst.
   Dann schicken sie dich zur Blutentnahme, Speichelprobe und zum EKG, wo du vorab allerdings erst mal warten musst, bis du dran bist.
   Ist das erledigt, musst du vor der Tür eines HNO-Arztes Platz nehmen und - na? Richtig! Warten, bis dieser Zeit für dich hat!
   Hat er endlich Zeit für dich, erzählt er dir, was bei der ersten, ambulanten Untersuchung *(die mit der jungen, hübschen Ärztin)* herausgekommen ist und was sie nun vorhaben mit dir. In meinem Falle war das eine Untersuchung des Oberkörpers in so einer Art Röhre. *(Computer Tomografie)* Da man auf diese Untersuchung selbstverständlich erst einmal warten musste, war das der Zeitpunkt, an dem sich Andreas und Jana von mir verabschiedeten. Ich machte ihnen nämlich klar , dass ich ja schon so groß und kaum senil wäre, um das nicht auch allein bewältigen zu können.
   Die Untersuchung in der Röhre war weder unangenehm noch tat sie weh. Ich konnte bloß nicht so lange die Luft anhalten, wie sie das gern gehabt hätten. Aber das schien niemanden zu stören. Ich wurde in Frieden entlassen.
   Jetzt war die Abteilung Phoniatrie und Pädaudiologie dran. Hier wurde es, nachdem man natürlich gewartet hatte, wieder unangenehm. Zuerst fuhr mir die Ärztin wieder mit einem Metallschlauch durch die Nase zu den Stimmbändern, dann wiederholte sie das durch den Mund, wobei ich ihr fast auf den Kittel gekotzt hätte. Und ich konnte meine Stimmbänder sehen. Ein merkwürdiger Anblick war das, mit einer gewissen Ähnlichkeit mit

dem Geschlechtsorgan einer Frau. Wobei auf meiner rechten Scham.. äh... Stimmlippe krümelartige Gewächse zu erkennen waren, die wohl an meiner ständigen Heiserkeit Schuld waren und deshalb entfernt werden mussten.

Die Phoniatristin oder wie das heißen mag ließ mich auch in allen Tonlagen sämtliche Selbstlaute singen, zeichnete sie für die Nachwelt auf und machte mir klar, dass wir uns sicher nach der Laser-OP wiedersehen würden. Was inzwischen auch der Fall gewesen ist.

Zum Abschluss der Voruntersuchungen musste ich nun auf den Anästhesisten warten, der mich in die Geheimnisse der Vollnarkose einweihen sollte. Nicht, bevor er mein Alter, meine Größe, mein Gewicht, alle Krankheiten und alle Medikamente, die ich momentan einnahm, u.v.a. notiert hatte. Danach wurde ich endlich auf die Station 121 in mein Zimmer entlassen. Es war kurz vor 15.00 Uhr, nachdem ich um 9.30 Uhr hatte antanzen müssen.

Dank einer Zusatzversicherung hatte ich Anspruch auf ein Einzelzimmer und auf Chefarztbehandlung. Die Qualität des Essens wurde davon leider nicht beeinflusst. Die Quantität auch nicht. Aber meine Schwestern sorgten aus den Beständen, die andere übrig ließen, dafür, dass ich trotzdem satt wurde.

Der Eingriff war für den nächsten Vormittag vorgesehen. Die Verkleidung, die man dafür anlegen musste, war äußerst attraktiv. Dass die Schwester nicht reihenweise über mich herfielen und mich vernaschten, nachdem ich sie angelegt hatte, ist mir heute noch ein Rätsel.

Da waren zunächst einmal die langen weißen Arthrosestrümpfe, die man nur unter Gewaltanwendung über seine beiden Laufapparate ziehen konnte. Als mir eine Schwester bei meiner zweiten OP freundlicherweise dabei helfen wollte, riss sie mir fast den Nagel aus meiner großen Fußzehe. Worauf ich's dann doch lieber wieder selbst übernahm, die Strümpfe anzulegen.

Besonders sexy war das Höschen, das ich während der OP tragen musste. Es war ein netzartiges Gebilde mit zwei Löchern, durch die man schlüpfen musste, um das Ganze dann nach oben zu ziehen. Eine bestimmte Größe gab es da nicht. Das Ding passte über jeden Hintern. Oder auch nicht.

Für obenrum schlüpfte man in einen Kittel, der hinten offen war und am Hals oben zugebunden wurde. Auch der in einer Einheitsgröße und ziemlich zugig. Ohne Bettdecke kam ich jetzt jedenfalls nicht mehr aus. Es war aber auch ein verdammt kühler Sommer. Und ein bisschen schamhaft war ich nun mal auch.

Als ich am nächsten Morgen dran war, holte mich ein Pfleger samt Bett ab und transportierte mich über Flure und Aufzüge in den OP-Bereich. Ich unterhielt mich gerade recht angenehm mit einer Anästhesistin, als plötzlich eine ganz andere sagte:

"Hallo, Herr Adam! Alles klar? Sie sind im Aufwachraum!"

Na, so was! Da hatten sie schon an mir herumgeschnippelt, und ich hatte nichts davon mitbekommen. Keine Schmerzen - nichts! Aber besser so als anders!

Am nächsten Tag wurde ich bereits wieder nach Hause entlassen

Cathrins Schwiegereltern holten mich gegen Mittag an der Klinik ab und bald darauf war ich wieder daheim, wo ich sofort meinen WKW- und *Facebook*-Freunden mitteilte, was ich in den letzten Tagen erlebt hatte. Und ich sagte - zunächst bis Ende August - alle Musikgeschäfte ab. Darunter die alljährlich Eröffnung des Mainfestes auf dem Römer in Frankfurt, was besonders weh tat.

Über *WKW* und *FB* kamen viele tröstende Worte, mehr oder weniger intelligente Sprüche und aufmunternde Nachrichten von anderen Musikern und Sängern. Viele schrieben, dass sie das auch hinter sich hatten und jetzt besser singen könnten als vorher. Das baute mich etwas auf, weil ich zu diesem Zeitpunkt noch nicht wusste, dass die wohl andere OPs hinter sich hatten als ich. Außerdem konnte ich momentan ja auch noch einigermaßen sprechen. Sogar mit ein bisschen Ton.

Am 2. Juli fuhr ich mit Cathrin und ihren beiden Buben samt

Hund nach Aquadelta in den Urlaub; sie mit ihrem Auto, ich mit meinem. Frank kam am Freitag mit dem Motorrad nach.

Es war schön, Holland mal wieder zu sehen, und wir hatten in den Anfangstagen auch ganz gutes Wetter. Das schlechte brachte Frank dann mit.

Ich fühlte mich bei den jungen Leuten schnell als eine Art fünftes Rad am Wagen. Das war nicht mein Ding. Also ging ich, zumindest tagsüber, meiner eigenen Wege. Frank meinte, das würde an ihm liegen, aber dem war wirklich nicht so. Ich hatte einfach nur das Gefühl zu stören. Außerdem wollte ich allein sein und Orte besuchen, wo Gerlinde so gern gewesen war. Für die Kinder wäre das, weil langweilig, nichts gewesen.

Ich glaube, ich brauche nicht noch einmal nach Holland in Urlaub fahren. Ohne mein geliebtes Frauchen war's nichts und wird's wohl auch nie wieder was sein. Wenn ich, wie früher mit ihr, kreuz und quer durch Zeeland gondelte, nach Renesse, nach Domburg, nach Westkapelle oder auf der anderen Seite unserer Insel an der Oosterschelde entlang, war der Platz neben mir leer. Da konnte man nicht einfach mal neben sich nach einer Hand greifen, ein bisschen knubbeln, ein Knie tätscheln oder ein paar Worte wechseln. Hin und wieder sogar mal streiten, wenn sie meinte, da ging's rum und ich meinte, dort.. Niemand stellte sich neben mir in den rauen Nordseewind und stemmte sich ihm, ihn genussvoll einatmend, entgegen. Wo ich auch hinfuhr und rastete - trotz unzähliger Menschen um mich her Leere, Langweile, Einsamkeit!

Als das Wetter von Tag zu Tag schlechter wurde, brachen wir den Urlaub zwei Tage früher ab und fuhren nach Hause. Ich war nicht böse oder traurig deswegen. Hätten die Kinder nicht auch diese Idee gehabt, wäre ich allein nach Hause gefahren.

Am 15. August rückte ich wieder in die Klinik zur großen OP ein, am 23. August, weil sie bei der vorherigen eventuell nicht alles erwischt hatten, zu einer weiteren. Das Einchecken muss ich nicht noch einmal schildern, weil's genau dem vom Juni entsprach. Bis auf die Untersuchungen in der Röhre und in der Abteilung Phoniatrie und Pädaudiologie. Die fielen diesmal weg.

Und hier (auszugsweise) das Ergebnis lt. Arztbrief vom 27.08.2012:

Verlauf:
Die stationäre Aufnahme erfolgte zur Kontrollendoskopie und Laserresektion bei o.g. Voreingriff. Intraoperativ zeigte sich eine Raumforderung im Bereich der rechten Stimmlippe, welche laserchirurgisch resziert wurde. Peri- und postoperativ ergaben sich keine Komplikationen, so dass wir Herrn Adam am 18.08.2012 auf eigenen Wunsch aus unserer stationären Behandlung entlassen konnten. Die histopathologische Aufarbeitung ergab das erneute Vorliegen eines Plattenepithelkarzinoms mit non-in sano Resektion, so dass am 23.08.2012 die stationäre Aufnahme zur Nachresektion erfolgte. Peri- und postoperativ ergaben sich auch bei diesem Eingriff keine Komplikationen, so dass wir Herrn Adam am 27.08.2012 aus unserer stationären Behandlung entlassen konnten.

Langer Rede kurzer Sinn:

Nach diesen beiden Operationen ging es mir körperlich gut, irgendein Ton in meiner Stimme war aber nicht mehr erkennbar. Ich flüsterte und krächzte nur noch, und das besserte sich bis heute, da ich dies schreibe, auch kaum.

Professor Dr. Werner, der Chef der Marburger HNO-Klinik, versicherte mir in einem persönlichen Gespräch, dass sie den Tumor offenbar komplett erwischt und beseitig hätten. Bestrahlung oder Chemo war zum Glück nicht notwendig. Meine Stimme käme auch wieder; nicht wie vorher, aber immerhin. Fastnacht? Schulterzucken. Vielleicht!

Christa Haufert von der Weiberfastnacht Karben meldete sich und teilte mir mit, dass sie mich auch ohne Stimme engagieren wollten. Singen würden sie selber. Vom OKV (Offenbacher Karnevalverein) hörte ich dasselbe. Selbst singen wollten die allerdings nicht. Auch der Karnevalverein Enkheim engagierte uns für seine Sitzung und mich allein für das Heringsessen.

Die Steinbacher Feuerwehr wollte uns im Januar 2013 für einen mehrstündigen Familienabend engagieren. Das traute ich mir nicht zu und sagte ab. Die Frankfurter Spinner, bei denen wir wieder die Sitzung und die Damensitzung hätten spielen sollen, sagten ihre Veranstaltungen wegen interner Vereinsprobleme ab. Ich bemühte mich um keine anderen Veranstaltungen.

Am 14. November 2012 rückte ich wieder in der Klinik ein und hatte das Pech, trotz Zusatzversicherung kein Einzelzimmer zu bekommen. Bis auf die Tatsache, dass der erste fürchterlich geschnarcht hat, hatte ich aber Glück mit meinen Zimmernachbarn. Bis auf die Nächte war ich sowieso die meiste Zeit unterwegs.

Diesmal bestand ich darauf, wieder mit der Phoniatrie und Pädaudiologie-Abteilung zu sprechen, auch wenn das vermutlich wieder Quälerei bis zum Fast-auf-den-Arzt-kotzen bedeutete. Ich wollte endlich von kompetenter Stelle Klarheit über meine Stimme haben und was man tun konnte, um überhaupt wieder eine oder zumindest so etwas Ähnliches zu bekommen.

Die Chefin der Abteilung, eine Frau Professor Dr. Berger, knöpfte sich mich persönlich vor und es kam so, wie ich befürchtet hatte: Metallschlauch durch die Nase und anschließend etwas Dickeres in den Hals. Es hob mich zwei- bis dreimal, aber sie war schneller wieder draußen, bevor ich loskälbern konnte.

Sie erklärte mir und zeigte es mir auch auf dem Bildschirm, dass meine Stimmlippen durch die OP so beschnitten waren, dass sie sich in der Mitte, wie bei einem Gesunden, nicht trafen und Luft zogen. Ich versuchte das bewusst oder unbewusst auszugleichen, indem ich meine Taschenfalten, was immer das sein mag, zum Sprechen heranzog, was diesen rauen Klang erzeugte, der zum Husten reizte.

Die Bemühungen einer Logopädin, mir meine Stimme zurückzugeben, führten zu nichts, weshalb Frau Professor Dr. Berger sie abbrach. Die Fastnacht 2013 habe ich mehr schlecht als recht hinter mich gebracht, wobei sich Schorsch wieder einmal mehr als sängerische Niete entpuppte. Den Schluss des Liedes, mit dem ich dieses Kapitel begonnen habe, habe ich umgetextet. Es geht jetzt so. Ob ich es jemals singen werde...???

Und jetzt - moi Stimm is fort,
ich geh von Bord, sag leise "Gude!"
Ich schalt moi Orschel aus
un geh nach Haus,
doch's Herz duht blute!
Es war 'ne schöne Zeit,
doch aus dem Borsch ward längst en Aale.
Time out - und der Hornist
bläst zum Finale!

Geht erschendwann der Vorhang zu
un einer ruft: Ab jetzt is Ruh!
Doi Zeit is um, du schräächer Hund!
Lach ich ihn aus un saach: Na und?
Muss ich auch geh - is schon okay.
I DID IT MY WAY!!!

Nein, ich werde dieses Lied nie mehr singen können. Mit ihm ging zwar mein Buch *So war's - oder so ähnlich* zu Ende, aber bei mir fing die Scheiße erst so richtig an. 2014 diagnostizierte man bei mir Kehlkopfkrebs, obwohl ich seit 2012 alle Vierteljahr treu und brav zur Nachuntersuchung in die Marburger HNO-Klinik gewandert war und dabei nie etwas Negatives festgestellt wurde. Meistens sogar vom Chefarzt Professor Teymoortash höchstpersönlich.

Jetzt hatte ich also Kehlkopfkrebs, wurde sofort operiert und hatte plötzlich ein Loch im Hals, um mittels einer Kanüle mit Luft versorgt zu werden. Ich musste eine Patientenverfügung unterschreiben, weil zu diesem Zeitpunkt keiner mehr einen

Pfifferling für mein Leben gab.

Auch nach erfolgter Strahlen- und Chemotherapie nicht. Besonders hervor tat sich dabei die Oberärztin der Sonnenberg-Klinik in Bad Sooden-Allendorf, in die ich zwecks Reha überstellt wurde. Sie war es auch, die mich zur Palliativbehandlung nach Hause schickte, wo ich mit meinen Kindern und Enkeln mein letztes (!!!) Weihnachten feiern durfte.

(Anm.: Als palliative Therapie bezeichnet man eine medizinische Behandlung, die nicht auf die Heilung einer Erkrankung abzielt, sondern darauf, die Symptome zu lindern oder sonstige nachteiligen Folgen zu reduzieren. Endstation ist meistens der Tod)

Da man zu Hause palliativ nicht mit mir fertig wurde, überstellte man mich noch vor Neujahr auf die Palliativ-Station der Marburger Uniklinik. Und ich lebte - obwohl ich es eigentlich gar nicht mehr sollte und wollte - immer noch.

Nach vierzehn Tagen durfte man mich in der Klinik aus Kostengründen nicht länger behandeln. Weil ich aber ganztägig pflegebedürftig, dies zu Hause aber nicht zu bewerkstelligen war, kam ich in das Seniorenzentrum Ederbergland in Frankenberg. Vor der Entlassung dorthin stellte mir Professor Teymoortash in Aussicht, dass vielleicht - vielleicht! - durch eine neuerliche OP, bei der mir der Kehlkopf entfernt werden sollte, eine Besserung bei mir zu erzielen wäre. Garantieren könne man natürlich nichts. Ich war trotzdem mit dieser OP einverstanden.

So lebte ich also jetzt in dieser Altenverwahranstalt und fühlte mich vom ersten Moment an nicht wohl dort. Die ganze Atmosphäre behagte mir nicht, aber auch die eine oder andere Schwester, fast ausschließlich Russlanddeutsche. Ich sehnte mich nach dem Friedhof - oder aber nach daheim, woran vorerst allerdings nicht zu denken war.

Am 6. Februar 2015 wurde mir in Marburg der Kehlkopf entfernt - und mit ihm der Tumor! Ich war krebsfrei! Und von nun an ging's bergauf. Ich übernahm die Pflege im Seniorenheim immer mehr selbst in die Hand, drehte bald mit meinem Rollator meine

Runden rund ums Heim und setzte mich sogar wieder ans Klavier, das in einem der Aufenthaltsräume stand.

Seit Mitte Juni 2015 bin ich wieder daheim in Gemünden. Ich bin momentan zwar immer noch stumm und ernähre mich mittels Magensonde, aber ich habe die Aussicht, nach einer weiteren OP vielleicht mit einer Prothese wieder etwas sprechen zu können. Und vielleicht auch wieder *richtig* essen und trinken. In meinen Träumen habe ich schon den Speiseplan zusammengestellt:

Sauerbraten mit Klößen, Tafelspitz mit Blattspinat, Rippchen mit Kraut, Grie Soß, Frikadellen mit Kartoffelsalat und… und… und…

Man wird ja noch träumen dürfen, nachdem man fast schon gestorben war!

neu aufgelegt, um eine Geschichte erweitert und bebildert

"Verzähl mer was" hat der Enkel zur Oma gesagt, und Dieter Adam, Chef der hessischen Kultgruppe >**Adam & die Micky's**< lässt die Omma e bisse was verzähle.
Märchenhaftes, Biblisches, Heldenhaftes, aber auch eigene Geschichten finden sich in seinem ersten Buch in hessischer Mundart. Und endlich auch der Text seiner legendären >**Runkelroiweroppmaschin**<

ISBN: 978-3-7375-5684-2

erhältlich bei amazon und überall, wo's Bücher gibt

neu aufgelegt und illustriert

Zum Dank dafür, dass Tim, Kalle und Babsie die alte Stute Lisa vor dem Gang zum Pferdemetzger bewahrt haben, schenkt die Pferdefee Clementine den Kindern ein Fohlen. Doch Ottokar ist kein gewöhnliches Pferd - er kann sprechen und sogar zaubern.
Ein Zauberspiel im Comicstil für jüngste Leser

ISBN: 978-3-738610307   Hardcover-Version
       978-3-732288939   Taschenbuch

erhältlich bei amazon und überall, wo's Bücher gibt

und endlich gibt es auch die Fortsetzung

Tim, Kalle und Babsi sind trotz Vorweihnachtszeit traurig. Seit Ottokar kein Zauberpferd, sondern nur noch ein ganz normales Fohlen ist, haben die Kinder längst nicht mehr so viel zu lachen. Aber dann haben sie die rettende Idee. Sie wünschen sich vom Christkind nichts anderes, als ihren Ottokar zurückzubekommen . . .

**ISBN: 978-3-739216713 Hardcover-Version
         978-3-739220109 Taschenbuch**

bei amazon und überall, wo's Bücher gibt

ein Muss für alle *Adam und die Micky's* Fans!

Dieter Adam, Chef der inzwischen aus Krankheitsgründen zwangspensionierten hessischen Kultgruppe *Adam und die Micky´s* stellte in diesem einzigartigen Buch einen Großteil der meist von ihm selbst geschriebenen oder mitverfassten Liedtexte seiner Mundartgruppe zusammen. Bebildert ist das Buch mit Karikaturen von den Platten-Covern, Kopien der Original-Cover der Singles sowie zahlreichen Fotos aus dem Familienalbum

ISBN: 978-3-7375-7053-4

bei amazon und überall, wo's Bücher gibt

ISBN: 3-933575-81-8

erhältlich bei amazon und überall, wo's Bücher gibt